3 ←

LA GRIFFE
DE LA PANTHÈRE

www.editions-jclattes.fr

Adam Armstrong

LA GRIFFE
DE LA PANTHÈRE

Roman

Traduit de l'anglais par Sylvie Schneiter

JC Lattès

Titre de l'édition originale
CRY OF THE PANTHER
publiée par Bantam Press,
a division of Transworld Publishers

A Margo Armstrong Fairbairn

Prologue

Idaho, 1969

— Pas question d'emmener une fille !

Voilà ce qu'Imogen avait entendu son frère assener la veille au soir alors qu'avec son copain Connla ils la croyaient endormie. De quoi la décider à se lever à temps pour les empêcher de partir sans elle. Hélas, à son réveil, leurs sacs de couchage étaient vides ! Mais pourquoi Connla ne l'avait-il pas secouée ? Il prenait pourtant son parti d'habitude. La petite fille sortit en rampant de la tente et sentit sur sa peau l'humidité des rabats imprégnés de rosée. Les arbres sombres faisaient écran, c'est en vain qu'elle essaya de repérer les deux garçons – en tout cas, la piste était déserte. Aussi retourna-t-elle se coucher. Furieuse qu'ils l'aient laissée tomber, elle fut frappée par le silence qui régnait.

Imogen suça le coin de sa couverture, manie qui la poursuivait malgré ses huit ans. Certes, personne n'était au courant à l'école. Même si, à l'ordinaire, Ewan sautait sur la moindre occasion d'ébruiter ce qui risquait d'embarrasser sa sœur, il n'en avait soufflé mot. C'est vrai qu'elle avait réussi à ne plus le faire pendant un an, mais sa mère n'avait pas jeté la couverture et la petite fille avait recommencé aussitôt après avoir appris la nouvelle de leur retour en Écosse. On se console avec ce qu'on a. En fait, aujourd'hui, c'était le dernier jour des vacances. Dès qu'ils seraient rentrés à Jackson City, il était prévu de commencer les bagages. Le frère d'Imogen avait beau prétendre se rappeler l'Écosse – un pays génial à l'en croire –, la petite fille était certaine qu'il la ramenait et racontait des bobards. Car si elle n'avait qu'un an à leur arrivée aux États-Unis, lui venait d'en avoir quatre. On n'a pas de souvenirs de cet âge là, n'est-ce pas ?

C'est parce que c'était la dernière fois qu'ils se trouvaient ensemble qu'elle avait tellement envie d'accompagner les deux garçons. Avec la kyrielle de grosses truites arc-en-ciel attrapées, il n'était plus question de pêcher mais de chercher des objets indiens – des pointes de flèches notamment, la passion d'Ewan, persuadé qu'ils se trouvaient sur un ancien terrain de chasse. Les pointes de flèche, il y en avait plein sa chambre : des anciennes, des plus neuves, d'autres encore qu'il fabriquait lui-même. En tout cas, il avait garanti à Connla qu'ils en dénicheraient au prix, peut-être, d'une petite escalade, ce qui excluait de traîner le Pot-de-Colle. Au lieu de protester, Connla s'était rangé à l'avis d'Ewan au grand dam d'Imogen, ulcérée en outre par le sobriquet. D'où la résolution de la petite fille de se réveiller avant l'aube et de les suivre à la trace. Hélas, elle avait trop dormi ; le soleil était levé ; les garçons avaient joué les filles de l'air.

Malgré la chaleur de son sac de couchage, Imogen sentait la fraîcheur matinale. Rejetant le coin de sa couverture, trempée, elle se releva. On avait monté les tentes dans un camping situé au cœur d'une forêt de pins sylvestres. Du moins est-ce ainsi que son père les appelait. Les troncs de ces arbres, lisses, aux feuilles très sombres, ne se ramifiaient qu'au sommet pour ainsi dire. La petite fille les trouvait magnifiques, percevait le mouvement infime qui les parcourait – celui qui avait dû les animer lors de leur croissance –, et admirait leurs branches, qui jaillissaient de plis de l'écorce. En regardant de près, elle en avait remarqué deux qui n'en formaient qu'une au début, se séparaient, se rejoignaient et, enfin, s'élançaient dans différentes directions. Apparemment, personne d'autre qu'Imogen ne voyait ces vibrations.

La petite fille prit ses souliers et enfila son manteau sur sa chemise de nuit. Sans avoir aucune idée du temps écoulé depuis le départ des garçons, elle chercha à se convaincre que la chaleur n'avait pas disparu du sac de couchage de Connla. Une nuit qu'elle s'était réveillée, il lui était arrivé de regarder dormir ce dernier, allongé sur le dos entre son frère et elle, les mains invisibles, le sac de couchage tiré jusqu'au menton. Il avait un visage poli comme une pierre au clair de lune et ses cheveux formaient une flaque noire sur l'oreiller. Imogen en avait eu chaud au cœur, sans en comprendre la raison. Après tout, ce n'était que Connla McAdam, l'ami de son frère qui habitait en face de chez eux, dans la même rue.

Imogen boutonna son manteau en secouant ses cheveux, impossibles à démêler au bout de trois jours de camping. D'ailleurs, elle appréhendait l'inévitable séance dans la baignoire du retour. En général sa mère passait des heures à s'efforcer d'en venir à bout, puis, de guerre lasse, l'envoyait se coucher pour recommencer le lendemain matin. Imogen laça ses chaussures, chercha en vain son bandeau dans les affaires, lança un regard à sa couverture, hésita, puis renonça à l'emporter.

Le croassement d'un corbeau qui s'envolait la fit sursauter. À pas de loup, elle passa devant la tente fermée jusqu'en haut de ses parents d'où s'échappaient les ronflements assourdis de son père. À côté des braises

noircies du feu, on voyait les poêlons contenant les vestiges du dîner de la veille, tandis que l'odeur du steak
d'élan sauce marinade préparé par la mère de Connla
flottait encore dans l'air. C'était un plat trop corsé au
goût d'Imogen, qu'en outre l'idée de manger Bambi
révulsait.

Une fois à la lisière de la forêt, Imogen s'immobilisa.
Le tracé du sentier se détachait clairement entre les
frondaisons vertes et touffues. On aurait dit qu'un serpent au ventre énorme rampait entre le rideau compact
d'arbres qui le dominaient. Il était loin de la rivière Salmon. L'obscurité de la forêt la fit hésiter. Elle n'avait
aucun moyen de savoir à quand remontait le départ des
garçons et quelle direction ils avaient prise. Le grondement tumultueux de la Salmon résonnait dans le lointain.
Le père de Connla, qui pêchait tous les ans la truite arc-
en-ciel, les avait avertis qu'à cause de la fonte des neiges
la rivière était très haute – Pâque ne remontait qu'à trois
semaines –, et il avait ajouté : « On se noie chaque année
dans la Salmon, il faut faire très attention. » Ewan s'en
était moqué bien entendu, affirmant que c'était peut-être
vrai pour les rafteurs ou les canoéistes mais sûrement
pas pour les pêcheurs.

Toujours immobile, la petite fille scruta la pénombre
avant de tourner la tête vers les tentes, où elle entendit
quelqu'un bouger, marmotter, ronfler. Elle entra dans les
bois. Des pierres d'une couleur argentée affleuraient
dans la poussière du chemin au bord duquel les racines
s'arrêtaient. À pas de loup, elle s'enfonça, jetant de
temps à autre des regards en arrière pour s'assurer que
les tentes étaient toujours visibles. Elle décida de continuer tant qu'elle ne les perdrait pas de vue, puis de
rebrousser chemin au cas où il n'y aurait pas trace des
garçons. Les arbres l'encadraient, séparés seulement
par un petit intervalle d'ombre. Le bois de leurs troncs
droits, ocellé de taches claires et foncées, fascinait
Imogen. Elle s'arrêta pour les contempler. Les rais de

lumière que dardait le soleil à travers les hautes branches striaient le sol, où elle voyait danser la poussière. En revanche, elle ne sentait pas la chaleur – les cimes très rapprochées faisant écran.

Quelque chose s'agita dans les fougères à droite d'Imogen qui, l'instant d'après, aperçut un écureuil. Sans avoir l'air le moins du monde effarouché, il mordillait des graines de pigne tout en l'observant du coin de l'œil. La petite fille s'accroupit, l'épaule appuyée sur l'écorce rassurante d'un tronc. L'écureuil ne s'interrompit pas. Il levait et baissait sa petite tête grise en mouvements saccadés, le museau frémissant orné de moustaches arachnéennes. Effrayé soudain par quelque bruit, il laissa tomber ses graines et grimpa sur un arbre avec un infime raclement de griffes. Imogen se releva. Trop vite. La tête lui tourna, le monde s'obscurcit tandis que l'image d'Ewan dans l'eau jusqu'au cou s'imposait à elle.

Elle ne bougea pas et recouvra ses esprits. La vision – si nette que son frère aurait pu être effectivement sous ses yeux – se dissipa. La petite fille se concentra de nouveau sur les arbres. Il faisait plus sombre à présent, le soleil s'était éclipsé et elle ne voyait plus le ciel. Imogen regarda derrière elle. Les tentes avaient disparu. Au bout d'une seconde néanmoins, elle retrouva la direction du camping et, pressant l'allure, revint sur ses pas. Son cœur cognait dans sa poitrine et elle avait l'impression de parcourir plus de distance que dans son souvenir. L'affolement la gagnait. C'était au moment où il menaçait de la submerger qu'elle aperçut, après un tournant, le tissu blanc des tentes.

*
* *

Imogen s'était réfugiée près de la voiture. Elle entendit un craquement dans les arbres, puis la voix de Connla appelant son père à cor et à cri. Les grandes personnes, habillées à présent, buvaient leur café tandis qu'Imogen terminait le bol de céréales que lui avait donné sa mère. Le posant par terre, elle regarda Connla courir sur le chemin. À la façon dont il avait jailli à la lisière de la forêt, on l'aurait dit poursuivi par un puma. Installé près du feu qu'il avait rallumé avec les braises de la veille au soir, le père de Connla se leva, l'air inquiet. Connla arriva au pas de charge dans la clairière et, haletant, s'effondra comme une masse.

Son père s'accroupit près de lui.

— Que se passe-t-il, fiston ? Qu'est-ce qui ne va pas ?

La poitrine palpitante, ses yeux verts écarquillés, Connla reprenait son souffle, incapable de sortir un mot.

— Connla, qu'est-ce qui se passe ? répéta son père en posant sa grosse main sur son épaule. Le jeune garçon leva les yeux. Les muscles contractés de son visage dessinaient des lignes blanches sous son teint halé.

— Ewan a disparu.

Imogen, qui les observait sans esquisser un mouvement, vit sa mère les rejoindre :

— Qu'est-ce que tu veux dire par là ?

Connla se voûta.

— Rien d'autre, madame Munro : il est parti sans moi.

— Là-bas, derrière ? demanda son père, le doigt tendu vers le sentier.

Sans le regarder, Connla fit signe que oui. Comme il relevait la tête, des mèches de ses cheveux auburn tombèrent sur son visage et son regard croisa celui d'Imogen au-dessus du feu. Ils restèrent les yeux dans les yeux jusqu'à ce qu'il détourne les siens. Quant au père de la petite fille, il fixait la ligne des arbres, dont les plus hautes branches oscillaient sous le vent qui s'était levé. Imogen remarqua que le soleil avait déserté le ciel, bleu pâle à présent, semé de nuages.

— En partant ce matin, vous aviez un but ? demanda le père d'Imogen.

Connla regarda son propre père pour répondre.

— On avait l'intention d'aller à la clairière, pas plus loin.

— Ils ne voulaient pas que je les accompagne, intervint Imogen.

Elle s'approcha ; le bout de sa couverture, qu'elle tenait à la main, balayait le sol. Après un coup d'œil à Connla, elle poursuivit.

— Vous croyiez que je dormais, ben vous vous gouriez ! J'ai tout entendu.

Tous les regards se braquèrent sur la petite fille, dont le père s'adressa de nouveau à Connla.

— Où êtes-vous allés précisément ?

— Par là, fit Connla, le doigt tendu vers le chemin.

— Où ?

— Ben, sur le chemin.

— Vers la rivière ?

Après une brève hésitation, Connla secoua la tête.

— Rien que dans la clairière, celle où il y a plein de rochers.

— Des pointes de flèches, c'est ça qu'ils cherchaient. (Imogen renifla le bord de sa couverture.) En tout cas, c'est ce qu'a dit Ewan.

— Ce n'est sûrement pas grave, Tom, conclut le père de Connla en se relevant. Encore un des tours d'Ewan.

Acquiesçant, le père d'Imogen cria en direction des arbres.

— Hé ! Ewan ! Si t'es caché là, amène-toi. T'as réussi à flanquer la trouille à ton copain.

Ils fixèrent tous les grands arbres silencieux.

— Ewan ! appela à son tour la mère d'Imogen. Allez, sors de là !

Rien. Imogen remarqua que Connla, tête basse, s'abîmait dans la contemplation des braises rougeoyantes. Comme elle le rejoignait, il leva les yeux puis les détourna et, tassé sur lui-même, s'entoura les genoux des mains.

— T'inquiète pas, il te fait tout simplement marcher, le rassura le père d'Imogen.

— Je suis sûr que non, souffla Connla d'une voix à peine audible. Il a décampé, je vous l'ai dit.

La mère d'Imogen prit son mari par le bras.

— Tom, c'est infesté de cougouars et d'ours bruns par ici. Tu veux bien aller le chercher ?

Ce dernier fit signe que oui, puis jeta un coup d'œil au père de Connla, qui attrapa sa veste.

— Montre-nous l'endroit où il s'est taillé, Connla, d'accord ?

Connla agita le bras.

— Vous avez qu'à descendre le chemin et vous tomberez sur la clairière où il y a plein de gros rochers tombés de la montagne. C'est là.

— Tu n'as pas envie de venir, hein ? fit son père, haussant le sourcil.

Connla secoua la tête. Avec maladresse, sa mère versa du café dans un gobelet qu'elle lui tendit.

— Allez, viens avaler quelque chose pour ton petit déjeuner.

Accroupie à l'entrée de la tente, Imogen le regarda chipoter dans son assiette, tandis que les deux femmes assises sur des chaises de camping parlaient à voix basse, grignotaient des petits pains à la cannelle tout en buvant du café. Rien ne bougeait dans la forêt. On eût dit que les oiseaux avaient cessé de chanter, les animaux de bouger, les serpents de ramper.

Les deux hommes étaient partis depuis une heure environ lorsque la petite fille les entendit – l'un d'eux du moins – revenir sur le sentier. C'était le père de Connla. Le visage crispé, les pommettes écarlates, il portait à la main le blouson de base-ball d'Ewan. La mère d'Imogen se leva lentement de son siège.

— Tom continue à chercher, dit le père de Connla. On a trouvé ça sur le chemin.

Il tendit le blouson à la mère d'Imogen avant de tourner les yeux vers son fils.

— Connla portait son blouson quand il s'est taillé ?
— Oui, m'sieu.
— Tu en es sûr ?
— Absolument.
— Regarde-moi, mon garçon.
Connla obéit.
— Oui, m'sieu, il le portait.
— Bon, je file en voiture par l'autoroute et j'essaie de mettre la main sur le shérif.

Le shérif avait une camionnette Chevrolet blanc portant l'inscription *Shérif du comté de Custer* sur le côté. Adossé à l'aile, les pouces dans sa ceinture, il demanda :
— Où l'a-t-on vu pour la dernière fois ?
— Pas très loin, dans une clairière de la forêt, répondit le père d'Imogen revenu bredouille.
Livide, les yeux cernés, sa mère serrait une tasse de café qu'elle avait terminée depuis longtemps. On communiqua les indications de Connla au shérif, qu'Imogen observait attentivement. Il avait des grosses phalanges rouges d'où jaillissaient des touffes de poils noirs et des ongles rongés de manière inégale. Voilà une chose que sa mère lui avait pourtant toujours interdit de faire, parce que c'était affreux à voir. À ce moment-là, le shérif coula un regard en coin sur Connla accroupi sur un rondin près du feu. Imogen continuait de l'examiner. Une de ses bottes était posée sur l'aile du camion, tandis que le talon de l'autre s'enfonçait dans la boue. En plus, il avait un gros pistolet noir à la hanche droite, un ventre comprimé par les boutons de sa chemise et, pour couronner le tout, la peau du cou toute rouge.
Une fois son intérêt pour le shérif dissipé, Imogen s'approcha de Connla. Le menton appuyé sur ses genoux relevés, il traçait de grossiers motifs dans la poussière avec un bout de bois et ne tressaillit pas lorsqu'un vautour à tête rouge lança un cri à l'orée du bois. Imogen le

regarda avec intensité pour qu'il lève les yeux. Il s'y refusa, les gardant obstinément fixés sur ses dessins. La petite fille remarqua qu'il avait un accroc à la manche de sa chemise à carreaux et une égratignure sanguinolante au coude.

— Où est-ce qu'il est ?

Connla lui lança un regard perçant.

— Je n'en sais rien. Sinon, je ne serais pas ici, tu ne crois pas ?

La petite fille s'assit sur le rondin à côté de lui.

— C'est vrai.

Le shérif s'appuyait à présent au montant de la portière ouverte de sa camionnette. Imogen le vit décrocher l'émetteur d'où s'échappa un crépitement de parasites.

— Oui, ici le shérif Truman. Je suis au camping Grover sur East Fork Road. Il est possible qu'un garçon de onze ans soit perdu au bord du massif de Sawtooth. J'ai besoin d'une équipē de secours et de renforts. (S'interrompant, il jeta un coup d'œil vers l'endroit où se trouvaient Imogen et Connla.) Préviens la police de l'État pour moi, vois s'ils peuvent m'envoyer un ou deux gendarmes.

La tête entre les genoux, Connla avait les épaules agitées de très légers tremblements.

— Tu pleures ?

Il la fusilla du regard.

— Pas du tout. Arrête de me parler.

La petite fille se leva, sans le quitter des yeux.

— Fiche-moi la paix, emmerdeuse !

Haussant les épaules, Imogen ramassa le bout de sa couverture. Elle rejoignit sa mère assise sur une chaise pliante, sa tasse à café vide toujours entre les doigts. Comme la petite fille posait une menotte sur le genou de sa mère, l'image de son frère dans l'eau jusqu'au cou lui revint en mémoire. Nul doute qu'elle cligna fortement des yeux car sa mère la dévisagea.

— Qu'est-ce qu'il y a ?

— Je ne sais pas.

— Imogen ?

— Mais rien.

Imogen tourna la tête vers Connla. Les bras croisés, il s'était levé et scrutait la lisière de la forêt.

— Maman, tu crois qu'Ewan va bien ?

Tout en se mordillant la lèvre, Imogen examinait les traits empreints d'inquiétude, les cernes noirs enserrant les yeux de sa mère, qui contemplait la forêt où son mari et le père de Connla avaient repris leurs recherches quelques instants auparavant.

— Naturellement, ma chérie.

Elle avait une main sur la tasse et l'autre, le poing serré, était glissée entre ses cuisses. Les jambes relevées, elle n'effleurait le sol que de la pointe des pieds, comme pour éviter d'y peser de tout son poids. La petite Imogen fut étonnée de la fragilité de sa mère.

Les camionnettes – rouge et blanc – du service Recherche et Sauvetage arrivèrent. Six hommes, des costauds à cheveux coupés ras, et deux femmes composaient l'équipe de secours. La mine grave, ils discutèrent avec le shérif à voix basse à peine audible tandis que Connla marchait sur un rondin, bras écartés, sautant d'un pied sur l'autre à la manière d'un funambule. Le chapeau sur la nuque, le front perlé de sueur, le shérif étala une carte à grande échelle sur le capot de sa camionnette.

— Il est là quelque part, proféra-t-il, tapotant la carte de son gros index. Hé, Connla ! Viens par ici, fiston, tu veux ?

Le jeune garçon mit un terme à son numéro d'équilibriste et sauta du rondin. Les épaules voûtées, le menton comme rentré dans sa poitrine, il s'approcha du groupe en traînant les pieds.

— Tu sais ce que c'est qu'une carte, mon garçon ?

Le shérif s'écarta pour lui faire de la place. Les autres reculèrent. L'un d'eux avait une respiration sifflante qui parvint jusqu'aux oreilles d'Imogen.

— Un peu.

— Nous, on est ici. (Le shérif planta le doigt sur la carte.) Tu vois ? Le terrain de camping de Grover, le seul situé en amont de la rivière. Plus haut, tout est gelé. Regarde.

Il désigna les montagnes à l'horizon, aux sommets couronnés d'une neige qui semblait fondre doucement comme une glace.

Connla hocha la tête.

— Voici le sentier. (Le shérif s'exprimait avec lenteur tout en traçant une ligne sur la carte.) La clairière où ton père a trouvé le blouson est derrière les arbres – ici. C'est la même que celle où il t'a laissé ?

— Je ne sais pas, il faudrait que je la voie, marmonna Connla.

Le shérif lança un regard à sa mère.

— Vous ne voyez pas d'inconvénient à ce qu'il nous accompagne, madame ?

Elle fit signe que non.

— C'est à peu près à un kilomètre, c'est ça, fiston ? demanda le shérif à Connla.

— Je crois.

— Tu ferais bien de te couvrir, sinon tu vas avoir froid quand il n'y aura pas de soleil.

Imogen s'assit sur le rondin pour les regarder s'enfoncer dans la forêt. Connla, qui marchait à côté du shérif tandis qu'un grand type au dos carré lui emboîtait le pas, paraissait minuscule, inconsolable, perdu. Imogen s'avança sur le rondin jusqu'à la place qu'il avait occupée. Derrière elle, une des femmes de l'équipe de secours parlait avec les mères. La petite fille se demanda pourquoi on laissait toujours les femmes à l'arrière. Lorsque sa mère alluma une cigarette, la fumée répandit une odeur infecte dans la fraîcheur de l'air.

Soudain, Imogen se leva d'un bond et fila derrière le groupe sans tenir compte de l'avance qu'il avait sur elle. Elle ne les entendait déjà plus. En revanche, de multiples empreintes de pieds sur le chemin, lisse le matin, révélaient leur passage. Examinant le sol aux endroits qu'elle avait foulés peu de temps auparavant, Imogen ne réussit pas à isoler les siennes – sans doute parce que ces hommes étaient si grands, si lourds... Sans compter que par rapport à leurs chaussures de montagne, ses tennis ne faisaient pas le poids.

Imogen se fraya un chemin entre les arbres, prêtant l'oreille aux bruits au-dessus de sa tête. Si elle arrivait à différencier les chants d'oiseaux, elle n'était pas capable de les nommer. Au moins lançaient-ils des trilles et la soulageaient-il un peu de l'air – compact comme une boule de poils – comprimé dans sa poitrine. Malgré tous ses efforts pour déglutir, la petite fille n'arrivait pas à s'en débarrasser.

Au bout d'une distance qu'elle n'évalua pas, le chemin se mit à monter et davantage de lumière à s'infiltrer entre les arbres qui s'espaçaient. Des pierres grises affleuraient, contrastant avec la couleur sableuse du sol jonché de feuilles et de fougères. Au pied des arbres gisaient des blocs de rocher. On aurait dit qu'ils s'étaient détachés de la montagne, avaient dévalé sur une cinquantaine de mètres avant de s'immobiliser. Imogen aperçut la falaise abrupte qui s'élevait en une succession d'arêtes déchiquetées, puis déb_ul_a dans une sorte de clairière formée par des rochers, où Connla était assis, tout seul, sur une pierre plate. À l'irruption d'Imogen, il leva les yeux.

— Qu'est-ce que tu fiches ici ?

— Et toi alors ?

— T'as entendu le shérif. Je les ai accompagnés.

— Où sont-ils maintenant ?

Connla lui indiqua la falaise qui escaladait le ciel ; les sourcils froncés, Imogen s'étonna :

— Comment ça se fait que tu sois resté ici ?

— Le shérif m'a pas voulu que je continue plus loin, il m'a dit de retourner au camp.

— Pourquoi tu l'as pas fait ?

— J'en avais pas envie, maugréa-t-il, raclant le sol de la pointe de ses souliers.

— C'est d'ici qu'Ewan s'est taillé ?

Il acquiesça d'un signe de tête.

Derrière Connla, des chemins de terre partaient du cercle des rochers et s'élançaient dans différentes directions. Imogen les embrassa du regard, prêtant l'oreille au grondement lointain de la Salmon avant de demander à Connla :

— T'es sûr ?

— Comment ça ?

— T'es vraiment sûr ?

— De quoi ?

— Qu'il est parti d'ici ?

Tête penchée sur le côté, Connla la dévisagea.

— Évidemment, sinon tu crois que je l'aurais dit au shérif ?

En proie à l'impression que quelque chose clochait sans pouvoir déterminer quoi, Imogen fit le tour du cercle de rochers, effleurant d'une main moite les blocs de pierre dont elle sentait avec acuité la consistance tandis que la diversité de leurs teintes la frappait.

Immobile, Connla l'observait derrière ses paupières mi-closes. La tête basse, il s'efforçait d'afficher une certaine indifférence. Imogen s'arrêta et, le front plissé, les yeux rivés sur Connla, elle posa les paumes à plat sur un bloc de pierre.

— Comme ça se fait qu'ils aient pris la mauvaise direction ?

— Quoi ?

— Le shérif et les autres types, ils se sont trompés, pourquoi ?

— Pas du tout.

— Bien sûr que si.

Imogen regarda la pierre où ses mains étaient posées, puis un rocher pointu, penché de façon bizarre en travers d'un sentier, de sorte qu'il fallait se courber pour l'éviter si on voulait prendre cette direction. Imogen hésita un moment avant de s'en approcher. D'un noir d'encre, presque étincelant, il semblait humide à la surface alors qu'il n'en était rien. Cloué sur place, Connla ne la quittait pas des yeux. C'est alors que la petite fille eut la certitude qu'Ewan était passé devant ce rocher, au point d'imaginer qu'il l'avait touché – bien que cela fût moins sûr.

— Je suis certaine qu'Ewan est passé par là.

— Tu dérailles ou quoi ?

— Non.

Après un dernier regard au rocher – muet, lisse au toucher, froid –, un bref coup d'œil à Connla, Imogen s'engagea sur le chemin. Le grondement de la rivière s'amplifiait.

Elle marcha lentement. Bordé d'arbres clairsemés, le chemin montait un peu jusqu'à une fourche où il se scindait en deux sentiers. L'un menait aux falaises qu'il longeait, l'autre s'incurvait avant de disparaître dans la pénombre des troncs. Hésitante, la petite fille ralentit. On aurait dit que les arbres, dont les branches basses oscillaient sous le vent, l'interrogeaient. Elle finit par s'arrêter et, regardant en arrière, aperçut Connla vingt mètres plus bas.

— Qu'est-ce que tu fiches ? cria-t-il. Ewan n'est pas venu par là.

Convaincue, sans savoir comment, qu'il se trompait, Imogen ne tint aucun compte de sa remarque.

— Imogen, reviens. Tu vas te paumer. T'imagines ce que dira ta mère !

Quand la petite fille tourna les yeux vers lui, il eut un sourire qui illumina son visage.

— T'en fais pas, je ne me perdrai pas.

Aussitôt de nouveau renfrogné, Connla détourna les yeux et donna des coups de pied dans la poussière. Quant à Imogen, elle éprouvait quelque chose d'indéfinissable – sensation, impression, émotion – et se sentait comme attirée par les rochers qui se trouvaient à sa gauche. Elle s'immobilisa de nouveau. La fourche était à ses pieds à présent. Son petit minois empreint d'une concentration intense, elle leva ses yeux plissés à gauche puis les baissa à droite.

— Qu'est-ce que tu fabriques ?

Imogen sursauta. Connla lui frôlait l'épaule. Elle ne l'avait pas entendu s'approcher d'elle sur la pointe des pieds, furtivement comme un chat.

— Qu'est-ce que tu fabriques ? répéta-t-il.

— Chhuut, l'admonesta Imogen, regardant droit devant elle.

— Alors, réponds.

— J'écoute.

— Quoi ?

— J'en sais rien, quelque chose.

Connla lui effleura l'épaule.

— Reviens. Tout le monde va s'inquiéter. T'es qu'une gosse. En plus, moi, je ne devrais pas être ici.

Toujours en train d'examiner les deux sentiers, Imogen ne l'entendit pas. De quel côté tourner ? À droite, dans les arbres ou à gauche le long de la paroi rocheuse perforée, escarpée, dont la couleur cuivrée s'assombrissait à mesure qu'elle s'élevait et que le soleil s'y réfléchissait davantage ? Elle opta pour le côté gauche. Après l'avoir suivie du regard, Connla jeta un coup d'œil par-dessus son épaule et vit l'équipe de secours en face, au sud de la clairière. Puis, il retourna la tête : Imogen avait déjà parcouru une trentaine de mètres.

À présent, la petite fille s'avançait d'un pas résolu. Le fracas de la rivière se faisait plus bruyant. Il avait quelque chose de familier au demeurant, tant elle l'avait entendu ces trois derniers jours. Gonflée par la fonte des

neiges, la Salmon débordait, arrachant argile, terre et
pierraille aux berges. Imogen sentit la brise et, à la ten-
sion croissante de ses mollets, comprit qu'elle se trouvait plus haut. En proie à un soudain besoin de
réconfort, elle vérifia si Connla la suivait toujours. Effectivement, il n'était pas très loin. La petite fille n'en avait
pas moins la sensation d'étouffer et cela s'accentuait
avec l'altitude. L'anxiété, la peur commencèrent à la hap-
per d'une manière quasi physique. Une fois de plus, elle
s'assura de la présence de Connla. Il lambinait toutefois,
comme s'il ne la suivait que parce qu'il s'inquiétait à son
sujet. Cette répugnance s'exprimait dans sa façon de
traîner les pieds et de passer son temps à regarder par-
dessus son épaule.

Le rocher de gauche exerçait toujours un attrait sur
la petite fille, persuadée que son frère était passé par-
là – elle le percevait dans l'air, les pierres, le chemin.
Continuant à marcher, la main sur la paroi rocheuse,
Imogen remarqua que le sentier devenait plus étroit tandis que les arbres se raréfiaient sur sa droite. Comme le
soleil disparaissait sous un nuage, les ombres se fondi-
rent en une lumière grise, ténue. Imogen pénétra dans
un tunnel sans toit car un pan de montagne, effondré,
formait une ravine artificielle. Il lui fallut une fois de plus
vérifier que Connla ne l'avait pas laissée tomber.

La paroi rocheuse s'élevait au-dessus de sa tête,
masquant la lumière, et la terre était humide sous ses
pieds. Imogen eut l'impression d'être éclaboussée par la
rivière, toute proche. Voilà que le chemin s'élargissait,
s'interrompait sur la droite, puis reprenait, revenant sur
lui-même avant de dévaler la pente jusqu'aux cimes des
arbres. Imogen s'immobilisa. Devant elle s'ouvrait une
brèche longue d'environ trois cents mètres sur cent cinquante de large qui débouchait sur le vide – à-pic, saillie
ou rebord d'une falaise, elle n'en avait aucune idée. En
revanche, le parc national de Sawtooth s'étirait à l'infini
tandis que le sommet de la montagne morcelait l'azur du

ciel. Et un nouveau choix se présenta à Imogen entre le sentier qui descendait entre les arbres ou la brèche. Au bout d'un moment interminable, elle risqua un pas en avant, le cœur battant la chamade. Le fracas de la rivière devenait assourdissant et des gerbes d'écume jaillissaient au bout de la brèche. Cette fois, Imogen fut sûre que Connla la suivait.

À mesure de sa progression, la peur s'intensifiait. On aurait dit que ses jambes, de plus en plus lourdes, étaient en plomb. Elle traînait les pieds dans la poussière pour arriver à les poser l'un devant l'autre. La falaise se dressait sur un côté de la brèche. Plus le bord se rapprochait, plus le sol se tapissait de buissons de genévriers rabougris. Imogen eut l'impression d'entendre des voix bourdonner dans sa tête – la rivière sûrement.

À trente mètres du bord, elle s'arrêta. La peur l'enserrait d'une étreinte glacée. Elle respirait difficilement, la poitrine non plus oppressée mais douloureuse. Malgré son envie de s'assurer de la présence de Connla, elle y renonça – les yeux rivés à la cime d'un sapin accroché au flanc d'une lointaine montagne. La petite fille, qui frôlait son but – le rebord –, était désormais incapable de faire un pas.

Imogen se laissa lourdement tomber sur le sol. Une humidité glaciale transperça la mince protection de son jean, mais elle resta ainsi en dépit de son besoin taraudant de regarder par-dessus le rebord. Enfin, elle réussit à se mettre à genoux, puis à plat ventre et à ramper comme un serpent, trop effrayée pour se relever. Les coudes enfoncés dans la terre, serrant les poings, elle s'avança : plus que vingt mètres, plus que dix mètres, plus que cinq. Voilà qu'elle apercevait les berges de la rivière dans le lointain. Imogen fit halte pour reprendre son souffle, puis se remit à avancer. Malgré son envie de voir, ses yeux se fermaient. Une bouffée d'air froid lui balaya le visage. Prostrée, appuyée sur les coudes, les poings sur les joues, les paupières toujours closes, elle se représenta les gerbes d'écume blanche de la rivière en train de déferler, les vagues, les entonnoirs créés par le choc des courants qui vous entraînaient. Puis, ayant la sensation d'une présence à côté d'elle, Imogen ouvrit les yeux : c'était Connla, qui, pâle comme un linge, les yeux vitreux, était aussi à plat ventre et regardait en bas. Soudain des cris – bien réels – retentirent derrière eux. Remarquant alors que la gorge de Connla se contractait violemment, Imogen risqua un regard. Son hurlement déchira le silence.

Cinquante mètres plus bas, son frère la fixait. Le courant l'avait rejeté. Et c'est parce qu'une de ses jambes s'était coincée sous une branche d'arbre qu'il n'avait ni dérivé en aval ni sombré sous l'eau. Sa jambe au genou brisé ballottait d'avant en arrière comme une porte sur ses gonds. Il était livide. Ses yeux étaient grands ouverts mais ne cillaient pas.

Réfugiée sous la falaise, Imogen se serrait les bras pendant qu'on arrimait des cordes. Le teint terreux, mais les yeux secs, Connla était assis à quelques pas de là et son père lui parlait doucement. Telle une marionnette démantelée, le père d'Imogen se tenait au bord de l'à-pic. Effondré, les épaules voûtées, les mains dans les poches, il regardait les sauveteurs récupérer le cadavre de son fils. Alors que le shérif parlait dans un talkie-walkie avec les membres de l'équipe restés au campement, le père d'Imogen déclara d'un ton calme :

— N'annoncez rien à ma femme, c'est à moi de le faire.

Le shérif acquiesça. Se mordant les lèvres, le père d'Imogen croisa les yeux de sa fille, qui crut qu'il allait venir sécher ses larmes, la consoler. Or, il n'esquissa pas un geste. Toujours dans la même attitude accablée, il recommença à observer la falaise. Imogen essaya alors d'attraper le regard de Connla. En vain. Le jeune garçon errait dans une contrée lointaine, indéterminée, qu'il était le seul à connaître. Avec ses cheveux étincelants sous le soleil qui brillait de nouveau, son visage dans l'ombre, il ressemblait à un visionnaire, étranger à ce monde.

Imogen éclata en sanglots. Ce n'est pas pour autant que son père s'approcha d'elle. Aussi se leva-t-elle, mue par le besoin impérieux de prendre une des mains qu'il enfonçait dans ses poches, d'obtenir qu'il lui serre la sienne. Comme elle faisait un pas vers lui, la petite fille remarqua quelque chose dans un buisson. Elle s'approcha. À première vue on aurait dit une petite poupée en bois. Elle la ramassa avec précaution. En fait, c'était une statuette de danseur indien. Les bras levés, il tenait une plume à la main et la tige d'une autre, manifestement brisée. D'un geste prompt, Imogen la fourra sous son manteau. Relevant les yeux, elle vit qu'on hissait le brancard sur le rebord de la falaise. À peine fut-il doucement posé sur le sol que son père fléchit le genou et, de ses doigts gourds, effleura le visage sans vie de son fils.

1

1998

Le chant du coq réveilla Imogen à cinq heures. C'était l'heure où le soleil franchissait la crête de la montagne et inondait le poulailler – construit des blanches mains de la jeune femme. Tout pratique et bien couvert qu'il fût, il n'en risquait pas pour autant de mettre les menuisiers du cru au chômage. Imogen s'étira en bâillant et en se rappelant avec un plaisir anticipé ses projets de la matinée. Elle se redressa, passa les doigts dans la masse emmêlée de ses cheveux tout en contemplant les ombres projetées à la surface du lac. Il n'y avait pas de rideaux aux deux fenêtres qui perçaient le mur de la chambre, car l'une donnait sur le sommet de Sgurr an Airgid, l'autre sur le loch Gael, et de toute façon son plus proche voisin se trouvait à cinquante mètres en amont de la route.

Imogen se leva. Sans s'habiller, elle examina la lumière. Son petit chevalet était déjà dressé à gauche de la fenêtre avec vue sur le lac, dont le large rebord était

rempli de bouts de cristaux et d'une améthyste adroite-
ment scindée en deux. Le chevalet n'avait pas changé de
place depuis une semaine. En effet, chaque matin, la
jeune femme cherchait à capter une lumière qui n'était
jamais la même. Imogen, qui peignait à l'huile, couvrit sa
palette de couleurs fraîches. Le soleil, à la bonne hauteur, plongeait le premier plan du lac dans l'ombre.
C'était exactement ce qu'il lui fallait. Ce bon vieux Charlie Abbot avait exaucé ses vœux en la réveillant aussi
tôt. De toute façon, avant qu'elle ne l'eût acheté à Skye,
c'était un cauchemar que ces poules qui pondaient où
bon leur semblaient si bien qu'Imogen trouvait leurs
œufs dans les endroits les plus invraisemblables. À présent, sous la houlette du coq qui les cajolait, elles dépo-
saient leurs œufs dans les nichoirs du jardin.

Toujours nue, la jeune femme s'installa sur le tabouret près du chevalet, le dos réchauffé par le soleil
entrant par la fenêtre orientée au sud. La lumière était
parfaite. Un pinceau numéro douze à la main, elle mélangea les couleurs et travailla à rendre l'eau au premier
plan. La peinture déborda sur le manche du pinceau,
maculant ses doigts de bleu, de noir qu'elle essuya sur
ses cuisses dénudées. *Les coups de pinceau sont la voix
de la peinture*, lui rabâchait autrefois son professeur à
l'université lorsqu'il se penchait pour examiner la
composition qu'elle cherchait à animer. C'était à Édimbourg, elle avait dix-huit ans. Imogen s'interrompit au
beau milieu du trait qu'elle ébauchait. Malgré les dix-
neuf ans écoulés, elle avait l'impression que cela se passait hier. M. Montgomerie – un vieillard – avait l'habitude
de poser ses mains décharnées aux phalanges saillantes
sur ses cuisses pour garder son équilibre. *Ton style, c'est
toi, Imogen. Et ce n'est pas parce que tu changes de sujet
que tu dois en changer. Ton style exprime qui tu es.*

La jeune femme se redressa, le bras sur sa jambe
levée. Un bateau sillonnait le miroir du loch, c'était Morrisey qui se rendait de son cottage à la petite ferme qu'il

exploitait sur la rive septentrionale où il garait son tracteur dans une remise. Matin et soir, il traversait le lac, évitant ainsi d'en faire le tour. Ne tenant pas à ce qu'il figure sur sa toile, elle le regarda ramer dans sa coquille de noix dont la proue était réduite à un point noir. Le moment suffit à modifier la lumière, et, posant son pinceau, elle éclata de rire : à n'en pas douter, ce serait une œuvre de longue haleine !

La jeune femme prit une douche, brossa ses cheveux, les tressa en une longue natte qu'elle ramena encore humide sur son épaule. En séchant ainsi, ils restaient faciles à coiffer plus longtemps. Puis, elle descendit et mit la bouilloire à chauffer avant de sortir dans la chaleur du soleil. Pas un nuage ne coiffait les montagnes qui se découpaient sur le ciel d'un bleu aussi profond que la mer vue d'avion. La main en visière sur les yeux, elle embrassa du regard la vallée où rien n'annonçait autre chose qu'une journée parfaite.

Évidemment Charlie Abbot piailla lorsqu'elle ouvrit le loquet du poulailler. Si les renards, décimés par les gardes-chasse – à l'arme à feu ou au poison –, n'infestaient pas la région, les lapins pullulaient. En fait, les seuls à semer la confusion parmi ses poules, c'étaient les chats sauvages. Or, il y en avait peu et ils ne venaient pas souvent rôder. Imogen jeta du grain. Les six poules et le coq se précipitèrent par la porte étroite pour picorer dans le jardin, pas très grand, en tout cas pas assez pour qu'elle puisse y garder son cheval.

Elle rentra avaler son petit déjeuner. D'un coup d'œil à la pendule, elle se rendit compte qu'il était déjà sept heures – trop tard pour monter voir son cheval vu le nombre de choses à préparer à l'école ce matin, surtout si elle voulait en partir à l'heure. De toute façon, il n'avait pas besoin d'elle. En cette saison, il pouvait entrer et sortir de l'écurie à sa guise. Aussi monta-t-elle dans sa voiture, une moitié de toast dans la bouche, sa tasse à café en équilibre entre ses cuisses. Et cahotant sur le chemin raboteux, elle contourna la rive sud du lac.

La surface plane et le peu de profondeur du loch Gael sont à l'origine des effets de lumière matinaux. En outre, par rapport aux loch Duich ou Alsh qu'il finit par rejoindre, il est minuscule. Imogen avait douze kilomètres à parcourir sur une voie goudronnée depuis peu – l'an dernier seulement. Heureusement, elle renversait ainsi moins de café ! La route longeait les maisons de ses voisins avant d'enjamber une première fois la rivière, plutôt l'affluent qui reliait le loch Gael à la mer entre les îles de Skye, de Scalpay et de Raasay. Eût-elle eu le choix qu'elle aurait sans doute vécu plus près du château ou de l'école. Mais au décès de sa grand-tante, Imogen avait hérité de la maison de Gaelloch, ses parents ne voulant pas quitter Édimbourg et Ewan ayant disparu depuis une éternité.

Ewan... Comme elle manœuvrait la lourde Land-Rover sur le pont en bois, puis à travers la grille interdisant le passage au bétail, le souvenir de son frère, auquel elle n'avait pas pensé – consciemment du moins – depuis longtemps, s'imposa à elle. En dépit des trente ans écoulés, le souvenir du jour de sa mort était aussi clair que s'il datait d'hier. Parfois, le visage d'Ewan surgissait d'un recoin de sa mémoire, jamais vivant au demeurant, toujours mort, livide, les yeux ouverts, sous l'eau. Frissonnante, Imogen continua à rouler dans sa Land-Rover. Bien que mal suspendue, plus qu'inconfortable, notamment à l'endroit où un ressort transperçait le vinyle du siège, cette vieille bagnole cabossée la laissait rarement en rade et, surtout, remorquait sans trop de mal le fourgon à chevaux.

Contournant le loch Long, Imogen eut une vue sur Glas Eilan, une île verdoyante à l'est du cap. Celle de Skye était presque accolée au continent qui se profilait derrière. Par l'étroit détroit de Kyle Rhea on pouvait gagner Eigg et Rum, au sud-ouest, en dépassant les îles Sandaig. Un jour, au début de la saison du rut chez les cerfs, la jeune femme avait pris le bateau pour aller peindre à Rum, n'ayant jamais assisté à l'accouplement de ces animaux si ce n'est Redynvre. Toujours est-il que l'école où elle enseignait se trouvait à Balmacara, à mi-chemin du Kyle de Lochalsh. À une certaine époque, chaque village aurait eu son école, mais les années That-cher étaient passées par là. À présent les cars allaient chercher des enfants à des kilomètres à la ronde.

Imogen quitta la grande route pour rentrer au par-king où la Volvo verte de Colin Patterson était garée à sa place habituelle. Il était toujours là le premier. Non seulement parce qu'en tant que directeur il tenait à faire du zèle, mais aussi parce qu'Imogen avait coutume d'ar-river avant les deux autres instituteurs. Le moteur de sa voiture une fois arrêté, la jeune femme s'y attarda, vidant sa tasse de café tout en écoutant la rumeur de la circulation en provenance du pont de la Skye. À quatre livres soixante le passage, le refus de la moitié des habi-tants de l'île de l'emprunter n'avait rien de surprenant. Imogen, qui avait beaucoup peint sur l'île de Skye, trou-vait que la construction du pont avait changé les choses : du temps du ferry, il était au moins possible de limiter le nombre de visiteurs.

La silhouette de Patterson se profilait derrière la fenêtre de sa salle de classe – veste en tweed à bou-tons de cuir, aux poches déformées, celle de poitrine ourlée d'une bande de cuir. Il venait de Glasgow d'où il avait déménagé au Nord avec sa famille à peu près en même temps qu'Imogen. Cela faisait six ans. Le bruit courait qu'il avait été directeur adjoint d'une école primaire dans un quartier déshérité et qu'il ne s'en était pas sorti. Pas de quoi se moquer au demeu-rant, Imogen avait eu une expérience similaire à Édim-bourg même si elle était sans doute partie pour d'autres raisons. L'enseignement... Voilà une idée qui ne lui effleurait pas esprit au temps de sa jeunesse impétueuse, où rien ne comptait hormis ses toiles et la nature. C'est à cause de sa passion pour la peinture du reste qu'elle n'avait pas suivi son fiancé à Londres – du moins voulait-elle le croire.

Apercevant Imogen dans sa Land-Rover, Patterson, le visage fendu d'un grand sourire, lui fit signe de la main. D'un coup d'œil, la jeune femme vérifia l'heure. Il était encore tôt. Non qu'elle eût envie d'entrer seule, mais Jean Law ne se montrerait pas avant vingt minutes, devant déposer ses fils au car, puis préparer le casse-croûte de son mari qui n'était pas fichu de le faire lui-même – un mystère qu'Imogen n'avait pas encore éclairci. Avec un grand soupir, la jeune femme fourra sa tasse sous le pare-brise et flanqua un grand coup dans la portière, qui s'ouvrit en grinçant et se rabattit difficilement vu la rouille de la tôle. Quant à la vitre fêlée, elle n'y touchait pas, sachant qu'elle n'arriverait pas à la remonter. Bien sûr, c'était normal pour une voiture d'occasion rachetée à John MacGregor, régisseur d'un des domaines que les McCrae avait vendus à des Arabes. Dieu merci, il restait des membres de la famille McCrae, ainsi que le château. Ceci étant, elle devait se tenir sur ses gardes avec MacGregor, mais c'était plus facile qu'avec Patterson parce qu'il n'y allait pas par quatre chemins. Et puis, il lui avait rendu service, s'assurant de la révision de la Land-Rover et lui procurant un bout de terrain pour Keira, son poney des Highlands. En outre, malgré ses cinquante berges, MacGregor, lui, n'était pas marié.

Tout sourires comme de coutume, Patterson sortit de sa salle de classe.

— Bonjour, Imogen.

— Bonjour, répondit-elle, s'efforçant d'avoir l'air aimable.

— Vous êtes en avance.

— Oui, j'ai des choses à préparer.

Il lui bloquait le passage, on aurait dit une grosse mouche pleine d'espoir voltigeant devant Imogen dont la salle de classe jouxtait celle d'où il venait de sortir.

Aussi ne pouvait-elle y accéder qu'en le bousculant. La jeune femme hésita. Tel était bien sûr le but recherché par Patterson, père de trois petites filles, élèves dans l'école au demeurant, et mari de la postière du village.

— Comment allez-vous ? s'enquit-il avec un sourire tout en dents.

— Très bien. Mais j'ai beaucoup à faire, Colin.

La jeune femme essaya de passer devant lui.

— Est-ce que je peux vous aider ?

— Non merci.

Sans un regard en arrière, Imogen entra dans sa classe, dont elle ferma la porte : un geste des plus éloquents vu la chaleur. Colin ne l'en ouvrit pas moins une seconde après. Imogen, qui s'y attendait, n'avait même pas eu le temps d'accrocher sa veste.

La main sur la poignée, il se pencha légèrement, un pied posé sur l'autre tandis que son pantalon de velours déformé pendouillait sur ses chaussures de marche marron.

— Vous vous rappelez qu'il y a conseil de classe cet après-midi ?

— Oui, je ne l'ai pas oublié.

Au vrai, cela lui était sorti de l'esprit. Voilà qui compromettait son projet de se précipiter dans la montagne dès la sonnerie de la sortie. Imogen rongeait son frein. Même sans ce contretemps, elle aurait eu à peine le temps de faire l'aller et retour à Tana Coire sur son poney à la lumière du jour.

— Il y a beaucoup de questions à discuter ?

Il fallut qu'il esquisse un énième sourire.

— Oui, un certain nombre. Vous savez bien, les sujets de fin de trimestre.

Posant un poing serré sur la hanche, Imogen hocha la tête.

— Dans ce cas, je dois m'y mettre, Colin. Ce n'est pas la peine d'arriver en avance pour ne pas en tirer le meilleur parti.

— Effectivement.

La fatuité de ce mec lui donnait la chair de poule. Il y a des morgues fondées qui sont supportables dans la mesure où celui qui en est plein n'est pas nul – attitude vaine mais excusable. Ainsi, Peter, son ancien fiancé, avait la suffisance de celui qui se fait obéir au doigt et à l'œil des ordinateurs que personne ne réussit à mettre en marche. Il se peut que cela ait été l'une des raisons de leur rupture – outre Londres bien sûr. À moins que ce ne fût une excuse de plus que se donnait Imogen. En y repensant, qu'avait-elle de commun avec cet étudiant anglais de l'université d'Édimbourg qui jouait au golf le samedi matin ?

Patterson la laissa enfin tranquille. Du coup, Imogen entreprit de préparer sa journée, heureuse à l'idée qu'il ne restait que deux semaines avant les vacances d'été, dont chaque jour lui appartiendrait. Il y aurait comme toujours les montagnes, d'autant que sa récente découverte en décuplait l'attrait. Et puis, comme chaque année, ses parents viendraient passer une semaine en août ; ils avaient acquis toutefois l'art de ne pas la déranger depuis des lustres. Plus que quinze jours à tenir, et elle serait libre de son temps.

La journée passa lentement, les enfants se montrant insupportables. Aussi Imogen dut-elle les surveiller à l'heure du déjeuner dans la cour de récréation avec Jean Law. Plus âgée qu'Imogen, cette femme de quarante-cinq ans venait de la côte Ouest. Les cheveux roux, le visage criblé de taches de rousseur, elle avait des yeux d'un bleu très clair, un peu las de tout. Les deux femmes discutèrent des prochaines vacances.

— Évidemment, comme j'ai les enfants à la maison, pas question d'une fugue romanesque sur la Côte d'Azur avec un amant italien.

Imogen éclata de rire.

— Si tu en avais l'occasion, c'est ce que tu ferais, Jeanie ?

— Pardi ! Le soleil. La mer. De la sangria. Un dieu bronzé pour m'enduire d'huile solaire.

— On ne boit pas de sangria en Italie, Jean.

— Qu'à cela ne tienne, du chianti alors. Du lambrusco, ça m'irait très bien, ma chérie.

Jean suivait des yeux un ballon de foot. Sous les coups de pied d'une bande de garçonnets, il survola la barrière de l'école pour atterrir dans l'herbe tendre, au bord du lac. D'un signe de tête, elle autorisa le petit botteur qui lui lançait un regard suppliant à aller le chercher, avant de demander à Imogen :

— Et toi, quels sont tes projets ?

Imogen réfléchit un moment, puis sourit.

— Oh, me balader à cheval, peindre, écouter le silence.

— La solitude, quoi ? (Jean la dévisagea.) J'ai beau t'envier, ma belle, je ne suis pas sûre que ce soit tellement bon pour toi.

— Tu trouves que je suis trop souvent seule ?

— Ce n'est pas ce que j'ai dit.

— Jeanie, qu'est-ce qui s'offre à moi, hein ? Mac-Gregor ou une aventure avec Colin Patterson. C'est peut-être de ma faute, mais on ne dirait pas que les hommes bien courent les rues à Gaelloch.

— Il reste Andy McKewan.

— Ah oui, j'avais oublié la conversation captivante de celui-là ! railla Imogen, les yeux au ciel.

L'après-midi, après la leçon d'arithmétique qui dura jusqu'à trois heures moins le quart, Imogen installa les treize enfants de six ans sur des coussins dans un coin qu'elle avait décoré avec ses tableaux. C'était l'heure de l'histoire. Sans s'aider d'un livre, la jeune femme s'asseyait en tailleur pour leur conter des légendes celtes glanées au fil des années. Les enfants adoraient ces récits qu'elle faisait de mémoire, une inflexion complice dans la voix. À Jean qui lui avait demandé d'où elle tenait ce talent, elle avait dû avouer ses nombreuses soirées dans des pubs obscurs des Highlands d'où les conteurs n'avaient pas disparu.

— Mademoiselle Munro ? (Connie McKercher, la fille d'un garde forestier venait de lever la main.) On pourrait avoir la légende d'Olwen ?[1]

— Voyons, Connie. Je l'ai déjà racontée lundi.

Les joues en feu, Connie glissa les mains sous ses cuisses et baissa la tête. Imogen lui sourit.

— Voilà, c'est l'histoire de Hudden et de Dudden, deux gredins irlandais qui voulaient se débarrasser de leur voisin.

À peine eut-elle commencé que la jeune femme aperçut Patterson derrière la cloison vitrée de la porte. Feignant de ne pas le remarquer, elle posa les yeux sur les petits visages pleins d'attente et, le doigt sur la bouche, fit taire deux petits garçons qui bavardaient.

— Il était une fois deux paysans qui s'appelaient Hudden et Dudden. Ils avaient des poules dans leur cour, des vaches dans leurs prés et une douzaine de moutons broutant à flanc de coteau. Au vrai, ils avaient tout ce qu'on peut souhaiter, mais cela ne leur suffisait pas. Alors que leur voisin, Donald O'Neary, était un pauvre homme, si misérable qu'il habitait un taudis, ne possédait qu'un champ minuscule et qu'une vache toute maigre, Daisy.

Le visage innocent des enfants ravissait Imogen. Elle continua l'histoire de Hudden et Dudden, du complot qu'ils manigancèrent contre O'Neary, dont ils tuèrent la vache. Sauf que, plus malin qu'eux, O'Neary, avait fini par se venger grâce à des couvertures qui déversaient une pluie de pièces d'or. Et les deux vilains avaient fini par se noyer dans le lac Brown, lui laissant leur bétail ainsi que leurs terres.

Comme Imogen terminait son récit, Patterson ouvrit la porte de la salle de classe pour écouter. Imogen s'ef-

---

1. Olwen : Aphrodite de la mythologie celte qu'on appelle aussi la Dame blanche. (*N.d.T.*)

força de l'ignorer, mais son ombre projetée sur le sol attirait son regard. Un fois le dernier mot prononcé, elle leva les yeux tandis qu'il lui disait :

— Je voulais vous prévenir que la réunion commencera avec un peu de retard parce que je dois voir un parent d'élève.

La mort dans l'âme, Imogen en conclut que sa balade à Tana Coire était décidément à l'eau.

Après avoir remis les enfants aux parents, elle se rendit d'un pas traînant à la salle des professeurs où Jean faisait du thé.

— Tu es géniale, Jean, je meurs d'envie d'une tasse de thé.

Imogen s'installa dans un fauteuil. La voix de Tim Duerr en train de téléphoner dans le bureau de l'économe traversait la porte.

— Ah, Colin Patterson et ses maudites réunions ! maugréa-t-elle.

Jean tendit une tasse de thé à la jeune femme avant de s'asseoir en face d'elle et de la dévisager.

— Tu m'as l'air bien énervée aujourd'hui, ma belle.

— Tu trouves ? (Imogen fit la grimace.) Pour être honnête, Jean, j'avais complètement oublié cette réunion et j'avais des projets pour cet après-midi.

— Mais encore ?

— Oh, rien d'extraordinaire, prétendit Imogen avec embarras. Monter avec Keira dans la gorge qui surplombe le champ. Il y a là un affleurement de rochers que j'ai toujours eu envie de peindre. Je voulais profiter de la lumière telle qu'elle est maintenant.

Un mensonge certes, mais fondé. Pour peu que son intuition soit juste, elle avait décidé de ne confier sa découverte à personne.

— C'est important la lumière ?

— En peinture ? Absolument, surtout pour un paysage.

— Dis-moi, pourquoi n'essaies-tu pas de gagner ta

vie avec ta peinture? Comme ça, tu aurais tout ton temps à ta disposition.

Comme Imogen réfléchissait à sa réponse, des bribes de la conversation téléphonique de Duerr continuaient à parvenir à ses oreilles.

— C'est plus facile à dire qu'à faire, Jean. J'en vends déjà assez sous forme de cartes postales. En plus, les enfants me manqueraient.

Duerr, qui venait de raccrocher, franchit la porte, le visage aussi sombre que des nuages gonflés de pluie.

— Non vraiment, quelle engeance que les parents! Dieu que la vie serait simple sans eux.

— Dans ce cas il n'y aurait pas d'enfants à éduquer, Tim. Y as-tu songé? se moqua Jean.

— Encore mieux! s'exclama Duerr en se déridant.

La réunion des professeurs de Patterson dura une heure et demie. Il était déjà six heures lorsque Imogen, abandonnant la route nationale, passa devant l'hôtel et se dirigea vers la montagne.

Le château d'Eilean Donan dressait sa masse gris-brun qui se détachait sur les eaux glacés des lochs Duich et Alsh – une situation idéale pour se défendre contre d'éventuels envahisseurs. Imogen avait toujours admiré ce fort picte que les McCrae avaient transformé en château dans les années vingt.

La jeune femme gravit la côte en seconde. Le moteur couina un peu, et comme il fumait depuis quelque temps, elle se demandait s'il ne manquait pas d'huile. Cela faisait longtemps qu'Imogen, pour éviter de dépendre des villageois, avait appris à résoudre ce genre de problèmes mécaniques. De plus en plus raide, la route serpentait à flanc de coteau devant un groupe de maisons, dont celle de Colin Patterson. À n'en pas douter, ils avaient une vue imprenable sur le loch, avec le château en premier plan et les contours de l'île de Skye se profilant en face. Il n'empêche qu'Imogen avait toujours refusé les nombreuses invitations de Colin – en l'absence de sa femme comme de juste. On jasait. En plus, son attitude devenait de plus en plus compromettante.

Au bout du pré, Keira était en train de mâcher de hautes herbes lorsque Imogen bifurqua et se gara devant la grille dont le côté gauche était sorti de ses gonds tandis que le droit s'enfonçait dans la gadoue. Il y avait un vieux fourgon à chevaux qu'elle savait remorquer à merveille dans le pré – un versant plutôt abrupt – dont la terre convenait aux moutons et à un robuste poney des Highlands. Du reste, avec sa taille de quinze paumes, Keira était à peine un poney et avait une endurance de chamois. D'un air nonchalant, il leva les yeux en entendant le vrombissement de la Land-Rover et remua la tête au sifflement d'Imogen avant de se remettre à paître. L'écurie – une chaumière en ruine – appartenait autrefois à un petit fermier enthousiaste. Dotée d'une porte en bois, elle avait un toit en bon état et l'intérieur était sec en dépit d'une fenêtre perpétuellement ouverte, une brèche dans la pierre en réalité, qui donnait sur le lac.

Abandonnant sa voiture, Imogen escalada la barrière et s'avança à grandes enjambées sur le sentier boueux. En été, elle laissait une des portes de l'écurie ouverte pour que Keira aille et vienne à sa guise. Une brouette bloquait l'autre. Sous le regard indifférent de Keira, Imogen dégagea du fumier à la pelle, puis ramena de la litière fraîche du fourgon à chevaux. Une partie de l'écurie formait une sellerie à laquelle Keira avait accès. Rien ne l'aurait empêché de dévorer le cuir de sa selle si le cœur lui en avait dit.

Imogen l'attrapa, l'emmena au pied de la colline, où Keira se laissa seller sans broncher. C'était un poney des îles mais Imogen était persuadée qu'il devait sa taille à des chevaux du continent. Il n'en avait pas moins la nuque courte et les yeux écartés de sa race. Sa crinière noire contrastait avec sa robe grise tandis qu'une ligne courait le long de sa colonne vertébrale. Les poils argentés de ses pattes se terminaient par des petites touffes. Imogen l'avait eu tout petit. En gaélique, *Keira* signifiait « Couvert de poils noirs. » Après l'avoir étrillé, la jeune femme monta en selle. Bien qu'il restât trois heures avant la tombée de la nuit, cela ne suffisait pas pour aller au glacier. Il lui faudrait attendre le week-end, voire le début des vacances. L'envie de s'assurer de sa découverte avait beau tenailler Imogen, elle ne pouvait que prendre son mal en patience en priant pour que personne ne la devance.

Pour l'heure, Keira avait besoin d'exercice. Aussi Imogen l'emmena-t-elle sur le chemin pierreux et un peu raide qui longeait le loch Duich. Keira avait le pied sûr, et Imogen le mit au trot dans l'eau peu profonde jusqu'au pont. Au moment où la jeune femme s'apprêtait à traverser la nationale pour rentrer en suivant les contreforts de Sgurr et d'Airgid, la Land-Rover de John MacGregor se profila. Il lui fit signe de la main. Imogen s'arrêta tandis qu'il ralentissait. Baissant la vitre, il posa le bras sur le rebord, une casquette à la Sherlock Holmes vissée trop haut sur son crâne. Il aimait porter des chapeaux pour dissimuler sa calvitie. Imogen l'accueillit par un sourire.

— Bonsoir, John.

— Bonsoir, Imogen. Belle soirée pour une balade à cheval.

— Oui, c'est magnifique, n'est-ce pas ?

— Absolument. Vous rentrez chez vous ?

— J'allais rebrousser chemin.

Soudain, un peu mal à l'aise, il laissa son regard errer.

— J'ai un truc à faire à la ferme aquacole de McClachan. Après, je vous offre un verre si le cœur vous en dit...

Imogen hésita. En un sens, elle était désolée pour lui, mais c'était inutile de prêter le flanc aux commérages, qui allaient déjà bon train.

— J'en serais ravie John, mais je suis en retard. On a eu une réunion après la classe cet après-midi et je n'ai rien fait d'autre que de sortir Keira.

Il eut l'air déconfit, comme si sa proposition l'avait vidé de tout courage. Poussant son cheval en avant, Imogen posa sa main gantée sur le bras de John.

— Une autre fois, John, d'accord ?

— C'est ça, lâcha-t-il avec un sourire contraint.

Rentrée chez elle, Imogen profita un instant de la fraîcheur de son salon avant d'aller prendre son livre sur les oiseaux de proie sur l'étagère. Une mèche de cheveux rebelles derrière l'oreille, les yeux plissés de concentration, la jeune femme chercha la page dans l'index, puis, l'ayant trouvée, se mit à lire. Considérés comme une espèce en voie de disparition depuis seulement 1991, les aigles qu'elle avait vus avaient disparu du Royaume-Uni en 1918. À la suite de la mise en place d'une politique de réintroduction, on avait lâché un couple sélectionné en Norvège sur l'île de Rum des Hébrides en 1975. Fermant le livre, Imogen, enchantée, se rappela qu'elle avait peint des cerfs sur cette île. Ainsi, c'était là qu'elle les avait vus la première fois.

2

Dans sa cabane au Dakota du Sud, Connla était en ligne avec son ex-épouse. Son coup de téléphone l'avait interrompu alors qu'il préparait le texte d'une future conférence à la lueur, chiche, d'une lampe à pétrole. Holly entra d'emblée dans le vif du sujet.

— As-tu décidé de la date de ton arrivée à Washington ?

Carré dans son siège, il appuya la semelle de son soulier sur le bord grossièrement taillé de son bureau.

— Dès que j'en aurai terminé ici.

— Ce qui signifie ?

— D'ici un à deux jours sans doute, pourquoi ? lança-t-il après un soupir.

— Parce que je veux être sûre que tu donneras ce cours, Connla, je sais trop à quoi tu ressembles dans tes périodes de retour à la nature. Ça m'embêterait beaucoup de m'être donné un mal de chien pour te les décrocher et que tu ne t'y pointes pas. De quoi j'aurais l'air ?

— Dis-moi quand je t'ai fait faux bond ?

— Oh, il suffit qu'un projet passionnant en Sibérie ou dans la jungle africaine se dessine, tu te rappelles ?

— Rassure-toi Holly, je serai là.

Comme elle se taisait, Connla lui demanda :

— Il y a autre chose ?

— Ma foi, oui. Je suis invitée à un dîner à l'université et je n'ai personne pour m'accompagner.

— Où est passé Mario ?

— Il n'est pas en ville. En plus, je crois qu'il est furieux que je passe mon temps à parler avec toi.

Connla s'esclaffa.

— Tu n'as qu'à prétendre que je te fais de la peine.

— Je ne m'en prive pas, crois-moi.

— Et ça ne le calme pas ?

— Que veux-tu, l'orgueil masculin... (Holly se tut un instant avant d'ajouter :) C'est ridicule de ne pas être fichue de trouver quelqu'un, mais tout le monde est pris.

Connla fronça les sourcils.

— Holly, tu ne vas pas...

— Ça ne me plaît pas de te le demander, Connla, on se voit déjà bien assez comme ça. Mais je n'ai aucune envie d'y aller seule et j'ai pensé que ce ne serait pas la mer à boire, puisque tu viens de toute façon.

— Tu plaisantes, j'espère. Du temps où nous étions mariés, je ne supportais pas ces dîners.

— Oui, Connla, je sais. Et moi, j'avais horreur de t'écouter répéter tes conférences sur la consistance de la merde de puma. N'empêche que j'étais la seule à me les taper si je ne me trompe. (Elle s'interrompit un instant.) De toute façon, c'est un marché des plus honnêtes : je te trouve du boulot quand tu en as besoin, et toi, tu m'accompagnes à une soirée parce que je n'ai pas de cavalier. Crois-moi, ce n'est pas l'envie de me montrer avec mon ancien mari qui m'étouffe, mais je n'ai pas le choix.

— C'est bon, soupira Connla. Vu la façon agréable dont tu me présentes l'invitation, je viendrai avec toi. Cela dit, ne compte pas sur moi pour être bien élevé.

— Quand l'as-tu été ?

— Je tiens simplement à ce que les choses soient claires entre nous. C'est quel jour ta sauterie ?

— Le soir de ton cours magistral, Connla. Après-demain. Ça colle parfaitement.

— Entendu, j'y serai. (Souriant dans sa barbe, il poursuivit :) Puis-je loger chez toi ?

— Ah non, pas question ! Enfin, Connla, ne me dis pas que tu n'as pas de quoi t'offrir l'hôtel. Ceux de la chaîne Howard Johnson ne sont pas chers.

— C'était une blague, Holly. N'empêche que j'aurais bien aimé voir la bouille de Mario.

— Bon, au revoir, Connla. Sois à l'heure, hein ! conclut Holly avec un petit ricanement.

— Promis, salut.

Connla raccrocha en secouant la tête. Ils avaient beau être divorcés depuis deux ans, ils continuaient à se voir en raison du travail qu'il faisait de temps à autre pour l'université George Washington. Si elle l'avait laissé habiter son appartement une ou deux fois, l'entrée en scène de Mario avait mis un terme à son hospitalité.

Un raclement se fit entendre devant la porte, derrière la cabane ; Connla cria dans l'obscurité :

— Allez entre, si tu en as envie.

La porte s'ouvrit, laissant apparaître une grosse tête de fauve au museau couvert de poils clairs, aux narines noires, aux yeux d'un jaune sans éclat. Comme Connla le fixait, le cougouar feula, les oreilles couchées.

— Par pitié, Mellencamp, fiche-moi la paix ! Je viens d'avoir ta mère au téléphone. Allez amène-toi, il fait froid.

Oreilles dressées à présent, le fauve se glissa dans la pièce en laissant la porte entrouverte.

— Écoute, je vais partir quelques jours pour donner des cours.

Les yeux sur le ventre de Mellencamp, Connla se leva pour refermer la porte.

— Tu sais, Hooly m'a rafraîchi la mémoire : il paraît qu'elle était la seule à m'écouter déblatérer sur ta merde. C'est bizarre ce que les gens retiennent de leur mariage, non ?

Il se pencha pour gratter doucement les oreilles de Mellencamp, qui se frotta contre lui tel un animal domestique, s'étira puis alla se coucher sur la peau de buffle jetée devant le feu. Après avoir regardé un instant les flammes en battant lentement des paupières, Mellencamp tourna la tête vers Connla qui observait les touffes blanches, presque laineuses, de son ventre.

— Tu viens de bouffer, ma fille, ou est-ce que tu aurais couru le guilledou par hasard ?

En guise de réponse, elle s'allongea sur le flanc et tendit les pattes. Ses griffes étaient assez acérées pour arracher d'un coup la peau du dos d'un élan.

— T'es en cloque, Mellencamp ?

La femelle cougouar redressa la tête, rentra la langue – révélant de longues canines – et poussa une sorte de miaulement. Du coup, Connla alla chercher un carton de lait dans le réfrigérateur.

La même pièce faisait office de chambre, de cuisine et de salon dans la cabane qui n'avait ni étage ni cloisons. Connla y avait simplement rajouté une salle de bains lorsqu'il l'avait achetée dix ans auparavant. Il est vrai que Holly l'avait toujours exécrée et n'y venait qu'aux moments où elle ne pouvait faire autrement. Le lait une fois versé dans un bol, il le posa devant Mellencamp, qui s'approcha en le bousculant. Aussitôt elle se mit à laper le liquide, le dos lisse et tendu, remuant la queue. Connla retourna à son bureau.

— Ça devrait être de l'eau, ma belle. Cette domesticité ne te vaut rien.

N'oubliant jamais que c'était un fauve, il la laissait aller et venir à sa guise derrière la cabane, dans le grand terrain clôturé qui s'élevait à flanc de montagne. Ceci étant, il lui arrivait de trouver, à son réveil, Mellencamp sur la véranda en train de se dorer au soleil.

C'est en mars, il y a trois ans que Connla l'avait sauvée, un soir qu'il rentrait de Custer en camionnette, savourant la solitude de cette saison où les meutes de touristes de Pâques n'envahissaient pas encore les monts Rushmore. La pluie tombait à verse sur le bitume, giclait sur le pare-brise sale et obscurcissait la route devant lui. Connla, qui n'avait pas perdu le regard d'aigle de son enfance, avait distingué une masse jaune sur l'accotement – une femelle puma d'un an à peine. En matière de lions des montagnes, pratiquement personne ne rivalisait avec Connla ; ils avaient été le sujet de thèse de doctorat à l'université George Washington. Apparemment, un camion avait heurté le fauve, qui gisait, inconscient. Il l'avait enveloppé dans une couverture avant de l'étendre avec beaucoup de précautions sur la banquette de sa camionnette. Puis, il était retourné à Custer sur les chapeaux de roue.

Au terme de son auscultation, le vétérinaire avait diagnostiqué des côtes cassées, des fractures aux deux pattes arrière, et décelé à la radio quelques lésions internes sans gravité. En outre, souffrant de commotions, l'animal avait une grosse estafilade à la tête. Au bout de huit semaines, délesté de quelques centaines de dollars, Connla avait fini par le ramener chez lui. Et, six semaines après, la femelle puma, se levant de la couche qu'il lui avait aménagée sur le toit, avait sauté la barrière. Depuis lors, elle ne cessait de réapparaître. Comme il écoutait l'air de *Jack et Diane* au moment où il l'avait découverte, il l'avait baptisée Mellencamp en s'inspirant du nom du chanteur rock, John Cougar Mellencamp.

À son bureau, Connla étudia le plan du cours qu'il devait donner dans une semaine. Heureusement qu'il avait la perspective de son voyage en Angleterre ensuite. Toujours est-il que son cours n'était pas du tout prêt, or, il tenait à être parfait vu la bourse de recherche en matière d'environnement qu'il cherchait à décrocher. Tout compte fait, le dîner de Holly allait peut-être servir à quelque chose et lui offrir l'occasion de tâter le terrain auprès de certains sponsors pleins aux as du département. Il n'empêche que Washington lui faisant horreur, autant que son refuge à Holly. D'ailleurs, il trouvait comme elle qu'ils se voyaient trop pour des divorcés sans enfants. En effet, leur rupture – pour cause d'incompatibilité d'humeur – s'était passée sans déchirements ni disputes et sans impliquer quiconque. C'était à se demander pourquoi ils s'étaient mariés, pensait souvent Connla, qui estimait les frontières entre eux beaucoup mieux définies depuis leur divorce, surtout que le partage des biens n'avait posé aucun problème. Holly avait gardé l'appartement de Washington, près de l'université. Quant à Connla, il avait conservé sa cabane de Keystone, située sur les hauteurs de Black Hills, dans le saint des saints des Sioux que Nuage Rouge avait essayé de défendre pied à pied après que les Blancs y eurent découvert de l'or.

Allongée sur le tapis devant l'âtre, Mellencamp l'observait. Connla ramassa ses feuilles et, se grattant les poils du bras, s'adressa à elle.

— Écoute ça et donne-moi ton avis.

Mellencamp bâilla à se décrocher la mâchoire.

— Nom d'un chien, ça promet, je n'ai même pas encore commencé.

Calé dans son fauteuil, Connla s'éclaircit la voix.

— *Le mâle nomade et son territoire.* Tu n'aimes pas les nomades, hein, ma belle ? Non, bien entendu, ils s'en prennent à tes petits. (Il jeta un autre coup d'œil à ses notes.) *Cours du professeur Connla McAdam.*

Mellencamp se leva et se dirigea vers la porte toujours entrebâillée, qu'elle l'ouvrit complètement. Connla la regarda s'enfoncer dans la nuit.

— À ce que je vois, ça t'a beaucoup plu !

Le lendemain matin, le téléphone le réveilla aux aurores. Il tâtonna pour trouver l'appareil sur sa table de chevet en bois.

— Allô, maugréa-t-il en s'asseyant.

— Professeur McAdam ? (C'était une voix d'Indien, mélodieuse.)

— Lui-même.

— Joe Hollow Horn de Manderson à l'appareil. Professeur, je crois avoir un problème avec un cougouar.

— Vraiment ?

Tout à fait réveillé à présent, Connla repoussait ses cheveux en arrière.

— Il y en a un qui massacre mon troupeau.

— De moutons ?

— Tout juste.

— Vous l'avez vu ?

— Une ombre seulement. J'aurais pu le tuer, mais je n'en ai aucune envie : le cougouar est mon totem, vous comprenez ?

— Bien sûr, Joe. Vous voulez que je vienne lui décocher une flèche de calmant, c'est ça ?

— Vous seriez d'accord ?

— Évidemment. (Connla balança ses jambes au-dessus du bord de son lit.) Je vais l'endormir, puis l'emmener ailleurs.

— Je vous en serais très reconnaissant, professeur McAdam.

Connla dut passer prendre des analgésiques dont il était à court chez le vétérinaire de Rapid City qui comprenait parfaitement son amour des lions de montagne. Aussi lui raconta-t-il le coup de téléphone.

— Heureusement qu'il a fait appel à toi, Connla, déclara le vétérinaire. La plupart de gens l'aurait abattu, tout bonnement.

— C'est vrai. Remarque, ce type est un Sioux Oglala qui a le cougouar comme emblème. Ça aide, tu sais.

— Eh bien, bonne chance, j'espère que tu l'attraperas.

— Moi aussi.

À la sortie de la ville, Connla prit l'autoroute 44 vers

l'est. Il traversa Caputa, puis un minuscule hameau bap-
tisé du nom grotesque de Scenic [1] par quelque plaisantin,
vu la demi-douzaine de maisons en ruine qui bordaient
sa rue et les mauvaises herbes qui mordaient sur le
bitume. Après quoi, il fallait tourner à droite, emprunter
une piste qui se faufilait entre les falaises blanches aux
sommets plats, tapissés d'herbe des Badlands. Une fois
à Sheep Mountain, il pénétra dans la réserve indienne de
Pine Ridge, terre des Oglala Lakota – la plus pauvre des
États-Unis par tête d'habitant.

John Hollow Horn élevait quelques troupeaux de
moutons sur la colline, pas loin du cimetière de Manderson, sur le versant des Badlands où se trouvaient
St Agnes et la vieille masure du shaman Élan Noir. Bien
que propriété privée à présent, rien n'avait changé
depuis les années trente, époque où le vieil Indien avait
raconté son histoire au poète John G. Neihardt, qui en
avait écrit un livre. Connla gara sa voiture. Des aboiements résonnèrent dans la maison dont la porte grillagée
s'ouvrit. Un métis sortit. Âgé d'une cinquantaine d'années, il portait un jean et un chapeau de cow-boy en
paille.

— Bonjour, merci de vous être déplacé.

— Ravi que vous m'ayez appelé, répondit Connla en
lui serrant la main.

De gros nuages gris – présage d'orage – s'accumu-
laient dans le ciel. Connla flaira la pluie dans l'air.

— Ça ne va pas tarder à éclater, marmotta-t-il. Vous
voulez me montrer où ça s'est passé ?

Il emboîta le pas à Hollow Horn, qui l'emmena derrière la maison où un tas de laine sanglante gisait au
bord de l'enclos à moutons. Sautant la clôture d'un
bond, Connla s'accroupit à côté de la carcasse.

— Il ne l'a pas embarqué ?

— Je me suis pointé, alors il a dû avoir peur de moi.

1. *Scenic* : panoramique. (*N.d.T.*).

En tout cas, j'ai beau n'avoir vu qu'une ombre, je suis sûr que c'était un cougouar.

Connla observa la blessure, les coups de griffes dans la gorge lacérée.

— Oh, sans aucun doute. Un gros mâle, apparemment.

Il se releva en ajustant son chapeau, puis se massa la nuque à l'endroit où ses cheveux tombaient sur son col. Parcourant du regard le premier rideau d'arbres de la montagne, il se retourna vers Hollow Horn.

— Ça vous ennuierait de laisser quelques moutons là-haut, Joe ?

Ce dernier lorgna l'horizon.

— Qu'est-ce que vous comptez faire ?

— Je vais me planquer dans ce peuplier, là-bas. Après ce qui est arrivé hier soir, le cougouar aura faim. Il sait qu'il y a de la nourriture ici mais il ne s'approchera pas de la maison. À mon avis, je devrais arriver à lui décocher une flèche de ma cachette.

— Il fera noir.

— Évidemment, ne vous en faites pas il y a une lampe fixée à mon fusil.

À califourchon sur les branches du peuplier, Connla regardait un duc que sa présence contrariait apparemment. Dans cette obscurité presque totale, le hibou, les ailes repliées, le fixait en tournant complètement la tête.

— J'ai l'impression de partager un arbre avec un sorcier, marmonna Connla.

Il ne cessa de pleuvoir de la nuit, mais par chance l'équipement de Connla ne craignait pas la pluie. Il restait en général dans sa camionnette, ainsi que son fusil à flèches posé à présent sur ses cuisses. Ce n'était pas sa première veillée à l'affût de ce genre – tant s'en faut –, en revanche il lui arrivait rarement d'avoir un vol à prendre le lendemain matin pour Washington. Inutile de se leurrer : il le raterait. Le premier cours de zoologie et le dîner de Holly se feraient sans lui. Parce qu'une fois le cougouar endormi, il faudrait le mettre dans la cage de sa camionnette puis le ramener à Keystone – un trajet de deux heures dans le meilleur des cas. Après quoi, il s'agirait de dénicher l'endroit où le relâcher. Un casse-tête, vu que c'était probablement un mâle dominant qu'il arrachait à son territoire pour l'introduire dans un autre, sans doute déjà occupé. Du bassin de la Powder River aux Black Hills, il restait très peu de secteurs libres. Ces vingt dernières années, Connla avait relevé le domaine de la majorité des mâles et femelles et il en connaissait parfaitement les frontières. Il y avait toutes les chances pour que ce cougouar soit paumé un petit bout de temps et se fasse botter le cul à plusieurs reprises. Ceci étant, à en juger par la taille des empreintes de griffes qu'il avait laissées sur le mouton, il serait capable de se défendre.

Juste avant l'aube, Connla perçut la présence du cougouar. Ces créatures insaisissables rôdent essentiellement en Idaho, au Colorado et en Californie. On en dénombre vingt mille disséminés dans le pays, mais fort peu de promeneurs, de chasseurs ou de photographes amateurs en ont aperçu. Connla, qui se considérait comme un bon traqueur au bout de vingt ans consacrés à cet exercice, sentit l'arrivée de ce vieux mâle bien avant de l'entendre.

Le hibou s'était envolé de l'arbre. Il ne pleuvait plus et le vent soufflait du nord. Connla se lécha l'index et le leva pour s'en assurer. Il ne fallait pas que le cougouar flaire son odeur. Puis, adossé au tronc clair du peuplier, il arma son fusil. Le fauve était toujours à couvert, derrière la ligne d'arbre au-dessus de lui. Il l'entendait avancer à pas furtifs, à peine décelables, dans les taillis et les fourrés. Connla quitta son abri en rasant le sol. À la pale lueur de la lune, le zoologue, dont les yeux s'était accoutumés à la nuit au bout de tant d'heures passées dans l'arbre, repéra sans mal l'ombre noire du fauve qui se détachait sur la végétation clairsemée de la colline. Les moutons l'avaient flairé. Ils se blottirent peureusement les uns contre les autres, n'ayant nulle part où se réfugier car la maison de Hollow Horn et ses lumières étaient cinq cents mètres plus bas. D'une main légère, Connla empoigna la crosse de son fusil. Le cougouar, arrêté, levait la patte à la manière d'un chien d'arrêt et sa grosse tête plate, aux oreilles couchées, se trouvait presque sous Connla. Pour sûr, ce n'était pas une demi-portion ! Le fauve se remit à marcher, fouettant l'air de sa queue tandis que ses muscles ondulaient sous sa fourrure. L'instinct en éveil, il était aussi silencieux que la nuit.

Connla épaula et ajusta son arme. Il n'aurait pas besoin d'allumer la torche plus d'une seconde. En fait, il voulait toucher le cougouar, qui se trouvait au niveau de l'arbre – au maximum à trente mètres –, derrière l'omoplate. Un œil fermé, il visa et suivit la silhouette au flanc de la colline. Serrés les uns contre les autres pour se rassurer, les moutons oscillaient ensemble en bêlant. D'autres lampes brillèrent dans la maison de Hollow Horn, mais Connla resta concentré. Prenant une profonde inspiration, il alluma la torche et appuya doucement sur la gâchette. Un simple bruit sourd se fit entendre. Le grand fauve se dressa sur ses pattes arrière, roula sur lui-même, puis se releva. Connla darda le faisceau de la torche sur l'animal et vit que le roulé-boulé dans l'herbe n'avait pas fait sauter la flèche. Après avoir remué la tête d'un côté à l'autre, le puma la rejeta en arrière, essayant d'atteindre la douleur qui lui vrillait l'épaule.

C'était un puissant analgésique qui ne tarderait pas à faire de l'effet, mais Connla tenait autant que possible à éviter que le fauve ne file vers la montagne. Le cougouar hésitait, car s'il ne tenait pas sur ses pattes, il avait toujours l'odeur de sa proie dans les narines. Sans bouger de son poste, Connla le regarda vaciller en balançant sa grosse tête, puis se tasser pesamment sur ses pattes arrière et tomber. Immobile, Connla observa les flancs palpitants du puma, attendit que sa respiration prenne un rythme profond avant de remettre son fusil en bandoulière et de sauter de l'arbre.

Le cougouar avait un corps long, une queue frangée de poils noirs, de plus du double de sa taille. Une large bande sombre courait le long de sa colonne vertébrale. Il avait la gueule ouverte, la langue sur les crocs, les yeux mi-clos. Connla l'examina un instant. Nul doute qu'il aurait besoin d'un coup de main de l'Indien pour le traîner, il devait peser dans les cent kilos. Le fusil sur l'épaule, il descendit la montagne.

À eux deux, les hommes réussirent à porter le fauve endormi. Ils le déposèrent sur la bâche que Connla sortit de sa camionnette.

— Il est superbe, hein ! fit observer Hollow Horn, l'air admiratif.

— Et comment ! Vous êtes prêt ?

Connla supporta l'essentiel du poids tandis qu'ils soulevaient le puma jusqu'au hayon de la camionnette. La cage était prête. Ils introduisirent la bâche dans la porte et l'étendirent sur le plancher de la caisse. Connla veilla à ce que le cougouar fût bien couché afin qu'il pût respirer à son aise avant de verrouiller les fermetures.

— Du café, ça vous dit ? proposa Hollow Horn en remettant son chapeau.

— Pour la route ? C'est pas de refus.

Tout au long du trajet de retour à Keystone, Connla réfléchit au problème de la réimplantation. Comme les loups, les cougouars ne souffrent pas trop d'être relâchés dans un territoire inconnu, contrairement aux ours par exemple, qui ne le supportent pas et doivent connaître la moindre parcelle du domaine où ils sont nés pour réussir à en tirer leur subsistance. Les lions de montagne sont des chasseurs qui survivent du moment qu'il y a du gibier et d'autres cougouars autour d'eux.

Connla s'efforçait d'apprécier la situation, en tenant compte du milieu et des autres occupants potentiels. Ce grand fauve ferait des petits vigoureux. S'il y avait pléthore de femelles dans les Black Hills, à sa connaissance aucun mâle en trop n'y sévissait. En tout cas, le zoologue ne voulait pas le relâcher près de sa cabane, où il serait une menace pour les petits de Mellencamp quand elle mettrait bas. En effet, le vieux mâle du coin ne ferait pas le poids contre ce nouveau venu, qui n'en ferait qu'une bouchée et tuerait les petits de Mellencamp à leur naissance pour s'accoupler plus rapidement avec elle. Connla jeta un coup d'œil à sa montre. Washington était décidément à l'eau, surtout qu'il n'avait pas dormi du tout et qu'il refusait d'abandonner ce grand mâle n'importe où. Autant rentrer chez lui, se laver et trouver une bonne solution. D'ailleurs, le cougouar ne poserait pas de problèmes dans sa cage quand il se réveillerait.

À peine dans sa cabane, Connla se prépara du café tout en examinant les murs dont la moitié de la surface était tapissée de cartes à grande échelle du Dakota du Sud, de coins du Montana et du Wyoming – une vaste zone géographique de milliers de kilomètres carrés. L'espace restant était décoré de photos qu'il avait prises dans le monde entier. Il est vrai que Connla s'était rendu compte de son peu de goût pour l'enseignement peu après l'obtention de son doctorat. Or, depuis l'enfance, il avait une passion pour la photo, et ses clichés de cougouars, de lions, de tigres, de léopards ou des plus gros oiseaux de proie témoignaient de son talent. Du reste, sa dernière œuvre – une photo de tigre de Sibérie qu'il avait prise d'un arbre où le fauve grimpait pour le dévorer – figurait dans le *BBC Wildlife Magazine*. Consultant sa montre, Connla se demanda à quel moment il aurait le courage de téléphoner à Holly.

Avec un bâillement, il se cala dans son fauteuil, une cheville sur le genou, les yeux sur le mur de cartes. En fait, le cougouar du camion serait bien avec un autre mâle du même âge, d'environ la même taille, ou sur un bout de terrain inoccupé. Il y avait bien une ou deux possibilités, mais toutes impliquaient quelques heures de route. Le mieux serait de l'emmener dans le bassin de la rivière Powder. Découragé par la perspective du trajet, Connla se frotta les paupières de ses doigts gourds. Dieu que son lit était tentant ! Un petit somme ne lui ferait pas de mal.

Comme il parcourait de nouveau le mur du regard, ses yeux tombèrent sur la photo d'une des multiples coupures de journaux de Grande-Bretagne punaisées au-dessus de son bureau. Le gros titre annonçait : LE FAUVE D'ELGIN. Son intérêt décuplé par son prochain voyage en Angleterre, Connla alla la chercher, bien qu'il l'eût lue un millier de fois, et examina le cliché de la panthère. À l'évidence, on l'avait pris dans un zoo afin de montrer au lecteur à quoi ressemblait le prétendu Fauve d'Elgin qu'au moins quatre personnes de ce patelin du nord-est de l'Écosse prétendaient avoir vu. À en juger par leur description de sa taille et de son coloris, il en déduisait que c'était une panthère, ou plus exactement un léopard noir. Plus petits et moins lourds que les cougouars, les léopards avaient les pattes arrière moins développées, une forme de tête différente et le museau tacheté. Connla reposa la coupure en grattant son menton pas rasé. L'idée de fauves en liberté en Grande-Bretagne l'emballait. Certes, rien n'était prouvé. Existaient-ils vraiment ou étaient-ils le fruit de l'imagination de quelques-uns ? Bien qu'on en ait aucune photo ni film, la pléthore de témoignages indiquait qu'ils rôdaient effectivement dans les montagnes et les forêts d'Angleterre.

Songeur, Connla regarda ses appareils sagement rangés dans leurs étuis à côté de son lit. Une photo de panthère au Royaume-Uni, voilà qui le propulserait au premier rang des photographes spécialistes de la faune et de la flore sans compter que la réussite d'un coup de ce genre lui éviterait la corvée des cours à la faculté.

S'il devait aller en Grande-Bretagne dans quelques semaines, c'était sur l'invitation de propriétaires d'un zoo dans le sud du pays, qui lui avaient demandé de les aider à accueillir et à acclimater deux pumas qu'on leur expédiait de Banff au Canada. Le niveau international de sa réputation de spécialiste des cougouars lui valait de temps à autre de telles requêtes de ce genre. Pour l'heure, il n'avait pas résolu son dilemme. Que devait-il faire ? Monter au col de la Powder River ou attendre pour téléphoner à Holly. Finalement, il se décida pour la première option, et, prenant son chapeau, il se dirigea d'un pas résolu vers sa camionnette.

Une fois le cougouar relâché au Wyoming, il avait appelé Washington. N'ayant pas obtenu de réponse à l'appartement de Holly, il avait laissé un message sur son répondeur, puis sur celui de l'université. Après une dernière tentative tout aussi infructueuse sur son portable, il lui avait envoyé un e-mail avant d'aller se coucher. Levé à la première heure le lendemain matin, il attrapa le premier vol à Rapid City. Holly ne l'avait pas rappelé. Voilà qui ne présageait rien de bon. À l'évidence, elle ne lui pardonnait pas d'avoir séché le premier cours de zoologie. Comme, arrivé à Washington, il faisait signe à un taxi, Connla en conclut une fois de plus qu'ils n'avaient pas les mêmes valeurs. Pour lui, le sauvetage d'un puma comptait bien davantage qu'un cours. En revanche, Holly tout comme l'université ne comprendraient pas que Connla ne se soit pas contenté d'abattre le fauve alors qu'il y en avait des centaines qui décimaient le bétail.

Sur le trajet vers le Holliday Inn proche du centre médical de l'université et de la station de métro de

Foggy Bottom, le taxi passa devant l'appartement de Holly, dont la voiture n'était pas garée à sa place habituelle. Connla en déduisit qu'elle était encore à l'université. À peine arrivé dans sa chambre d'hôtel, jetant son sac sur le lit, il décapsula une bouteille de bière. Il avait transpiré dans le taxi à cause d'interminables bouchons. Vraiment, quelle idée de n'avoir pas pris le métro ! L'amertume de la bière fraîche lui fit du bien. Assis sur le lit, il fixa un instant le téléphone avant de composer le numéro du bureau de Holly.

— Professeur McAdam à l'appareil, répondit-elle.

Il transféra sa bière dans l'autre main.

— Bonjour, ici l'autre professeur McAdam qui vous appelle pour s'excuser d'avoir fait passer la vie d'un puma avant un cours de zoologie et une réception.

Au bout d'une longue minute de silence, elle réagit.

— C'est censé être drôle ?

— Non, m'dame.

— Épargne-moi ton numéro de plouc, Connla. Ça ne marche plus.

— Bien, m'dame, lâcha-t-il. (N'entendant pas le rire qu'il espérait, il reprit :) Je croyais que c'est ce qui t'avait séduit chez moi ?

— Au cas où tu ne l'aurais pas encore compris, la séduction n'a qu'un temps, Connla. En plus, j'étais très jeune ; j'ai pris de l'âge et de l'expérience.

Connla devina qu'elle fléchissait.

— Je suis sûr que ce n'est pas vrai. Ça te fait toujours fondre.

— Eh bien tu te trompes.

— Holly, je suis navré. Vraiment. Écoute, je suis ici à présent et tout prêt à faire un cours passionnant aux étudiants.

— Connla, les responsables du département sont furieux d'avoir dû l'annuler.

— Ne t'inquiète pas, je leur expliquerai que je faisais de la zoologie sur le terrain. En tout cas les étudiants, eux, comprendront.

— Je l'espère.

— Eh bien voilà. (Connla avala une gorgée de bière.) À quelle heure auras-tu fini ? J'ai l'intention de t'inviter à dîner.

— Tard. Je dois aller à une réunion.

— Je vois, dit-il en souriant sous cape. Tu me rends la monnaie de ma pièce.

— Mais pas du tout, c'est la stricte vérité. Je suis professeur d'université, Connla, au cas où tu l'aurais oublié, cela implique d'assister à des réunions.

— Tu m'en veux toujours ?

— Bien entendu.

— Alors tu refuses mon invitation ?

— Vas-y, Connla. Réserve dans un bon restaurant. Mais il se peut que je ne vienne pas, persifla Holly qui raccrocha sans dire au revoir.

— Y a pas à dire, c'est donnant-donnant, marmonna Connla en se faisant une grimace dans le miroir.

3

Pour clore le trimestre en beauté, Imogen raconta aux enfants l'histoire de la petite sirène. Ensuite, la jeune femme bavarda avec les parents à la grille de l'école, tenaillée par le désir de rentrer préparer sa balade. Ces deux dernières semaines, tout avait conspiré pour lui mettre des bâtons dans les roues et elle n'était pas retournée au glacier de Tana Coire. Comme Patterson discutait avec un parent d'élève, Imogen espérait arriver à filer à l'anglaise malgré les nombreux coups d'œil qu'il lui lançait. Manifestement, il souhaitait lui parler ; la jeune femme décida de ne pas lui en fournir l'occasion. Après tout, l'école était finie et elle, libre. Aussi grimpa-t-elle dans sa Land-Rover sans demander son reste.

Des nuages couleur de fumée, aux formes de tonneaux sans fond, s'amoncelaient dans le ciel à l'ouest du pont de Skye. Parvenue au tournant pour Gaelloch, Imogen aperçut le camion Toyota du pêcheur Andy McKewan garé devant l'hôtel. Encore un qui ne pensait qu'à la fourrer dans son plumard ! Mais bon sang, pourquoi les hommes avaient-ils toujours une idée derrière la tête quand ils recherchaient la compagnie des femmes ? L'amitié n'était qu'une manœuvre pour tenter leur chance à la première occasion. Et avec leur suffisance légendaire, ils s'imaginaient les faire céder en échange du peu qu'ils avaient à offrir. En l'occurrence, elle avait le choix entre une aventure avec Patterson, un rendez-vous avec le vieux John MacGregor ou une discrète partie de jambes en l'air avec McKewan. Était-ce du cynisme ou le fruit de son expérience ? s'interrogeait Imogen tout en réfléchissant à l'échec de ses timides tentatives depuis la rupture avec son fiancé à l'université – liaisons si brèves d'ailleurs qu'il n'y avait pas grand-chose à ana-lyser. Avait-elle un blocage par rapport à l'engagement, à moins que ne soit eux ? Peut-être n'avait-elle tout sim-plement pas rencontré la bonne personne. De guerre lasse, Imogen se demanda si le passé – qui forge les êtres, paraît-il – ne jouait pas un grand rôle dans sa situation.

À mi-chemin de la piste conduisant à sa maison, il se mit à pleuvoir en dépit de la surface étincelante du loch Gael. Dans la région, il arrivait fréquemment que des averses déboulent de la mer tandis qu'un beau soleil brillait encore à l'est. Un magnifique arc-en-ciel se des-sina au-dessus du lac froissé comme du velours noir. Sensible au silence, à la beauté du paysage, Imogen, l'âme soudain légère, poussa un profond soupir. C'était à cause de cette splendeur qu'elle avait passé toutes les vacances de son enfance dans cet endroit, ainsi que l'avait compris sa grand-tante. Elles le voyaient toutes les deux de la même manière. Lors de sa toute première visite, Imogen avait découvert quelques tableaux à l'huile de la vieille dame. Du coup, dès que cette der-nière peignait, Imogen l'observait et apprenait. Au vrai, la vieille dame lui avait servi de grand-mère, la mère de sa mère étant morte avant même que la conception d'Imogen n'eût été à l'ordre du jour. Il y avait un lien particulier entre elles, et Imogen écrivait à sa grand-tante de nombreuses lettres quand elle vivait aux États-Unis à l'époque de son enfance.

La jeune femme gara la Land-Rover. Comme elle par-

courait du regard la maison de pierres grises, elle eut
l'impression fugitive de la présence de sa grand-tante.
Ce n'était pas la première fois, Imogen avait toujours cru
que la vieille dame veillait sur elle. Et elle l'imagina
devant son chevalet dans le jardin, en train de peindre
le loch, qu'elle avait représenté sous tous les angles, par
n'importe quel temps et sous toutes les lumières.
Chaque été, Imogen s'asseyait à côté d'elle et ne la quittait pas des yeux. D'une main percluse de rhumatismes,
sa grand-tante tenait son pinceau entre son pouce replié
et son index – ses doigts déformés par l'âge ne l'empê-
chaient pas de réagir à ce qu'elle voyait. Du reste, elle
n'avait jamais porté de lunettes, ne s'était jamais coupé
les cheveux, lesquels tombaient en cascades argentées
jusqu'à sa taille. Dans sa jeunesse, c'était une beauté, se
rappelait Imogen au moment où Charlie Abbott, rameu-
tant ses poules, interrompit le fil de ses pensées. Tête
haute, poitrine bombée, il fixa la jeune femme avant de
s'égosiller.

— Qu'est-ce que tu as ? lui dit-elle. Ma parole, tu es
comme les autres, il t'en faut combien de poules ?

L'apostrophe le laissa quelque peu perplexe ; Imogen rentra à l'intérieur.

Spacieuse, chaude en hiver, fraîche en été, la cuisine
s'ouvrait sur un vaste salon à haut plafond dont les
fenêtres étaient orientées au sud et au nord. Au-delà, il
y avait le vestibule, d'où partait un escalier qui montait
jusqu'au grenier aménagé en trois grandes chambres.
Quant à son atelier, austère et dépouillé, il se trouvait
de l'autre côté du vestibule. En fait, sa tante avait détruit
tout ce qui restait de la masure du précédant propriétaire pour construire cette imposante demeure dans le
style de la côte Est. À l'étage, le palier s'élargissait et
donnait sur sa chambre d'un côté, de l'autre sur la salle
de bains qu'Imogen avait remplie de plantes et de fleurs
séchées. L'hiver, il fallait laisser couler l'eau longtemps
dans la profonde baignoire en émail, pourvue de pattes

de lion en guise de pieds, pour éviter d'avoir les fesses gelées.

Le lendemain matin, Imogen commença par monter au pré et seller Keira. Bien que bas, le soleil moirait les pierres grises du cottage d'une lumière éclatante. Le poney resta tranquille, faisant racler le métal du mors sur ses dents tandis que des traînées de salive jaune coulaient de sa bouche. Imogen jeta la sangle d'un côté. Comme elle se courbait sous le ventre de Keira pour attraper le bout qui frôlait le sol, celui-ci, la tête à moitié cachée par sa crinière emmêlée, tordit le cou pour mordiller les cuisses de la jeune femme, qui portait des jodhpurs et des vieilles bottes de cheval. Tout était prêt pour la balade, des sacoches de selle au chevalet fourré dans un sac à dos qu'elle avait posé contre le mur de l'écurie.

— Bonjour ! lança dans son dos une voix qui la fit sursauter.

La patte arrière à moitié pliée, Keira s'agita sous la main d'Imogen qui, la main en visière, jeta des regards à la ronde. À sa grande consternation, elle découvrit Patterson en train de monter le chemin à grandes enjambées – évidemment, il avait vu sa Land-Rover passer devant sa maison.

— Quel temps superbe, n'est-ce pas ? poursuivit-il. C'est une merveilleuse matinée pour une promenade à cheval.

Bien qu'elle n'ait pas encore resserré la sangle, Imogen n'avait aucune intention de se pencher maintenant que Patterson planté derrière elle la reluquait, son éternel sourire aux lèvres.

— Vous êtes ravissante, lança-t-il. Ça vous va très bien ces jodhpurs.

Imogen se laissa tomber sur les talons, prenant soin de rester de profil, et serra la sangle. À peine Keira eut-il respiré, qu'elle tira de nouveau dessus, puis l'attacha.

La jeune femme se releva et ajusta la courroie d'un étrier. L'odeur de cheval mêlée à celle du cuir la frappa en même temps que l'idée que la présence de Patterson chez elle – dans ce lieu dont la beauté avait quelque chose de très intime – était insupportable.

— Que puis-je faire pour vous, Colin ? J'étais sur le point de partir.

— Où ça ? s'enquit-il, adossé au mur de la masure.

— Oh, par-là, dans les collines, répliqua Imogen sans faire un geste pour lui indiquer l'endroit.

— Pour la journée ?

— Sans doute.

« Réduis la conversation à sa plus simple expression, s'admonesta-t-elle, et il fichera peut-être le camp. » Il n'en fut rien. Bien campé, il continua de papoter, attentif au son de sa voix, indifférent à l'atmosphère pourtant pesante. Tout à coup, l'image de son autre soupirant traversa l'esprit d'Imogen, décidément perplexe quant à la valeur de ces types qui lui couraient après. Pour qui donc la prenaient Patterson, un homme marié, et John MacGregor, qui vivait encore avec sa mère ?

— J'adorerais vous accompagner un de ces jours, dit Patterson.

Ayant fixé l'autre étrier à la bonne longueur, Imogen tendit le bras vers les sacoches de selle.

— Attendez, laissez-moi vous aider.

Patterson, qui se pencha en même temps qu'elle, lui effleura la main. Ne pouvant s'empêcher d'avoir un mouvement de recul, elle se redressa d'un bond. Il tenait les sacs, et, l'espace d'un instant, leurs yeux se croisèrent. Patterson esquissa un sourire, tandis qu'Imogen gardait un visage de marbre. Mal à l'aise du coup, il les passa à la jeune femme, qui s'empressa de les attacher à la selle, de ramasser son sac à dos, qu'elle jeta sur son épaule. Le regard de Patterson, cloué sur place, naviguait d'Imogen à la vue sur le lac.

— C'est un beau coin pour l'écurie d'un cheval, finit-il par articuler.

Sans répondre, Imogen poussa son cheval, contourna l'arrière du cottage, passa devant les enclos et s'engagea sur un sentier assez raide qui menait à un vallon. De part et d'autre, des moutons à tête noire broutaient une herbe roussie.

— Il faut que j'y aille, Colin.

Sur ces mots, Imogen commença à gravir la pente abrupte, attentive à guider Keira. Il le fallait tant qu'elle se trouvait dans le champ de vision de Patterson qui, à n'en pas douter, se rinçait l'œil au spectacle de ses muscles contractés, de ses cheveux flottant dans le dos, de ses jambes moulées dans des bottes. En tout cas, elle était résolue à ne pas se retourner malgré la sensation, à chaque pas, de ce regard lui vrillant le dos.

— Vous avez de la chance, s'écria-t-il.

Il l'avait eue ! Imogen se retourna. D'un geste ample, mains ouvertes, il lui désigna le pré.

— D'avoir tout ça grâce à ce bon vieux John Mac-Gregor.

On aurait dit un point noir se détachant à l'horizon où se profilaient l'étendue du loch Duich et les contreforts des collines de Skye. Si elle devait le peindre – à Dieu ne plaise que cela lui arrive –, c'est ainsi qu'elle le représenterait. Il lui fit encore un petit signe avant de se mettre à dévaler le chemin comme un chiot soudain très content de lui.

Imogen conduisit Keira vers les collines jumelées, lui fit traverser la ravine creusée d'empreintes de moutons. Elle était contente qu'il soit difficile d'y avancer. À cette époque de l'année, l'herbe, bien que desséchée, était grasse, coriace, dotée de tiges tranchantes et d'une longueur qui rendait le terrain glissant. La bruyère, elle, ne poussait qu'au sommet des collines et escaladait les montagnes avec le soleil de l'été. Le coup bas décoché par Patterson trottait dans la tête d'Imogen. Évidemment, comme tout le monde, il était au courant pour MacGregor : cela crevait les yeux. Imogen le voyait parfois à la sortie de l'église, en costume et chapeau noirs, l'air d'un personnage d'une époque révolue. En fait, sauf à l'intérieur de l'église, il portait toujours un couvre-chef – le dimanche un chapeau mou, le reste de la semaine une casquette à la Sherlock Holmes. Imogen se demanda s'il priait Dieu d'exaucer son vœu de l'épouser.

La jeune femme s'en voulait d'avoir laissé Patterson lui gâcher sa belle humeur alors que c'était la première fois qu'elle retournait à Tana Coire depuis sa découverte. En effet, la visite inattendue et sans son mari – un fait surprenant – de sa mère avait contrecarré son projet d'y aller le week-end dernier. Les deux femmes avaient eu une conversation à moitié sérieuse, comme cela ne leur arrivait presque jamais, au cours de laquelle sa mère avait fait allusion à une éventuelle infidélité du père d'Imogen.

Choquée, Imogen avait regardé sa mère assise à la grande table de la cuisine. Les poings serrés, elle avait des phalanges déformées qui rappelaient celles de sa grand-tante. Sa mère plissait des yeux soulignés de poches, entourés de pattes d'oie tandis que ses joues poudrées de blanc ressemblaient à un parchemin crayeux. Depuis la mort d'Ewan, Imogen n'avait jamais vu sa mère au bord des larmes. Certes, ce n'était pas son genre de pleurer ou d'exprimer ses émotions.

— Pourquoi ? Qu'est-ce qui te fait croire ça ? avait demandé Imogen.

— Oh, une vétille vraiment. C'est sans doute de l'idiotie de ma part, j'ai trouvé un numéro que je ne connais pas sur la facture de téléphone.

— Et alors ?

— Bien sûr, bien sûr. Mais je vérifie toujours et nous n'appelons qu'un nombre restreint de numéros. Tu sais combien je cherche à faire des économies. Eh bien, je n'avais jamais vu celui-là.

— C'était où, tu t'en souviens ?

— À Édimbourg. Musselburg, je crois.

— Et tu connais la personne ?

Levant les yeux, sa mère fit signe que non.

— L'as-tu composé ? Ce serait le meilleur moyen d'en avoir le cœur net. Ça pourrait être n'importe qui : le plombier, un magasin où il a acheté quelque chose, enfin tout est possible.

— Non, j'en suis incapable. Ce serait comme si je l'espionnais. De toute façon, je me fais sûrement des idées.

— Pourquoi ne poses-tu pas la question à papa ?

Sa mère s'était alors levée en secouant la tête.

— Je vais faire du thé, d'accord ?

Et le sujet avait été clos. On l'avait tout juste effleuré, puis abandonné sans l'approfondir tandis qu'on refoulait les émotions.

Persuadée que sa mère connaissait le numéro par cœur, Imogen avait eu envie de le lui demander. D'autant que le même soupçon l'assaillait depuis qu'elle avait repéré un numéro inconnu sur sa facture à la fin de l'été dernier – époque coïncidant à un séjour de ses parents. Et quand cédant à la curiosité, elle avait fini par téléphoner, c'est une femme qui avait répondu. Imogen avait aussitôt raccroché.

À l'évidence, sa mère se garderait autant de faire le numéro que d'interroger son père de front. De toute façon l'aventure – si elle existait – ne prendrait jamais un tour alarmant, et sa mère pouvait la balayer d'un geste, car il n'y avait aucune danger que le père d'Imogen la quitte. En effet ce dernier, qui se reprochait déjà la mort d'Ewan, ne supporterait pas le surcroît de culpabilité d'une rupture avec sa femme. Imogen ignorait les raisons du sentiment de responsabilité de son père si ce n'est que faute d'avoir un bouc émissaire sous la main, sa mère lui en avait manifestement voulu pendant quelques années.

Ces pensées du passé assombrissaient Imogen, alors que le silence de cette magnifique journée n'était troublé que par des bêlements de brebis appelant leurs agneaux et le martèlement des sabots de son poney. Au sommet de la pente, elle se retourna pour admirer la vue spectaculaire des remparts verdoyants que les collines jumelles élevaient de part et d'autre de l'horizon, derrière l'eau. Lâchant les rênes, Imogen descendit de cheval pour contempler le chenal vert diapré de gris de Kyle Rhea qui se faufilait entre Skye et le continent. Sous un soleil déjà haut, tout baignait dans la quiétude d'une lumière d'été tandis que des pigeons ramiers roucoulaient dans un boqueteau de mélèzes. Le cheval continua d'avancer sur la piste, puis attendit en broutant qu'Imogen sorte de la ravine où elle s'attardait, attentive au changement de couleurs provoqué par le glissement des ombres sur le lac.

Imogen attrapa Keira. Le cuir craqua lorsqu'elle se mit en selle. Une fois ses pieds dans les étriers, la jeune femme prit les rênes et, sans tirer brutalement, releva la tête du poney. Elle scruta les montagnes avant de choisir un sentier qui s'y enfonçait profondément.

Au bout de trois à quatre kilomètres, Imogen repéra des traces de Redynvre qui, comme toujours à cette saison, rejoignait une harde de cerfs dont il se tenait pourtant à l'écart. On eût dit que conscient de dépasser les autres en taille et en force, il ne souhaitait pas une fraternité trop étroite avec la perspective du rut à venir. Il était facile à reconnaître, car si les empreintes de sabots de la plupart des cerfs rouges que pistait Imogen étaient d'une taille moyenne, celles des Redynvre, plus profondes, mesuraient plus de dix centimètres. En outre, il avait une entaille au sabot avant droit qui ne disparaissait pas.

Elle rattrapa le sentier au pied de Corr Na Dearg, un pic de neuf cents mètres d'altitude, à huit kilomètres du pré. À cet endroit la bruyère s'accrochait au terrain qu'elle tapissait de couleurs sombres jusqu'aux falaises de granite d'un gris presque bleuté. L'eau du petit tor-

rent qui dévalait du sommet était la plus fraîche que la
jeune femme eût jamais bue et son fracas avait quelque
chose d'assourdissant. Il n'y avait pas un souffle de vent,
et le soleil poursuivait son ascension. À l'évidence,
Redynvre était passé par là quelques heures auparavant ; Imogen était sûre de le retrouver plus haut sur la
pente, là où la bruyère se faisait plus dense. Il s'était
frotté à un rocher juste avant le pont de rondins qui
enjambait la Leum. Malgré le millier de cerfs qui avaient
dû emprunter le même chemin, la jeune femme était
convaincue – sans savoir comment – que c'était lui.

Effectivement, elle l'aperçut à l'endroit escompté, en
train de prendre un tournant sur la piste tassée par des
traces de pattes, encore boueuse de la dernière pluie. Le
chemin débouchait sur la vallée de Leum Moir – ample
manteau ocre et vert que couronnaient les pics noirs de
Tana Coire. Peut-être Redynvre la vit-il, à moins qu'il
n'eût flairé ou entendu le cheval, en tout cas il leva sa
tête majestueuse et, s'écartant un peu de ses pairs
– jeunes ou vieux –, il brama. Imogen s'arrêta, parcourue
d'un frisson familier. Depuis trois ans qu'elle le suivait,
il donnait l'impression d'anticiper sa venue. La jeune
femme ne manquait pas de le regarder en mars, époque
où ses bois tombaient, ni à l'automne lorsqu'il prenait
ses distances de la harde en grondant, ni lors du rut,
pendant lequel ses brames avaient une telle puissance,
une telle insistance qu'il finissait par avoir un harem
d'une vingtaine de biches. À sa connaissance, Redynvre,
jamais vaincu par ses pairs, avait huit ou neuf ans – il
était dans la force de l'âge. Bien que les cerfs ne fassent
entendre leur voix qu'à la saison du rut en octobre,
Redynvre, lui, accueillait toujours Imogen par un cri. On
aurait dit que, sensible en quelque sorte à sa féminité, il
s'entraînait. Comme il se doit au mois d'août, ses bois
étaient gainés de velours ; fin septembre, ils commence-
raient à se reformer et, début octobre, ils seraient pour-
vus de dix ou douze solides andouillers aussi durs que
pointus.

Keira hennit. Le son se propagea dans la vallée, où les autres cerfs en train d'arracher des bruyères levèrent la tête. Immobile, un éclat indomptable dans les yeux, Redynvre ruminait en dilatant ses narines. Comme le cheval et sa cavalière s'approchaient, les jeunes cerfs posèrent un regard inquisiteur sur Redynvre, mais il ne s'écarta pas. Imogen glissa du dos de Keira, qu'elle laissa brouter à sa guise. Pendant un petit moment, la jeune femme, le visage au vent, fixa le cerf sans se délester de son sac à dos. Le soleil au zénith se reflétait dans les eaux glacées du loch Thuill qui s'étendaient derrière Redynvre, campé au bas de la pente, en face d'elle. C'est alors qu'Imogen surprit un mouvement dans les rochers de granite, pailletés de cristaux étincelants au-dessus du coire – l'ancien écoulement glaciaire. Elle sentit le sang lui battre les tempes et, laissant tomber son sac, en sortit ses jumelles pour scruter l'horizon. Puis, le souffle au ralenti, elle l'aperçut en plein vol au-dessus du lac. Énorme, d'un mètre de long avec des ailes de la même taille, il avait la queue frangée de plumes blanches, le bec crochu et jaune, des serres de la même couleur, et le vent écartait les plumes de ses ailes. Imogen savait que cet aigle – *Iolaire suil na greine* ou « l'aigle aux yeux de soleil » – n'aurait pas dû se trouver à l'intérieur des terres. Il remonta, décrivit un cercle, puis, se laissant tomber comme une pierre, sonda l'eau en quête de poissons.

4

Connla se trouvait dans le bureau de Holly à l'université George Washington. Vautré dans un fauteuil, une lettre dans sa main gauche, une télécommande dans la droite, il était le point de mire de Holly, laquelle, debout derrière son pupitre, parlait au téléphone. Le vacarme d'étudiants qui s'agitaient dans le couloir traversait le mur. Connla rembobina la cassette, la fit avancer, puis l'arrêta sur une image et, se redressant, fixa l'écran. Il avait retroussé les manches de sa chemise et portait un bracelet de cuivre au poignet. L'espace d'un instant, il oublia les détails de son voyage en Angleterre figurant sur la lettre pour se concentrer sur une tête de léopard. Plus grand, plus large que la femelle, il pesait aussi deux fois plus. Accroupi sur une termitière, le fauve parcourrait du regard une savane de hautes herbes, dressant son interminable queue plus longue que son corps et tachetée de blanc. En ce moment précis, il couvait des yeux un petit groupe d'impalas, dont deux faons en particulier. Si le gibier foisonnait, il lui fallait le disputer aux lions et aux hyènes, or il était facile de hisser un petit impala sur un arbre.

— Connla, j'aurais préféré que tu me préviennes.

Lorsque Holly était entrée dans son bureau, elle

avait trouvé son ex-mari devant la télévision. Comme elle s'apprêtait à le prendre à parti, le téléphone avait sonné. À présent, elle se dressait de toute sa petite taille derrière son bureau, les poings sur les hanches. Menue, elle avait des cheveux courts et noirs, le teint pâle, les pommettes saillantes.

Fermant le son, Connla répondit sans lever les yeux.

— Je suis désolé, Holly, je n'avais nulle part où aller.

— Ce n'est pas une raison pour rentrer ici comme dans un moulin. D'ailleurs, j'ignorais que tu avais encore la clé.

Cette fois, Connla la regarda.

— C'est toi qui me l'as donnée il y a deux ans et demi, tu te rappelles ?

— Il y a un siècle, répliqua-t-elle, les lèvres pincées.

— Tu ne me l'as jamais réclamée.

Holly laissa échapper un profond soupir.

— Mon Dieu, tu es vraiment incroyable ! (Elle jeta un coup d'œil à l'écran.) Et puis, qu'est-ce que tu regardes ?

— Le film de Steve Hutching pour *le National Geographic.*

— Je présume que c'est ce que tu meurs d'envie de faire, hein ?

— J'ai toujours préféré les photos. N'empêche que je ne cracherais pas sur six mois dans la réserve Masai Mara avec une équipe de tournage.

Du temps de leur vie commune, Connla, qui ne donnait que des cours occasionnels et n'était membre d'aucun département de la faculté, partageait le bureau de Holly.

— Qui était-ce au téléphone ? demanda-t-il.

— Mon père.

Holly s'enfonçait les ongles dans le menton tandis que, songeuse, elle dévisageait Connla en se balançant légèrement dans son fauteuil pivotant.

Ce dernier regardait de nouveau le léopard. Descendu de la termitière, le fauve se faufilait dans les herbes jaunes et ondoyantes, le ventre rasant le sol, les muscles saillant sous la peau.

— Dieu, quelle allure ! Ils sont tellement différents des pumas, Holly, ils ne se déplacent pas du tout de la même manière. Les cougouars ont le ventre plus bas devant ou plus haut derrière. Enfin ça dépend d'où on les regarde.

— As-tu une idée du nombre de fois où tu m'as répété ça, fit observer Holly avec un soupir.

— Aucune.

— Eh bien, à un dollar la fois, ça vaudrait le coup. (La jeune femme se leva.) Tu ne peux pas continuer à m'envahir quand ça te chante et à mettre les voiles dès que quelque chose de mieux se profile à l'horizon.

— Ce n'est pas juste, Holl.

— Oh que si, je t'assure. As-tu jamais pensé à te chercher un bureau ?

Connla fit une affreuse grimace.

— Tu veux dire me trouver un boulot qui aille avec ? J'en suis incapable, Holly. Et puis, grâce à nous, les cancans vont bon train – les gens n'auraient plus rien à se dire.

— Ce n'est pas drôle, Connla. D'ailleurs ça ne l'est plus depuis belle lurette.

Fermant la télé, Connla alla se verser du café.

— Bon, à part ça comment va ton père ? A-t-il toujours envie d'être président ?

— Il va bien. Encore un qui trouve que je te laisse m'exploiter.

— Rien de nouveau, il l'a toujours cru, même quand on était mariés.

— C'est mon père, Connla, il veille sur moi.

— Ouais, bien entendu.

— Qu'est-ce que c'est censé vouloir dire ?

— Ma foi, ton père ne souhaite qu'une chose, c'est

que tu restes sa petite fille. Fais gaffe, Holly, il ne traitera pas mieux Mario que moi.

— Oh, mais ça se passe admirablement bien avec Mario, s'esclaffa Holly. Je présume que ça ne t'a jamais effleuré l'esprit que c'est avec toi qu'il avait du mal à s'entendre.

— Je crois qu'il n'a jamais apprécié mon charme ni mon esprit à table, ironisa Connla.

— Tu veux parler de ton humour infantile.

— Infantile, vraiment ! Moi qui croyais que tu l'aimais. (Un sourire au coin des lèvres, Connla posa les tasses à café. Mesurant plus d'un mètre quatre-vingts, il avait des yeux de chat, très verts.) Je pensais que tu m'avais épousé pour ça.

— Peut-être, admit-elle. Mais j'ai demandé le divorce, tu te rappelles ?

Connla s'assit et ramassa la lettre.

— Qu'est-ce qu'il y a dedans ? demanda-t-elle.

— Une invitation d'Angleterre, tu sais pour ces deux cougouars canadiens.

Holly se jucha sur le bras du fauteuil de Connla, qui lui tendit la lettre envoyée par le parc zoologique Verwood de la New Forest.

— C'est Guillaume le Conquérant qui a planté cette forêt, elle a mille ans, précisa Holly.

— Tu es sûre ? (Connla tenta de rassembler ses souvenirs d'histoire européenne.) C'est le type qui tiré dans l'œil de celui qui s'appelait Harold à la bataille de Hastings ?

Holly pouffa de rire.

— Je ne crois pas que ce soit vraiment lui, mais tu n'es pas loin.

— Je suis content, Holly, ça promet d'être un voyage génial, constata-t-il en reprenant la feuille de papier.

Elle lui glissa un regard sournois.

— Et l'université d'été alors ?

— On en a rien à fiche, tu m'as dégoté deux semestres de cours à partir du mois de septembre.

— C'est vrai, susurra-t-elle entre ses dents. Dieu sait pourquoi ! Enfin, je te garantis que je t'attends de pied ferme.

Début août, Connla partit pour l'Angleterre. Approchant de l'aéroport de Heathrow, l'appareil à bord duquel il avait embarqué décrivit un grand cercle. Vue d'avion, Londres donnait l'impression d'être une étendue verte tachetée de multiples couleurs : ici des poteaux de rugby, là des filets de football et puis quelques courts de tennis enchâssés dans le béton. Il reconnut Hampton Court d'après d'anciennes photos, et sa voisine, une petite vieille dame originaire d'un patelin portant le nom de Bagshot ou « Sac de grenailles » – évoquant un type hargneux, armé d'un tromblon dans l'esprit de Connla –, le lui confirma. Bien qu'il n'eût aucune idée de la façon de gagner sa destination, il ne s'inquiétait pas outre-mesure car, non seulement le prix du billet lui avait été viré, mais on lui avait aussi réservé une voiture de location.

L'aéroport se profila à l'horizon, puis l'avion atterrit à l'aérogare 3. La foule se pressait contre la barrière quand Connla sortit, chargé de ses sacs contenant ses affaires et ses appareils photo. Il n'y avait personne pour l'accueillir. On ne l'attendait que le lendemain matin au zoo, il n'y avait donc pas le feu. Fatigué soudain par le voyage, le zoologue avisa un tabouret libre au bar derrière la barrière et décida de s'offrir une bière. Comme il buvait sa Bud à petites gorgées, son chapeau à large bord posé à l'envers sur le comptoir, près de son coude, il attrapa le regard du barman qui essuyait des verres en guignant un pourboire.

— New Forest, c'est à quelle distance d'ici, vieux ?

Le jeune homme, un Asiatique aux yeux et aux cheveux de jais, fourra les pièces dans la poche de son gilet.

— Je ne sais pas, à cent cinquante kilomètres peut-être.

— C'est facile d'accès ?

— Vous êtes en voiture ?

— Je le serai.

— C'est au bout de l'autoroute M 3. Suivez les panneaux, ça devrait être très simple.

Connla le remercia, et, sa bière terminée, partit en quête du bureau de location de voitures.

Le zoo lui en avait réservé une petite dont il examina la photo pendant que l'employée s'occupait des formalité.

— Ce n'est pas un gros véhicule, n'est-ce pas ?

La jeune fille jeta un œil sur le prospectus.

— C'est une Astra – une moyenne gamme, j'imagine.

Sourire aux lèvres, Connla s'accouda au comptoir.

— Qu'est-ce que vous avez d'autre ?

— Le zoo n'a payé que pour ce modèle, monsieur.

— Oui, je sais. N'empêche, qu'est-ce que vous avez d'autre à me proposer ?

— Vous voulez savoir ce que nous avons comme grosses voitures ?

— Oui, ou comme camionnettes. C'est ce que je conduis d'habitude. Tiens, celle-ci, vous la louez combien ?

Il lui montra une Land-Rover Discovery.

— Nettement plus cher, monsieur.

Il fouilla dans son sac, d'où il tira une carte de crédit.

— Prenez la différence là-dessus, d'accord ?

Connla sortit du parking et suivit les panneaux indiquant l'autoroute M 4. Comme il hésitait entre la direction de Londres ou celle du sud, la décision se fit toute seule. En effet, s'étant trompé à un rond point, il se retrouva sur la route de Londres, dans un bouchon.

Cherchant une issue, il emprunta une bretelle d'accès, fit demi-tour et, du coup, se dirigea vers l'ouest en tournant le dos à la ville. D'après la carte du bureau de location, il devait prendre l'autoroute M 25, puis la M 3 vers Southampton. Connla ralentit en se demandant pourquoi, vu son horreur des grandes villes, l'idée de Londres lui avait effleuré l'esprit.

C'était le règne du béton. L'air charriait des vapeurs d'essence, tandis que voitures, autocars, énormes camions obstruaient les huit voies de la chaussée qu'on essayait apparemment d'élargir sans qu'il ait l'impression que ça changerait quoi que ce soit. Malgré l'embouteillage, les gens avaient l'air détendus. On n'entendait ni heurts de pare-chocs, ni coups de Klaxon et on ne voyait aucun fusil à l'arrière des camions. Alors qu'à Rapid City, les mecs ne se privaient pas de mettre un calibre 30 bien en évidence sous le pare-brise arrière de leur véhicule – un moyen certes dissuasif pour garantir l'état du pare-chocs du propriétaire ! Il est vrai que Connla n'avait jamais possédé d'autre arme qu'un pistolet à flèches.

Il trouva l'autoroute M 3 à peine moins encombrée, comme si Londres s'étendait jusqu'à la côte. Il passa devant Basingstoke, dont il remarqua les deux tours jumelles, grises, sur sa droite, et eut le sentiment que la ville satellite de la capitale ne le lâchait pas. Ratant Southampton, il s'engagea sur la M 27 vers l'ouest. Et la lande se mit enfin à défiler des deux côtés cependant que la forêt conçue par Guillaume le Conquérant se détachait à l'horizon. Ce n'est qu'à la fin de l'après-midi qu'il quitta la route pour entrer dans le parking d'un pub proposant des chambres.

La réception se trouvait dans le bar. En tout cas, c'est le barman qui prit sa réservation et lui fit payer vingt-cinq livres, soit environ quarante dollars d'après ses calculs. Ce n'était pas exhorbitant. La chambre avait une douche. Connla resta une bonne demi-heure sous l'eau chaude. Pas de doute, il devait se couper les cheveux – à ce sujet au moins, Holly n'avait pas tort –, car ils collaient à ses épaules quand ils étaient mouillés, et il avait vite froid. Tout en se séchant vigoureusement, Connla, assis au bord du lit, étala les photos envoyées par le zoo.

Il s'agissait de clichés de deux cougouars : un gros mâle et une très jolie femelle. On les avait trouvés tout petits après la mort de leurs mères respectives – l'une tuée dans un combat avec un ours gris, l'autre par un camion. En fait, les gardes forestiers avaient découvert quatre petits dans des zones différentes. Connla connaissait bien les deux qui avaient échoué à Banff parce qu'on avait fait appel à lui durant leurs premières semaines d'acclimatation au Canada. Pour peu que les gardiens les aient bien traités, ils n'avaient pas dû avoir de problèmes après son départ. Pour l'heure, Connla s'inquiétait de la taille de leur cage et de leur vol transatlantique, dont l'idée lui faisait horreur. Quoi de moins naturel que ce mode de transport pour des animaux ! Cela dit, il y avait peu de pumas en Angleterre. En outre, le parc zoologique jouissait d'une excellente réputation, notamment pour les tigres de Sibérie – une espèce pratiquement éteinte – qu'ils élevaient. Il n'y avait donc aucune raison pour que les cougouars ne s'adaptent pas et, avec un peu de chance, ils se reproduiraient.

Connla descendit au bar. Comme il posait son chapeau sur le comptoir, un type du cru fit une blague sur les cow-boys. Le zoologue réagit avec bonne humeur. Malgré son intention de s'arrêter de fumer, il acheta un paquet de cigarettes. La serveuse, qui était jolie, s'intéressait manifestement à lui, au grand dam de trois ouvriers d'une vingtaine d'années débarqués vers neuf heures du soir. L'un d'eux ne put s'empêcher d'en faire la remarque à voix haute. Aussitôt Connla souligna que c'était à cause de sa nationalité.

— Venez donc à Rapid City, vous aurez le même succès.

Cela suffit à les calmer. Connla avait presque le double de leur âge, et la dernière chose dont il eût envie c'était une bagarre le premier soir de son séjour au Royaume-Uni. Aussi leur offrit-il un verre avant de les battre à plate couture au billard.

Levé à sept heures le lendemain matin, Connla se rendit directement au parc où l'accueillit un rugissement de lion africain. Il gara sa Land-Rover. Avec le soleil déjà haut, il faisait assez chaud pour que sa chemise en coton lui colle au dos après le contact avec le siège. Muni de ses appareils, le zoologue s'avança vers la porte d'entrée. Le parc n'était pas encore ouvert et il n'y avait aucune autre voiture que la sienne entre les rondins posés sur le sol. Tandis que la brume matinale se dissipait, le lion continuait de rugir pour affirmer son autorité – du moins le tenter. L'air était saturé d'odeurs d'antilope, de zèbre, de girafe sans compter celle des félins. Son sac bourré d'appareils photo en bandoulière, Connla s'arrêta devant le portail à barreaux, près d'une cabane en bois.

Il décrocha le combiné d'un téléphone fixé au mur et attendit. Après un bourdonnement, une voix de femme se fit entendre.

— Qui est là ?

— Bonjour. Ici le professeur McAdam des États-Unis. Je suis l'homme des cougouars, madame.

5

Imogen campait sur une rive du loch Thuill d'où le coire s'élevait vers les plus hauts pics. Entravé, Keira broutait l'exquise herbe rase des montagnes en plein été. Le pygargue à queue blanche pêchait. Manifestement, ni la présence de la femme ni celle d'un cheval ne le troublaient tandis qu'il alternait essors et plongeons dans ce lac qu'Imogen n'avait pas imaginé peuplé de truites. Assise en tailleur, carnet de croquis sur les genoux, elle l'avait longuement observé, avant de relever ses couleurs ainsi que celles des montagnes et de l'eau. À un moment, Redynvre, intrigué de la trouver là et peut-être du peu d'intérêt qu'elle lui accordait, s'était approché à vingt mètres, lui donnant l'émotion de sa vie. La tête redressée, les naseaux fumants car la fraîcheur était tombée – l'après-midi touchait à sa fin – il avait meuglé vers elle comme une vache à son veau.

L'aigle ne tarda pas à être rejoint par sa compagne. Un peu plus petite, elle avait des ailes d'une moindre envergure. Et, ensemble, ils s'élancèrent dans le ciel, ballottés par d'imperceptibles coups de vent, tandis qu'Imogen, la main en visière pour se protéger du soleil, les suivait des yeux. Ils pêchèrent jusqu'au crépuscule, puis quittant leur perchoir – un arbre mort –, ils décrivirent un ultime cercle au-dessus du lac avant de s'envoler vers les rochers escarpés où ils devaient nidifier.

La jeune femme regarda son esquisse. Certes les couleurs n'y figuraient pas, mais elles étaient gravées dans son esprit. Dès son retour, elle peindrait l'aigle en vol. Tirant la canne à pêche, pliée dans les sacs de selle, elle l'installa et attrapa des truites pour son dîner. Il était trop tard pour rentrer. Le soleil s'éclipsait rapidement à l'ouest lorsqu'elle nettoya et vida deux truites arc-en-ciel avant de les faire cuire sur le petit feu qu'elle avait allumé. Plongée dans ses pensées, elle se sentait en harmonie avec sa solitude ainsi qu'avec l'obscurité qui, silencieusement, envahissait le paysage. Les silhouettes de Redynvre et de sa harde, partis depuis longtemps vers l'extrémité du glacier, ne se découpaient plus sur l'horizon qui s'estompait de plus en plus. Les étoiles éclaboussaient de leur éclat de diamants irréguliers le voile pourpre du ciel tandis qu'Imogen, sirotant son café et fumant une cigarette, réfléchissait. Il n'y avait presque pas de moutons sur ce terrain de cinq cents hectares qui appartenait à Atholl McKenzie, un fermier buté, pas commode du tout. La jeune femme aurait mis sa main au feu que ni lui ni ses ouvriers agricoles n'avaient découvert ce couple de pygargues à queue blanche en provenance de Norvège, niché sur Tana Coire.

Les yeux levés vers le firmament, elle tournait de temps en temps son poisson, se demandant si elle était la seule à connaître l'existence de ces oiseaux. Au vrai, elle n'avait rencontré âme qui vive au cours de son ascension et elle n'avait pas vu ni bagues ni marques sur leurs ailes quand elle les avait regardés à la jumelle. Aussi, se sentait-elle très privilégiée – une émotion qu'elle éprouvait face à Redynvre – d'être la seule au courant.

Imogen hésitait sur la marche à suivre. Il lui fallait d'abord vérifier s'ils nidifiaient ou s'ils étaient simplement de passage comme cela arrivait parfois. On en avait réintroduit quatre-vingt-deux dans l'île de Rum. Peut-être que les rafales de vent qui soufflaient des Hébrides les avaient déportés. Dans ce cas, il vaudrait mieux prévenir la Ligue royale de protection des oiseaux ou celle qui s'occupait de la Protection de l'environnement écossais. Toujours est-il qu'elle décida de se lever avec le soleil, de mener Keira aussi loin que possible sur le coire, puis de continuer à monter seule pour chercher l'aire. Cela devait faire quinze jours que le couple s'était établi dans le coin – sans doute à cause des truites dont Atholl McKenzie avait repeuplé le Loch Thuill pour compléter ses maigres revenus. Jetant un coup d'œil à celles qu'elle s'apprêtait à déguster, la jeune femme, saisie d'une légère culpabilité, eut quelques crampes à l'estomac : à l'évidence McKenzie n'avait pas pris cette initiative pour partager les poissons avec les aigles. Ceci étant, l'endroit était au bout du monde, combien de fois y emmenait-il des groupes de pêcheurs ? C'était difficile à évaluer. La jeune femme conclut qu'elle se montait le bourrichon. Sa joie néanmoins troublée, elle déroula son sac de couchage et se glissa sous le duvet imperméable même si, à en juger par le ciel, il n'y avait aucun risque de pluie. Le feu se consumait lentement lorsqu'elle ferma les yeux, prêtant l'oreille au clapotis des vagues qui léchaient la rive mêlé au doux bruit de mastication de Keira.

Debout avant l'aube le lendemain matin, elle se fit chauffer du café et avala une tranche de la petite miche de pain d'orge qu'elle avait emportée. Une fois Keira sellée, son paquetage rangé, elle enfourcha le poney et attaqua la côte ouest de Tana Coire. Au bout d'une heure, Keira put brouter à son aise. Quant à Imogen, elle abandonna ses affaires près d'une pierre, n'emportant qu'une bouteille d'eau.

Comme elle grimpait le sentier rocailleux, le soleil se leva pour lui réchauffer les membres tandis que la sueur commençait à lui picoter la peau. Au milieu de la matinée, Imogen arriva à un endroit d'où la vue s'étendait jusqu'à la mer. Il n'y avait pas moyen d'aller plus haut. Silencieuse, elle se déplaçait avec prudence. Pour peu que le nid existe, il serait sûrement moins inaccessible que s'il se trouvait sur une falaise, or la jeune femme ne voulait en aucun cas trébucher dessus par inadvertance, surtout si la ponte avait eu lieu. D'ailleurs, Imogen ignorait combien d'œufs pondait une femelle de cette espèce d'aigle – un, deux au grand maximum. De temps à autre, elle s'arrêtait et s'accroupissait à l'affût, mais elle ne vit rien remuer, rien voler et n'entendit aucun cri. À la jumelle, elle scruta l'amas de rochers pailletés de soleil dans l'espoir de distinguer un signe. En vain.

Vers midi, toujours bredouille, Imogen, convaincue que les aigles étaient simplement venus faire un tour, s'apprêtait à rebrousser chemin lorsqu'elle les aperçut. Côte à côte, les plumes hérissées par le vent, ils l'épiaient de leur poste – à trente mètres en diagonale de l'endroit où elle se tenait. Imogen ne bougea pas. Bien qu'ils l'aient sûrement repérée depuis longtemps, elle ne les dérangeait sans doute pas assez pour qu'ils le manifestent autrement qu'en observant ses mouvements. À la jumelle, elle chercha des marques sur les ailes de l'énorme mâle. Il n'en avait aucune. En outre ni l'un ni l'autre n'étaient bagués. Elle se garda d'en tirer des conclusions. Ils étaient là toutefois, et, à en juger par les brindilles, les brins d'herbe, la bruyère, ils nidifiaient. Instinctivement, elle grava le lieu dans sa mémoire – un deuxième coup d'œil était superflu –, avant de reculer lentement et de sortir de leur champ de vision.

Quelque temps après être rentrée chez elle, Imogen, assise par terre dans son atelier, regardait son croquis placé sur le chevalet. Elle était perplexe. Certes, il fallait en parler à quelqu'un, mais la découverte – si récente –

avait quelque chose d'intime qui la remplissait d'une émotion silencieuse. Et il lui répugnait d'en dissiper le souvenir. Cependant, vu la situation du nid, elle n'était pas tranquille, ne connaissant que trop bien les disputes qui avaient opposé les gens à Atholl McKenzie jadis. Peu de fermiers achetaient les terres qu'ils louaient, il avait dû se battre avec acharnement pour acquérir les siennes. S'il n'avait pas le droit d'en interdire l'accès, il avait celui de protéger son bétail et ses poissons. Imogen était partagée entre l'envie de divulguer l'existence du nid – au risque d'attirer l'attention sur lui – ou de garder son secret, privant ainsi les aigles de toute protection.

En proie à son dilemme, elle alla se préparer un café à la cuisine. Morrisey traversait à la rame le loch Gael dans son bateau à coque rouge, tandis que Charlie Abbott et ses poules picoraient dans le jardin. Imogen revoyait l'aigle, l'aisance silencieuse avec laquelle il survolait les vaguelettes, guettant un poisson. Au fond, McKenzie pourrait estimer qu'outre la pêche, une espèce d'aigles éteinte en Angleterre depuis la Première Guerre mondiale serait une attraction supplémentaire pour ses clients. L'idée d'aller le voir effleura Imogen ; elle ne s'y arrêta pas. McKenzie était un vieux grigou qui ne se distinguait pas par son amour de la nature. Même s'il l'écoutait, il valait mieux qu'elle trouve des appuis. Et elle téléphona aussitôt à la Ligue de protection des oiseaux d'Inverness.

La réceptionniste lui passa un certain Daniel Johnson, qui se présenta comme le spécialiste des oiseaux de proie de la région. Après une fraction de seconde d'hésitation, Imogen se lança.

— Je me demande si vous savez qu'un couple de pygargues à queue blanche nidifie dans le massif rocheux qui domine Tana Coire. (N'obtenant pas de réaction au bout du fil, elle poursuivit.) Je sais qu'on en on en a introduit à Rum, mais j'ignorais qu'ils faisaient leur nid à l'intérieur des terres.

Johnson resta silencieux un moment avant de répondre.

— Nous aussi.

Le jour même, il se mit en route et arriva d'Inverness à deux heures de l'après-midi. Imogen avait dû mettre à la porte Jean, venue tailler une bavette et prendre une tasse de thé car il était primordial que personne – fût-ce son amie – ne connaisse l'existence du nid. Les langues se délient vite et les amateurs d'œufs rôdent partout. En plus, à en croire la recommandation dans ce sens de Johnson, il était clair que la Ligue écossaise de protection des oiseaux prenait cette découverte aussi sérieusement qu'elle.

L'air très en forme malgré ses cinquante et quelques années, Johnson avait un teint rubicond, des cheveux grisonnants coupés court et des lunettes rondes à monture dorée. Après qu'Imogen eut préparé du café, il s'assirent à la table de la cuisine où son livre sur les oiseaux de proie était ouvert à la bonne page.

— C'est bien ce que vous avez vu ? lui demanda-t-il.

La jeune femme acquiesça.

— Est-ce que vous les avez photographiés ?

— Non, je ne prends pas de photos, je peins.

— Mais vous êtes sûre de ne pas vous tromper ? insista-t-il avec un sourire.

— Absolument. J'ai passé deux jours à les observer sa femelle et lui. Pourquoi sont-ils si loin à l'intérieur des terres ? Je croyais qu'on n'en trouvait qu'à Rum.

Se renversant sur son siège, Johnson tapota la table.

— C'est vrai qu'on les a introduits à Rum, mais des couples ont émigré sur le continent. Peu cependant, et surtout sur la côte ouest. Ils nichent dans les falaises qui longent la mer. Comme ils se nourrissent essentiellement de poissons, nous n'en avons encore jamais vu dans les terres.

— Atholl McKenzie a peuplé le loch Thuill de truites, fit observer Imogen.

— Tiens, vraiment ?

— Oui. Il a acheté cinq cents hectares de terre à flanc de coteau pour y élever des moutons. À mon avis, il trouve que ça ne lui rapporte pas assez et les permis de pêche sont une source de revenus plutôt juteuse, même si le lac n'est accessible qu'en 4×4.

À ces mots, Johnson se pencha en avant.

— Cette année a été la pire en matière d'empoisonnement d'oiseaux de proie, Imogen. Jusqu'à présent, nous avons eu vingt-deux buses, quatre milans, deux aigles dorés de tués, sans compter les faucons pèlerins et les busards Saint-Martin. Les pygargues à queue blanche figurent parmi les espèces les plus menacées au monde. Pour peu que ces deux-là soient nichés près d'un lac bourré de truites, ils ne vont pas tarder à courir de gros dangers.

6

Connla s'accroupit pour regarder le cougouar faire les cent pas derrière l'épais grillage. Le chapeau repoussé en arrière, il se concentra sur la démarche, la contraction des muscles, les coups de queue d'un côté à l'autre. Tout en marchant de long en large, l'animal ne quittait pas Connla des yeux. La femelle, elle, faisait sa toilette dans une section séparée.

Jenny, une jeune gardienne du zoo avec laquelle il avait travaillé toute la semaine, lui tendit une canette de Coca. Connla la remercia d'un sourire. Le soleil brillait dans un ciel bleu complètement dégagé. Tirant un mouchoir de sa poche arrière, il essuya les gouttes de sueur accumulées à la naissance de ses cheveux avant d'arracher l'anneau d'ouverture et d'avaler une goulée du liquide glacé. Comme il se nettoyait la bouche du revers de la main, Jenny lui demanda :

— Qu'en pensez-vous ?

Connla embrassa du regard les deux enclos à ciel ouvert où rondins et mares ne manquaient pas d'ombre, tandis que le puma allait se percher dans les branches d'un arbre planté au milieu du terrain.

— Nous avons essayé d'imiter leur environnement canadien, reprit Jenny.

— Ma foi, c'est une réussite.

Connla finit sa canette, l'écrasa et la balança dans la poubelle au bout du sentier.

— Vraiment, c'est parfait. Il trouve déjà ses marques.

Redescendu de son perchoir, le mâle tournait autour de l'enclos raclant le sol de griffures et de déjections.

— Il faudra leur donner quelques semaines pour qu'ils soient réellement adaptés, mais je ne prévois pas de problèmes. Vous avez un bon vétérinaire ?

— Je crois. C'est un type du coin, le meilleur de la région. Il a passé beaucoup de temps en Afrique dès sa sortie de l'université.

— Parfait. Est-ce qu'il les a vus ?

— Non, il vient cet après-midi. Vous pouvez le rencontrer si vous en avez envie.

— Oui, ce serait bien. (Connla leva les yeux vers le soleil.) Allons déjeuner.

Ils prirent leur repas à la cantine du personnel située de l'autre côté de la cuisine attenante à la cafétéria réservée aux visiteurs. À vingt-deux ans, Jenny venait d'obtenir son diplôme de zoologie.

— Que voulez-vous faire ? lui demanda Connla en beurrant un petit pain.

— Travailler ici pendant que je prépare ma thèse.

— Ça réveille des souvenirs, sourit-il. Et ensuite ?

— Je ne sais pas. En fait, j'aimerais si possible éviter d'enseigner.

— Ça aussi je connais.

— Et obtenir une bourse de recherche.

— Vous aimez les fauves ?

— Non, pour l'instant, je me familiarise avec le parc en faisant un peu de tout. Ce sont les rhinocéros ma passion – les noirs surtout.

— Tiens, c'est intéressant. Il paraît qu'ils sont aussi intelligents que les éléphants.

— C'est vrai, sourit Jenny. On ne le croirait pas à les regarder, n'est-ce pas ? Savez-vous qu'ils ne voient presque rien ? Pourtant, un mâle est capable de parcourir son territoire au grand galop sans se cogner contre quoi que ce soit.

— Eh bien, ça m'a tout l'air d'être votre domaine, déclara Connla. Bonne chance.

La jeune fille pencha la tête pour poser la question qui lui brûlait les lèvres.

— J'ai l'impression d'avoir vu des photos dont vous êtes l'auteur. Vous n'en auriez pas pris en Sibérie ?

— Celle d'un tigre ? Si fait, c'est moi, lança-t-il, carré sur son siège.

Du coup, Jenny écarquilla les yeux.

— De quoi vous êtes-vous servi ? D'un retardateur ou d'une télécommande ?

Connla lui adressa un grand sourire. Jenny faisait allusion à son récent voyage pour la *BBC Wildlife*. Avec deux associés, il avait passé six semaines dans la toundra à tenter de photographier les tigres de Sibérie dans leur habitat naturel. L'entreprise s'était révélée plutôt ardue : il n'en restait qu'un nombre incroyablement restreint, encore moins que Connla ne l'imaginait, essentiellement à cause de la pharmacopée chinoise. Jenny évoquait la photo – prise par au-dessus – d'un énorme mâle. Oreilles couchées, le tigre grimpait sur un arbre et ses yeux rougeoyaient comme des tisons tandis qu'il montrait les crocs.

— Non, répondit-il avec lenteur. Il n'y avait qu'une branche entre nous. Heureusement qu'il était plus lourd que moi, sinon, cette photo, vous ne l'auriez jamais vue.

— Qu'est-ce qui est arrivé ?

— Oh, il s'est trop dépêché de grimper : la branche s'est cassée et il est tombé. Par bonheur, il a eu la trouille, alors il a filé. Quant à moi, je ne suis pas descendu de l'arbre avant un bon bout de temps, vous pouvez me croire !

Au-dessus du comptoir, il y avait un poste de télévision qui se mit à diffuser le journal de mi-journée. Une phrase d'un journaliste attira l'attention de Connla : « Apparemment, l'animal a croisé le chemin d'une jeune assistante de la SPA de Balerno, au nord-est des Pentland Hills. » Connla regarda défiler les images d'un centre de protection d'animaux avant de prêter l'oreille à l'interview d'une jeune fille. N'y tenant plus, il se leva pour demander à l'employée derrière le comptoir de monter le son. Et, debout, il écouta la jeune fille raconter qu'un gros fauve noir avait bondi devant sa voiture alors qu'elle se rendait à son travail, à environ six heures ce matin. Elle avait failli en percuter l'accotement.

— Ce n'était pas un chat domestique ? lui demanda le journaliste.

— Sûrement pas, il était beaucoup trop grand.

— Un chat sauvage, alors ?

— Oh, non ! C'est tigré un chat sauvage et pas beaucoup plus grand qu'un chat domestique. Non, celui-ci était énorme. Vraiment. Et noir.

Un frisson d'excitation parcourut Connla, qui garda les yeux rivés sur l'écran jusqu'à ce que le journaliste eut rendu l'antenne. Ensuite, à pas lents, il retourna s'asseoir. La serveuse apporta du café. Songeur, il le but à petites gorgées.

— Ça vous intéresse ? s'enquit Jenny. Vu votre activité, c'est normal.

Connla lui lança un regard appuyé.

— Il y a vraiment des fauves qui retournent à la nature ?

— Je crois. On en voit trop. Je suis sûre que certaines fois, c'est vrai. Jenny eut un mouvement d'épaules. Tenez, cette jeune fille, elle travaille dans un centre de la SPA, elle ne peut pas inventer.

— Où se trouve Balerno ?

— Quelque part près d'Édimbourg, il me semble.

— Personne n'a jamais réussi à prendre de photos de ces fauves en liberté, n'est-ce pas ?

— Pas à ma connaissance. Si c'était le cas, on les montrerait à la télé, ou dans les journaux. Enfin, partout.

— Oui, c'est exact, acquiesça-t-il.

— Voyez-vous, certaines personnes avaient des léopards, des pumas, ou des panthères noires comme animaux de compagnie. Mais le gouvernement a propulgué une nouvelle loi qui l'interdit, alors beaucoup de gens se sont contentés de les relâcher dans la nature. Et non seulement le gibier abonde dans la montagne – chevreuils, cerfs aboyeurs ou rouges, des milliers de lièvres, de lapins – mais l'environnement leur convient.

Connla hocha la tête en posant sa tasse de café.

— Jenny, il y sans doute vingt mille cougouars aux États-Unis, mais on ne les voit que lorsqu'ils décident de se montrer.

Connla retourna coucher à son pub après une longue discussion avec le vétérinaire qui était passé jeter un œil au deux nouveaux pensionnaires du parc. Il avait conseillé à cet homme, apparemment compétent, de faire attention à deux ou trois choses. Ainsi, au bout d'une semaine en Angleterre, Connla avait rempli sa mission. Nul doute qu'il aurait dû rentrer aux États-Unis, ce n'est pourtant pas ce qui lui occupait l'esprit quand il gara sa voiture. Séance tenante, il alla vider une pinte de bière au bar en regardant le journal télévisé du soir qui montrait le même reportage que celui de la mi-journée. À peine son dîner avalé, il se retira dans sa chambre avec ses appareils photo et une carte. Il étala l'un après l'autre tous les éléments de son matériel : ses Canon préférés, ses objectifs standard 105 mm, ainsi que le 180 mm, le 300 mm et le 400 mm. Il camouflait tous les bouts brillants des deux appareils de Chatterton noir, tant l'aptitude d'un animal ou d'un oiseau à détecter le loin le soleil ou une surface étincelante était surprenante. Il avait une crosse d'épaule servant aussi bien à porter ses gros objectifs que son déclencheur infrarouge à distance et son trépied. Connla nettoya le tout, sans cesser de réfléchir au reportage. Ensuite, allumant une cigarette, il déplia la carte fournie par le bureau de location de voitures. D'abord, il repéra Édimbourg, puis Balerno tout près de la nationale 70 sur le flanc nord-ouest des Pentland. Il ne lui fallut pas plus de cinq minutes pour prendre sa décision.

Le lendemain matin, il se perdit et rata la bifurcation de l'autoroute M 3 qui aurait dû l'emmener au nord, pour rejoindre Birmingham, puis en direction de l'Écosse. Aussi échoua-t-il sur la M 25. Les panneaux indiquaient que pour aller au nord, c'était l'autoroute M 1 qu'il devait prendre. Connla estima que ce serait plus direct d'emprunter la Nationale 1 et, prenant son mal en patience, roula lentement jusqu'au moment où il réussit à s'y faufiler.

À l'évidence, vu ses engagements envers l'université de Washington, c'était de la folie de se lancer dans cette aventure. Mais c'était trop tentant de chercher des fauves dans un endroit où ils ne devraient pas être – une exploration, une découverte de la vraie vie. Il se fit soudain la réflexion qu'il y avait des chances pour que ces animaux, relâchés en soixante-dix, soient en train de se reproduire. D'autant que personne, lui moins que quiconque n'en connaissait le nombre. D'une part, les recherches qu'il avait menées aux États-Unis n'avaient débouché sur rien, d'autre part, on ignorait combien il y avait de propriétaires de fauves en Angleterre, et ceux qui les avaient relâchés illégalement se gardaient bien de l'avouer.

Il n'empêche que les renseignements fournis par Jenny se résumaient à peu de chose. Contrairement à la jeune fille qui trouvait les preuves incontestables, les parcs zoologiques se montraient – du moins officielle-

ment – sceptiques. Pourtant les moutons retrouvés
étaient égorgés d'une façon que ne pratiquaient pas les
gros chiens – les seuls autres assaillants possibles, tandis que d'autres animaux avaient été dévorés, leur peau
arrachée avec une extrême brutalité. Or, les chiens et
les loups ne procédaient pas de la sorte, ils détachaient
la peau à coups de dents. En tout cas, d'après Jenny, de
nombreuses personnes dans le pays se targuaient
d'avoir vu des fauves. À commencer par le fauve de Bod-
min, en passant par ceux d'Elgin, du nord de Londres
pour finir par ceux du Kent et de Norfolk – canulars ou
erreurs dans la plupart des cas. Ainsi, une femme de
New Forest avait appelé le 999 en prétendant avoir vu
un léopard dans sa cuisine. Et quand Jenny et un gardien
s'étaient précipités pour rejoindre la police sur les lieux,
ils n'avaient trouvé qu'une fouine un peu désorientée.

En revanche, la rencontre d'hier avait quelque
chose de différent. Calme et sereine, l'assistante du
centre de la SPA qu'on avait montrée à la télévision
n'avait pas l'air du genre à se laisser facilement démonter. Or, à en juger par sa pâleur, elle avait aperçu
quelque chose. Et Connla d'aller au bout de son raison-
nement : en Angleterre, personne n'ayant l'expérience
des fauves, on n'arriverait pas à les repérer – a fortiori
en liberté – tandis qu'il avait passé sa vie à en traquer ;
son seul point faible provenait de sa méconnaissance du
pays.

Il continua de faire route vers le nord. Comme il
croisait des panneaux indiquant Sherwood Forest, des
images de Robin des Bois lui traversèrent l'esprit : le
petit Jean sur la souche, Kevin Costner, Errol Flynn, le
Shérif de Nottingham annulant la fête de Noël... Il prit de
l'essence avant Darlington, puis quitta la nationale 1
pour la 68 qui, d'après sa carte, évitait la conurbation
de Newcastle. C'était une route à lacets au demeurant,
bourrée de dos-d'âne qui lui donnèrent des haut-le-cœur.

Il était tard lorsqu'il atteignit, fatigué, la frontière

écossaise. Derrière une énorme dalle portant l'inscription *Écosse*, il y avait un point de vue. Connla quitta la chaussée. Des voitures, des motos occupaient le parking et plusieurs personnes savouraient les douteux délices de sandwichs qu'on vendait dans une camionnette. Connla mit son chapeau, étira ses jambes avant de traverser la route pour aller se chercher un café. Il faisait nettement plus frais, le soleil du ciel semé de nuages brillait avec moins d'ardeur. Un petit vent vif soufflait ; Connla déroula les manches de sa chemise.

Tout en buvant son gobelet de café instantané, le pied posé sur un parapet, il contempla la vallée. Arides, mais de toute beauté, des collines assez basses, au sommet arrondi, ondulaient à perte de vue. Leurs coloris étaient superbes – une palette de verts et de gris qui se diapraient de rouille lorsque deux d'entre elles convergeaient et se zébraient de rais pourpres aux endroits où le soleil surgissait des vallées. L'air limpide, cristallin, lui rappela les Black Hills. Manifestement, la circulation n'était pas aussi dense qu'en Angleterre. Connla en fit la remarque au serveur de la camionnette, lequel lui expliqua que l'Écosse ne comptait que cinq millions d'habitants par rapport aux cinquante millions et quelques du sud. Connla repartit, revigoré, bien que le temps fût contre lui ; il était sûr de ne pas arriver à Édimbourg avant la fermeture du centre de la SPA. Il suivit le chemin sinueux qui longeait la rivière Tweed, à travers des gorges encaissées bordées d'arbres, et menait à la magnifique abbaye en ruine de Jedburgh. Et là, épuisé par le trajet, il prit une chambre dans le premier hôtel qu'il trouva.

7

Nue jusqu'à la ceinture, Imogen se lavait les cheveux au-dessus de la baignoire dont l'émail glaçait un peu ses seins. Ce n'était pas une mince entreprise étant donné l'épaisseur des boucles naturelles qui lui arrivaient au-dessous de la taille. Les jours d'école, elle les nattait ou les relevait, sinon elle les laissait flotter et s'emmêler à loisir. La mousse du shampooing une fois rincée, la jeune femme s'enroula la tête dans une serviette. La peau de son visage la tirait aux pommettes – conséquence de deux jours en plein air dans les collines.

Plantée devant sa glace, Imogen s'inspecta tout en se massant le cuir chevelu pour enlever le plus gros de l'humidité. Elle ne se teignait pas, n'approchait jamais un séchoir de ses cheveux, qu'elle laissait sécher dans une pièce chauffée ou dehors, l'été. Tout en s'enduisant les joues, le cou et les épaules de crème hydratante, la jeune femme constata qu'elle avait encore de beaux seins et le visage à peine ridé. Ce n'était pas si mal au bout de trente-sept ans sur terre.

Mais à quoi bon ? Puisqu'elle s'enfermait dans ses montagnes, à l'écart du monde, des villes et des hommes. Hormis ses parents, chez qui elle séjournait de temps à autre à Édimbourg, Imogen n'avait de relation qu'avec l'imprimeur qui faisait des cartes de vœux à partir de ses toiles. De ses aquarelles, il tirait des reproductions à l'huile ou, parfois, à l'acrylique. La demande de paysages d'Écosse était forte. Et Imogen avait le sentiment que personne n'avait une perception du lieu égale à la sienne – fût-ce les gardes-chasse –, si vieux et si madrés soient-ils. Peut-être en connaissaient-ils mieux les sentiers, les repères, voire la météo, mais elle doutait qu'ils fussent conscients de son âme. Pour la jeune femme, cette terre respirait, vivait, vibrait d'une manière que la plupart ne devinaient guère. Ainsi, elle savait toujours à l'avance où se trouvait Redynvre, qui, lui, paraissait toujours s'attendre à sa venue. Quel bonheur l'autre jour quand il l'avait accueillie avec son brame ! Si Imogen se sentait en paix avec la nature, les montagnes, les lacs et, la plupart du temps, comblée dans le silence de sa retraite, elle était perturbée par l'école, le village et par toutes leurs sollicitations qu'elle ne recherchait pas. Ce n'était jamais dans les collines avec Keira et sa peinture que la jeune femme souffrait de solitude mais au milieu des gens. C'est là qu'elle avait l'impression de devoir expliquer son genre de vie. Et pas seulement aux autres mais aussi à elle-même.

Imogen descendit, mit la bouilloire pour le thé avant de s'installer dans son atelier, où elle regarda ses derniers croquis en pensant aux aigles. Les flancs des coteaux lui revenaient à l'esprit ainsi que l'escarpement des rochers au-dessus desquels paissait Redynvre.

Au bruit d'un véhicule sur le sentier, Imogen leva les yeux et sourit en apercevant la vieille Citroën de Jean. Elle versa l'eau dans la théière en terre cuite, puis sortit au soleil. Jean claqua la langue à l'intention de Charlie Abbott. D'un air de défi, il se pavanait sur l'herbe tandis qu'Imogen, les bras croisés, les cheveux encore humides flottant sur son T-shirt, s'adossait à l'embrasure de la porte. Jean lui fit un signe de la main, et, chassant le coq, s'approcha.

— Comme toujours, tu arrives au bon moment, l'accueillit Imogen. Je viens de préparer le thé.

— C'est mon sixième sens, je flaire les choses à des kilomètres.

— Viens t'asseoir ici. (D'un geste, Imogen lui indiqua l'un des sièges au dossier en tissu qui entouraient la table de jardin – héritages de sa grand-tante.) Je l'apporte tout de suite.

Elle disposa les tasses, le lait, le sucre. Les deux femmes s'installèrent au soleil.

— Je n'en pouvais plus, lui expliqua Jean. Ça ne te dérange pas, j'espère ? Je sais combien tu tiens à ta solitude en vacances.

Imogen posa la main sur le bras constellé de taches de rousseur de son amie.

— Pour toi, je fais une exception ; mais tu es bien la seule.

La jeune femme avait l'esprit ailleurs. Le type de la Ligue de protection des oiseaux avait promis de la rappeler aujourd'hui pour lui communiquer la décision à laquelle il était arrivé avec ses collègues à propos des aigles.

— Ah, les hommes ! soupira Jean, interrompant le fil de ses pensées. Imogen, l'humanité ne peut s'expliquer que par l'évolution. Personne n'aurait pu les créer. Franchement, comment avoir l'idée de concevoir un homme ? Ou pourquoi, d'ailleurs ?

Imogen lui lança un coup d'œil.

— Quoi ? Ah oui. Comment va Malcolm ?

— Oh, je ne parle pas de Malcolm, il n'a pas la qualification.

— D'un homme ?

— De n'importe quoi. Malcolm, c'est Malcolm. Il existe, voilà tout. (Jean but une gorgée de thé en parcourant du regard le loch Gael d'une telle immobilité que c'est à peine si une vaguelette se brisait sur la berge.) Je crois que je vais venir habiter avec toi, ce serait tellement plus simple.

Attentive à présent, Imogen se redressa.

— Qu'est-ce qui se passe, Jean ? Il est arrivé quelque chose ?

— Oh, rien de plus qu'à l'ordinaire.

— Des potins ?

— Précisément. Je sors de la poste où Mme Patterson m'a battu froid. Elle m'a demandé si je savais ce que fabriquait son mari dans le pré de ton cheval l'autre jour.

L'humeur d'Imogen s'assombrit. Le soleil avait beau briller de tous ses feux, elle avait l'impression qu'il perdait de l'éclat. Les yeux fermés, elle tenait sa tasse en suspens, loin de ses lèvres, tandis que Jean l'adjurait :

— N'en tiens aucun compte. Ce ne sont que des cancans de village.

— Si tu savais comme j'en ai marre !

Imogen se leva en secouant ses cheveux, les yeux rivés sur le lac que Morrisey traversait dans son bateau pour rejoindre son carré de légumes. À force d'être flagrante, l'assiduité de Colin Patterson devenait ignoble. Pourquoi certains hommes se comportaient-ils de la sorte ? Ou plutôt, qu'est-ce qui les attirait chez elle ? Patterson n'était pas le premier, tant s'en faut. Quelles vibrations émettait-elle, et pourquoi ? Imogen l'ignorait. Ce genre de conversation empoisonnait son existence car elle ne pouvait s'empêcher d'en déduire que quelque chose d'enfoui dans ses profondeurs séduisait des ratés du style de Patterson.

— Je n'en ai rien à fiche de ce type, Jean. Bon sang, sa femme devrait s'en douter.

— Je sais, ma belle.

— Sans compter qu'il n'est pas le seul. Il y a aussi MacGregor et cet imbécile de gros lard de Kyle.

— McKewan ?

— Tout juste. Ses potes et lui ricanent comme des sales gosses dès que j'entre dans un bar. (Imogen poussa un profond soupir.) Tu sais, j'en arrive à penser que je devrais déménager – tant pis pour toi.

— Oh, surtout pas, Imogen ! J'ai une meilleure idée, affirma Jean avec un sourire.

— Ah bon ?

— Et comment ! Bien meilleure.

— Mais encore ?

— Un homme.

— Il me semble qu'on vient de convenir qu'ils étaient nuls, s'étonna Imogen, les sourcils froncés.

— Et c'est le cas. (Jean se pencha, les coudes sur la table tandis qu'à ses pieds les poules raclaient le sol en quête de miettes.) Moi, je te parle d'un homme idéal. À mon avis, on devrait en inventer un, conclut-elle en se tapotant le crâne du doigt.

Un peu interloquée, Imogen regarda son amie, puis un sourire se dessina sur ses lèvres.

— Ah je comprends. Pour faire taire les mauvaises langues. Les femmes n'auraient plus peur de moi si j'avais un petit ami.

— En plus, tu tiendrais les cavaleurs à distance.

— Il faut donc en fabriquer un de toutes pièces, c'est ça ?

— Exactement. On va lui donner un nom, une identité, une activité, le faire vivre à Édimbourg ou à Glasgow, où tu irais le voir le week-end. (Jean éclata de rire.) Ce serait drôle, Imogen, et un moyen infaillible de clore le bec aux commères.

Pieds nus, Imogen marcha sur la pelouse qui descendait en pente douce jusqu'aux rives du loch. À mi-chemin, elle s'arrêta, jetant un regard en arrière.

— Jeanie, je crois qu'on a des choses plus intéressantes à faire. Au fond, qu'est-ce qu'on en a fiche des cancans ? Depuis le temps que ça dure, j'en ai pris l'habitude. Je dois exhaler une odeur – à moins que ce ne soit hormonal – enfin un truc qui les provoque.

— Mais non, Imogen, tu es différente, voilà tout. Regarde-toi : tu es ravissante ! (Jean s'était levée pour rejoindre son amie sur la pelouse.) Tu n'es pas conventionnelle. Tu mènes la vie que tu entends, et il t'arrive de disparaître plusieurs jours de suite sur ton cheval. Ce sont eux qui ont des problèmes, pas toi. Ils sont jaloux parce que tu ne leur ressembles pas.

— Tu crois que c'est ça la raison ?

— Absolument. (Glissant son bras sous celui d'Imogen, Jean l'entraîna vers le rivage.) Ce sont des gens étroits d'esprit, à l'image du trou d'où ils viennent. La seule chose qui te sauve dans leur esprit, c'est que tu sois écossaise. Grâce à Dieu, tu n'es pas une étrangère ! Ils veulent te mettre dans un casier, Imogen, c'est leur nature. Comme ils ont besoin de tout étiqueter, ton célibat, ta différence représentent un danger à leurs yeux. Nous n'avons qu'à changer l'étiquette et te donner un petit ami pour leur damer le pion. Sans compter qu'à défaut d'autre chose, ce sera amusant.

— Je n'en suis pas convaincue, Jean. N'est-ce pas se rabaisser à leur niveau ?

— Bien sûr que non. Allez. D'abord, il faut lui trouver un prénom.

— D'accord. Que penses-tu de James ? proposa Imogen, cherchant à entrer dans le jeu.

— Pas mal. Un prénom bien carré, comme les Écossais. À présent, donnons-lui un boulot vraiment chouette. Ah, je sais – avocat.

— Docteur plutôt.

— Non, les avocats gagnent mieux leur vie.

— L'argent, on s'en balance, Jean, s'esclaffa Imogen. C'est un canular, n'oublie pas ! Décidément, je préfère un docteur. Le comportement avec les malades et tout le bataclan.

Parvenu au milieu du lac, Morrisey leur fit signe de la main.

— Tiens, des hommes du genre de Morrisey ne sont pas mal, fit observer Imogen en lui répondant d'un geste bref.

— Oui, parce qu'ils se contentent d'exister sans

rien dire, sans rien faire. (Jean promena son regard sur le lac agité par le souffle d'un vent d'ouest.) Ils sont, un point c'est tout. Et faciles à manipuler avec ça ; il leur arrive d'être utiles.

Retournant d'un pas nonchalant à la table, elles finirent leur thé puis passèrent une heure à s'amuser à inventer l'homme idéal. Après le départ de Jean, Imogen assise, pieds nus, son bloc sur les genoux, contempla les couleurs changeantes du lac où Morrisey pêchait à présent. L'absurde conversation qu'elle venait d'avoir avec son amie lui trottait dans la tête ; au fond ce n'était pas si idiot que ça, peut-être qu'un homme mythique mettrait un terme aux potins. L'université et Peter, son dernier petit ami sérieux, lui revinrent alors en mémoire. Cela remontait aux calendes grecques ; ceci étant, elle avait bien failli l'épouser.

La pensée du temps écoulé lui serra le cœur. Des années auparavant, elle faisait les beaux-arts, tandis qu'étudiant en informatique – une matière encore balbutiante à l'époque –, il l'avait courtisée sans qu'elle le remarque. Ce n'était pas nouveau. Sa jeunesse durant, Imogen n'avait jamais pris conscience de l'intérêt qu'on lui portait et tombait des nues lorsqu'un homme lui faisait des avances, comme si elle n'avait aucune confiance en elle.

En revanche, elle n'en manquait pas en ce qui concernait son aptitude à peindre, à modeler ou à sculpter. Du reste, c'était sans doute à cause de son travail acharné que l'approche de Peter l'avait prise au dépourvu. Après coup, lorsqu'ils sortirent ensemble, les amis du jeune homme lui racontèrent qu'il avait rêvé d'elle pendant des semaines avant d'oser lui proposer quoi que ce soit. Imogen ne s'était rendu compte de rien. Certes, elle le connaissait de vue. Il ne manquait jamais de la saluer lorsqu'ils se croisaient sur le campus, au réfectoire ou au bar de l'association d'étudiants. Cependant, s'il lui avait offert un verre une fois, les choses n'étaient jamais allées plus loin.

Il était drôle, assez séduisant bien qu'un brin plus petit qu'elle, ce dont Imogen ne se préoccupa qu'au moment où la question du mariage fut soulevée. C'est qu'elle s'était toujours représenté l'homme de sa vie plus grand qu'elle – protecteur en somme. En tout cas, au début, alors qu'étudiants sans attaches l'un comme l'autre, ils poursuivaient chacun une ambition, il était parfait. Il la courtisait, lui offrait des fleurs, l'emmenait dîner dans une pizzeria d'Édimbourg – le seul restaurant qu'il pouvait se permettre vu le maigre montant de sa bourse.

Imogen aimait sa compagnie. Il était plein d'esprit, intelligent, charmant avec ses cheveux blonds et ses yeux bleus. Leurs premiers rapports sexuels n'avaient pas été une réussite au demeurant. Si Imogen avait eu deux petites histoires avant sa rencontre avec Peter, aucune n'avait compté et elle les avait regrettées par la suite. Quant à lui, elle ignorait tout de son expérience, mais leurs premiers ébats dans sa chambre, ponctués de maladresses, de boucles de ceinture détachées à la hâte, de jeans aux chevilles, avaient singulièrement manqué de romanesque. Et la véritable histoire d'amour, la passion – pour peu que ce fût l'attente d'Imogen –, n'avaient pas été au rendez-vous.

Ses parents, qui avaient rencontré Peter, l'appréciaient apparemment. Bien qu'Imogen eût toujours le sentiment qu'ils n'étaient pas concernés par elle en leur for intérieur. Cette espèce d'absence, elle la ressentait depuis la mort d'Ewan – surtout chez sa mère, qui donnait l'impression que le drame l'avait dépossédée de sa vie, de ne plus s'intéresser à rien. Aussi à l'annonce de la rupture des fiançailles d'Imogen, et en dépit des préparatifs en cours, de l'argent déjà dépensé, avait-elle réagi avec une sorte d'indifférence, semblant penser en son for intérieur : « Quelle que soit ta décision, tu as raison, ma chérie. »

Depuis Peter, il y avait eu quelques aventures sans

lendemain mais rien qui puisse, fût-ce vaguement, être pris au sérieux. Et, malgré son indépendance, Imogen le regrettait profondément. C'était surtout l'intimité qui lui manquait. Non pas tant le fait de pouvoir se blottir contre un homme dans son lit, mais la conscience de compter pour un être qui vous connaît et vous aime. Aussitôt la jeune femme se moqua d'elle-même : ce genre de relation n'existait pas ou plus. D'ailleurs, c'était peut-être la volonté d'émancipation des femmes qui avait tout changé. Les règles avaient disparu – non qu'elles eussent vraiment été efficaces, mais tout de même. Toujours est-il que les femmes étaient allées de l'avant tandis que les hommes paraissaient ne plus avoir la moindre idée du rôle qui leur incombait dans l'existence. Il y en avait tant qui erraient – paumés –, à moins qu'ils ne soient démangés par le démon de midi comme Patterson ou MacGregor.

Toujours est-il qu'Imogen ne voulait pas d'une de ces relations tièdes que tout le monde avait l'air de trouver normales. Imogen attendait bien davantage : un lien profond que la monotonie du train-train quotidien n'effrite pas. Imogen désirait percevoir l'âme d'un être et que ce soit réciproque, et qu'il la bouleverse autant que la nature ou Redynvre. Quel qu'il soit, il fallait qu'il éprouve les mêmes sentiments qu'elle, voie les choses comme elle, soit à l'écoute de sa vie intérieure comme elle.

Fermant les yeux, Imogen se retrouva dans la vallée près du rocher du Prophète, aussi courbée et ratatinée qu'une vieille sorcière cacochyme. Le fracas du torrent Leum dans les oreilles, elle entendit le brame de Redynvre dans les collines et l'imagina tel qu'il serait à la fin du mois de septembre, les bois dépouillés de leur velours, devenu l'adversaire de ceux avec qui il parcourait les bois presque toute l'année. Dès le mois d'octobre, il se battrait pour son harem, le protégerait, s'en occuperait, se partageant entre les biches, sans cesse à l'affût d'éventuels prétendants, prêt à les écarter d'un violent coup de tête. Avant l'accouplement, il embrassait toujours ses femmes, dont il léchait tendrement le museau. La tête rejetée en arrière, Imogen se moqua de nouveau d'elle-même. Si c'était ce genre d'homme qu'elle attentait, sa solitude n'avait rien de surprenant !

Le téléphone retentit dans la maison. Sautant sur ses pieds, la jeune femme courut le décrocher.

— Bonjour, dit-elle.

— Allô, Imogen, ici Daniel Johnson de la Ligue royale de protection des oiseaux.

— Comment allez-vous ? Avez-vous pris une décision ?

— Oui, et on s'est demandé si vous accepteriez de garder un œil sur le nid des aigles pour nous.

— J'aimerais beaucoup. Mais que faites-vous d'Adam McKenzie ?

Johnson garda le silence un instant.

— En fait, je voudrais aller tâter le terrain sur les lieux avec vous. Ensuite, j'aviserai.

8

Connla traversa les plateaux méridionaux, puis
Peeble. Au-delà de la ville, la route suivait le cours d'une
rivière, au pied d'une gorge encaissée où le soleil transperçait rarement les arbres. Aussitôt après, le château
de Neidpath se dressa sur sa gauche – on eût dit une
fenêtre brusquement ouverte sur le passé. Il était impossible de ne pas s'arrêter. Faute d'emplacement visible,
Connla gara sa Land-Rover le long d'une barrière et, faisant quelques pas en arrière, alla se poster devant une
trouée du bois où il resta longtemps, bras ballants, tandis que la brise qui montait des gerbes d'eau jouait dans
ses cheveux. Le château avait l'air comme figé dans le
temps. Ses pierres grises semblaient intégrées aux
rochers qui les arrimaient dans le lit de la rivière. Il
régnait un silence impressionnant qui, l'espace de cinq
minutes, ne fut troublé par aucune voiture, par aucun
bruit humain. Connla l'associa à celui du col de la Powder River dans son pays. D'une altitude de 2 700 mètres
au-dessus du niveau de la mer, on n'y trouvait d'autre
compagnie que les âmes d'Indiens massacrés. Un tel
silence ancrait en soi. Et Connla eut une fugace intuition
de l'histoire dont cette terre était imprégnée, mais un
grincement d'auto l'arracha à sa transe rêveuse. Tou-

jours est-il qu'il ne doutait plus de son origine celte, ne fût-ce qu'à cause de la sonorité gaélique de son prénom et de son sentiment d'appartenance au lieu. Lorsqu'il avait franchi la frontière, il en avait éprouvé les effets à demi consciemment, tel un baume sur son âme.

Connla fit demi-tour et retourna vers sa camionnette en jetant des coups d'œil au château qui disparaissait progressivement derrière les arbres. Il s'attarda quelques minutes derrière le volant avant de démarrer. Et c'est très lentement qu'il se remit en route, conscient de chaque tournant, du moindre rayon de soleil – lumière divine rayonnant d'un éclat semblable à celui d'enluminures de livres religieux. Au bout d'un certain temps, il sortit de l'étroite vallée et les contreforts peu élevés des Pentland Hills se prolifèrent sur sa droite. Les terres cultivées cédèrent la place à de la lande parsemée de bouquets d'arbres à feuilles caduques, un environnement idéal pour les panthères.

À l'extrême nord des Pentland Hills, Balerno est un riche faubourg d'Édimbourg, situé au sud de la bretelle qui contourne la ville. Tombant dessus au pied d'une colline, Connla bifurqua à droite, passa devant la caserne des pompiers, l'école, et suivit les panneaux de la SSPCA. Au zoo de Verwood, Jenny lui avait expliqué que c'était la même chose que la SPA, mais écossaise. Vu le farouche sentiment national des Écossais, cela tombait sous le sens.

Le centre du faubourg une fois derrière lui, Connla abandonna la route principale. La chaussée se rétrécit, la ligne blanche ne tarda pas à disparaître, aussi eut-il peur d'avoir raté un embranchement. Fidèle à son instinct néanmoins il continua et le Centre apparut soudain sa gauche. C'était une succession de bâtiment à l'allure d'écuries, séparés du magasin et des bureaux par une cour dallée. Une centaine de chiens aboyaient de conserve dans un dédale de cages installées dans un champ s'étendant à l'arrière. Connla dut garer sa Land-

Rover sur un bout de terrain à côté de la route. Ensuite, il se dirigea vers le magasin, auquel on accédait par une rampe en béton. Connla regardait à travers la porte d'entrée vitrée lorsqu'il entendit un raclement de pieds sur les dalles derrière lui.

— Puis-je vous aider ?

Il vit volte-face et se retrouva en face de Lydia Dodds, l'assistante qu'il avait vue l'avant-veille à la télévision. Avec un grand sourire, il repoussa son chapeau sur la nuque.

— Oui, je crois.

Sautant par-dessus la rampe, il traversa la cour. Il y avait un petit cheval derrière Lydia.

— Qu'est-ce qu'il a, demanda-t-il à la jeune fille en désignant le poney. Lequel, attaché à une longe, remuait la tête d'un côté à l'autre et ressemblait à l'ours polaire en piteux état que Connla avait vu au zoo d'Auckland.

— Un peu de colique. Rien de grave, il va mieux mais il aime qu'on s'occupe de lui.

— Un rescapé ?

— Oh oui. (Elle haussa les sourcils.) Comme tous les animaux qui se trouvent ici.

Connla tendit sa main droite, qu'elle serra avec une certaine réserve.

— Je m'appelle Connla McAdam. Je suis américain. Je vous ai vue hier à la télé.

Écarlate, la jeune fille s'exclama.

— Oh, mon Dieu ! J'ai été lamentable pendant cette interview.

— Mais non, au contraire, vous avez été parfaite. D'autant que vous étiez en état de choc. (Le zoologue s'interrompit et jeta un regard au magasin derrière lui.) Écoutez, j'aimerais vous parler de ce qui est arrivé hier, où puis-je vous offrir un café ?

Ils allèrent dans la salle réservée au personnel située derrière le magasin. Assis dans un fauteuil poussiéreux, les jambes croisées, Connla la regarda remplir la bouilloire.

— C'était à environ deux kilomètres d'ici, commença-t-elle. J'habite une petite maison sur la colline. Il était très tôt, l'aube venait de se lever. Je fais partie de l'équipe du matin. D'ailleurs, vous avez de la chance de m'avoir trouvée, je suis en retard aujourd'hui.

— Et alors ?

Lydia se tourna vers lui. Penchée sur le plan de travail, elle se serrait les bras.

— Je dois vous avouer qu'il m'a flanqué la trouille de ma vie.

— C'était un gros fauve, fit Connla, la tête de côté.

Elle posait sur lui un étrange regard scrutateur. À son expression, on aurait dit qu'elle le reconnaissait.

— Mais je sais qui vous êtes ! C'est vous l'auteur de cette photo de tigre pour la BBC.

— La gloire, gloussa Connla. Je savais bien qu'elle finirait pas me rejoindre. En quelques jours, vous êtes la deuxième personne à s'en souvenir.

— Oh, je crois qu'on ne peut pas oublier une photo pareille, du moins pas ceux qui s'intéressent à la nature, affirma la jeune fille tout en préparant le café.

— Ce serait gentil d'en informer mon pays, pour sûr, un peu de pub ne me ferait pas de mal.

Elle éclata de rire.

— Ne vous a-t-il pas poursuivi en haut d'un arbre ?

— Dame si !

— Un tigre de Sibérie ! s'exclama-t-elle, les yeux écarquillés.

— Ouais. Au début, j'étais par terre, enfin jusqu'à ce qu'il me fonce dessus. C'est là que j'ai grimpé, m'imaginant qu'il ne me suivrait pas. Sauf qu'il ne s'en est pas privé, alors j'ai eu envie de prendre la photo avant qu'il ne me dévore. Après quoi, il s'est cassé la figure, conclut Connla avec une grimace.

— Vous avez eu de la chance.

— Et comment ! (Connla se leva pour prendre la tasse de café qu'elle lui tendait.) Alors, racontez-moi ce qui s'est passé hier.

— Oh, pas grand-chose, vraiment. Rien de terrible comparé à votre histoire de tigre.

— Hé, une minute s'il vous plaît, Lydia, l'interrompit Connla en levant le doigt. Les deux situations n'ont absolument rien à voir. D'une part, j'étais payé pour ça, d'autre part, c'était ma décision d'aller chercher des tigres dans ce pays. (Il but une gorgée de café.) Alors que vous, vous êtes tombée par hasard sur un fauve qui vous a foutu les jetons – ce n'est pas pareil.

Les mains autour de sa tasse, la jeune fille opina du bonnet.

— C'est vrai qu'on ne s'attend pas à voir ça en Écosse. C'était une panthère noire, professeur McAdam. J'en suis sûre, je sais à quoi elles ressemblent.

Avec un petit frisson d'excitation, Connla la fixa longuement avant de lui demander :

— Lydia, vous voulez bien me montrer où ça s'est passé ?

La route était une piste boueuse au sol néanmoins très dur. Connla aperçut les traces de la voiture de Lydia mais rien d'autre. Il se mit à croupetons pour en avoir le cœur net et en déduisit que la jeune fille avait dû rouler sur les empreintes – pour peu qu'il y en ait eu.

— C'était ici ? Levant les yeux vers elle, il lui montra le sol du doigt.

— Oui, exactement.

Le regard soudain traqué, la jeune fille s'adossa à la portière ouverte de la Land-Rover. Connla se releva en faisant craquer ses genoux et prêta l'oreille aux pépiements des étourneaux dans les arbres. La piste reliait la route pavée à trois maisonnettes juchées au sommet de la colline, dont l'une appartenait à Lydia. De part et d'autre, les haies assez peu touffues étaient percées de trouées bien assez grandes pour qu'un léopard s'y fraye un passage. Il lança un coup d'œil à la jeune fille.

— Il a traversé la route de gauche à droite, c'est ça ?

Lydia acquiesça.

Une expression concentrée sur son visage, Connla monta sur le talus. Des champs s'étalaient jusqu'aux contreforts qui se découpaient sur l'horizon. Les yeux plissés, car le soleil était tout à coup éclatant et un petit vent lui mordait les joues, le zoologue examina les petites branches cassées de la haie, sachant précisément ce qu'il cherchait – une trace, n'importe laquelle. Il se retourna vers Lydia.

— À votre avis, c'était un léopard noir ?

— Oui, de toute façon une panthère, c'est un léopard noir, non ?

Hochant la tête, Connla se remit à inspecter les nombreuses brèches de la haie, qui n'étaient pas toutes de la même taille. Parmi les poils accrochés au bout des branchages – dont des noirs – qu'il distingua, il sut tout de suite qu'aucun ne provenait d'une panthère. C'étaient plutôt ceux d'un blaireau – d'un petit animal en tout cas. Connla se trouva idiot d'être un peu abattu. Il n'y avait pas plus insaisissable qu'une panthère, on tombait dessus par hasard ou jamais. Lydia s'approcha de lui.

— Aucune trace, hein ?

— Oh, je ne m'attendais pas vraiment à en trouver. Venez, je vous raccompagne.

Au parking devant le centre de la SPA, le zoologue ne coupa pas le moteur. Six cent cinquante kilomètres pour rien, tel était le résultat de son coup de tête. Cela dit, ce n'était ni la première ni la dernière fois.

— Auprès de qui puis-je me renseigner ? demanda-t-il à Lydia. Qui est spécialiste de fauves en Écosse ?

— Je n'en sais trop rien, répliqua la jeune fille, l'air perplexe. Vous feriez mieux d'aller interroger des gens à notre siège d'Édimbourg. Il se trouve à gauche, en face de l'auberge Crammond, sur la route de Forth Bridge. Attention, pas l'autoroute, la nationale.

Après l'avoir remerciée, Connla ouvrit la portière du passager.

— Et ne vous tracassez pas. Il y a fort peu de chances qu'une panthère ait envie de vous dévorer. (Il parcourut les collines du regard.) Le gibier foisonne suffisamment là-haut pour en rassasier des milliers à tout jamais.

On rejoignait directement Édimbourg, qui ne se trouvait pas très loin. Connla repéra sur la carte une succession de ronds-points à partir de la rocade. Une fois arrivé au panneau indiquant Forth Bridge, il faillit rater les bureaux de la SPA, cachés derrière une palissade du genre de celle d'une ferme, à l'écart de la route. Sans mettre son clignotant, le zoologue tourna brusquement à gauche – aussi eut-il droit aux coups de Klaxon d'un conducteur furibard. Devant le portail principal, il s'arrêta un instant pour observer la statue au nez dévoré de rouille de Jacques V à cheval attaqué par des brigands.

Derrière le bureau de réception, une femme menue d'une bonne quarantaine d'années, les cheveux teints en blond presque paille, un tantinet trop maquillée, lui sourit. Des chaînes en or entouraient ses poignets et pendaient autour de la peau flétrie de son cou.

— Bonjour. Est-ce que je peux vous aider ?

Connla appuya les coudes sur le comptoir.

— Je l'espère, madame. Je m'appelle McAdam.

— Vous êtes américain ? (Une lueur pétilla dans ses yeux.) J'adore les États-Unis. New York, Los Angeles, La Nouvelle Orléans.

— Vous aimez les villes, n'est-ce pas ?

— Oh, oui. Elles sont tellement pleines de vie, animées et...

— Dangereuses, conclut-il à sa place.

— J'imagine, s'esclaffa-t-elle alors. Mais j'ai l'habitude parce que j'ai grandi dans une cité de Glasgow.

— Vous m'en direz tant, fit Connla. Écoutez, cela va sans doute vous paraître idiot mais je voudrais parler à quelqu'un des fauves qui vagabondent en liberté dans le coin. Enfin, d'après plusieurs personnes, il y en aurait un à Elgin.

— À Balerno aussi, renchérit la réceptionniste avec un air de conspirateur. Une de nos assistantes a aperçu une panthère noire.

— Je sais, j'en viens. C'est parce que j'ai vu Lydia à la télé en Angleterre que j'ai fait la route jusqu'ici pour lui parler.

— Dites donc, vous êtes un mordu alors ? lança la femme, manifestement impressionnée.

— Ah oui, navré, j'aurais dû me présenter, s'excusa Connla en s'essuyant la main sur la cuisse de son jean. Je suis zoologue, photographe animalier et spécialiste de fauves – de cougouars surtout.

— Accordez-moi un instant, monsieur McAdam, je vais chercher quelqu'un.

Connla patienta tout en feuilletant le bulletin de la société et des revues. La SPA était en contact avec le FBI à propos d'un phénomène qu'on définissait comme le « premier coup ». À en croire une théorie récente, les gens violents envers les animaux le seraient aussi – du moins virtuellement – envers les êtres humains. Il ne termina pas l'article car une femme – d'une petite quarantaine d'années – apparut dans le couloir. Après s'être présentée comme Mary Warren, l'attachée de presse, elle l'emmena dans un bureau désert.

— Que puis-je pour vous, monsieur McAdam ? s'enquit-elle dès qu'ils furent installés.

Elle écouta Connla lui expliquer la situation, puis posa les mains sur le bureau.

— Ma foi, vous pourriez discuter de ça avec un certain nombre de gens, John Williamson du Royal Scottish Museum ou nos collègues du zoo de Glasgow. (Puis Mary Warrent s'interrompit et se tapa le front.) Bien sûr ! Comment n'y ai-je pas pensé plus tôt ! Si ce sont les apparitions de fauves dans la nature qui vous intéressent, je ne connais qu'un homme.

Connla se pencha sur son siège.

— Qui ça ?

Les sourcils froncés, Mary se mordillait le coin de la lèvre.

— Dans le Perthshire, il y a un type qui a consigné les déclarations de toutes les personnes ayant aperçu des fauves en Écosse. Nous ne faisons pas appel à ses services officiellement parce que la police le tient à l'œil. Je ne sais l'effet qu'il vous fera, mais c'est lui votre homme. Il doit habiter aux environs de Dunkeld et s'appelle Harry Cullen, dit Chien d'Arrêt.

9

Imogen retrouva Daniel Johnson au pied des collines de Corr Na Dearg, point de repère que les randonneurs identifiaient sans peine. Et c'est bien à un couple de randonneurs qu'ils ressemblaient aujourd'hui, venant admirer à loisir la splendeur des Highlands. Sans son cheval, Imogen se sentait un peu nue ; elle était incapable de se rappeler la dernière fois qu'elle y avait marché. La jeune femme eut envie de le faire plus souvent – avec quelqu'un notamment. Au fond, c'est parce qu'elle ne supportait pas ceux qui proposaient de l'accompagner qu'elle se baladait toujours seule.

Ouvrant la voie, elle cheminait, attentive au moindre centimètre du terrain, à chaque trace. Ils dépassèrent le rocher du Prophète, longèrent la rivière et atteignirent le Leum Moir, à la lisière des terres d'Atholl McKenzie où ils firent halte. Imogen but quelques gorgées d'eau à sa gourde. Bien qu'il eût vingt ans de plus que la jeune femme, Johnson était en pleine forme. Il se leva pour observer Tana Coire à la jumelle.

— Il y a des gens au loch Thuill.

Aussitôt debout, Imogen sortit les jumelles de son sac. Johnson avait raison, elle distingua au moins trois silhouettes au bord du lac.

— On ne dirait pas qu'ils pêchent.

— On devrait aller s'en assurer, d'accord ? proposa Johnson.

À mesure qu'ils s'approchaient, ils se rendirent compte que les hommes avaient un tracteur ainsi qu'une petite remorque. Imogen chercha à voir si elle en reconnaissait un. Ce ne fut pas le cas.

— Ce sont sans doute des ouvriers agricoles d'Atholl McKenzie, marmonna-t-elle, plutôt pour sa gouverne qu'à l'intention de Johnson.

Tandis qu'ils contournaient le lac, Imogen scrutait les nuages. En vain, aucun point noir n'y apparaissait. Un vent coupant soufflait ; il faisait gris ; la pluie menaçait. Elle n'arrivait pas à déterminer à quelle tâche s'affairaient les trois hommes si ce n'est qu'il y avait des piquets de clôture et du fil de fer dans la remorque.

— Tiens, des jeunes arbres. (Johnson, désigna un bouquet qui jaillissait de l'herbe à proximité du loch.) Ils vont les entourer d'un fil de fer pour les protéger.

— On dirait des mélèzes, fit observer Imogen. C'est curieux d'en planter à un tel endroit. À votre avis, qu'est-ce que McKenzie a en tête ?

— Je n'en ai pas la moindre idée.

À peine avaient-ils fait une vingtaine de pas qu'Imogen faillit trébucher sur un mouton mort à moitié dissimulé sous un bloc de pierre. Clouée sur place, elle le fixa. Johnson l'imita. Ni l'un ni l'autre ne proférèrent une parole. En revanche, la voix d'un des ouvriers qui criait quelque chose à l'un de ses compagnons résonna au-dessus de l'eau. Imogen tourna alors les yeux vers lui, mais il était en train de passer du fil de fer autour du tronc d'un petit mélèze.

Johnson examinait l'agneau.

— Il était très jeune, déclara-t-il.

— À cette altitude, l'agnelage se fait tard.

— Je sais.

— Vous croyez qu'on l'a mis là exprès, demanda alors la jeune femme avec un soupir.

Johnson se gratta la tête.

— C'est difficile à dire. (Il se redressa.) Allons voir s'il y en a d'autres. À présent, les trois hommes, plantés sur la rive opposée du loch, les observaient. Ne montrez rien du doigt, reprit Johnson. Mais où se trouve l'aire ?

Imogen braqua ses yeux plissés vers les rochers plus élevés du coire.

— Juste devant nous, à environ quinze mètres du sommet, sur ce petit promontoire d'où s'élancent trois arêtes en forme de doigt.

Johnson suivit son regard et fit signe qu'il l'avait repéré.

— Le nid est entre deux petits éperons, bien à l'abri du vent.

— Vous n'avez cependant pas vu s'il y avait des œufs ?

— Je ne me suis pas assez approchée pour ça.

Johnson se retourna du côté des trois hommes, qui ne les lâchaient pas des yeux, avant de proposer :

— Faisons le tour du loch pour voir s'il y a d'autres carcasses d'agneau.

Ils se mirent en marche et n'en trouvèrent aucune. Les trois types s'étaient remis au travail lorsque Johnson dit à Imogen.

— J'aimerais essayer de jeter un œil sur le nid. Allons demander à ces types s'il existe un sentier qui monte dans les falaises. On se rendra compte en même temps s'ils sont au courant pour les aigles.

Le cercle bouclé, ils s'approchèrent du bout de terrain où les hommes disposaient du fil de fer. L'un d'eux, d'une quarantaine d'années, grand et maigre – le responsable manifestement –, avait une mèche de ses cheveux raides et noirs qui lui tombait sur les yeux et un mégot fiché au coin de sa bouche. Entendant leurs pas, il releva la tête.

— Bonjour, dit Johnson.

L'homme hocha la tête tout en reluquant Imogen sans ouvrir la bouche.

— Je me demandais si vous pourriez nous aider, poursuivit Johnson.

— Oh sûrement, vous êtes perdus, hein ?

— Non, pas du tout, sourit Imogen. On voudrait savoir s'il y un chemin d'accès à la falaise là-bas ?

Regardant derrière elle, l'homme posa longuement les yeux sur le rocher, nimbé d'argent à présent que le soleil perçait les nuages. Puis, après un coup d'œil aux souliers de montagne d'Imogen et de Johnson, il opina du bonnet – pour lui-même aurait-on dit.

— Il n'y en a pas, mais ce n'est pas si raide, finit-il par lâcher.

— Qu'est-ce qu'il y a de l'autre côté ? demanda Johnson.

— La même chose, puis la mer.

— Vous y êtes monté ?

Tout en lui posant la question, Imogen fit un pas de plus vers lui. Il secoua la tête et interpella l'un de ses collègues.

— Hé ! Donald, t'as grimpé sur c'te paroi, pas ?

Plus jeune, le visage rougeaud, le Donald en question rétorqua :

— Pour sûr. C'est pas trop dur. Rester sur vot' gauche. C'est plein de cuvettes et de ravines. Autrement, vous aurez pas de problèmes.

— Est-ce qu'il y a des cerfs là-haut ? demanda Johnson.

Le responsable fit signe que non.

— Pas que je sache. Vous trouverez peut-être une chèvre ou un mouton.

— Merci. (Johnson sourit, se détourna à moitié, puis lança un regard en arrière.) Ah, j'oubliais. Y a-t-il un endroit dans le coin où l'on puisse pêcher ?

— Pas sans permis, rigola l'homme. (Les mains dans les poches, il indiqua du menton les vagues qui se brisaient sur le rivage.) Dans le lac, c'est possible si vous avez un permis.

— Et c'est McKenzie qui les fournit ? s'interposa Imogen.

— Ouais. Le loch est plein de truites maintenant. Mais, tout est bouclé ou presque pour la saison. Il faudra attendre l'année prochaine.

— À propos, ce sont des mélèzes que vous plantez ? lança alors Johnson, montrant les petits arbres.

— Tout juste, fit l'homme. On en a quelques-uns à mettre en terre. Ça fera un joli petit coin pour les pique-niques l'été prochain, si le cœur vous en dit et que vous avez de quoi acheter le permis.

Imogen et Johnson le remercièrent, puis, rebroussant chemin, se dirigèrent vers le pied de la falaise.

— Ce Donald raconte n'importe quoi, déclara Imogen. Il y a un sentier. En plus c'est une balade, pas une escalade. Mettez vos pas dans les miens, et tout ira bien.

Pendant la montée, Imogen jetait de temps en temps un coup d'œil à ce qui se passait au bord du loch : tête baissée, les hommes s'affairaient à la pose du fil de fer. À mi-chemin, la jeune femme s'arrêta et, désignant le promontoire, temporairement invisible, affirma :

— Ils ne sont pas au courant pour les aigles. À mon avis, ce sont des renards qui ont abandonné l'agneau.

— Parce que vous croyez qu'ils en auraient parlé.

— Pas vous ?

Johnson eut une moue dubitative.

— Je doute que des paysans iraient crier sur les toits qu'ils tuent des oiseaux de proie.

Les yeux rivés sur les pierres à ces pieds, Imogen remâchait sa déception – le scepticisme de Johnson mettait un bémol à ses espoirs.

— Venez, je vais vous montrer le nid, soupira-t-elle.

Ils continuèrent de grimper jusqu'au coin où elle avait repéré l'aire. La jeune femme ne tarda pas à apercevoir sur sa droite, en diagonale, des plumes marron qui se détachaient sur le rocher sombre. Le soleil s'étant de nouveau caché, les premières gouttes de pluie crépitèrent sur les rochers autour d'eux.

— C'est ici, souffla-t-elle.

Suivant son regard, Johnson poussa un long sif-flement.

— Aucun doute, ils font leur nid. Dites donc, le mâle est imposant !

Sortant aussitôt un calepin de sa poche, Johnson griffonna une description de l'emplacement avant de détacher son sac à dos pour y prendre son appareil photo. Imogen, elle, contemplait la vallée qui s'étirait sur des kilomètres, bien au-delà des trois ouvriers agricoles. Ces derniers, leur remorque chargée, se dirigeaient vers un groupe de fermes blotties au creux de la combe, dans le lointain. Derrière elle, Johnson fixait un zoom à son appareil. Ensuite, il prit la moitié d'un rouleau de photos des oiseaux, du nid et de son voisinage immédiat.

— Qu'avez-vous l'intention de faire ? s'enquit Imogen.

— Rien, répondit-il en soupirant. Finalement, je crois que vous avez raison, Imogen, les fermiers ne savent rien. On dirait que le nid est tout récent. Ces aigles sont jeunes, c'est sans doute la première année qu'ils passent ensemble.

Il jeta un coup d'œil au pied de la montagne. Le trac-teur, qui avait presque atteint le premier bouquet de pins, allait disparaître d'un instant à l'autre.

— Combien de fois pouvez-vous venir ici ? demanda-t-il alors à Imogen.

— Dans les limites du raisonnable, aussi souvent que j'en ai envie.

— Seriez-vous prête à surveiller le nid une fois tous les quinze jours pendant un certain temps ?

— Bien sûr.

— Parfait, sourit Johnson. En cas d'événements nouveaux, nous parlerons à McKenzie, mais, pour l'ins-tant, ça me paraît superflu de lui annoncer quoi que ce soit.

Le lendemain soir, Imogen s'installa dans son salon. Elle avait allumé un petit feu plus pour le plaisir que pour se réchauffer, même si, en plein été, le vent qui soufflait sur le lac était mordant. Le soir tombait, Imogen avait une tasse de café brûlant posé sur un guéridon près d'elle. Une pluie fine formait des petites rigoles verticales sur les fenêtres. Ceci étant, la propreté des vitres ne laissait jamais à désirer, car sinon Imogen – nullement fée du logis par ailleurs – aurait été privée de lumière et de vue sur le lac. Or, pour elle, cela représentait tout.

Plus tôt dans la journée, elle avait achevé une aquarelle très sobre de l'aigle en vol au-dessus du lac. Un instant dans le temps. Assise en face à présent, elle étudiait le bec jaune et crochu, les serres qui semblaient planer dans son sillage plutôt que de battre en le suivant dans son essor. Les conseils de son professeur à l'université lui revinrent en mémoire : « Le choix du pinceau est primordial. Au besoin, sers-toi d'un couteau de palette. Et réfléchis. On ne peint pas, on écrit une toile. » C'était limpide pour Imogen : il s'agissait de saisir la vie, l'âme, l'histoire d'une peinture. D'ailleurs, un frisson de bonheur s'emparait toujours d'elle lorsqu'une composition s'élaborait si rapidement. Cette fois-ci néanmoins, sa joie était gâchée : elle connaissait Atholl McKenzie. Ni la SPA ni la police ne l'empêcheraient de chasser les rapaces de ses terres pour peu qu'ils le gênent – qu'il s'agisse de pycargues à queue blanche, d'éperviers ou de n'importe quoi.

La télé détourna son attention. Encore une disparition de promeneur dans le massif des Cairngorms ! Des équipes de secours étaient parties à sa recherche ; il y avait de l'espoir, car il avait laissé la carte détaillé de sa randonnée dans voiture. Frissonnante, la jeune femme se souvint de l'assistant de l'université de Stirling – introuvable au bout de quatre jours. Lui aussi avait laissé son plan de route, mais il s'en était écarté. Les montagnes d'Écosse étaient dangereuses, infiniment plus qu'on ne le croyait, et ceux qui s'y perdaient étaient plus des promeneurs insouciants que de véritables alpinistes. Cela arrivait chaque année, été comme hiver. En ce qui concerne l'homme de Stirling, l'hélicoptère de la RAF l'avait repéré lors d'un ultime survol, à vingt minutes de la fin des recherches.

Les yeux sur l'écran, Imogen fit des vœux pour que le promeneur soit vivant, et son sauvetage le plus rapide possible. À l'évidence, elle n'aurait pas dû regarder le journal. À chaque fois, cela réveillait une angoisse très ancienne. La voix du présentateur, un bourdonnement d'abord, s'enfla jusqu'à devenir assourdissante et à prendre l'ampleur du grondement de la rivière Salmon. Ewan avait disparu. Sa mère avait les traits décomposés, une peur panique au fond de ses yeux. Connla McAdam, maussade et muet, était assis sur le rondin de bois. Son père, plié en deux, se penchait pour regarder par-dessus le rebord du promontoire.

D'un bond, Imogen se leva. Les bras croisés, elle fit les cent pas devant la cheminée. Dans sa famille, chacun avait vécu le traumatisme seul, tant sa mère que son père et qu'elle-même. Ils n'avaient pas communié dans la douleur, ne s'étaient pas consolés mutuellement. Passe encore que ses parents aient choisi d'y faire face seuls : le sentiment d'un père ou d'une mère à l'égard de son enfant n'est pas le même que celui d'une petite fille de huit ans. Mais ils avaient imposé cette réaction à Imogen. Or, c'était elle qui avait découvert Ewan, livide, brisé – dépouille malmenée par la rivière.

Au moment crucial, au paroxysme de sa terreur, ni l'un ni l'autre ne l'avaient serrée dans leurs bras. Certes, ils l'avaient fait après l'accident. Au cours de ses errances de somnambule dans les ténèbres silencieuses quand la nuit se profilait derrière la fenêtre. Trop tard. Et, pour lui avoir fait défaut au moment où Imogen en avait le plus besoin, ses parents avaient perdu la confiance qu'elle avait placée en eux depuis sa naissance.

Toujours est-il qu'à chaque annonce de la disparition d'une personne à la télévision, Imogen ne décollait pas de l'écran : il fallait qu'on la retrouve parce que sinon... La jeune femme s'efforça de chasser les images d'enfance qui se pressaient contre les fragiles cloisons de son esprit, but une gorgée de café et appuya sur la télécommande. Et il n'y eut plus que le craquement des bûches pour troubler le silence.

À huit heures et demie du soir, Imogen monta au pré dans sa Land-Rover. Il fallait s'occuper de Keira qui devait chercher sa mangeoire. L'obscurité s'épaississait lorsqu'elle se gara près de la barrière cassée. Le soleil, ce qu'il en subsistait, plongea derrière Skye. De l'autre côté, un véhicule grimpait la côte en vrombissant. Sûre qu'il s'agissait de MacGregor, Imogen agita la main tout en sautant au-dessus de la barrière. Il ralentit, mais elle était déjà à mi-chemin de l'écurie. Du coup, il appuya sur le champignon sans s'arrêter. Imogen caressa le nez de Keira, attacha la mangeoire, profitant de la brise qui soufflait par la fenêtre.

Il y eut un mouvement à la porte. Keira s'ébroua ; Imogen se retourna brusquement. C'était Patterson. Les épaules rentrées dans le cou, les mains dans ses poches, il souriait – avec concupiscence presque. Imogen porta la main à sa gorge.

— Oh Colin, vous m'avez fait peur !

Il la regarda sans mot dire avant d'esquisser un nouveau sourire.

— J'étais sorti pour une petite balade et j'ai vu votre voiture. Alors j'ai eu envie de vous dire bonsoir.

— Je suis sur le point de rentrer.

— C'est McGregor que je viens d'apercevoir en train de descendre la côte ? lança-t-il.

La tête un peu penchée, Imogen le dévisagea et lui trouva une lueur déconcertante dans le regard.

— Oui, c'est possible.

— Alors, vous l'avez vu ?

— En fait, je ne lui ai pas parlé.

Elle serra les ficelles de la mangeoire.

— Je pensais qu'il s'était peut-être arrêté ?

La jeune femme fit de nouveau volte-face. Il la fixait de ses yeux ronds comme des soucoupes, les sourcils arqués.

— Pourquoi ?

— Voyons, Imogen, John a le béguin pour vous. Ne me racontez pas que vous ne vous en êtes pas rendu compte.

Imogen sentit le sang lui battre les tempes et lui décocha un regard glacial.

— Je suis désolé, s'excusa Patterson. Mais c'est vrai, n'est-ce pas ?

— Vrai ou pas, fit Imogen, la main sur la hanche. Je ne vois pas en quoi cela vous concerne, Colin.

Les joues en feu, il le reconnut.

— Effectivement. Vous avez raison, pardonnez-moi.

Comme elle esquissait un pas vers la porte, Patterson, lui barrant le chemin, la prit par le bras.

— Vraiment, je suis désolé. C'était grossier de ma part.

Imogen resta immobile, en proie à un léger malaise que Keira perçut. Il poussa un hennissement en posant sur eux ses grands yeux cachés par sa crinière. La jeune femme se dégagea d'un geste brusque.

— Colin, il faut que j'y aille. Du reste, je tiens à vous signaler qu'on m'a déjà indirectement sermonnée parce que vous me retrouvez ici.

— Je vous demande pardon, maugréa Patterson, sous le choc.

— Jean Law.

Incommodée par l'odeur de sueur qui se dégageait de Colin, Imogen recula. Il donnait l'impression d'avoir couru, non marché. La lumière se fit dans l'esprit de la jeune femme. À peine avait-il vu sa voiture, puis celle de MacGregor qu'il s'était précipité ici au pas de charge. Sa transpiration n'avait rien d'étonnant, en outre il avait des yeux rouges. À cause de la pénombre, Imogen ne l'avait pas remarqué jusqu'à présent.

— Jean m'a dit que votre femme lui avait touché deux mots à la poste.

— Ma femme ?

— Oui, Colin, en personne. La mère de vos enfants. (Imogen s'interrompit.) D'ailleurs, où vous croit-elle en ce moment ?

Face au trouble manifeste de Patterson, l'indifférence de la jeune femme se mua en une sorte de dédain. Il était pitoyable. En comparaison, MacGregor valait mille fois mieux.

— Colin, reprit-elle, vous ne devriez plus venir ici. Les commères s'en donnent à cœur joie. Il faut penser à vos enfants, d'autant que je fais la classe à l'un d'eux.

— Imogen, je...

— Sans compter que je me passerais bien des potins, des insinuations et de l'œil noir de votre femme à chaque fois que vais à la poste.

— Imogen, je n'avais aucune...

— Bon, je m'en vais maintenant, Colin. Vous devriez en faire autant, votre femme se demande sûrement où vous êtes.

Imogen ouvrit la porte. En grand.

10

Connla acheta un paquet de cigarettes et un Coca Cola dans une station service au nord du Forth Bridge avant de remonter dans sa camionnette. Tout en débouchant la bouteille, il se pencha sur la carte. Au dire de Mary Warren, Cullen – un ancien employé des abattoirs, passionné d'armes à feu – habitait Dunkeld ou dans les environs immédiats de cette ville. La SPA le connaissait bien car il débarquait à chaque apparition de fauves. Rien ne lui échappait. Pas seulement en Écosse d'ailleurs, partout en Angleterre. Cullen avait la conviction non seulement qu'on avait relâché d'innombrables animaux depuis que les lois avaient changé en 1976, mais que ces derniers ayant une durée de vie en captivité de vingt ans, avaient eu tout le temps de se reproduire.

À chaque fois que la télévision faisait état de l'apparition d'un fauve, Cullen était dans le coup, sauf pour celle qui s'était produite à Balerno récemment. Connla avait néanmoins cru comprendre que Mary Warren ne portait pas l'homme dans son cœur. Et quand il lui en avait demandé la raison, elle avait hésité, mal à l'aise de devoir l'admettre alors qu'elle lui recommandait cet homme.

— Vous n'avez pas tort, je ne l'aime pas beaucoup.

C'est qu'il n'est pas vraiment mon genre. Il a eu maille à partir avec la police à plusieurs reprises, pour braconnage si je me souviens bien. Je ne sais pas s'il travaille toujours aux abattoirs mais il lui est arrivé de se trouver sur des lieux où du bétail avait été massacré avec nos inspecteurs, dont quelques femmes. Ne vous méprenez pas, monsieur McAdam, ce sont des dures à cuire, rodées à toutes sortes d'exercices et elles savent s'y prendre tant avec les animaux qu'avec les gens – quels qu'ils soient. Eh bien, en vrai misogyne, Cullen se faisait un malin plaisir de mettre les femmes mal à l'aise en décrivant avec un luxe de détails atroces sa façon d'électrocuter les vaches à l'abattoir.

Connla continua d'étudier la carte. Cullen n'était manifestement pas le genre de personne qu'il aimait, il n'empêche, qu'à en croire Mary, c'était le meilleur spécialiste – autodidacte certes – de fauves de ce pays qu'il connaissait comme sa poche. En outre, non content de rôder sur les lieux de carnage, ce type s'acharnait – sans succès jusqu'à présent – à traquer les animaux. Vu sa propre formation, Connla ne doutait pas de l'intérêt de la rencontre avec l'homme surnommé Chien d'Arrêt à cause de sa passion pour les pitbulls et les faucons pèlerins.

Connla roula vers le nord, évita Perth et s'engagea sur l'autoroute A9. Il y avait cent cinquante kilomètres jusqu'à Inverness. Compte tenu de l'heure tardive, il espérait passer la nuit dans un hôtel de Dunkeld, s'étant rendu compte au fil du temps à quel point il était facile de retrouver des gens dans une petite ville. Pour peu que Cullen habite dans le coin, il avait sûrement un troquet préféré à Dunkeld ou dans la bourgade voisine de Birnam. Connla tournait et retournait ce nom dans sa tête, pensant à ce qu'annonçaient les sorcières à Macbeth : *Même si aucun homme né d'une femme ne pourra attenter à votre vie... vous ne serez vaincu que lorsque le bois de Birnam viendra à Dusiname.* À moins que ce fût le bois de Birnan. Décidément, Shakespeare lui posait toujours des problèmes.

Connla aborda la bourgade par le sud. Il la traversa avant d'emprunter un pont en dos d'âne qui enjambait la rivière Tay. En fait Dunkeld et Birnam étaient des villes jumelles qui, se chevauchant presque, s'adossaient à des flancs de coteau densément boisés, dont les maisons étaient dominées par des affleurements rocheux. Ceci étant, Dunkeld avait un côté plus coquet et plus riche que Birnam. Le pont une fois franchi à petite vitesse, Connla se gara dans la rue principale. De grosses gouttes de la pluie qui s'était mise à tomber s'écrasaient sur le pare-brise. Il attrapa sa veste sur la banquette arrière. À peine sorti de la voiture, il fut désagréablement surpris par un étrange mélange de relents d'eau stagnante et d'odeur de pain en train de cuire. Sur Atholl Street, une rue qui s'écartait de la rivière et montait vers le nord, deux hôtels lui tendaient les bras. Mais Connla remonta Bridge Street en jetant des coups d'œil sur sa gauche, là où la grand-rue menait à une place où se dressait une cathédrale dépourvue de toit. Il fit halte, ne sachant par quoi commencer : la recherche d'une chambre ou celle de Cullen. Ayant tranché pour la première solution, il continua d'avancer dans la grand-rue bordée de bâtiments blancs de plus en plus espacés. La pluie cessa. Aussitôt un agréable soleil vespéral fit étinceler les ardoises grises des toits. Il s'arrêta devant une fontaine, effleura du regard un couple de Français qui prenait des photos, avant de le poser sur les ruines de la cathédrale d'où émanaient une sorte de langueur très attirante. Quelques personnes lui lancèrent des coups d'œil intrigués – sans doute à cause de son chapeau. Les Anglais n'en portent pas souvent.

Connla, qui finit par réserver une chambre pour une nuit à l'hôtel Atholl, demanda à la réceptionniste si elle connaissait un certain Harry Cullen. Les yeux vides, elle lui répondit :

— Non, je suis désolée.

— Ça ne fait rien. Quel est le meilleur endroit pour prendre un verre en ville ?

— L'hôtel Taybank. Il appartient à Dougie Maclean.

— Ah oui ?

— Ben oui, le chanteur. C'est sur Meikleour road, au bord de la rivière. Prenez le pont, puis tournez à gauche, vous ne le raterez pas.

— Merci, je vais tenter le coup.

Agréable et sobre, la chambre avait une vue sur des bois s'élevant abruptement derrière le bâtiment. Après avoir balancé son sac sur le lit, Connla en sortit une chemise propre et un caleçon. Séance tenante, il se doucha. Les cheveux encore mouillés, il alla avaler à la hâte un dîner dans la salle à manger, puis se dirigea vers l'hôtel Taybank. On était mardi soir, il y avait donc peu de monde au bar hormis un petit groupe de clients assez représentatif. L'un d'eux, un homme d'une cinquantaine d'années, à cheveux et barbe d'une blancheur éblouissante, l'oreille percée d'un anneau, grattait une guitare acoustique. Sur un mur, Connla remarqua un violon ainsi qu'un de ces bizarres tambours irlandais dont le nom lui échappait toujours en dépit de ses efforts pour le fixer dans sa mémoire. Il s'assit au bar et se commanda une bière. La jeune serveuse était mince et ravissante. Elle avait des yeux bleus, des traits fins ainsi qu'une masse de cheveux blonds relevés sur la tête. Connla but une gorgée, alluma une cigarette puis lui sourit.

— D'où venez-vous ? lui demanda-t-elle.

— Des États-Unis.

— Mais non, ça c'est évident. De quel État ?

— Du Dakota du Sud, répondit Connla en riant.

— Je n'y ai jamais mis les pieds.

— C'est l'État du mont Rushmore. Vous n'avez jamais entendu parler de cette paroi rocheuse où l'on a sculpté les têtes de quatre de nos présidents – Washington, Jefferson, Lincoln et Theodore Roosevelt ?

— Pas vraiment.

— Et il y a aussi la montagne de Cheval Fou, le chef sioux, mais peu de gens le savent.

La jeune fille s'appelait Isabel. Originaire de Dunkeld, elle travaillait au bar l'été et en connaissait le propriétaire, qui avait un magasin d'instruments de musique dans la grand-rue. Ayant avoué ignorer de qui il s'agissait, Connla l'interrogea au sujet de Harry Cullen. Il eut droit au regard vide auquel il s'attendait à moitié.

— Jimmy, lui, y saura peut-être.

— Qui est-ce ?

— Le patron. Une seconde, je vais lui poser la question.

La serveuse disparut pour réapparaître l'instant d'après accompagnée d'un homme au teint halé, court sur pattes, aux cheveux dorés. Une petite boule d'argent à l'oreille, il portait une chemise qui le boudinait au niveau des biceps.

— C'est Chien d'Arrêt que vous voulez voir ?

— Oui, j'aimerais lui parler.

— À quel sujet ? s'enquit l'homme en le dévisageant.

Malgré son envie de le renvoyer dans ses foyers, Connla soutint calmement le regard du type. Cela ne le mènerait nulle part sans compter qu'il n'avait rien à cacher.

— De panthères.

— Vous êtes américain, constata l'homme.

— Parfaitement, lâcha Connla, la main tendue. Je suis zoologue et photographe. D'après la SPA, Harry Cullen est l'homme clé de la région en matière de fauves.

— Oh ça pour sûr, s'esclaffa son interlocuteur. Du moins c'est ainsi qu'il se considère.

— Et vous savez où je peux le trouver ?

— Il passe ici de temps en temps, surtout le week-end. Sinon, il habite une petite maison à Meikleour.

— Où ça ? demanda Connla en fronçant les sourcils.

Le patron montra la porte.

— En sortant, prenez à gauche, puis continuez tout droit. C'est à une vingtaine de kilomètres, juste après Spittalfield. Vous ne pouvez pas la rater.

Après l'avoir remercié, Connla commanda une autre bière.

Le lendemain matin, il suivit la route vers Meikleour, qui longeait la rivière Tay pendant quelques kilomètres avant de s'élever et de traverser des champs dominés au sud par le château de Caputh. Connla ne pouvait comparer la Tay, ample, profonde, au cours lent, à aucune rivière de son pays. Du coup, le déferlement tumultueux de la Salmon lui vint à l'esprit. Il s'empressa de chasser les ombres que ce souvenir réveillait. Il arriva à Spittalfield, un hameau guère plus. Ensuite, ce fut Meikleour, riche en tout et pour tout d'un bureau et d'un arrêt de bus. Une fois les indications du patron vérifiées, le zoologue bifurqua à gauche, en face de la poste.

La route se transforma en une piste semée de nids-de-poule encore remplis d'eau de pluie de la veille au soir, bordée de part et d'autre de prairies où broutaient vaches frisonnes et moutons écossais à face noire. Des clôtures électriques les séparaient les unes des autres. Une grille contre le passage des bestiaux grinça sous les roues de la Land-Rover, tandis qu'un bâtiment de pierres brunes, en piteux état, se profilait sur sa droite. Il s'agissait sûrement les écuries aménagées auxquelles le patron avait fait allusion. Le cottage de Cullen se trouvait au bord de la rivière, au bout de la piste. Comme Connla s'approchait, il fut accueilli par des aboiements. L'instant d'après, un pitbull – ou quelque chose d'approchant –, se précipita vers lui. Connla s'étonna, croyant ces molosses interdits en Angleterre. Il se trompait apparemment. Le zoologue ralentit, sans quitter des yeux le chien qui bondissait. Il avait des babines noires dégoulinantes de bave et le regard d'une méchanceté que Connla associait en général aux êtres humains.

La piste montait en décrivant un arc entre les arbres avant de déboucher sur une clairière. Au fond, on voyait une petite maison en pierre, derrière laquelle le terrain tombait abruptement dans la rivière. Une camionnette Volkswagen cabossée, à caisse recouverte d'une capote grise, aux pneus incrustés d'une boue vieille de plusieurs années était garée devant la maison. À ce moment là, un homme en jean, vêtu d'une parka kaki apparut dans la pénombre, sur le pas de la porte. Moustachu, il avait des cheveux noirs, clairsemés, dont les mèches rares partaient des oreilles pour recouvrir le crâne. L'homme sortit dans le soleil. Tenant le bout d'une cigarette roulée entre le pouce et l'index, il examina la Land-Rover flambant neuve d'un air soupçonneux. Dès que Connla eut coupé le moteur, l'homme appela son chien au pied. Cessant aussitôt d'aboyer, le pitbull courut se poster derrière les jambes de son maître et posa le menton sur l'un de ses godillots. Connla, qui descendit de la voiture, chercha sur-le-champ à briser la glace.

— Bonjour, comment allez-vous ?

Cullen, si c'était bien lui, se borna d'abord à le regarder, puis d'une voix grave, râpeuse, sans beaucoup d'accent, marmonna :

— Pas mal, que puis-je faire pour vous ?

Épiant le chien, Connla s'avança.

— Je cherche Harry Cullen.

— Ah ouais.

Connla remarqua les doigts jaunis, longs comme des griffes de l'homme qui approchait une nouvelle allumette de son mégot. Une odeur indéfinissable – de résine aurait-on dit, mais pas tout à fait – s'échappait de la maison.

— C'est vous, Cullen ? demanda-t-il.

— Ça dépend.

— De qui je suis, c'est ça ? Eh bien, je me présente : Connla McAdam, zoologue. La SPA m'a recommandé de m'adresser à vous à propos des fauves qui apparaissent dans les environs.

Une lueur pétilla dans les yeux de Cullen, qui fourra une main dans la poche de son jean.

— Et vous voulez en savoir plus.

— Oui, sur ce qui rôde dans le coin – puma, lynx, panthère...

Cullen sourit de toutes ses dents, dont seules restaient celles de devant ; Connla entrevit des trous noirs dans sa bouche à la place des molaires.

— Oh, il y a de tout.

Le zoologue suivit Cullen dans un salon plongé dans l'obscurité, sommairement meublé d'un canapé en cuir usé à moitié recouvert d'un tapis, trônant devant la cheminée. Dans l'ombre de la porte, à droite, un faucon des Hébrides juché sur un perchoir déchiquetait un gros rat marron. Voilà l'odeur que Connla avait sentie à l'extérieur.

Au fond, il y avait une petite pièce – sanctuaire témoignant d'années d'étude. Elle n'était pas tendue de papier mural, superflu car des coupures de journaux en ordre chronologique en tapissaient le moindre centimètre. Il avait apparemment commencé au montant de la porte par celles de 1987, puis continué tout autour, du sol au plafond, jusqu'à la dernière apparition survenue à Pentlamb. Il y avait des reportages de centaines de sources différentes, annotés au crayon, dont certains mots étaient entourés d'un cercle. Au-dessous de la fenêtre, Cullen avait installé une étagère qui croulait sous les livres et les revues, derrière laquelle il avait aussi collé des coupures. Enfin, une carte d'Angleterre étalée sur un petit bureau était criblée de punaises multicolores.

— C'est un système que j'ai mis au point, expliqua Cullen. Noir pour les panthères ; rouge pour les léopards tachetés ou les jaguars. Comme personne ne les distingue, je les indique par la même couleur. J'ai aussi mis les lynx avec les léopards parce que tout le monde les confond et, à ma connaissance, ce sont surtout des léopards noirs ou tachetés qu'on a relâchés dans les années soixante-dix. Le jaune, c'est pour les cougouars. Vous connaissez la différence ?

— J'ai fait ma thèse sur les lions de montagne d'Amérique du Nord, répondit Connla avec un demi-sourire.

Sans avoir l'air impressionné, Cullen poursuivit.

— Le vert, c'est pour les lions. Enfin, les lions d'Afrique.

— Vous en avez vu deux ? fit Connla après un regard à la carte.

— Un seul, en fait. Cullen tapota le point de Londres d'un de ses ongles interminables. On a beau en avoir aperçu deux au nord de Londres, à Barnet, j'en doute. Vous savez bien qu'un lion, c'est gros – une lionne aussi du reste. S'il y en avait un autour de Londres, je crois que la police serait au courant.

Connla jeta un coup d'œil à l'autre punaise verte fichée au sud-ouest du pays.

— Et là ?

— Ça, c'est Dartmoor. (Découvrant de nouveau ses dents, Cullen passa une paume noircie sur sa joue flasque mal rasée.) Ce n'est pas impossible. D'après les descriptions de deux personnes différentes, je ne serais pas loin de croire qu'un jeune mâle est apparu à deux reprises.

Connla posa les mains sur le bureau.

— Les empreintes ?

On en a fait des moules. Au zoo là-bas, on a confirmé qu'elles étaient grosses, sans trace de griffes. Ça vous dit quelque chose, j'imagine.

— Et le reste ?

— Couleur fauve, une ébauche de crinière. Un jeune lion.

— Errant en liberté autour de Dartmoor ? dit Connla en haussant les sourcils.

Une fois de plus, le zoologue tourna les yeux vers les coupures évoquant presque toutes les apparitions de fauves de ces dix dernières années, puis vers les livres alignés sur l'étagère et enfin vers la carte.

— Personnellement, vous en avez vérifié combien ?

— Oh, environ soixante-quinze pour cent.

— Dans tout le pays ?

— Autant que possible. Sauf ces trois dernières années, où je ne l'ai fait qu'en Écosse.

Connla regarda par la porte le faucon qui finissait d'avaler son rat.

— Est-ce qu'il attrape ses proies ?

— Naturellement, ce n'est pas un animal de compagnie, monsieur McAdam, rétorqua Cullen. (Accroupi devant le bureau, il frottait la pointe de sa chaussure sur le flanc du pitbull tout en se roulant une nouvelle cigarette.) Et maintenant, que puis-je faire pour vous ?

Étouffant tout à coup dans l'atmosphère confinée de la petite pièce, Connla retourna au salon. Cullen lui emboîta le pas, puis s'avança jusqu'à la minuscule cuisine, située derrière un escalier menant à une mezzanine. Comme il remplissait d'eau une bouilloire en métal. Connla se sentit tenu de lui préciser :

— Je suis non seulement spécialiste de cougouars, mais photographe. Si je prends surtout des fauves, je ne crache pas sur d'autres bestioles du genre requins, crocodiles, alligators, et serpents de temps à autre.

Cullen laissa échapper un rire guttural.

— Tout ce qui est dangereux, hein ?

— Ma foi, sans doute. (Laissant retomber un bras, Connla poursuivit :) Je n'y avais jamais pensé, mais au fond vous avez raison.

— Et vous avez envie de prendre la photo d'une panthère en Angleterre.

Cullen sortit de l'ombre. Pour la première fois, Connla fut frappé par son teint terreux.

— Exactement.

Les bras croisés, Connla s'étonnait du malaise qu'il éprouvait en présence de cet homme. Ce n'était pas une sensation familière car il s'entendait avec tout le monde ; Dieu sait pourtant s'il avait traîné ses guêtres dans des endroits paumés parmi des gens plutôt rudes.

— Il n'y a pas meilleur pisteur que moi, affirma-t-il alors.

— Seulement vous ne connaissez pas le pays.

Après avoir longuement fixé Cullen, Connla le reconnut d'un mot.

— Effectivement.

11

Imogen suspendit le tableau de l'aigle de mer sur le mur en face de l'escalier. Après l'avoir mis bien droit, elle recula et l'observa longuement. L'oiseau la regardait d'un œil éclairé par le soleil qui brillait sur le lac. Les bras croisés, la jeune femme, la tête penchée, réalisa que cette aquarelle surpassait toutes ses œuvres précédentes. À l'ordinaire, elle envoyait ses meilleures toiles à Glasgow. Une fois reproduites et réduites au format de cartes de vœux, elles lui rapportaient de quoi nourrir son cheval l'hiver et lui acheter de nouveaux fers. Pour l'heure, celle-ci resterait ici. La jeune femme se dit qu'elle changerait peut-être d'avis, mais qu'elle ne voulait se lancer dans aucune entreprise susceptible d'attirer l'attention sur la présence de pygargues à Tana Coire.

Après avoir fait sortir les poules, répandu du grain en suffisance pour un ou deux jours, elle chargea ses affaires dans la Land-Rover et partit pour le pré. Keira descendit au trot du sommet de la colline, peut-être parce qu'il avait perçu sa hâte. Imogen posa un baiser sur la crinière qui lui tombait sur les yeux, puis le poney se laissa sagement seller. Un quart d'heure après, la cavalière et sa monture franchirent la brèche de la barrière du champ et s'élancèrent vers le coire.

À l'extrémité du pont de rondins qui enjambait la rivière Leum, Imogen tomba sur William Morris, le garde-chasse, un petit homme grassouillet, aux joues rouges, tannées par les intempéries écossaises. Il portait la veste en tweed et la cravate imposées par le nouveau propriétaire arabe. Planté au sommet d'une colline, il l'avait vue s'engager dans le col avant le pont. Le fusil cassé, coincé au creux du bras, il était chaussé de bottes à épaisses semelles tandis que des mèches de cheveux gris s'échappaient de sa casquette enfoncée jusqu'aux sourcils.

— Mademoiselle Munro, la salua-t-il, effleurant son couvre-chef du doigt.

Imogen sentit une sueur froide sur sa nuque.

— Bonjour, monsieur Morris.

Avec douceur, elle arrêta son poney et baissa les yeux sur le garde-chasse. Keira mâchonna son mors, qui cliqueta contre ses dents, tout en secouant brusquement la tête.

— À ce que je vois, vous aimez toujours monter à cheval.

— Eh oui.

Imogen n'éprouvait aucune sympathie pour Morris, qui, trois fois grand-père, n'en courait pas moins après tout ce qui portait jupon. Faisant passer son arme sous l'autre bras, il se frotta la mâchoire de ses doigts crasseux.

— Qu'est-ce qui vous amène par ici ?

— Oh, rien de particulier.

Imogen poussa son cheval pour le contourner.

— À un de ces jours, monsieur Morris.

— Pas si je peux faire autrement.

Et, gloussant, il la suivit des yeux jusqu'à ce qu'elle disparaisse derrière un lacet du sentier.

À cent mètres au sud du loch, Keira faillit marcher sur un faucon pèlerin. Effarouché, c'est tout juste s'il ne désarçonna pas Imogen, qui serra les jambes et le calma.

Le pied de nouveau sûr, le poney poussa un hennissement plaintif dont l'écho se répercuta dans la vallée.
Imogen glissa de sa selle et retourna vers l'oiseau. Il était
mort. Avec soin, elle écarta les plumes. Il n'y avait ni
blessure, ni trace de petit plomb, ni celle d'aucun animal
– de toute façon il aurait été dévoré depuis belle lurette
si une créature quelconque l'avait pris en chasse.
Comme des miasmes putrides flottaient autour de l'animal, l'imagination d'Imogen s'embrasa sous l'effet d'une
terreur soudaine. Elle jeta un regard en arrière sur la
piste. Bien que garde-chasse du domaine, Morris, ami
de longue date d'Atholl McKenzie, rendait service à ce
dernier en contrôlant les animaux nuisibles du coin. Ça
ne lui coûtait rien vu sa connaissance du terrain.

À l'affût du moindre mouvement autour d'elle, Imogen se hâta d'enlever les sacs du dos de Keira et de chercher celui en jute où elle gardait des carottes pour son
poney. Il était vide et assez grand pour contenir la carcasse du faucon qu'Imogen y mit avec précaution. Elle
se releva, attrapa les rênes de Keira, qui virevolta, puis
sautilla sur une patte le temps que la jeune femme se
remette en selle. C'est alors qu'elle aperçut Morris en
train de revenir sur la piste à grandes enjambées. Il se
trouvait à cent mètres d'elle et avait contourné la colline. À sa vue, il s'arrêta. Le cœur battant à tout rompre,
Imogen, faisant mine de l'ignorer, poussa Keira au trot.

Il était évident qu'elle devrait désormais redoubler
de prudence pour ne pas réveiller les soupçons de Morris. Il continuait d'avancer en maintenant une certaine
distance. Imogen était partagée entre l'envie de s'assurer
de la présence des aigles le plus vite possible et la
crainte qu'il ne la repère. Le dilemme la mit hors d'elle.
D'autant qu'elle aurait parié qu'on avait empoisonné l'oiseau caché dans son sac de selle. Dès son retour, elle
téléphonerait à Daniel Johnson afin que le laboratoire de
la SPA fasse des examens sur la carcasse. C'était illégal
d'empoisonner des faucons, surtout des faucons pèlerin

– peu nombreux – et si McKenzie en tuait, il était tout à fait capable de faire subir le même sort à des aigles.

Imogen poursuivit son ascension de Tana Coire, résolue au cas où Morris ou McKenzie ou encore l'un de ses sbires se montrerait à le provoquer ouvertement. Cela dit, personne ne se manifesta. Aussi, laissant Keira brouter sur le talus du loch, s'installa-t-elle sous le soleil qui empourprait le paysage d'une faible lueur sanglante. Au bout de quatre heures, n'ayant toujours rien vu, elle envisageait de grimper les rochers pour vérifier le nid lorsqu'une masse sombre se découpa soudain avec netteté sur les montagnes. À mesure qu'elle s'approchait, elle prit la forme d'un oiseau, puis d'un aigle. Clouée sur place, Imogen le regarda plonger en piqué sur une truite. La jeune femme était à la fois émue et terrifiée à l'idée que Morris ne surgisse. Ce ne fut pas le cas. L'aigle à queue blanche pêcha tranquillement, puis remonta en flèche avec, entre ses serres, une dernière prise qu'il ramenait dans l'abri précaire de son aire.

À peine rentrée chez elle, Imogen téléphona à Johnson. Ils convinrent de se retrouver à mi-chemin entre Gaelloch et Inverness. Ce fut dans un pub où ils prirent un verre qu'elle lui remit la carcasse du faucon. Johnson prit le sac de jute avec précaution et lui demanda :

— À quelle distance du loch se trouvait-il ?

— Environ huit cents mètres.

Il hocha la tête tandis qu'une grimace lui tordait le visage.

— Ma foi, si nous trouvons du poison, Atholl McKenzie aura droit à notre visite.

12

Connla appela son ex-femme de la cabine téléphonique du lobby de l'hôtel. Avant son départ de Washington, le département de biologie lui avait proposé des cours à l'université d'été et, vu son besoin criant d'argent, il y avait réfléchi. Or, il lui était désormais impossible de rentrer à temps.

— Holly, est-ce que tu peux prévenir le département pour moi : je ne serai pas de retour pour assurer ces cours. Écoute, c'est l'occasion rêvée de photographier un de ces fauves.

— Tu as combien de chances ?

— Bah, je n'en sais trop rien, mais il y en a un qui s'est montré avant-hier. En plus, je crois être tombé sur un type capable de m'aider. Ce serait dommage de ne pas tenter le coup, d'autant qu'ici cela soulève un énorme intérêt – je veux parler de la couverture médiatique. Si c'est moi le photographe, je serai lancé !

Au bout d'un bref silence, Holly déclara.

— Connla, pourquoi me le dire à moi au lieu d'appeler directement le département. Ne serait-ce pas une façon de m'avertir que tu ne pourras pas non plus être de retour pour le premier semestre ? J'espère bien que non, parce que je me suis mouillée jusqu'au cou pour te décrocher ces cours.

— Absolument pas ! Voyons Holly, je ne voulais que te tenir au courant.

— Et pourquoi exactement ?

Connla ne sut que répondre. Du coup, il se posa la question. S'agissait-il uniquement de cette histoire de cours ou cherchait-il à maintenir un lien avec son passé ?

— Tu essaies de me faire comprendre que nous communiquons trop couvent, c'est ça ? finit-il par demander à Holly.

— Parfaitement. Tu n'es pas de cet avis ?

— Je n'en sais rien. Sans doute, dans la mesure où tu le prends comme ça.

— Écoute, Connla, je suis débordée. Je ne veux pas te raccrocher au nez, mais j'ai des rendez-vous.

— Bien sûr, excuse-moi.

— Et ne me laisse pas tomber, d'accord ?

— Promis, salut.

Puis, troublé par les pensées qui lui trottaient dans la tête, Connla alla se balader en ville. De fait, pourquoi appelait-il Holly si souvent ? Qu'est-ce qui l'empêchait de tourner la page ? L'idée ne lui avait jamais traversé l'esprit jusqu'à présent, mais il était évident qu'il avait peur de lâcher prise. Il se rappela sa déconvenue lorsque Holly lui avait annoncé qu'ils vivaient trop loin l'un de l'autre pour rester mariés. Bien qu'il eût partagé son opinion, il n'en avait pas moins ressenti un vide immense. Sans doute devrait-il s'en ouvrir à quelqu'un car c'était indéniablement lié à ses parents et à la mort d'Ewan Munro. Toutefois, la perspective de remuer les cendres du passé, de les passer au crible lui faisait horreur. Aussi, chassant son coup de déprime, il s'arrêta devant une boutique de souvenirs.

Au fond, lorsqu'ils étaient mariés, Holly n'avait jamais renoncé à ce qu'il brigue une chaire dans une université prestigieuse du genre Haward. Or, c'était précisément sa volonté d'indépendance forcenée, son instabilité qui l'avaient d'abord attirée – du moins à en croire ce qu'elle lui avait confié après qu'ils se furent mis à vivre ensemble à l'époque où il terminait sa thèse. Il n'empêche que durant toute la période de leur mariage, Holly avait essayé sans relâche de le faire rentrer dans le rang.

Comme il fouillait dans les bibelots et souvenirs d'Écosse, trop mièvres ou trop moches pour trouver grâce à ses yeux, il remarqua des cartes de vœux représentant des paysages de montagnes exposées sur un tourniquet. L'une en particulier retint son attention. C'était une peinture de cerf rouge, tête dressée, aux bois en train de perdre leur velours. D'un coup d'œil il se rendit compte qu'il y en avait d'autres du même artiste, bien qu'aucune ne portât de signature. Ici, c'était la peinture d'un rocher noir, fissuré tout du long ; là de collines ; là de lacs. Chaque carte était une petite œuvre d'art.

Connla s'apprêtait à prendre celle du cerf rouge, lorsque, la bouche sèche, il frissonna en apercevant une vue de lac – prairie d'écume dominée par des collines – se profilant derrière une fenêtre. Elle le fascina. Il y avait une statuette en bois à moitié dissimulée par un rideau jaune et bleu sur le rebord de la fenêtre. Les mains moites, Connla n'arrivait plus à détacher son regard de cette silhouette d'Indien, qui, les bras levés au ciel, la tête rejetée en arrière, tenait deux plumes d'aigle – dont l'une à la tige cassée – dans sa main droite.

L'atmosphère du magasin lui parut soudain suffocante. La gorge serrée, il sortit et passa un long moment sur le trottoir à regarder les touristes d'un œil vague. Le monde l'oppressait cependant que l'ombre tapie à l'arrière-plan de sa conscience le menaçait, et il n'avait pas eu cette impression depuis des lustres. Le cœur battant à tout rompre, se sentant à l'étroit dans les limites de cette petite ville, Connla se mit à marcher sur la chaussée. Il évita le trottoir tandis qu'il se dirigeait vers le pont derrière le parking, pressant le pas, persuadé que le soleil avait disparu alors qu'il brillait de tous ses feux dans le ciel.

Un coup de vent rida la surface de la rivière Tay, qui, gonflée par les pluies printanières, détrempait les hautes herbes des rives. Connla se fraya un chemin vers l'eau en passant devant un terrain de jeux où les mères poussaient leur enfant sur des balançoires à moins que, nerveuses, elles ne regardent les plus jeunes monter au toboggan. Leurs rires résonnaient sans qu'il les entende vraiment, envahi par son silence intérieur que seul troublait le clapotis de l'eau. Il s'accroupit, reprit son souffle et parcourut du regard l'extrémité de la berge. Assis dans un bateau qui dérivait sous le pont, un homme pêchait la truite à la cuiller. On aurait dit que la rivière grondait. Ce n'était pas d'elle au demeurant que le bruit émanait, mais d'un passé profondément enfoui. Et Connla le savait.

Il se revit cerné par des sapins, gigantesques à ses yeux de petit garçon détenteur d'un secret que personne ne connaissait, que personne ne partagerait jamais – quel que fût son désir de le confier –, courant à travers les arbres dont les branches l'écorchaient tels les doigts des sorcières de livres de contes. Le sentier serpentait tandis que de gros rochers semblables à des visages sculptés dans la pierre le regardaient fuir avec un silence accusateur. Haletant, il s'était arrêté et, l'espace d'un instant, avait cru avoir rêvé. Mais son point de côté, sa langue desséchée et gonflée, le sable ocre collé aux semelles de ses chaussures lui avaient prouvé le contraire. On ne le croirait jamais. Il en avait la certitude. C'est à moment là que Connla avait compris qu'il était marqué à tout jamais – il avait à peine dix ans. Il avait ralenti l'allure, sachant que cela ne servait plus à rien de courir. Il le fallait pourtant, de même qu'il lui fallait transpirer. S'attardant néanmoins pour reprendre haleine, il avait eu l'impression que le soleil ne brillait plus dans le ciel : les troncs des énormes arbres du chemin le dérobaient à sa vue.

Connla se releva et regarda le courant caresser les roseaux de la rivière Tay. On marchait sur sa tombe. Du moins c'est ce qu'il ressentait. On eût dit que ses souvenirs rompaient la digue élevée pour les refouler. Il revit le visage de poivrot de son père, les veines éclatées de ses joues, rouges, bleues voire noires par endroits. Et son nez bourgeonnant, ses yeux jaunes, larmoyants d'homme faisant deux fois son âge. Il revit sa mère dans le fauteuil où elle s'asseyait toujours, les dents serrées, se frottant les mains dans un état d'agitation permanente. Il revit le shérif aux cheveux si courts, les auréoles sombres de sa chemise sous les aisselles, ses gros doigts aux phalanges rouges et son chapeau de paille blanche. Il entendit de nouveau les questions. Il revécut les heures interminables de son interrogatoire tandis que l'odeur de tabac à priser flottait autour de lui. Il revit les yeux effrayés de sa mère de l'autre côté de la table. Il revit le visage d'Ewan Munro. Il se rappela l'abominable silence à l'école.

Le premier jour de son retour à l'école au Wyoming – avant l'enterrement –, il était entré seul. Et tous les yeux tournés de son côté lui avaient donné le sentiment d'être transparent. D'ailleurs, si sa mère qui l'avait mis au monde avait un regard soupçonneux, pourquoi ses camarades ne l'auraient-ils pas ? L'amitié qui l'avait lié à Ewan avait eu quelque chose d'exclusif. Personne n'avait adressé la parole ce matin-là à Connla, les élèves comme les professeurs s'étaient contentés de le dévisager, le visage empreint d'une expression gênée. Connla resterait exclu de la sorte jusqu'à son départ de l'établissement.

Penché sur la rambarde du pont, le zoologue écouta les cris d'excitation des enfants qui jouaient derrière lui avant de chercher un paquet de cigarettes à peine entamé dans sa poche. Il dut calmer le tremblement de ses mains quand il en alluma une. Aspirant la fumée dans ses poumons, il l'y garda puis exhala, en proie à un léger vertige et à un haut-le-cœur. Sur le point de balancer la cigarette qui se consumait, il tira dessus de nouveau car la nicotine semblait le calmer. Après deux autres longues bouffées, il jeta le mégot puis fourra les mains dans ses poches.

Voilà que le visage d'Imogen se levait dans sa mémoire, aussi distinct que si elle s'était trouvée devant lui, sa couverture jaune sur les épaules. De ses yeux clairs au regard froid, elle sondait l'âme de Connla comme personne ne l'avait jamais fait auparavant – aussi bien lorsqu'il était assis sur le rondin que dans le bureau du shérif ou à l'école, tous les jours. Si les autres enfants le regardaient avec une suspicion embarrassée, Imogen, elle, le regardait avec fermeté.

Connla avait le sentiment que la main de Dieu se posait sur ses épaules, pour l'arrêter dans son élan, l'obliger à se retourner et à affronter ce passé qu'il occultait. À pas lents, il rebroussa chemin jusqu'à la boutique où la vendeuse lui adressa un sourire. Sans le lui rendre, Connla se remit à examiner la carte sur le tourniquet. Le souffle court, il hésita avant de la prendre et de la poser sur le comptoir.

— Sauriez-vous par hasard qui a peint ceci ? chevrota-t-il.

La vendeuse la ramassa pour y chercher une signature, inexistante, ainsi que le savait Connla.

— Vraiment, je suis incapable de vous le dire.

— Croyez-vous qu'il y ait un moyen de le trouver. (D'un geste, il montra les autres cartes.) Il s'agit sûrement de réductions de plus grandes peintures. Ce cerf, c'est une huile à n'en pas douter. Je suis de passage ici et j'ai envie de ramener une toile aux États-Unis.

Les sourcils froncés, la femme fit un signe de dénégation.

— Désolée, je n'en ai aucune idée. Cela dit, je n'ai

qu'à demander au grossiste de se renseigner auprès de l'imprimeur.

— Vous me rendriez ce service ? Ce serait très gentil, je m'en vais quelques jours, mais je peux passer à mon retour.

— Entendu. Je vais voir ce qu'il est possible de faire.

Connla la remercia, régla le montant de sa carte et rentra à l'hôtel.

Assis dans sa camionnette déglinguée, la portière ouverte, Harry Cullen l'attendait. Le pitbull, les babines toujours dégoulinantes de bave, sortit sa tête de la capote. Jetant son mégot, Cullen esquissa un sourire mais ne réussit qu'à convulser ses lèvres en un rictus peu propre à rassurer Connla, qui se posa derechef des questions sur son compagnon de voyage. Attrapant son sac sur le siège du passager, Cullen fit le tour de sa voiture.

— On va prendre votre bagnole, lâcha-t-il. Et si on s'écarte de la route, je conduirai.

— Aucun problème, répondit Connla après un coup d'œil au Volkswagen cabossé. Vous emmenez le chien, j'imagine ?

— Bien entendu. Il m'accompagne partout. C'est un excellent traqueur, monsieur McAdam. En Nouvelle-Zélande, on s'en sert pour chasser le sanglier.

Montrant ses dents grises et jaunies, Cullen appela son chien, qui sauta du hayon arrière et s'assit à ses pieds.

— Ça, on peut dire qu'il file doux, fit observer Connla.

— Oui, à mes ordres, il obéit au doigt et à l'œil, sourit Cullen.

Connla en eut froid dans le dos. Tout en marmonnant dans sa barbe « au doigt et à l'œil », il ouvrit la portière arrière de la Land-Rover.

— Posez votre sac ici.

Cullen mit son barda à côté de celui de Connla et de ses appareils photo, puis casa un étui à fusil, plutôt long, à côté. Les mains sur les hanches, Connla le fixa du regard.

— Qu'est-ce qu'il y a là-dedans ?

— Un Magnum.

— Un fusil de tireur isolé.

— De chasse, monsieur McAdam. Souvenez-vous que nous poursuivons un léopard.

Les yeux plantés dans ceux de l'homme, Connla déclara.

— Mais par pour le tuer.

La mine revêche, Cullen se tourna vers lui.

— Est-ce que par hasard vous traqueriez vos cougouars sans arme ?

La question fit réfléchir Connla. Certes, il empruntait un vieux calibre 30 pour faire face aux problèmes éventuels. Certes, un lion de montagne ne faisait qu'une bouchée d'un être humain si le cœur lui en disait, il n'empêche que ce fusil avait quelque chose d'incongru dans un pays tel que l'Angleterre, sans compter que son vieux calibre 30 – arme d'autodéfense de faible portée –, n'avait rien à voir avec celle de Cullen, dont un tireur du FBI aurait adoré se servir.

Cullen, qui venait de se rouler une nouvelle cigarette, protégea l'allumette de ses mains.

— Alors, on y va ou quoi ?

Ils se dirigèrent vers l'est de la route de Blairgowrie. Même si Connla ne rémunérait pas beaucoup Cullen, ce dernier devait l'emmener sur les derniers sites.

« Elgin », dit-il d'un ton songeur, tout en fumant, sa fenêtre à peine entrouverte. Connla jeta un coup d'œil au pitbull assis sur la banquette arrière, les pattes tendues et la tête tressautante. L'animal ouvrait ses mâchoires incroyablement puissantes tandis que la bave coulait de ses crocs blancs en faisant des bulles sur ses babines noires. Connla était abasourdi par la férocité du regard que le molosse lui lançait de temps à autre.

— Ouais, on va prendre par là, reprit Cullen. Franchir la Lecht et passer par le col de Glen Rinnes. Un fermier des environs de Dufftown m'a téléphoné avanthier : il avait retrouvé un mouton mort dont il a gardé la carcasse.

— Comment a-t-il été tué, demanda Connla.

— La colonne vertébrale brisée ; une morsure à la nuque.

— Il a été dévoré ?

— Non.

— Ça m'a tout l'air d'un chien, fit alors Connla, haussant le sourcil.

— À cause de la morsure ou parce que le prédateur l'a laissé ?

— L'un ou l'autre. Les deux, en fait.

— Le tigres tuent d'un seul coup de dents dans le cou.

Connla acquiesça d'un signe de tête.

— C'est vrai. Les tigres sont les fauves qui tuent le plus proprement. À mourir attaqué par l'un d'eux, c'est celui qu'il faut choisir. Seriez-vous en train de me dire qu'il y a un tigre en liberté en Écosse ?

— Non. (Cullen jeta son mégot par la fente de la fenêtre, qu'il referma avant de se croiser les bras.) Les léopards procèdent aussi de cette façon, c'est connu. Vous devriez le savoir.

— Sauf que la carcasse a été laissée. Pour moi, ça ressemble plus à ce que fait un chien.

— Là, vous avez raison. (Cullen bougea sur son siège.) Mais que faites-vous des traces de morsures autour du museau, monsieur McAdam. Vous connaissez beaucoup de chiens qui veulent étouffer leur proie ?

Au nord de Blairgowrie, ils s'engagèrent sur une

route tortueuse et escarpée. Les terres boisées cédèrent la place aux contreforts dénudés du versant sud des monts Grampians. Connla aperçut des télésièges ainsi qu'un chalet.

— Il neige ici en hiver, monsieur McAdam, l'informa Cullen. Est-ce que vous skiez ?

— Mal, répondit Connla avec un sourire. Je préfère l'escalade.

Pour la première fois, Cullen eut l'air impressionné.

— Ah oui ? Sur rocher ou sur glacier ?

— Un peu des deux. (Connla rétrograda car la route devenait plus raide.) En été, je fais beaucoup de rocher. Les montagnes ne manquent pas en Amérique du Nord, Chien d'Arrêt. Pour prendre une bonne photo, il faut parfois grimper.

— Vous avez vos souliers avec vous, n'est-ce pas ?

— Je ne pars jamais sans eux, sans baudrier et sans mes appareils. J'en ai toujours deux de chargés. Comme ça je suis prêt.

Cullen laissa échapper un rire rauque.

— Tout comme moi avec mes fusils.

Ils continuèrent leur route, traversèrent Braemar, avec les monts Grampians dressés au nord-ouest. L'architecture des villes écossaises, grises, n'était pas à la hauteur de la nature splendide qui les environnait. Connla les trouva austères – le meilleur qualificatif à ses yeux –, malgré le soleil qui ricochait sur les façades blanchies à la chaux. Une fois sortis de Braemar, ils prirent la nationale 93 jusqu'à Crathie. Le front plissé, Connla regarda Cullen.

— Est-ce que Crathie n'est pas célèbre pour quelque chose ?

Cullen eut une moue méprisante.

— À cause de la reine, pardi ! Que Dieu la bénisse, elle fréquente l'église. Le château de Balmoral est juste au-dessus de la route.

À Crathie, ils bifurquèrent au nord, s'enfonçant dans la montagne.

— Nous allons franchir la Lecht, lui dit Cullen. C'est vraiment sauvage, balayé par le vent. Ce n'est pas un endroit où venir en hiver, d'ailleurs à la première chute de neige on ferme cette route ainsi que celle qui relie Grantown à Tomintoul. On va s'arrêter à Tomintoul.

Peu à peu, ils montèrent. Seules quelques arêtes s'élançaient des montagnes dont les sommets s'arrondissaient tandis que des forêts de pins, plantées de main d'homme les tachetaient ici et là. Cullen expliqua à Connla que la révolution industrielle avait détruit quatre-vingt-dix pour cent de la vieille forêt calédonienne.

— C'est à cette époque-là qu'on a éliminé les Highlanders ?

— Non, c'est arrivé bien avant ce à quoi vous pensez. (Cullen se roula une autre cigarette.) Tout s'est passé après la bataille de Culloden en 1746 quand Bonnie Prince Charlie s'est enfui à Skye avec le duc de Cumberland à ses trousses[1]. Après avoir décimé les clans des Highlanders, les Anglais ont forcé ceux qui restaient à s'installer dans les Lowlands. Et c'en a été terminé des Celtes écossais, mon vieux. Plus de langue, plus de tissu, plus rien.

— Flora McDonald n'y est pas pour rien, hein[2] ?

— N'empêche qu'il n'a pas tardé à la plaquer. (Cullen partit d'un rire sec.) L'histoire n'est pas aussi romanesque que ce qu'on raconte, monsieur McAdam.

Ils traversèrent une autre région de ski, avant d'entamer la descente d'une colline peu élevée. Connla aperçut un couple de cerfs aux bois gainés de velours, à quelques pas de l'accotement.

— Ils sont magnifiques, marmonna-t-il.

— Ouais, et délicieux.

_____

1. Au cours de cette bataille, le prétendant écossais au trône d'Angleterre, Charles Edward Stuart, surnommé Bonnie Prince Charlie, fut vaincu par le deuxième fils du roi George II d'Angleterre, le duc de Cumberland. (*N.d.T.*)
2. Flora McDonald (1722-1790) : femme écossaise qui aida le prince Charles à s'enfuir après la bataille de Culloden, (*N.d.T.*)

— Vous les chassez ?

— Oui, quand la chasse est ouverte. J'ai des permis sur deux ou trois domaines, il faut les abattre parce qu'ils pullulent et qu'il n'y a pas assez de prédateurs naturels. Il n'empêche qu'on n'en voit pas si souvent à ce moment de la journée.

— En effet, c'est plutôt à l'aube ou au crépuscule qu'ils se montrent.

— Exactement.

Soudain, le château de Corgarff apparut au-dessous d'eux. On eût dit que ce fort carré au toit incliné couvert d'ardoises jaillissait des contreforts.

— Une caserne pour soldats anglais, expliqua Cullen. Le duc de Cumberland a fait construire cette route après la bataille de Culloden.

— Les troupes anglaises n'arrêtaient pas de venir jusqu'ici, hein ?

— Ouais. Elles continuent, vous avez remarqué ?

Et Cullen de lui décrire l'atmosphère sinistre de Corgarff la nuit. En hiver notamment, lorsqu'il était éclairé et que les collines ensevelies sous la neige dominaient un paysage sauvage, vide, désert, d'où l'ancien fort s'élançait comme une bougie solitaire transperçant les ténèbres.

— « Le Loup de Badenoch », c'est comme ça qu'on surnommait un membre d'un clan de Speyside. Un vrai brigand qui faisait des incursions dans ce col et rasait tout sur son passage au Moyen Âge, déclara Cullen.

— J'ai entendu dire qu'on envisageait de réintroduire de vrais loups en Écosse pour régler le problème des cerfs, fit observer Connla.

— C'est un bruit qui court, mais les fermiers sont contre. Réfléchissez, monsieur McAdam : si vous étiez un loup affamé, qu'est-ce que vous poursuivriez – un cerf qui cavale ou un mouton ?

Comme ils quittaient la route de Lecht pour entrer dans Tomintoul, Cullen ajouta :

— Voici le village le plus haut des Highlands. J'y ai plein d'amis. Si on flaire quelque chose, on pourra rester à l'hôtel.

C'était une bourgade noyée dans la grisaille. De petites maisons à un étage bordaient la rue qui menait à une petite place où l'on voyait trois pubs et un office du tourisme. Cullen lui indiqua l'hôtel en face duquel se trouvait un bar plutôt chic, précédé d'une petite pelouse entourée de bancs. À leur arrivée, il crachinait. Ils allèrent manger un morceau à l'hôtel.

Le bar, spacieux, était lambrissé de beau bois. Sur l'un des murs, il y avait une paire de vieux skis accrochée, ainsi qu'une collection de tableaux de paysages des Highlands. Un panneau au-dessus des bouteilles signalait : *Bar des Vagabonds*. Voilà qui me convient tout à fait, pensa Connla. L'un des hommes assis sur des tabourets portait les bottes et les guêtres d'un garde-chasse. La grosse torche électrique qui sortait du sac en toile posé à ses pieds n'échappa pas à Connla. Ils serrèrent la main de Cullen qui les connaissait tous. Il montra la torche.

— Vous êtes allés chasser à la torche ?
— Ouais, hier soir.
Cullen se tourna vers Connla.
— La torche, c'est pour les renards.
Connla fit signe qu'il avait compris.
— On braque la torche sur eux, ça les éblouit et ils deviennent une cible facile. (Le zoologue parcourut du regard le petit groupe.) Les renards vous posent beaucoup de problèmes ?
— Les propriétaires de la région ne les aiment pas.
— Et vous avez des tas de lapins ? ajouta Connla.
— Y en a des millions de ces saletés.
Avec un air entendu, Connla s'assit sur un tabouret, commanda un café, tandis que Cullen le présentait en

expliquant le motif de leur venue. Le garde-chasse alluma une cigarette et, l'air pensif, dévisagea le zoologue. Ses cheveux très courts d'un blond cendré, ses yeux bleus contrastaient avec son teint basané d'homme qui passe sa vie dehors.

— Des panthères noires, hein ? (Il fit la grimace.) Le fauve d'Elgin, c'est ça ? Pour sûr, Chien d'Arrêt est l'homme qui vous faut.

— Vous l'avez vu ? lui demanda Connla.

— Non, rien de plus gros que des chats sauvages.

— Moi, j'ai repéré des empreintes, intervint un jeune homme à tignasse noire ébouriffée qui n'avait pas enlevé sa parka. (Après avoir bu une gorgée, il racla sa chope contre le bar.) J'ai reconnu les grosses pattes, mais il n'y avait pas trace de griffes. Remarquez, je n'ai rien vu de plus alors que je fais le rabatteur tous les ans.

— Il n'empêche qu'ils sont là, constata Connla.

— En tout cas, tout le monde nous le dit.

— Oh, nul doute qu'ils sont là, affirma Cullen, lançant un regard nostalgique par la fenêtre.

Le fermier leur montra la carcasse du mouton.

— Heureusement que vous êtes arrivé, j'allais la brûler avant qu'elle n'empeste l'endroit.

Il l'avait mise sous une bâche, derrière un hangar de sa cour où de vieilles machines étaient remisées. Deux colleys gambadaient autour d'eux, car ils avaient laissé le pitbull dans la Land-Rover. Connla dénoua son tour de cou pour se boucher le nez tandis qu'il soulevait la toile goudronnée et examinait la carcasse. Si un coup de croc avait manifestement brisé la colonne vertébrale, les traces de morsure n'avaient rien de concluant et pouvaient très bien être celles d'un chien. Connla retourna la carcasse et regarda des perforations dans la toison rase de la tête où des gouttes des sang avaient coagulé. Après en avoir déterminé la forme, il s'assit sur les talons, le bras posé sur la cuisse.

— Un animal quelconque a sûrement essayé de l'étouffer.

À ces mots, Cullen s'accroupit et enfonça les doigts dans la laine. Connla, qui faisait de même de l'autre côté, finit par déclarer :

— Il y en a ici. Et là aussi.

Connla évalua soigneusement les intervalles qui séparaient quatre plaies qu'il avait senties. Ce n'était certes pas un novice en la matière.

— C'est un léopard, assura-t-il en se relevant.

Il ne pleuvait plus, mais le vent qui soufflait davantage chassait les nuages vers les collines dont les versants disparaissaient sous leur masse grise. On avait beau n'être qu'au milieu du mois d'août, Connla eut soudain froid. Il parcourut du regard les prairies où paissaient des moutons, les contreforts, la crête du col de Glen Rinnes – étendues boisées, affleurements rocheux, tapis de bruyère –, voilà qui offrait mille refuges à un animal aussi silencieux et insaisissable que le léopard. Il demanda au fermier :

— Est-ce qu'il vous est arrivé d'apercevoir quoi que soit ?

— Oui, une fois. Rien qu'une. Très loin d'ici. (D'un geste, le paysan montra la première colline.) Là-bas, près de l'arbre qui est un peu à l'écart des autres. On aurait dit une ombre noire ; l'instant d'après elle n'était plus là.

Adossé à la portière de la Land-Rover, Cullen se roula une cigarette, puis lécha le bord collant du papier.

— C'est dans cette région qu'on en a vu le plus, dit-il à Connla. D'ici à la route de Lecht. Sans jeter un coup d'œil à la carte que Connla avait étalée sur le capot, il poursuivit. Plein sud, il y a un passage à travers les collines. Le pic le plus haut a environ neuf cents mètres d'altitude. Et la forêt de Blackwater, une cachette idéale, s'étend au sud de Glenfiddich Lodge. Sans compter les versants est et ouest, très boisés, des collines de Ladder. Chien d'Arrêt alluma sa cigarette et souffla des volutes de fumée épaisse par les narines. Les fermes de cette région battent tous les records en matière de moutons enlevés.

— Il y a donc plus d'un fauve, constata Connla.

— Peut-être une famille.

— Les panthères sont solitaires, Chien d'Arrêt. Les petits quittent leur mère au bout d'un an.

— Voyons, vous comprenez ce que je veux dire, ce n'est pas la place qui manque.

Les bras croisés, Connla appuya le talon d'un brodequin sur la pointe de l'autre.

— Alors, vous croyez qu'ils se reproduisent ?

— Personne n'est de mon avis, répondit Cullen avec une moue. Sauf que ça fait vingt-deux ans qu'on a relâché quatre-vingt-dix pour cent d'entre eux. Quelle est la durée de vie d'un léopard ?

— Dans la nature ? À l'ordinaire, douze ou treize ans. (Connla se mordit les lèvres.) Mais dans ce cas, il faut tenir compte des prédateurs. Ainsi les cougouars vivent vingt ans parce qu'aucun animal ne les chasse. Dans ces montagnes, il est évident qu'une panthère ne rencontrera aucun prédateur – pas même l'homme – vu que rien n'indique qu'on en a tué. En plus, l'environnement est parfait, l'eau excellente et le gibier foisonnant. Dans ces conditions, il est possible qu'elle vive vingt ans.

— Ça ne tient pas la route, monsieur McAdam, parce que ça voudrait dire que les fauves sont tous sur le point de se casser la pipe. Non, c'est sûr : ils se reproduisent.

13

Imogen savait ce que Daniel Johnson allait lui dire bien avant son coup de téléphone. Adossée au buffet de la cuisine, elle prit le combiné, coinçant sa main libre sous son aisselle.

— C'était empoisonné, n'est-ce pas ?

— À la strychnine, soupira-t-il à l'autre bout du fil.

— J'en étais sûre.

— Je compte appeler Atholl McKenzie immédiatement.

— Pourquoi ne pas filer chez lui plutôt ? Les terres lui appartiennent peut-être, mais c'est un berger. Il y a peu de chance pour qu'il se trouve à côté d'un téléphone.

Au bout d'une minute de réflexion, Johnson acquiesça.

— Nous n'avons qu'à nous retrouver sur la route qui longe la côte et y aller à une voiture.

Imogen avait moins de chemin à parcourir pour arriver à Attadale, d'où une piste serpentant sur une dizaine de kilomètre menait à la ferme isolée de McKenzie. C'était la première fois qu'elle s'y rendrait par cet itinéraire. La jeune femme attendit une demi-heure dans une aire de stationnement avant que la Land-Rover SPA de

Johnson, une fois le virage pris, ne passe sous les blocs de granite qui surplombaient la chaussée. Imogen se glissa hors de sa camionnette. Comme elle la poussait, la portière grinça et elle dut la soulever pour la fermer complètement. Sourire aux lèvres, Johnson l'observait.

— Il n'y a pas meilleure voiture que les vieilles Land-Rover, assura-t-il, tandis qu'elle montait dans la sienne.

— C'est ça, en plein mois de janvier avec soixante centimètres de neige, vous m'en direz des nouvelles !

Éclatant de rire, Johnson passa en première et s'engagea sur la route. L'embranchement pour la ferme de McKenzie se trouvait à cent mètres.

— Est-ce que vous l'avez déjà rencontré ? s'enquit Imogen tandis qu'ils cahotaient sur la piste creusée d'ornières encore pleines d'eau de pluie.

— Non, mais je sais de quel genre d'homme il s'agit.

— Dans ce cas on a dû vous parler de son caractère de cochon. Je l'ai croisé à une ou deux reprises. D'ailleurs, quand il a acheté la ferme, il a voulu m'empêcher de traverser sa propriété sous prétexte que mon cheval défonçait le terrain.

Johnson lui lança un regard en coin.

— Qu'avez-vous fait ?

— Rien, je monte toujours sur ses terres mais, tant que possible, je reste sur les pistes de cerfs. McKenzie parcourt ses terres en quad, et personne ne va me convaincre que des sabots de chevaux causent plus de dégâts que des pneus. (Le sourcil en accent circonflexe, Imogen ajouta avec une moue :) La dernière fois qu'il m'a vue, il me semble qu'il m'a traitée de garce hippie ne jurant que par les chevaux.

McKenzie n'était pas chez lui. Des bâtiments de pierres grises aux toits de tôle ondulée rouillée entouraient la cour de la ferme, déserte. Seul celui de la maison avait des ardoises et aucune fumée ne s'en échappait. Malgré leurs appels, personne ne vint leur ouvrir.

— Il n'est pas marié ?

— Pas que je sache, répondit Imogen.

Johnson parcourut la cour du regard.

— McKenzie a cinq cents hectares d'après vous. Comment le trouver ? C'est chercher une aiguille dans une botte de foin.

Imogen regarda par la fenêtre crasseuse de la cuisine. Marmites et casseroles s'entassaient tant dans l'évier que sur l'égouttoir ou que sur la table.

— Nous n'avons qu'à monter chercher des carcasses de moutons autour du loch. Il est possible que ses hommes y travaillent de nouveau.

Ils gravirent la côte défoncée par une pléiade de véhicules. Johnson dut mettre les quatre roues motrices. Puis, bringuebalant, bondissant, ils grimpèrent et descendirent une succession d'éminences avant d'atteindre une forêt de pins que la piste traversait jusqu'à une clairière. Après quelques bouquets d'arbres plus clairsemés, le coire et les eaux tranquilles du loch Thuill se profilèrent. Et ils distinguèrent un tracteur ainsi qu'un quad tout près. Imogen se pencha. Agrippée au tableau de bord, elle pensa qu'ils arrivaient trop tard tandis que des images de l'aigle et de sa compagne, prostrés sur un rocher – abattus d'un coup de fusil, empoisonnés ou pire encore –, lui traversaient l'esprit.

Johnson se gara à côté des autres engins et coupa le moteur. Imogen resta assise. Tous deux scrutèrent l'étendue du lac jusqu'aux contreforts, le bord du coire, puis les parois rocheuses le surplombant. Rien ne troublait le calme qui régnait, pas un mouvement. Le vent soufflait à peine. Quand ils sortirent de la voiture, le silence se revêtit d'une sorte d'hostilité glaciale bien que vibrante. Imogen eut de nouveau la sensation que quelque chose clochait. Après un coup d'œil de côté à Johnson, elle inspecta à la jumelle les arêtes à l'endroit où elle savait que se trouvait l'aire. Ne distinguant rien, elle s'affola mais ne tarda pas à comprendre qu'elle ne pouvait rien voir sous cet angle. Comme elle baissait ses jumelles en silence, la jeune femme entendit des voix résonner dans les arbres.

Elle fit volte-face : quatre hommes sortaient du bois en portant des troncs d'arbres débités en rondins. Imogen reconnut William Morris, le garde-chasse, ainsi que deux ouvriers agricoles de l'autre jour. Quant au quatrième, c'était Atholl McKenzie. Lorgnant la Land-Rover, il cracha dès qu'il aperçut la jeune femme.

Immobile, les bras croisés, Johnson les regarda passer à environ quinze mètres du bord du lac. Les hommes portèrent les rondins jusqu'à l'endroit censé devenir le coin à pique-nique. Laissant tomber le bout qu'il tenait, McKenzie secoua les épaules avant de se tourner vers eux. Imogen et Johnson s'avancèrent. Personne ne pipait mot, mais McKenzie, un homme grand et fort d'une cinquantaine d'années, les inspectait sous tous les angles avec une lippe un tantinet dédaigneuse.

— Monsieur McKenzie ?

Johnson regarda les traits épais de l'homme dont une grosse barbe rousse parsemé de gris couvrait le menton. Les cheveux qui s'échappaient de son bonnet de laine avaient la même couleur, de même que les poils bouclés comme de la fourrure de ses avant-bras.

— Lui-même. Qu'est-ce que vous voulez ?

Johnson portait une petite sacoche de cuir qu'il ouvrit. Il en sortit un rapport où la photo du faucon pèlerin mort était épinglée.

— Je travaille à la Ligue royale de protection des oiseaux, dit-il. Et voici Imogen Munro.

— J'le vois bien, fit McKenzie, qui regarda d'un air renfrogné la Land-Rover blanche. Et la fille, j'la connais. (Il la toisa.) L'excentrique avec son cheval.

Secouant tristement la tête, Imogen marmonna.

— Eh bien, je sais maintenant ce que donnent les mariages consanguins.

— Qu'est-ce que vous avez dit ?

— Rien, Atholl. Absolument rien.

Johnson montra la feuille à McKenzie.

— Monsieur McKenzie, il s'agit d'un faucon pèlerin que Mlle Munro a trouvé sur vos terres avant-hier. Elle nous l'a apporté et nous avons fait examiner la carcasse. Notre vétérinaire y a découvert des traces de strychnine. L'oiseau a été empoisonné.

Sans prêter attention à la feuille de papier, McKenzie planta ses yeux dans ceux de Johnson. Il avait un regard froid, vitreux, plutôt troublant vu sa carrure.

— Et alors ?

— C'est illégal d'empoisonner des oiseaux de proie, monsieur McKenzie.

McKenzie s'approcha d'un pas.

— Oseriez-vous suggérer que c'est moi qui l'ai fait ?

Son pouce boudiné enfoncé dans sa poitrine, il regarda tour à tour Johnson et Imogen. Puis, prenant la feuille, il la secoua, examina le rapport et, d'un geste brusque, la rendit à Johnson.

— Cet oiseau pouvait venir de n'importe où et survoler ma propriété.

— Vous avez raison, c'est tout à fait possible. (Johnson plia le rapport.) Personne ne vous accuse de quoi que ce soit, monsieur McKenzie. Le faucon se trouvait sur vos terres et je tenais à vous informer que nous étions au courant. Rien de plus.

McKenzie fit mine de l'ignorer tout en dévisageant Imogen.

— C'est de votre faute. Vous vous mêlez de...

Johnson se rappela à son attention.

— Par ailleurs, monsieur McKenzie, je vous signale qu'un couple d'aigles d'une espèce fort rare niche dans les parages.

Du coup, l'homme plissa les yeux.

— Des aigles ?

— Des pygargues à queue blanche, intervint Imogen. Leur aire se trouve au-dessus du coire.

Les sourcils froncés, McKenzie posa un regard peu amène sur la jeune femme.

— Mais qu'est-ce qu'ils fabriquent à l'intérieur des terres ? Puis, une lueur de compréhension traversa ses yeux et il tourna la tête vers le loch. Ah oui, je comprends.

— Vous avez peuplé le lac, lança Johnson.

— Oui, de truites arc-en-ciel. (McKenzie frappa le versant de la colline de sa main noueuse.) Vous croyez que l'élevage de moutons suffit à ce qu'on s'en sorte ? Eh ben, y a pas l'ombre d'une chance ! ricana-t-il avec un coup d'œil à ses ouvriers agricoles. Vous le saviez ?

Comme ils secouaient la tête de consert, McKenzie fixa Johnson.

— Me conseilleriez-vous de partager mes poissons avec les aigles ?

— Ils ne mangent pas énormément, monsieur McKenzie. En plus, ils ne sont que deux.

— Peut-être, mais il n'y a pas qu'eux. Avez-vous une idée du nombre d'agneaux par an que me piquent les milans, les faucons et les aigles dorés ?

— Les uns et les autres sont des espèces protégées, Atholl. (Imogen se planta devant lui.) Ils ont le droit d'être ici.

— Ils paient un fermage et l'impôt foncier, c'est ça ?

— Oh, pour l'amour du ciel, écoutez-vous ! Pourquoi ne pas le prendre autrement ? Vous êtes propriétaire de la seule ferme en Écosse où un couple de pygargues à queue blanche de Norvège a fait son nid, c'est un attrait supplémentaire pour vos pêcheurs.

— Elle n'a pas tort, approuva Johnson.

— Les pêcheurs veulent pêcher, se contenta de grommeler McKenzie. Ça ne les intéresse pas de regarder des oiseaux, surtout ceux qui font peur aux poissons.

Imogen et Johnson s'en allèrent. Songeurs, ils rejoignirent en silence la nationale. Quand il la déposa devant sa Land-Rover, la jeune femme demanda :

— Qu'en pensez-vous ?

— Rien de précis. McKenzie sait que nous savons – c'est important. En outre, il ignore la situation exacte de l'aire. À moins d'y poster une sentinelle armée, tout ce qu'on peut espérer c'est que cela le fasse réfléchir à deux fois. En tout cas, il a compris qu'on le poursuivrait s'il essayait de les empoisonner.

Contemplant par le pare-brise les arêtes noires et silencieuses, Imogen conclut :

— Voilà qui ne les sauvera pas de la mort.

Installée dans son atelier, Imogen s'efforçait de chasser les aigles de son esprit en travaillant à la grande huile de Redynvre sous les rochers. Au vrai, il était splendide, campé seul à flanc de coteau, sous les ombres que projetait le promontoire couvert de bruyère. Voilà qu'une sonnerie la sortit de sa concentration. Mécontente, la jeune femme commença par décider de ne pas y faire attention, mais, faute d'avoir un répondeur, elle finissait toujours par regretter de ne pas répondre. Aussi finit-elle par décrocher.

— Allô ?

— Imogen, ici Morag Ross de chez Dickinson.

— Ah, salut Morag. Comment vas-tu ?

C'était l'imprimeur de ses cartes de vœux. Ils se connaissaient depuis l'époque où ils fréquentaient les beaux-arts à Édimbourg.

— Très bien, merci. Écoute, on a reçu un coup de fil d'une boutique de Dunkeld. Il y a apparemment un Américain qui s'est renseigné sur tes cartes et la vendeuse croit qu'il a envie d'acheter un original. Est-ce qu'on peut donner ton nom ?

Imogen réfléchit un instant.

— Morag, tu sais bien que je ne vends pas mes originaux.

— Bien sûr, je voulais simplement m'en assurer.

— Est-ce qu'il a dit comment il s'appelait ?

— Non, je ne crois pas.

Imogen hésita, puis refusa de changer d'avis.

— Décidément, c'est non, Morag. Merci en tout cas. Mais je ne veux pas vendre mes tableaux.

Imogen raccrocha en se rappelant qu'elle ne signait pas ses œuvres, précisément pour préserver sa vie privée.

À la fin de l'après-midi, Jean Law lui téléphona. Son mari ayant emmené les deux garçons à une partie de pêche pour la nuit, elle battait de l'aile tant les moments de liberté n'étaient pas monnaie courante dans son existence. Du coup, elle proposa à Imogen d'aller prendre un verre au bar de McLaran où jouait un orchestre folklorique irlandais. À contrecœur, Imogen accepta : Jean n'avait pas souvent de soirée de libre.

La jeune femme fut exaspérée d'arriver la première. Bien qu'elle eût horreur d'entrer seule dans un pub – surtout ceux du village –, il était hors de question d'attendre au parking. En tout cas, il était déjà bondé de pêcheurs, d'employés de la ferme aquacole, de gardes forestiers. Qui plus est Patterson et Tim Duerr, un type de l'école, s'y trouvaient aussi – à l'évidence, ils avaient la permission de passer une soirée hors du foyer conjugal... Imogen se demanda si Patterson avait eu vent de sa venue et organisé sa sortie en conséquence. Il la repéra immédiatement, surveillant la porte comme un chat à l'affût devant une souricière. Si Imogen ne songeait qu'à l'éviter depuis l'autre soir, elle ne battit pas en retraite à cause de Tim, de crainte de vendre la mèche. Pour couronner le tout, le pêcheur Andy McKewan et son équipe trônaient au bar. Dès qu'il la vit, ce dernier s'empressa de l'inviter à prendre un verre, un sourire carnassier aux lèvres.

— Non merci, refusa-t-elle. J'attends une amie.

— Et alors ? Cela ne m'empêche pas de vous offrir un verre.

Andy McKewan était un homme plutôt costaud, dont la barbe et les cheveux luisaient d'huile de poisson en permanence, tandis que ses dents gâtées avaient des pointes toutes noires. Imogen recula pour fuir son haleine.

— Non, merci tout de même. Je commanderai moi-même.

Heureusement que Jean apparut à cet instant ! Aussitôt, Imogen la prit par le bras.

— Si on allait ailleurs ?

— Pourquoi ? C'est ici que l'orchestre joue.

— Je sais, mais c'est intenable et ça pue !

— Pourquoi ?

Imogen eut un brusque mouvement de tête vers McKewan.

— Ah d'accord ! Écoute, n'y fais pas attention ; ne laisse pas ce grand connard gâcher la soirée.

Comme Imogen sortait une cigarette de son sac, puis y cherchait un briquet, une flamme de Zippo, une odeur d'essence lui frôlèrent instantanément le nez, tandis que McKewan lui proposait du feu. Prise au piège, la jeune femme accepta et exhala la fumée vers le plafond.

— Je vous offre un verre ? demanda alors McKewan à Jean.

— Merci beaucoup. Un gin tonic, s'il te plaît, Andy.

— Et vous Imogen ?

Le sourire de McKewan était éloquent. Ses lèvres retroussées sur ses dents noires dévoilaient des gencives rougeaudes.

— Bon, ce sera un whisky pour moi. Un double, sans glace.

Les deux femmes dénichèrent une table. Dieu merci, un groupe de gens debout la dérobait à la vue de Patterson ! Au fond de la salle, l'orchestre de trois violons se préparait à jouer. Soulagée, Imogen s'affaissa dans son siège, le dos tourné au bar. Jean s'assit en face d'elle et lança un sourire par-dessus son épaule au pêcheur.

— Tu sais, il n'est pas si mal pour un pêcheur.

— Mon Dieu, Jean, le mariage te pèse à ce point !
s'exclama Imogen en la dévisageant. On dirait qu'il se
lave les cheveux dans une friteuse et que ses dents sont
des touches de piano.

— Peut-être mais il a de la gueule. Et puis il est
baraqué. C'est tout à fait mon type d'homme.

— Dans ce cas, pourquoi as-tu épousé Malcolm ?

— Je plaisante, ma belle, pouffa Jean. J'essaie de te
dérider un peu. Tu parles, je ne le toucherais pas avec
des pincettes ! Mais, c'est tellement bon de me retrouver
sans Malcom, sans les gosses que j'ai l'impression de
rajeunir. Tu ne peux pas comprendre parce que tu n'as
jamais été mariée.

Imogen but une gorgée de whisky, songeant à la
remarque de son amie. Pas mariée, sans enfants, stérile
en somme. Comment en avoir alors qu'elle était célibataire ? En plus, comment trouver l'homme qu'il lui fallait
dans sa situation ? Au fond, c'était peut-être ce qu'elle
voulait et la raison de son installation dans ce trou
perdu. La peinture, la nature ne servaient peut-être que
d'alibis à ses problèmes affectifs.

— Tu n'as jamais eu envie d'avoir des enfants ?
demanda Jean, lisant dans ses pensées aurait-on dit.

— Pourquoi emploies-tu le passé ? Après tout je n'ai
que trente-sept ans, je peux encore procréer. De nos
jours, les femmes ont des gosses à plus de quarante ans.

— Oui, mais pas le premier.

Une expression de gêne se peignit immédiatement
sur le visage de Jean qui regrettait d'avoir touché un
point sensible.

Calée dans son fauteuil, Imogen pensait qu'elle
n'avait pas d'enfants faute d'avoir rencontré l'homme
qu'il lui fallait. De tout temps, elle avait cru qu'elle s'en
rendrait compte le jour où cela se produirait. Voilà pourquoi elle avait annulé son projet de mariage avec Peter
sans compter qu'aucun des amants épisodiques qu'elle
avait eus depuis ne lui avait convenu.

— Je veux épouser le bon, pas n'importe qui.

— Oh, c'est ce que tout le monde dit. (Jean avala son gin puis fit tournoyer les glaçons dans son verre.) En fin de compte, on se résigne à ce qui est possible. (Le regard perdu derrière Imogen, elle ajouta :) Excuse-moi pour tout à l'heure, je n'avais pas l'intention d'être blessante.

Imogen éclata de rire.

— Ne t'inquiète pas, ce n'est pas crucial. D'autant que si j'en avais vraiment envie, je me serais sans douter résignée – pour reprendre ton expression – à accepter un homme.

Le chant de Charlie Abott réveilla Imogen le lendemain matin à cinq heures. Le soleil était déjà levé. Sautant du lit, elle alla se pencher à sa fenêtre ouverte pour contempler le loch. La lumière était parfaite. La jeune femme s'installa sur son tabouret et choisit un pinceau numéro sept. Le tenant par le bout du manche, elle commença à tracer les motifs que le soleil dessinait à la surface du lac. Imogen s'absorba dans son travail jusqu'à sept heures, mêlant paysage, eau, luminosité ainsi que le mouvement des ombres. Elle peignait méticuleusement ce qui s'offrait à son regard et tout s'harmonisait avec une facilité qui lui rappela l'époque de ses études. Elle n'avait rien perdu. Ni la passion, ni le désir, ni sa faculté d'être empoignée par une image tandis que son esprit puisait dans le paysage des émotions que les autres ne paraissaient pas éprouver. À de multiples reprises, on lui avait fait remarquer qu'elle révélait la profondeur de la terre, et pas seulement matérielle. D'une certaine façon, elle percevait l'âme des choses, l'essence de la vie des pierres, des animaux, des gens qui la constituaient. En somme, c'était l'histoire d'un caillou, d'une montagne, d'un loch qu'elle captait.

À sept heures trente, Imogen posa son pinceau et descendit préparer du café, qu'elle but debout sur le pas de

la porte. Puis, toujours nue, elle traversa le jardin, la fraîcheur de l'air matinal sur sa peau était exquise. Se frayant
un chemin entre les crottes de poule, la jeune femme alla
ouvrir le loquet du poulailler. Morrisey était sur l'eau dans
son bateau à coque rouge, mais à cette distance, il ne pouvait distinguer qu'une forme floue. Une fois retournée
dans la maison, Imogen avala un bol de muesli en repensant à la soirée de la veille, à la lubricité de cette bande de
mecs qui ne savaient rien d'elle. Puis, par on ne sait quelle
association, le coup de fil de Morag lui revint en mémoire.
Ne s'agissait-il que d'un de ces Américains avides de rem-
porter des bouts d'Écosse dans leurs bagages ou d'un
homme sensible à la vision qui s'était emparée d'elle la
première fois qu'elle avait peint cette région ? À neuf
heures et demie, cédant à une impulsion irrationnelle, la
jeune femme appela l'imprimeur.

— Morag, dites à la vendeuse de la boutique de
Dunkeld que si l'Américain repasse, elle peut lui donner
mon nom.

14

Connla passa trois jours en compagnie de Harry Cullen, dit Chien d'Arrêt. Ensemble ils firent le tour de quatre autres fermes dans un rayon de cent cinquante kilomètres et discutèrent avec des paysans, des bergers, des gardes-chasse qui, tous, prétendirent avoir vu des empreintes ou des poils de l'animal. La description ne variait guère : ils avaient aperçu de très loin une forme d'un à un mètre et demi de long, avec une queue de la même taille et de la même couleur. Bagheera, la panthère noire. Étant donné la superficie du territoire, Connla en déduisit qu'il s'agissait du même fauve. Un soir où ils dormaient à l'hôtel de Tomintoul, un guide de montagne, professeur de ski l'hiver, affirma être tombé sur des traces de pattes dans une vallée, à proximité du rocher du Refuge.

À la fin du troisième jour, Connla en eut assez de Cullen et de son chien asservi. D'autant que ce dernier ne sautait pas sur lui uniquement parce que son maître ne lui en donnait pas l'ordre.

— Alors, vous quittez la région ? lui demanda Cullen en sortant son étui à fusil de la Land-Rover.

— Non, j'ai envie de rester dans le coin un peu plus longtemps au cas où le vent tournerait, et qu'on m'indique une direction où chercher.

— À cette époque de l'année, ce serait vraiment un coup de bol.

— Je sais. (Connla posa la main sur l'épaule de Chien d'Arrêt.) N'empêche que j'ai traqué des cougouars dans le désert d'Arizona, et vous avez beau me considérer comme un connard d'Amerloque, je connais mon affaire.

— On verra bien, proféra Cullen avec un regard froid.

Sur ces mots, Connla le salua et rentra à l'hôtel. Allumant son ordinateur portable, il trouva un message de Holly sur son e-mail où elle lui rappelait les dates de rentrée du semestre ainsi qu'une liste de réunions auxquelles il devait d'abord assister à l'université George Washington. Sourire aux lèvres, le zoologue en conclut que son coup de fil l'avait sûrement perturbée.

Connla prit une douche brûlante. Les cheveux plaqués sur sa nuque et ses épaules, il réfléchit à l'absurdité des espoirs que Holly plaçait encore en lui. En dépit de leur incompatibilité d'humeur, ils ne réussissaient pas à couper les ponts. Cela n'avait pas de sens. Pour Holly, il était grand temps que Connla – à trente-neuf ans – devienne adulte. Mais quand on a une âme d'adolescent, qu'est-ce que cela signifie ? Surtout qu'il était mince, en forme sans faire de gymnastique – superflue pour qui passe la moitié de sa vie à marcher dans les Rocheuses. Ce terme d'adulte réveillait en Connla le souvenir de ses parents, dont il se souvenait si bien qu'il n'avait pas besoin de photos pour revoir leur visage.

Les cartes de vœux qu'il avait achetées lui revinrent alors à l'esprit. Arrêtant la douche, il s'enroula la taille d'une serviette et alla en chercher une dans le petit meuble de chevet. Le soleil de la fin de l'après-midi inondait la chambre. Connla s'appuya sur le rebord de la fenêtre ouverte pour l'étudier attentivement. La statuette admirablement sculptée du danseur des esprits formait un contraste saisissant avec le côté très écossais du paysage. C'était sûrement un Indien shoshone, tribu des plaines alluviales qui remontait sans doute aussi loin au nord qu'aux environs du bras est de la Salmon. À moins que ce ne fût un Nez Percé ou un Bannock, mais il en doutait. Les Shoshone, qui avaient participé à la Danse des Esprits, cette ultime grande insurrection indienne contre les envahisseurs blancs de la fin du XIXe siècle, avaient envoyé des guerriers au concile de tribus unies dans une cause commune du lac Walker. Connla fixa la main droite levée qui tenait une plume au lieu de deux.

Dans sa conception édulcorée de la vie, Holly ne prenait pas ce genre de choses en compte. De même qu'elle ignorait tout de ses parents et de ce qui leur était arrivé, ainsi que du foyer de garçons de Rapid City où il avait passé des nuits de terreur à guetter la venue de doigts rampant comme une araignée entre ses jambes. Que d'horribles souvenirs ! S'écartant de la fenêtre, Connla remit la carte dans le petit meuble. Il attrapa une chemise propre dans l'armoire, mit son jean, ses chaussures de montagne et descendit à la réception.

C'était la même jeune fille, au visage fin, aux cheveux roux, qui se tenait derrière le bureau. Elle l'interpella.

— Excusez-moi, monsieur McAdam, vous avez un autre message.

— Ah oui ?

— Enfin, je crois que c'est pour vous. (Elle fouilla dans les paperasses.) Ah voilà ! La boutique de souvenirs de Dunkeld a téléphoné pour demander si un Américain séjournait à l'hôtel. D'après leur description, ça ne peut être que vous.

Connla s'appuya sur le bureau en souriant.

— Sûrement, je ne leur ai pas laissé mon nom. Que voulaient-ils ?

— Ils ont demandé si vous pouviez passez à votre retour.

— C'est bien aimable à eux. À quelle heure ferment-ils, s'enquit Connla, lançant un coup d'œil à l'horloge murale.

— Je ne sais pas, vers cinq heures et demie.

Après l'avoir remerciée, il sortit. Il était déjà cinq heures et quart. Pressant le pas, Connla se retrouva devant la petite boutique. Il ouvrit la porte, actionnant une sonnette qui tintinnabula aussi quand il la referma. La même dame d'un certain âge tricotait ce qui ressemblait à un chandail d'enfant. À la vue de Connla, une lueur de reconnaissance pétilla dans ses yeux.

— Ah, vous voilà, fit-elle en posant son ouvrage. Je n'étais pas sûre que mon message vous parvienne, vous n'aviez pas laissé votre nom.

— Ni celui de mon hôtel, admit-il avec un rire. Vous avez fait un excellent travail de détective.

— J'ai fini par joindre l'imprimeur et il a pris contact avec l'artiste.

— Il vous a dit comment il s'appelait ?

— Oui. En fait, c'est une femme. Elle habite Gaelloch, un village près du Kyle de Lochalsh.

— Et comment s'appelle-t-elle ? répéta Connla, soudain frissonnant.

— Imogen Munro.

Le lendemain matin, il régla sa note d'hôtel. Puis, après un coup de fil à Cullen pour l'avertir qu'il se dirigeait vers l'ouest et reprendrait contact avec lui dans quelques jours, il monta dans sa Land-Rover. Il s'engagea sur la nationale 9 sans rouler vite : au bout de trente ans, c'était superflu. Pensif, Connla passait du calme à une myriade de pensées, d'émotions, de souvenirs soigneusement occultés. La carte de vœux était dépliée sur le siège du passager. S'il connaissait à présent l'identité de celle qui regardait par ces fenêtres, il ne se rappelait qu'une petite fille amoureuse de lui qui habitait Jackson City au Wyoming.

Il traversa la vallée de Garry, et le paysage défila des deux côtés jusqu'à ce qu'il parvienne à Dalwhinnie où il tourna à gauche, longeant le bord du loch Ericht. La route beaucoup plus étroite montait, passait devant des fermes avant d'atteindre un plateau de quelques kilomètres. Aucune voiture ne le dérangeait. Le soleil commençait à peine à dissiper la brume qui ensevelissait le ciel. À l'embranchement, il prit la direction de Spean Bridge – une chaussée à double voie avec des virages doux ou en épingle à cheveux. Au bout d'un moment, le loch Laggan s'étendit sur sa gauche.

C'était d'une beauté à couper le souffle. Connla tenait certains paysages de l'ouest des États-Unis pour les plus sublimes de la terre, mais il en émanait une sorte de monotonie car chaque élément se répétait à l'infini. Les montagnes succédaient aux montagnes, les vallées aux vallées et les forêts – mer plissée de vagues couleur d'émeraude – dévoraient l'horizon. Ici, en l'espace de quelques kilomètres, on passait d'un lieu empreint d'un calme absolu à un autre d'une incroyable sauvagerie. Connla roulait au pied de contreforts escarpés surplombant le lac lorsqu'il aperçut, de l'autre côté de l'eau sombre agitée d'infimes remous, une église isolée qui s'élançait entre les arbres. Décidément, ce pays était pétri d'histoire. Connla avait l'impression de sentir l'âme des générations qui l'avaient façonné, s'étaient battues, avaient versé leur sang et étaient mortes pour lui. C'est tout juste s'il n'entendait pas le cliquetis des armes et les hurlements en ancien gaélique des Celtes des Highlands. Après une brève halte à Moy Lodge pour contempler l'eau bouillonnante du barrage, le zoologue repartit la tête pleine d'images du passé.

Le comté de Custer en Idaho, 1969. Le bureau du shérif à Challis, petite ville traversée par sa grand-rue bordée de bâtiments construits dans le vieux style de l'Ouest. Il y avait deux adjoints en pantalon et chemise bleue, à qui d'énormes pistolets accrochés au ceinturon donnaient l'allure de personnages d'un film de John Wayne. Le silence n'était troublé que par le clavier d'une machine à écrire, le glouglou d'un distributeur d'eau installé à côté d'une plante verte artificielle. Il y avait son père assis en face de lui sur une chaise en plastique gris, les bras croisés, le teint assorti à la couleur du siège. Il y avait sa mère, incapable de tenir en place, arpentant d'un pas de danseur de claquette le linoléum éraflé du sol. Il y avait Mme Munro, qui s'étranglait de sanglots. Il y avait l'air hagard, épuisé de son mari. Et il y avait Imogen, qui le fixait de ses yeux sombres, perçants, tout en suçant le coin de sa couverture.

Connla quitta la route à un endroit où les collines grises s'élevaient abruptement des rives du loch. Il avait besoin de respirer. Le soleil était haut. La fraîcheur de l'air cristallin lui éclaircit les idées, tandis qu'immobile, il regardait un mouton à tête noire en train de brouter à flanc de coteau.

Le shérif l'avait fait asseoir sur une grande table, vide, hormis un gros bloc de papier ministre.

— Bon, fiston. Tu veux bien recommencer par le début et me raconter exactement ce qui est arrivé.

Connla les voyait encore, de même qu'il sentait encore ce poids dans sa poitrine. On aurait dit qu'un homme très fort cherchait à l'étouffer.

— On est partis dans les bois. Ewan a jeté sa veste pour grimper, et puis il a disparu. Voilà. C'est pour ça que je suis revenu en courant.

— T'en es sûr ? (La tête penchée de côté, le shérif le regardait bien en face.)

— Oui, m'sieu, j'le jure.

Avec un soupir, le shérif se carra dans le fauteuil qui grinça sous son poids. Il fit passer sa chique de l'autre côté de sa bouche, fixant toujours Connla de ses yeux mi-clos.

— Vois-tu, fiston. Quand j'étais môme, y avait des trucs qu'il était pas question que je raconte aux grandes personnes.

Connla soutint le regard du shérif qui poursuivit :

— Tu comprends ce que je veux dire ?

— Je crois.

— Il y a des secrets qu'il faut garder, hein ?

— Oui, m'sieur, j'imagine.

Posant les coudes sur la table, le shérif se frotta les mains.

— Mais il arrive que ce qu'un gosse considère comme un chouette secret ne le soit pas pour son père et sa mère. Tu me suis ?

Connla haussa les épaules.

— Il arrive que les parents aient besoin de savoir ce que nous, les gosses, on ne veut pas leur dire. Eh bien, tu sais quoi ? Quelquefois, il vaudrait mieux le faire.

— Oui, m'sieu, j'comprends.

Sourire aux lèvres, le shérif hocha la tête.

— Alors, Connla, tu as quelque chose à ajouter sur ce qu'Ewan et vous mijotiez ?

Les yeux baissés, Connla se mordit les lèvres. Ses mains qui pendouillaient sur ses genoux étaient moites.

— Alors, fiston ?

— Je vous ait tout dit, monsieur, il n'y a rien d'autre.

Connla remonta dans sa Land-Rover. Un écran sombre cachait le soleil à présent, et des nuages, comme provoqués par une explosion, s'amoncelaient dans le ciel. Il traversa le col – le loch Lochy sur sa gauche –, puis attaqua une côte tortueuse où, bien que l'on soit en plein été, il y avait très peu de circulation. Les montagnes semblèrent s'arrondir et perdre de la hauteur. Un autre loch apparut, formant un angle droit à l'ouest, entouré de collines vallonnées, encore assez hautes mais dépourvues d'éperons rocheux. Connla remarqua l'étroitesse des berges tandis que le passé lui revenait une fois de plus à l'esprit... Jackson City, à l'époque où la mort d'Ewan Munro était sur toutes les lèvres.

Les commérages allaient bon train. Et puis il y avait eu cette messe à l'école en l'honneur d'Ewan où chaque élève y était allé de son panégyrique. Le meilleur d'entre eux avait péri dans d'étranges circonstances : une noyade en Idaho au cours d'un week-end. Et ses parents le ramenaient par avion en Écosse où on l'enterrerait parmi ses ancêtres. On eût dit qu'un grand chef de tribu était mort, laissant un grand vide. Connla y avait assisté avec un sentiment de solitude absolu malgré la présence de ses parents à ses côtés. Même si ce n'était qu'un petit salaud égoïste, Ewan était l'enfant chéri de la communauté qu'on ne prenait jamais en défaut, le premier de la classe, le meilleur en sport. À l'évidence la famille Munro avait tout lieu d'en être fière, et Connla McAdam bien de la veine d'avoir été choisi comme copain par un type tel que lui.

De nouveau planté devant sa voiture, Connla fumait une cigarette les yeux fermés. Les images défilaient. Un visage blême, sans vie, qui l'accusait pourtant. Imogen et lui, à plat ventre de crainte de dévaler la falaise. La jambe au genou cassée d'Ewan, coincée sous la branche pourrie d'un peuplier, ballottée par le courant. Le grondement fracassant de la rivière Salmon martelant les rochers. Connla releva les paupières pour jeter un coup d'œil à la carte de vœux qui réveillait tant de souvenirs.

Jackson City, après le départ des Munro. Le silence de la petite ville, le manque de naturel à l'école où un soupçon plus ou moins apparent luisait dans les yeux de tous. Son père qui se noyait de plus en plus dans le whisky tandis que les nerfs de plus en plus fragiles de sa mère avaient fini par la faire craquer. Et elle était entrée dans un sanatorium. Puis, un jour, à son retour du lycée, à l'âge de quatorze ans trois mois et seize jours, Connla avait trouvé deux travailleurs sociaux à sa porte.

— Ton père est à l'hôpital, mon garçon. Quant à ta mère, elle ne reviendra plus. On viens te chercher pour te conduire au Dakota du Sud.

Connla trembla de tous ses membres. Certes il s'y attendait – malgré sa jeunesse, la dégradation de ses parents ne lui avait pas échappé –, mais face à ces deux inconnus en uniforme impeccable, cela ne lui fut d'aucun secours. Cet homme, cette femme souriante lui disaient qu'il l'emmenaient ailleurs. Il sut immédiatement qu'au moment où il entrerait dans la voiture, sa vie au Wyoming s'achèverait, son enfance se volatiliserait. Il n'aurait plus rien à quoi se raccrocher, plus personne pour le consoler. Il serait seul au monde – plongé dans la même solitude que celle dont il avait fait l'expérience pour la première fois, lors de son retour à l'école après le week-end en Idaho.

Le souffle rauque, Connla se tenait toujours à flanc de coteau, la route en zigzags derrière lui, les majestueuses montagnes des Western Highlands devant lui, cependant que les mots du passé sonnaient en lui comme un glas. Ces mots, il aurait pu les prévoir dès le jour de la mort d'Ewan. Il n'empêche que tout s'était précipité. Il avait dû faire ses bagages et on l'avait fourré dans une Buick inconnue où flottait l'odeur du désodorisant qui pendillait au rétroviseur. Pendant le trajet du

Wyoming jusqu'à sa nouvelle maison, le Foyer des garçons de Rapid City, la femme lui avait décrit d'un ton
apaisant de ce qui l'attendait et la nouvelle école organisée par le gouvernement à son intention. La bouche
sèche, Connla n'avait rien pu répondre.

Dans le foyer, il y avait un dortoir plein d'enfants
– plus ou moins brutes – tous en quête d'une nouvelle
place dans le monde où ils n'avaient le soutien de rien
ni de personne. Il fallait donc ne compter que sur soi et,
parfois, se défendre à coups de poing. Connla se rappela
le jour où, se lavant les lèvres maculées de sang après un
pugilat, il avait pensé n'avoir le choix qu'entre travailler,
s'endurcir ou tomber dans le caniveau et y croupir le
reste de sa vie. Il s'était regardé dans le miroir tout en
tapotant son visage. Ici, on s'en tirait tout seul ou pas
du tout. D'ailleurs, à Jackson City aussi il y avait un foyer
de garçons – un repaire de boxeurs auxquels la police
faisait toujours appel en cas de troubles en ville.

La boxe. Un tas de garçon en faisaient, mais Connla
n'avait pas le temps. Livré à lui-même dans un lycée où
tous les parents le traitaient comme un pestiféré, il se
distingua. En fait, il se révéla beaucoup plus brillant que
ses parents ou ses professeurs ne le supposaient du
temps où il restait dans l'ombre d'Ewan Munro. Au bout
de neuf mois au Foyer des garçons, il fêta ses quinze ans
sans cadeaux ni souhaits – mais toujours avec ce choix
en face de lui. Certains gosses, déjà des petits malfai-
teurs, cherchaient à l'entraîner. Cependant, fort de son
intelligence, il se répétait : « Marche ou crève. »

Il s'isola, se plongea dans les livres et obtint une
mention à l'examen de fin d'études secondaires. Ensuite,
il entra à l'université tout en travaillant à mi-temps dans
un studio de photographe. Tous les week-ends, il parcourait à vélo ces Black Hills que les guerriers sioux hantaient en quête de visions pour leur peuple. Les photos
d'un cougouar ramassé sur un rocher dans la forêt, guettant un cerf entre les arbres furent les premières qu'il
prit.

Il réussit à obtenir sa licence de zoologie, puis son doctorat ainsi que son premier contrat. Et petit à petit, il se tailla une réputation d'excentrique avec son nom gaélique, ses yeux de Celte, son âme farouche. Ce fut à cette époque qu'il rencontra Holly, une fille de sénateur dont l'adaptation sociale l'attira autant que son instabilité la séduisit. Leurs chemins s'enlacèrent comme deux branches de chêne avant de se séparer au fil du temps.

15

Imogen conduisit de nouveau Keira sur les terres d'Atholl McKenzie. La découverte des aigles avait chamboulé tous ses projets de vacances, notamment de balades dans des lieux qu'elle voulait peindre. Keira suivit d'un trot décidé les pistes des cerfs puis passa au petit galop, une fois le rocher du Prophète dépassé. Les coires de Leum et de Tana se dressaient à l'horizon. Ignorant combien de temps elle resterait, Imogen avait emporté tente et provisions pour faire face à toute éventualité. Elle n'avait aucune confiance en McKenzie. À l'évidence, l'empoisonneur du faucon pèlerin c'était lui, un de ses sbires ou William Morris, le garde-chasse. McKenzie était un paysan coriace qui s'efforçait de rentabiliser ses cinq cents hectares de mauvaise terre et, vu les prix du mouton, au plus bas, il n'était guère surprenant qu'il ait peuplé le lac. Toutefois, il ne s'agissait que de deux aigles, et c'étaient des hommes comme McKenzie les responsables de l'extinction de l'espèce en Angleterre.

Mettant Keira au trot puis au pas, Imogen s'approcha du lac. Aucune trace de travail ni de silhouette dans la zone aménagée pour les pique-niques. On avait rajouté quatre rondins en travers des deux de la veille.

Rien de plus. Tirant sur la bride de Keira, qui s'arrêta, Imogen fouilla longuement du regard les parages du loch. Ne voyant rien, elle descendit de cheval.

À cette altitude, le vent, soufflant avec violence, fouettait ses vêtements et sifflait dans les arbres. La jeune femme examina la lisière de la pinède où McKenzie et ses hommes travaillaient la veille. Peut-être y traînaient-ils d'autres rondins. Aucun bruit ne résonnait cependant et on ne percevait aucun mouvement. Tandis que Keira broutait l'herbe du bord du lac, choisissant les touffes les plus savoureuses entre les pierres, Imogen s'avança près de l'eau et inspecta les arêtes du coire à la jumelle, en s'arrêtant sur chaque parcelle de la paroi rocheuse de bas en haut. Bredouille une fois de plus, elle claqua la langue à l'intention du cheval et commença à contourner le loch. Keira la suivait à quelques mètres, flairant l'herbe de temps à autre. Une fois au bout, Imogen observa les pentes douces des collines autour du lac – qui ne devenaient abruptes qu'au-dessus du coire. On aurait dit que le vent du nord découpait des lames dans l'eau, laquelle, pétrifiée, avait l'air d'une plaque de silex.

Imogen eut la même sensation que la veille. Quelque chose clochait. Le lieu semblait vide, abandonné. C'était ridicule. Il l'était effectivement. Mais elle savait que cela correspondait à autre chose. L'explication provenait peut-être du paroxysme d'émotions provoqué par la précarité de sa récente découverte. Se connaissant, Imogen ne le croyait pas. Sans jumelles cette fois, elle examina la paroi rocheuse, le lac et les collines. S'abritant les yeux de la main, elle scruta de long en large le ciel figé et laiteux. Rien. De guerre lasse, elle demanda à Keira qui la regardait :

— Et toi, t'en penses quoi ?

Keira agita la tête en poussant un hennissement. Du coup, Imogen s'accroupit à l'abri de deux rochers pour faire le point. Le vent, qui avait redoublé de violence, hurlait à présent. Il s'attardait sur les épaules de la jeune femme, s'agrippant aux mèches de ses cheveux attachés et rentrés dans le col de sa veste. Croyant distinguer un mouvement et entendre un cri, elle se releva d'un bond pour se rendre compte qu'elle était le jouet de son imagination. Furieuse contre elle-même, Imogen commença à gravir l'étroit sentier. À mi-chemin, la même impression s'empara d'elle et se révéla tout aussi illusoire. Alors, le cœur battant, la jeune femme fut certaine qu'il s'était passé quelque chose. Elle continua, la paume appuyée aux rochers comme frémissant de vie, jusqu'à un endroit où l'aire était visible en diagonale. La bouche sèche, elle la fixa du regard.

Rien. Pas un mouvement, pas l'ombre d'une plume brun foncé ébouriffée par le vent, ni de couleur jaune, ni même de brindilles couvertes de mousse. Pressant nettement le pas, elle se fraya un chemin de traverse entre les éperons. À mesure qu'elle s'approchait, Imogen découvrait des bouts de bois, des feuilles, puis des amas de mousse. Enfin, un cri monta dans sa gorge : l'aire était complètement détruite. Debout, au-dessus de celle-ci, Imogen fut frappée par le silence glacial qui planait sur les vestiges. Elle parcourut du regard la montagne et aperçut d'autres débris – épaves de ce qui avait été un nid –, ainsi qu'un objet plat, tacheté, ressemblant à tesson. Descendant avec prudence en s'aidant d'une main car la pente était très raide, elle finit par refermer les doigts sur une plume marron, toute rêche. Haletante, elle s'arrêta. Comme elle l'approchait de son visage pour en sentir l'odeur – de résine grasse – Imogen comprit sur-le-champ ce qu'était ce petit bout de porcelaine.

Le quad d'Atholl McKenzie était garée devant sa maison lorsque Imogen entra dans la cour. Le martèlement des sabots de Keira annoncèrent son arrivée. Il y eut des aboiements tandis que, près de la grange, deux colleys tiraient sur les cordes auxquelles on les avait attachés. Imogen arrêta brusquement Keira, qui hennit et piétina, les flancs couverts d'écume à cause du galop pour descendre. La porte de la ferme s'ouvrit à toute volée pour laisser apparaître un McKenzie cramoisi, manches de chemise retroussées et veines du cou saillantes.

— Qu'est-ce que vous avez foutu ? lui hurla Imogen sans bouger de l'endroit où elle se tenait sur son cheval.

Il la toisa. Alors, la jeune femme desserra le poing et lui montra le tesson.

— Qu'est-ce que vous leur avez fait, Atholl ?

Adossé à sa porte, McKenzie se croisa les bras. Il chiquait. Et le mouvement de ses mâchoires lui donnait l'air d'une vache en train de ruminer. Sans mot dire, il la fixa de ses petits yeux porcins tapis dans les bourrelets des poches qui les soulignaient.

— Vous avez toujours su qu'ils étaient là, l'apostropha Imogen en le regardant bien en face. On ne vous a rien appris hier. Vous étiez déjà monté saccager leur nid. Où sont-ils, Atholl ? Qu'avez-vous fait des corps ?

McKenzie secoua la tête.

— Eh bien, si j'avais un magnétophone, je vous intenterais un procès pour outrage. Vous devriez apprendre la politesse, ma belle. Ça ne se fait pas de débarquer chez les gens en les accusant de n'importe quoi. C'est illégal. (Il changea de position, cracha entre ses pieds et ricana.) Allez, fichez-moi le camp avant que je n'aille chercher un fusil.

Et il claqua la porte derrière lui, laissant Imogen impuissante sur Keira qui dansait sur ses pattes.

Une fois rentrée chez elle, la jeune femme eut envie d'écrire une longue lettre à sa mère, sans trop en comprendre la raison. Elles avaient beau se parler au téléphone assez souvent, il lui arrivait parfois de s'asseoir au bord du lac à cet effet. Prenant du papier et des enveloppes dans le secrétaire dont elle avait hérité à la

mort de sa tante, Imogen descendit à la plage de galets.
C'était le milieu de la matinée, un énorme soleil brillait
et aucune brise ne soufflait de la mer. Elle s'installa sur
une grosse pierre plate, aux bords noircis par un feston
de plantes aquatiques. Le bloc de papier sur les genoux,
pieds nus – les pierres ne la gênaient pas – Imogen promena le regard sur les collines grises teintées de vert de
la rive opposée. Aucun signe de vie ne se manifestait
dans le groupe de maisons ni sur l'eau. Parfois des
canoéistes se risquaient à remonter les rivières jumelles
jusqu'au loch Gael. Pas ce jour-là. Une paix absolue
régnait, à laquelle Imogen était cependant étrangère.
L'affreuse découverte de la veille, l'absurdité de l'acte
de vandalisme d'Atholl avaient saccagé son humeur
calme de l'été. Dès son retour, elle avaient prévenu
Daniel Johnson. Il avait estimé qu'ils ne pouvaient pas
faire grand-chose. Certes, il avait l'intention d'avertir la
police, mais, en l'absence de preuves, il doutait qu'elle
réagisse. Vu les mauvaises relations actuelles entre les
paysans et la police, cette dernière ne tiendrait sûrement pas à envenimer les choses sans pièces à conviction. Aussi la sérénité d'Imogen avait-elle disparu en
même temps que les aigles.

   La jeune femme comptait indiquer implicitement ses
émotions à sa mère, dans l'espoir que cette dernière per-
cevrait son trouble au ton de sa lettre. Au vrai, elle n'aurait pas eu besoin de mettre des mots avec sa grand-
tante. Le stylo en l'air, elle s'interrompit, les yeux fixés
sur la feuille blanche, en se demandant comment exprimer le sentiment de vide qui la tenaillait. Sa mère n'avait
aucune intuition, contrairement à sa tante à qui beaucoup attribuaient le don de double vue des Celtes. Imogen se rappela soudain le voyage de retour des États-
Unis avec le cercueil de son frère – au terme d'un séjour
de sept ans. Bien entendu, sa mère avait annoncé
l'atroce nouvelle par téléphone à tout le monde ainsi que
le fait qu'on ramenait le corps d'Ewan pour l'enterrer à

Édimbourg. Dès son arrivée à l'église pour assister aux obsèques, la tante d'Imogen avait pris la main de sa nièce, qu'elle avait gardée dans la sienne durant tout l'office religieux. Et, regardant sa tante, Imogen avait vu briller une lueur dans ses yeux comme si elle comprenait des choses dont la petite fille était l'unique dépositaire.

La jeune femme posa la feuille. Un cormoran, venu de la mer en quête de saumon, plongea dans le loch. Bien sûr, il ferait chou blanc. Le soleil réchauffait Imogen, qui, les jambes croisées, se renversa en arrière et s'enfouit les mains sous les galets pour en capter la fraîcheur. Les yeux clos, Imogen offrit son visage à l'éclat pénétrant des rayons. Que dire à sa mère ? En proie à un sentiment intense de perte, elle avait l'impression qu'on lui avait volé quelque chose de précieux. Au fond, peut-être que ce n'était pas tout. Au fond, peut-être que cela réveillait une perte bien plus ancienne, ensevelie dans les tréfonds de son être et lui rappelait la part d'elle-même perdue à la mort de son frère. Imogen ne savait trop de quoi il s'agissait, mais elle éprouvait le désir de le partager avec quelqu'un. En regardant sa lettre toutefois, elle croyait de moins en moins que cette personne puisse être sa mère.

Cependant, elle l'écrivit, sans nourrir grand espoir que ce qu'elle cherchait à transmettre parvienne à son but. Comme elle cherchait à expliquer ses sentiments, l'incapacité de sa mère à supporter les émotions explicites lui revint en mémoire. Depuis la mort d'Ewan, sa mère passait son temps à esquiver les situations pénibles. S'il lui arrivait de faire une découverte toute seule, elle l'ensevelissait comme un chien le fait avec des os et, face la moindre confidence, se dérobait.

Une fois l'adresse inscrite sur l'enveloppe, Imogen descendit à la poste dans sa voiture. La femme de Colin Patterson était de service. En plus, il y avait une petite queue, car on était jeudi, jour du versement des retraites. Imogen attendit son tour. Outre Morrisey qui payait sa facture d'électricité, il y avait là deux jeunes employés de la ferme aquacole qui traînassaient. Ils firent des signes de tête à Imogen, laquelle leur répondit avant de prendre sa place – consciente de leurs regards concupiscents sur ses cheveux, son dos et ses jambes sous sa robe de coton. Lorsque son tour arriva, Mme Patterson leva les yeux. À la vue de la jeune femme, le sourire qu'elle avait aux lèvres fit place à un regard noir. Imogen tressaillit. L'instant d'après, l'envie de dire à cette épouse outragée ce qu'elle pensait de la cour lamentable que lui faisait son mari la démangea. Elle y renonça. Une confrontation avec une rombière à la poste n'était pas son idée du plaisir. Du coup, elles se regardèrent en chiens de faïence. Piquée au vif à l'idée que cette bonne femme l'imagine attirée par un homme tel que son mari. Rouge de fureur, Imogen sortit et tomba sur Jean.

— Imogen ! (Jean la dévisagea.) Ma parole, je me trompe ou tu es hors hors de toi ?

Imogen l'attira à l'écart en la prenant par le bras.

— Tu ne te trompes pas du tout. Tu as le temps de boire un café ?

Elles se rendirent, en voiture, dans un hôtel de Kyle où personne ne les connaissait. Imogen laissa éclater sa colère.

— Enfin, Jean, qu'est-ce qui se passe ? Je n'en ai rien à fiche de Colin Patterson, sa femme devrait le savoir. Grand Dieu, mais pourquoi une célibataire alimente-t-elle les ragots d'une petite ville ? Pour l'amour du ciel, qu'est-ce que les gens vont s'imaginer ?

Jean posa la main sur son bras.

— Allez, ne marque pas le coup. C'est comme ça que tu les laisses gagner.

— Ils ne gagnent pas, Jean, c'est moi qui suis en train de perdre, siffla Imogen entre ses dents.

Elle se cala dans son fauteuil. À l'évidence, la femme de Patterson n'était que le prétexte. Il y avait d'innombrables causes à son état d'esprit. À commencer par le désespoir de cette lettre à sa mère toujours absente, n'ayant de place dans son cœur que pour son fils mort trente ans auparavant. En passant par toutes les épreuves, déceptions, échecs amoureux endurés depuis ce jour-là. Pour finir par les problèmes posés par des types du genre de Patterson, du minable John Mac-Gregor, de rustres tels que McKewan ou de parfaits salauds comme Atholl McKenzie.

Elle perdait. C'était exactement cela. En fait, Imogen perdait pied, se sentait glisser subrepticement dans un coin obscur avec l'envie de s'y recroqueviller. Regardant par la fenêtre, la jeune femme aperçut les contours escarpés de Skye qui s'élançaient de l'eau hérissée de vaguelettes. Le ciel. La terre. La mer. Et pourtant, elle n'avait jamais éprouvé à ce point le sentiment d'être prise au piège. Jean l'observait par-dessus sa tasse.

— La femme de Patterson, c'est accessoire, ma belle. De quoi s'agit-il vraiment ?

— Oh, Jeanie ! Je ne saurais pas par où commencer, soupira Imogen, lasse tout à coup.

À peine Connla eut-il amorcé le virage que le château d'Eilean Donan se dressa devant lui. Construit sur une île plate et verdoyante, entouré d'eau, relié au continent par un pont à trois arches et à une voie, il jouissait d'une situation extraordinaire. Ralentissant, il rentra dans le parking, saisi de l'impression confuse de reconnaître l'endroit sans réussir à la préciser. Des gens achetaient des billets pour une visite guidée. Évidemment, Connla avait ces tours en horreur, aussi s'avança-t-il au bord du loch. Les rives étaient jonchées d'éboulis, le fond engorgé d'algues. Il contempla les murs du château qui se reflétaient dans l'eau immobile tandis que le soleil chaulait le gris de ses pierres. Au bout d'une étendue semée de cailloux, les berges disparaissaient brusquement.

D'après sa carte, Gaelloch se trouvait un peu plus

loin, dans la direction du Kyle de Lochalsh et du pont de Skye. Il fallait bifurquer à droite, rouler sur quelques kilomètres à travers les collines après le loch Long pour atteindre le loch Gael, plus petit. Connla n'avait que le nom du village qui, au demeurant, n'avait pas l'air très grand. Il lui vint soudain à l'esprit qu'il ignorait tout d'Imogen, du genre de personne qu'elle était devenue. Était-elle mariée ? Combien d'enfants avait-elle ? Sans compter qu'il se pouvait fort bien qu'elle ne se souvienne pas de lui – d'ailleurs, il n'était plus certain d'en avoir envie.

Connla s'arrêta devant un hôtel à façade blanche du village qui jouxtait un bar : *Chez McLaran*. Quand il se fut attablé, un jeune Irlandais roux, vêtu d'une chemise vert clair et d'une cravate plus sombre vint lui demander des précisions pour sa réservation. Il s'appelait Billy.

— C'est quel nom pour la chambre, monsieur ? Vous restez une nuit ?

— Je ne sais pas encore, répliqua lentement Connla. Enfin, ce sera possible de rester plus longtemps si je le souhaite, n'est-ce pas ?

— Le temps que vous voulez, monsieur. Sauf que nous attendons un groupe ce week-end.

— Oh, je prendrai ma décision avant. À propos, je m'appelle Brady, John Brady, précisa Connla qui régla sur-le-champ en liquide.

Sa chambre donnait sur le lac et, pour peu qu'on tende le cou, on voyait un minuscule pan du château. Assis sur l'étroit lit à une place, Connla s'interrogeait. Qu'est-ce qui lui avait pris ? Il ne connaissait personne portant le nom qui avait germé dans son esprit, peut-être à cause de son sang irlandais ou de celui – si évident – du patron. Toujours est-il qu'il n'avait pas eu envie d'être Connla McAdam, du moins pas encore. Tout en lui déplaisant, ce mensonge gratuit lui procurait un sentiment de sécurité – illusoire bien sûr. Qui plus est, comment aborder Imogen au bout de trente longues années ?

Connla resta un long moment dans sa chambre à se

poser des questions sur son périple. Il n'était plus question des photos de panthère tant le visage d'une petite fille de huit ans l'obsédait. L'image le déroutait autant qu'autrefois. Outre le souvenir de l'accident au bord de la Salmon, la carte de Dunkeld évoquait la petite pot-de-colle toujours accrochée aux basques de son frère. De deux ans son aîné, Connla se sentait protecteur à son égard, surtout quand Ewan était odieux. Brillante, vive, elle attendrissait tout le monde avec sa cascade de cheveux noirs de jais et sa sempiternelle couverture jaune. Au reste, le talent de peintre d'Imogen ne l'étonnait pas du tout et la statuette de l'Indien cadrait parfaitement avec son souvenir. Il en frissonnait encore. Imogen avait toujours eu le sens du détail. Avant la mort d'Ewan, la petite fille parlait aux arbres, dans lesquels elle percevait des formes et des sons qui échappaient à Connla. Aussi comprenait-il sans peine qu'elle puisse être en osmose avec la beauté sauvage du paysage environnant. En somme, il était partagé entre le désir de la revoir et une grande appréhension.

Il descendit. Comme il commandait son déjeuner au bar, des types du coin rentrèrent boire une bière. Bruyants, ils rigolaient et plaisantaient entre eux. L'un d'eux, un grand barbu aux dents gâtées dont les cheveux luisaient de graisse, lui fit un signe de tête.

— Salut, lança Connla.

— Américain ? demanda l'homme en le lorgnant.

— Dakota du Sud.

— Ah ouais. Vous êtes ici en vacances, c'est ça ?

Connla avala une gorgée de bière.

— Oui, si on veut. En fait, je cherche quelqu'un, une artiste qui s'appelle Imogen Munro.

Du coup, le barbu le dévisagea longuement tandis que ses compagnons se taisaient. Connla eut la nette impression d'avoir commis un impair. Sans cesser de l'observer, l'homme appuya un coude sur le bar.

— Vous la connaissez ?

— Non, j'ai vu ses cartes de vœux dans une boutique de Dunkeld qui m'ont donné envie d'acheter une de ses toiles. Enfin, peut-être.

— Alors, vous n'êtes pas un de ses amis.

Connla se sentait sur un terrain glissant.

— Je ne l'ai jamais rencontrée.

L'homme se dérida.

— Elle habite Gaelloch.

— Ouais, et elle est institutrice à l'école de Balmacara, intervint alors l'un des autres types.

D'un regard furieux, le barbu lui imposa silence, puis se retourna vers Connla. Ils avaient la même taille, mais l'Écossais était plus baraqué.

— Alors, vous n'êtes pas son ami, répéta-t-il.

Connla esquissa un geste, les paumes ouvertes :

— Mais non, je viens de vous le dire. Je ne suis qu'un simple touriste américain qui cherche à rapporter un bout d'Écosse chez lui.

Tous s'esclaffèrent, tandis que le grand barbu offrait un verre à Connla.

— Andy McKewan, j'ai un bateau de pêche à Kyle.

Connla se présenta et lui serra la main.

— John Brady. Je prends des photos de la faune.

— Eh bien, c'est pas les animaux qui manquent dans le coin – cerfs rouges, chevreuils, renards, loutres, blaireaux, aigles – sans compter les balbuzards.

— Comment ça se passe pour les balbuzards à présent ? J'ai entendu dire qu'on les protégeait.

— Oh, tout va très bien pour eux, ils se multiplient.

On apporta le plat de Connla, qui s'installa à une table près de la fenêtre. Venant de la mer, des nuages s'amoncelaient et la pluie tambourinait sur la vitre alors que le soleil brillait encore sur une partie de Skye. Une fois son repas terminé, le zoologue prit le risque de poser une autre question à McKewan.

— Vous ne sauriez pas où je peux trouver Mme Munro ?

— Mademoiselle, vous voulez dire. Enfin, madame

si ça vous chante, ce n'est plus vraiment une gamine, ricana McKewan. Elle habite au bord du loch Gael. Traversez le pont, prenez la première à droite vers les collines et continuez jusqu'au bout. C'est impossible de se tromper, il n'y a pas d'autre accès.

Connla se dirigea vers le pont qui séparait les trois lochs. Celui de Duich, avec le château au point de jonction d'Alsh, s'étalait derrière lui, celui de Long, nettement plus petit et étroit, se trouvait à sa droite tandis que celui de Gael était encore invisible. À voir la route qui serpentait au bord, Connla en conclut qu'il s'enfonçait dans les terres. Cahin-caha, il traversa le pont au rythme du va-et-vient des essuie-glaces, car la pluie déferlait de la mer. Comme l'arche en béton du pont de Skye se profilait, il se promit d'aller dans l'île avant son départ, ne fût-ce que pour voir où Bonnie Prince Charles avait échoué. L'histoire du prince Stuart et de Flora McDonald donnait l'impression que la traversée en mer était une véritable épopée. Mais s'il partait d'ici, Skye était tout près.

Suivant les indications du pêcheur, Connla resta sur la route à une voie jalonnée d'aires de stationnement qui contournait le lac. Il ne dut s'arrêter qu'une fois pour laisser passer une voiture. Au bout d'une quinzaine de kilomètres, les montagnes se resserrèrent autour de lui. Puis, il traversa deux autres ponts enjambant la rivière, dont le premier, en bois, lui parut d'une stabilité douteuse. Après le deuxième, le bétail broutait en liberté – des vaches frisonnes noir et blanc, bien différentes des bovins à longues cornes, à poils roux qu'il avait vus pendant son trajet.

Même par rapport au loch Long, celui de Gael était petit. Plus large, au demeurant, il avait une forme ronde, une eau transparente. Gaelloch ne consistait qu'en quelques maisons à un étage, presque toutes blanches sauf la dernière – en pierre d'un gris tirant sur le brun –, dont le jardin descendait jusqu'à la plage. À en juger par son toit, on avait transformé le grenier en une pièce percée de lucarnes orientées au nord et au sud. Connla s'arrêta, descendit de sa Land-Rover. Cherchant quelqu'un auprès de qui se renseigner, il remarqua une boîte à lettres au nom de Munro clouée au montant du portail.

Il n'y avait aucun véhicule dans l'allée où erraient des poules escortées par un gros coq à crête écarlate qui, la poitrine bombée, se pavana devant Connla.

— Hé, tout doux mon pote, je voudrais simplement savoir si ta mère habite bien ici, roucoula le zoologue.

Il parcourut du regard une pelouse à peine tondue, plantée de quelques arbustes. Le terrain n'avait rien d'un jardin entretenu. On apercevait un poulailler sur pilotis derrière la maison. Les gravillons de l'allée cédaient rapidement la place à de la terre battue creusée d'ornières et sillonnée de rigoles d'eau de pluie. Après avoir frappé des petits coups sur une porte latérale, le zoologue patienta. Rien. Il recommença sans obtenir davantage de réponse. La jeune femme était manifestement absente. Connla se mit alors à contempler les couleurs pourpre et bleue qui diapraient les montagnes dominant le lac. L'orage menaçait.

16

Ce soir là, Connla but un pot au pub. En discutant avec les gens du cru, il apprit que des Arabes étaient propriétaires d'un grand domaine et que les fermes aquacoles de saumon s'en sortaient difficilement. Le travail ne courait manifestement pas les rues – hormis la sylviculture ou la pêche telle que la pratiquait Andy McKewan. Le voyant de nouveau occuper les lieux avec sa bande, Connla eut le sentiment que c'était un personnage dans le coin. Une discussion s'engagea au cours de laquelle tous se vantèrent d'avoir pêché au large de Rockall sous des tempêtes qui auraient poussé moins courageux qu'eux à se réfugier dans les ports des Nouvelles-Hébrides. Le zoologue y prêta l'oreille avant d'aller se coucher. Et, le lendemain matin, sa note de quatre livres soixante réglée, il traversa le pont qui menait à l'île de Skye.

Avec les collines dites les Kintail Sisters dressées au-dessus d'elle, Imogen rentrait à la maison en suivant la rivière Shiel, tandis que la grande route serpentait sur sa gauche. La journée durant, la jeune femme avait tenté de se débarrasser du coup de déprime causé par la situation critique des aigles et les événements de la veille. Compte tenu de qu'elle avait passé sous silence, Jean n'avait pas sans doute pas compris grand-chose à son torrent de confidences. Mais cela lui avait fait du bien de se confier, d'autant que sa lettre à sa mère était restée superficielle.

Le mois d'août touchait à sa fin, et le spectre de la rentrée de septembre planait. Partie aux aurores, Imogen s'était promenée dans la forêt de Kintail, au-delà des cinq collines portant le même nom. Il avait trop plu à son goût, sans que cela soit néanmoins vraiment gênant. Il n'empêche que la perspective d'un long bain chaud avait de l'attrait. Imogen mit Keira au trot. Vu la proximité de l'écurie et de son dîner, il ne se fit pas prier et hennit dès qu'ils arrivèrent dans le pré envahi, une fois de plus, par les moutons. Comme toujours, Imogen avait garé sa Land-Rover sur la colline afin de pouvoir la lancer sur la côte pour la faire démarrer en cas de problème de starter. C'est que la maison la plus proche se trouvait être celle de Patterson, et il n'était pas question de se trouver réduite à demander un coup de main à ce dernier.

Parvenue devant le vieux cottage, Imogen dessella Keira. Après quoi, à coups de brosse, elle enleva la boue des sabots du poney dont la patte arrière frémit sous la caresse des poils. À peine libéré, il se précipita à la poursuite des moutons tandis qu'Imogen tirait de l'eau à la pompe et la mettait à chauffer sur le réchaud qui restait toujours dans sa Land-Rover.

À en croire les gens, Imogen gardait un cheval sur la route de la colline qui dominait le loch Duich et elle était partie en montagne. Sans poser de questions, Connla s'était borné à prêter l'oreille aux plaisanteries fusant dans le bar à son sujet. Ainsi, il avait découvert qu'elle avait une réputation d'excentrique qui s'éclipsait à la moindre occasion et que tous les mecs fantasmaient sur cette célibataire sans enfants. À son retour de Skye, Connla avait donc emprunté la route de la colline. Lorsqu'il avait aperçu une Land-Rover cabossée et un van dans un champ désert où se dressait un cottage en pierre, il s'était garé. Ces preuves de l'existence de la jeune femme avaient réveillé d'innombrables souvenirs.

À présent, assis dans sa chambre d'hôtel, il contemplait la vue. Un nouvel orage hérissait la surface du lac de brisants couleur d'albâtre qui fouettaient les montants du pont. Son cœur tressaillit à la vue de la Land-Rover qui traversa le pont secoué par des rafales de vent, avant de disparaître au tournant. Après quoi, il s'allongea sur son lit, les bras étirés au-dessus de sa tête, mais, ne tenant pas en place, il finit par sortir. La tempête faisait rage ; il pleuvait des cordes qui giclaient sur le macadam. Immédiatement trempé, Connla sauta derrière le volant de sa camionnette et démarra en trombe. À l'embranchement, il hésita. Et c'est à gauche qu'il bifurqua plutôt qu'à droite : il fallait laisser à Imogen le temps de se retourner.

Il était cependant trop nerveux pour supporter de tourner en rond, pareil à un cougouar en cage, dans sa chambre minuscule. Aussi descendit-il vers le château. Fermé à cette heure, la masse sombre se profilait dans la tourmente qui s'abattait sur les murs donnant sur la mer. Connla pianota sur son volant. L'instant d'après, il fit demi-tour et gravit la côte de la colline pour la deuxième fois de la journée. Arrivé devant le pré, il coupa le moteur, puis, attrapant son manteau sur la banquette arrière, il sortit et sauta d'un bond au-dessus de la barrière.

Il n'y avait pas trace du cheval, sans doute réfugié dans l'écurie. Connla se demanda qui avait vécu dans ce cottage en ruine. Au fond, combien de générations de Highlanders insulaires avaient traversé le bras de mer pour s'installer sur le continent ? La maisonnette, qui avait une pièce à tout casser, était construite en pierres grises semblables à celles des murets autour des fermes qu'il avait vues dans le Nord. Il remonta le chemin d'où s'élevait une odeur de boue remuée par la pluie. Comme il faisait volte-face pour jeter un regard au loch, les phares d'une voiture venant du village balayèrent la pénombre.

Dans l'écurie, le cheval releva le nez de sa mangeoire et regarda Connla s'avancer près de la fenêtre. Puis, reniflant, il retourna à son repas tandis que Connla lui parlait avec la même douceur qu'à Mellencamp lorsqu'il l'avait ramassée, blessée, sur Keystone Road. Soufflant par ses naseaux, le poney racla le sol comme pour lui signifier qu'il tolérait ses murmures à condition qu'il ne s'approche pas davantage. À peine ressorti, Connla entendit une voiture ralentir dans son dos. Peu désireux de fournir une explication à sa présence dans un pré qui ne lui appartenait pas, Connla se fondit dans l'obscurité. Le break se mit au point mort sans couper le moteur et la portière du conducteur s'ouvrit. Voilà qu'un type hirsute inspectait sa camionnette, lançait un coup à l'écurie avant de s'affaler derechef derrière son volant. À l'abri de la porte entrouverte, Connla n'était pas visible de la route.

Au départ de la voiture, il retourna dans l'écurie afin de jeter un œil sur les harnachements accrochés au mur, parmi lesquels figurait une selle de bouvier d'Australie comme il n'en avait pas vu depuis des lustres. Après un examen plus approfondi, il remarqua la griffe de la ville de Queenstown en Nouvelle-Zélande. Ma foi, Imogen avait vu du pays ! Connla se mit à caresser la crinière et les flancs du cheval, sur la robe duquel il sentit de minuscules marques de la sangle.

— Je parie que t'es content de ne plus avoir de selle sur le dos, hein ! dit Connla en effleurant les oreilles du cheval.

Au moment où il remontait dans sa camionnette, la même voiture s'arrêta. La fenêtre du conducteur était baissée ; Connla se retrouva face au visage d'un homme aux joues flasques, d'une cinquantaine d'années.

— Je peux vous aider ?

— Pardon ? dit le zoologue, une fesse sur son siège, l'autre dehors.

— Vous êtes sûrement l'Américain dont j'ai entendu parler.

— Les nouvelles vont vite ! s'exclama Connla, le sourcil haussé.

L'homme sortit de son break. Après l'avoir dévisagé, il lança un coup d'œil au pré.

— Vous êtes allé vous promener ?

Connla désigna les ajoncs qui poussaient au bord du lac, du côté de la route.

— Oui, par là. J'avais envie de regarder la tempête.

La pluie crépita sur le manteau du zoologue, tandis que l'homme ajoutait :

— J'imagine que c'est un spectacle qu'on doit pouvoir trouver magnifique. Vous êtes celui qui cherche Imogen si je ne me trompe ?

— La femme peintre. Absolument.

— Imogen ne vend pas ses toiles. En tout cas, pas les originaux. Vous perdez votre temps.

Connla le scruta. Est-ce que ce mec le priait de débarrasser le plancher par hasard ?

— Je crois l'avoir compris. Mais on peut toujours espérer, alors je vais aller le lui demander. À ce qu'on m'a dit, elle n'est pas là, savez-vous quand elle sera de retour ?

Un bref instant, l'homme le regarda du coin de l'œil.

— Elle est rentrée. Vous savez sans doute que ce pré lui appartient. D'ailleurs, il me semble que vous êtes déjà venu cet après-midi.

— Ah bon ? Vous m'en direz tant. Je voulais voir où menait cette route ; j'ai passé la plus grande partie de la journée à Skye.

Hochant la tête, l'homme ouvrit la portière de sa voiture en répétant :

— Croyez-moi, vous allez vous casser le nez.

Se demandant combien de mecs de ce coin paumé couraient après Imogen, Connla partit pour Gaelloch. De multiples conjectures lui trottaient par la tête. Au bout de trente ans, Imogen allait-elle l'identifier ? Il avait beaucoup changé – jusqu'au regard qui à l'ordinaire ne bouge pas à ce qu'il paraît. Pour sa part, il avait la certitude de ne pas la reconnaître. À mesure qu'il se rapprochait, son cœur s'accélérait. Comment l'aborder ? D'autant qu'il s'était présenté à tout le monde comme John Brady. Le mystère de son mensonge se dissipa au souvenir des yeux sombres et pénétrants d'une petite fille de huit ans.

Il y avait des bougies allumées autour de la baignoire où Imogen était allongée dans une eau brûlante remplie de sels destinés à lui détendre les muscles. Avec ses cheveux qui ondulaient tels des serpents, elle avait un peu une tête de Méduse. Bien qu'elle eût passé une merveilleuse journée, l'acte d'Atholl McKenzie, son visage cruel la hantaient. Entendant soudain un bruit de moteur Diesel sur la partie gravillonnée de la route – entre sa maison et celle des Morrisey –, la jeune femme se redressa. Les carreaux de la fenêtre de la salle de bains, basse, orientée au nord, n'étaient pas en verre dépoli ainsi qu'en avait décidé sa tante pour avoir une vue imprenable sur le loch. Appuyée sur l'émail glacé, Imogen tendit le cou et aperçut deux phares dans l'obscurité. À l'évidence, c'était une Land-Rover. Dans ce cas ce ne pouvait être que John MacGregor – le seul parmi ses relations à en posséder une. Que voulait-il ? D'habitude, il ne débarquait jamais sans prévenir.

Imogen se rallongea, décidée à ne pas réagir quelle que soit l'insistance des coups sur sa porte. La Land-Rover s'arrêta comme si son conducteur hésitait à la grille. L'instant d'après, la jeune femme l'entendit remonter l'allée au ralenti. Du coup, elle fit plus attention. La portière s'ouvrit et un homme élancé en sortit. MacGregor était d'une corpulence peu séduisante qu'elle aurait reconnu n'importe où. Qui donc était-ce ? Soudain, elle comprit : l'Américain.

Imogen sauta hors de l'eau. Les premiers coups retentirent au moment où elle s'enroulait les cheveux dans une serviette. Elle voulut en attraper une autre puis se ravisa, car c'était impossible d'ouvrir à un étranger dans cette tenue. Il frappa de nouveau. Alors, ouvrant la fenêtre, la jeune femme cria dans la pluie.

— Accordez-moi une minute.

Imogen distingua un sourire sur les lèvres du visiteur, dont le visage, encadré de cheveux assez longs, était éclairé par la lampe du perron.

— Oh, vous étiez dans votre bain ! dit-il. Écoutez, je ne veux pas vous déranger, je reviendrai.

— Mais non, voyons. J'arrive dans une seconde, protesta-t-elle en agitant la main.

Comme Connla levait les yeux vers la fenêtre en partie illuminée, il discerna la tête enveloppée dans une serviette de la jeune femme, mais pas ses traits. Ceci étant, elle s'exprimait d'une voix douce, mélodieuse, dont le ton raffiné différait des accents gutturaux de certaines Écossaises. La dernière fois qu'il l'avait entendue, c'était celle d'une gamine de huit ans qui parlait comme une péquenaude, encore davantage que lui. La sensation d'avoir les entrailles comme paralysées par une pierre lourde et inamovible happa Connla. Grand Dieu, qu'est-ce qu'il était venu fiche ici après toutes ces années ? Mourant d'envie d'allumer une cigarette, Connla y renonça. Après tout, il l'avait dérangée et elle allait descendre d'un instant à l'autre. Aussi patienta-t-il sous la pluie fine dont les gouttes s'irisaient en tombant dans la flaque de lumière du perron. À l'étage, on avait fermé la fenêtre. Les mains dans les poches, il dansait, sans s'en rendre compte, d'un pied sur l'autre. Derrière lui, le vent agitait l'eau du loch et il entendit les clapotis des vagues sur les galets.

À l'intérieur, Imogen se sécha les cheveux avec une serviette. Puis, les secouant, elle se glissa dans un peignoir qui lui arrivait juste au-dessus des genoux. Après s'être assurée ne pas être indécente, elle descendit en se reprochant de ne pas s'être habillée pour recevoir ce visiteur. Qu'à cela ne tienne, il devrait s'en contenter puisqu'il avait débarqué à l'improviste. De toute façon, il perdait son temps : pour tout l'or du monde, elle ne vendrait pas ses toiles destinées à être exposées sur les murs de sa maison ou à rejoindre celles de sa tante dans le grenier.

Connla l'attendait sur les marches du perron. En voyant la vitre en losange de la porte s'éclairer, il eut un trac fou. Des pieds nus glissèrent. On ouvrit le loquet et, enfin, la porte. Voilà que Connla découvrit les traits fins d'Imogen encore luisants de chaleur ainsi que ses grands yeux en amande – des vasques d'ombre.

Ce visage avait de la profondeur, de la personnalité, plutôt que de la beauté au sens traditionnel du terme. Quant à sa chevelure, c'était une cascade de boucles noires de jais, mouillées, qui lui arrivait à la taille.

— Entrez, le pria-t-elle. Je vous attendais.

Imogen fut troublé par la senteur de pluie mêlée à l'odeur des cheveux et de la peau de Connla – un homme grand aux traits accusés, au menton couvert d'une barbe de deux jours, d'une quarantaine d'années, peut-être un peu moins.

— Venez donc par ici.

D'un signe de tête, Imogen lui montra la cuisine.

Il régnait dans la maison un calme chaleureux ne devant rien au chauffage ni à l'isolation. Une fois à l'intérieur, Connla se détendit quelque peu. Il était inutile de révéler son identité à Imogen, il pouvait très bien passer un moment chez elle. Sans plus. Peut-être que cela l'aiderait à mettre en repos quelques fantômes. Ne sachant pas si elle avait l'intention de le recevoir au salon, il s'arrêta dans la cuisine, la main sur le dossier d'un siège en pin. Une immense table entourée de six chaises trônait dans cette grande pièce accueillante ainsi qu'un vieux fourneau à gaz collé au mur, et placards et égouttoir étaient en bois. L'attention de Connla fut immédiatement attirée par les peintures qui tapissaient les murs dont il reconnut sur-le-champ la patte, pas seulement à cause des sujets – infiniment plus variés que ce qu'il avait vu à Dunkeld –, mais en raison de l'atmosphère.

Connla s'approcha. Imogen l'observa en train d'examiner une toile après l'autre en laissant son regard errer sur les murs comme si elle n'était pas là. De petites rides lui fronçaient le coin des yeux, qu'il plissait en se concentrant sur les tableaux sans piper mot. Il se déplaçait sur ses longues jambes avec une grâce féline. Il avait d'épais cheveux dont la couleur auburn accentuait le vert de ses yeux, un nez droit, presque aquilin, et une peau dorée. Quand il se retourna, la jeune femme sentit la chaleur lui monter aux joues.

— Je suis désolé. C'est vraiment grossier de ma part de débarquer de la sorte et de lorgner vos toiles sans même me présenter.

— Je vous en prie, c'est plutôt flatteur, rétorqua-t-elle souriante.

— Elles sont admirables. Il y en a beaucoup qui représentent un cerf rouge. C'est toujours le même ? s'enquit Connla, la tête penchée.

Toujours le sourire aux lèvres, la jeune femme prit une bouilloire sur le fond du fourneau.

— Voulez-vous boire un café ?

— Volontiers. Ça me réchauffera, il a tellement plu.

Imogen fit le geste de prendre son manteau, qu'il enleva. Comme elle se dressait sur la pointe des pieds pour l'accrocher derrière la porte, Connla aperçut – sous la robe un peu relevée – la peau douce d'un mollet. Il lui tendit la main lorsqu'elle fit volte-face.

— John Brady. Le magasin vous a appelé à mon sujet.

— J'ai bien pensé que c'était vous, répondit-elle en riant. On m'a dit que vous étiez américain.

— Vraiment ? lâcha Connla avec un air entendu. Vous vous imaginiez un touriste yankee sur les traces de Brave Heart[1], n'est-ce-pas ?

— Pas du tout. Enfin, je ne sais pas trop parce qu'on aime tous rapporter des souvenirs, non ?

Connla hocha lentement la tête. Ils avaient des souvenirs en commun, bien que différents au niveau des perceptions. Pour l'heure, elle n'en avait aucune idée, mais cela ne rassurait pas le zoologue, au contraire.

— Oui, j'imagine que ça se fait, acquiesça-t-il calmement.

D'un geste, Imogen lui montra les chaises autour de la table.

— Asseyez-vous donc.

— Merci.

Connla s'installa, étendant une jambe. Il portait un jean Levis, des bottes Timberland et une chemise en coton. Il repoussa les mèches qui lui tombaient sur les yeux. Adossée au vaisselier, Imogen se croisa les bras. Connla ne put s'empêcher de remarquer le hâle de la peau soyeuse couverte d'un infime duvet qui apparaissait sous les manches retroussées de son peignoir.

— Vous êtes originaire de quel État ? lui demanda Imogen.

— Du Dakota du Sud. J'ai une cabane d'une pièce dans un bled qui s'appelle Keystone, dans les Black Hills.

— Vraiment ?

— Enfin, on pourrait peut-être dire que c'est un chalet. Et la pièce est très grande. J'aurais pu en faire plusieurs mais je n'ai jamais réussi à m'y mettre.

— Que faites-vous là-bas ?

— Là-bas ou n'importe où ?

— Quelle est votre profession ? je veux dire, fit Imogen avec un sourire.

---

1. Allusion au héros écossais, William Wallace, qui tint tête au roi d'Angleterre, Édouard 1er Plantagenet, à la fin du XIIIe siècle. (*N.d.T.*)

— Ma foi, je crois qu'on pourrait dire que je suis une espèce d'hybride – un croisement entre professeur de zoologie et photographe, répondit Connla, qui jeta un nouveau coup d'œil au cerf du mur. Est-ce que c'est toujours le même animal ?

— Oui, c'est Redynvre.

Imogen s'assit en face de lui.

— Vous baptisez toujours vos modèles ?

— Celui-ci en tout cas. C'est le vieux cerf qui incarne la sagesse dans la légende *Wooing of Olwen*.

— Une légende de la mythologie celte n'est-ce pas ? Celle du roi Arthur ou quelque chose comme ça.

— Vous connaissez ? s'étonna la jeune femme, haussant les sourcils.

— Un peu. Connla se tirailla les cheveux. J'ai du sang irlandais. Il me semble que les Écossais et les Irlandais ont la même origine.

L'eau bouillait. Imogen se leva et remplit la cafetière. Après avoir disposé deux tasses en terre cuite sur la table, elle se pencha pour attraper du lait dans le réfrigérateur sous le regard attentif de Connla. Malgré les souvenirs – pénibles pour certains – qui s'entrechoquaient dans sa tête, ce dernier se sentait comme réconforté. Du coup, mis en confiance, il avait envie de lui révéler séance tenante son identité. Il s'en garda au demeurant. C'était plus simple de passer un moment avec elle, puis de s'en aller. À l'évidence, elle ne vendrait aucune toile. De toute façon, il ne voulait pas en acheter, elles lui avaient fourni le prétexte pour la chercher après le bouleversement de Dunkeld.

— Qu'est-ce qui vous amène en Écosse, monsieur Brady ? lui demanda Imogen en se rasseyant.

Connla regarda le café passer sous le piston de la cafetière en verre.

— Je suis venu voir un zoo dans le sud de l'Angleterre. En fait, je suis spécialisé dans les fauves, les pumas notamment.

— C'est ce que vous faites au Dakota du Sud ?

Il acquiesça.

— J'ai identifié la plupart de ceux qui vivent dans les Black Hills ou dans les plaines alluviales de la Powder River, dressé la carte de leur territoire et répertorié leur environnement ainsi que le gibier.

Imogen fut frappée par la finesse de ses longs doigts, dépourvus de bagues, que Connla avait posés sur la table. Et il n'y avait pas de marque blanche d'alliance à l'annulaire. La jeune femme n'en revint pas que ces yeux aient dérivé ainsi – comme instinctivement. Qui était cet homme ? Était-il marié ? Voilà les questions qui lui traversaient l'esprit. À cause des événements de la veille ? À moins que ce ne soit en raison de son sentiment de solitude, accru, à mesure que l'été s'allongeait. Mystère. Il n'empêche qu'elle tenait à connaître les réponses.

— Combien de temps avez-vous vécu au Dakota du Sud ? lui demanda-t-elle alors.

— L'un dans l'autre, une vingtaine d'années.

— Dans une cabane ?

— Ouais.

— Dans ce cas, je présume que vous n'êtes pas marié ?

— Vous avez raison, s'esclaffa Connla.

Écarlate, Imogen secoua la tête.

— Excusez-moi, je ne comprends pas ce qui m'est passé par la tête.

— Je vous en prie. Vous ne vous êtes pas trompée, il y a eu une femme, mais elle n'aimait pas ma cabane. Ceci étant dit, j'exécrais son appartement... (Connla montra la cafetière.) Puis-je ?

— Faites comme chez vous.

Il versa du café dans les deux tasses, rajouta du lait et du sucre dans la sienne avant de lui retourner la question.

— Et vous, vous l'êtes ?

— Non.

Mal à l'aise d'avoir si vite abordé de tels sujets, Imogen but son café à petites gorgées.

— Je croyais que les Américains prenaient leur café noir et sans sucre, fit-elle observer pour passer à autre chose.

— J'aime rompre avec les traditions. (Parcourant de nouveau du regard les peintures accrochées derrière la jeune femme, Connla ajouta :) Vous êtes une grande artiste, vous savez.

Imogen se mordilla les lèvres.

— Oh, je m'en sors. Vos compliments me flattent beaucoup. Vous vous y connaissez en peinture ?

— En photo. J'en prends d'assez bonnes. Les règles ne sont pas si différentes.

— La lumière. Les sujets. Les détails.

Approuvant d'un signe de tête, Connla recula sa chaise. Près de la porte, un tableau de chèvre à poils longs plantée au bord d'un précipice réveillait sa curiosité. Il y avait une fissure tout au long de la paroi rocheuse noire et grise, striée de pourpre, tachetée d'ombres. L'exécution était d'une perfection absolue. Sans céder à son envie de toucher le grain de la toile, il planta les yeux dans ceux de la jeune femme :

— Quel est le sujet principal ? La chèvre ou le précipice ?

Imogen le fixa. Son cœur battit plus vite car il y avait quelque chose de familier chez cet homme – d'indéfinissable toutefois. Elle le rejoignit. Bien plus petite que lui, sa tête lui arrivait à l'épaule. La jeune femme retrouva aussitôt le moment où elle avait peint cette toile ainsi que l'endroit.

— Le Devil's Rigg, murmura-t-elle.

— Pardon ?

— Une crête très escarpée, très déchiquetée, au sud d'ici.

— Ça se voit.

Conscient de la proximité de la jeune femme dont les effluves des cheveux en train de sécher l'étourdissaient, Connla s'exclama :

— Vous peignez la pierre admirablement.

Puis il se figea. Il se trouvait tout près du montant de la porte du salon dont il apercevait la fenêtre encadrée de rideaux qui, il le savait, donnait sur le lac et les collines noyés dans l'obscurité à présent. À moitié dissimulée dans les plis de l'étoffe, la statuette du danseur des esprits se dressait sur le rebord de la fenêtre – exactement comme dans le tableau.

Des picotements dans les mains, Connla, cloué sur place, avait la bouche sèche en dépit du café.

À côté de lui, Imogen, sensible à la virilité de cet homme, à son souffle, ne bougeait pas. Jetant un coup d'œil à son profil, elle remarqua qu'il ne regardait plus le tableau.

— Qu'est-ce qu'il y a ? demanda-t-elle.

Les souvenirs soudain envolés, Connla tourna la tête vers la jeune femme.

— Rien. J'admirais la pièce, c'est tout. Elle est jolie. Vous avez bon goût.

Sourcils froncés, Imogen suivit le regard de Connla. Les deux canapés recouverts de couvertures devant l'âtre venaient d'une vente de charité. La seule concession au confort était un tapis persan acheté dans une brocante qui recouvrait le parquet, élément auquel sa grand-tante avait absolument tenu. D'autres toiles peintes de sa main tapissaient les murs. Connla s'avança dans le salon.

— Cela vous dérange ? s'enquit-il.

— Pas du tout.

Imogen lui emboîta le pas. Il était bien proportionné sans être trop musclé et le bas de son jean, qui le moulait, s'effrangeait. Voilà qu'Imogen s'imagina en train de lui enlacer la taille et de s'imprégner de sa chaleur. Le rouge aux joues, la jeune femme baissa les yeux sur ses pieds nus, consciente tout à coup d'avoir reçu un étranger nue sous son peignoir en éponge.

Connla s'approcha de la fenêtre tout en regardant tour à tour les tableaux. Debout de profil près de la vitre dégoulinante de pluie, il remarqua une autre toile du cerf.

— Il s'agit de Redynvre, celui de la carte de vœux, n'est-ce pas ?

— Oui. C'est sur un pic au nord d'ici.

Connla lui coula un regard oblique.

— Là-haut, vous peignez ?

Elle fit signe que oui.

— L'été, je fais des balades assez longues. J'ai un poney des Highlands que je garde sur une colline qui domine le loch.

— Dans le cottage en pierre ? J'ai bien trouvé que ça ressemblait à une écurie.

Décidément, cet homme avait quelque chose de proche. Les yeux plissés, Imogen lança.

— Parce que vous y êtes allé ?

— J'y ai fait un tour en votre absence. La route me paraissait intéressante et j'ai pensé qu'il devait y avoir des vues splendides.

— Et alors ?

— Oh, c'est magnifique ! Je n'aurais jamais cru que l'île de Skye était aussi proche du continent.

— C'est une impression que partagent beaucoup de gens. Lorsqu'il fallait faire la traversée par bateau cela semblait sûrement plus loin.

Connla fixait de nouveau la statuette. Les mains moites, le cœur battant, il avait néanmoins un visage impassible. Soudain, il s'en empara tandis que déferlaient en lui l'odeur des sapins et des peupliers près de rivière, associée à la piste ainsi qu'aux cris d'Ewan Munro. Comme il sentait le regard d'Imogen posé sur lui, il déclara avec calme.

— Ça, ce n'est pas écossais.

Le silence se fit en Imogen. Elle lui reprit la statuette qu'elle reposa sur le rebord de la fenêtre.

— Effectivement. Je l'ai trouvé quelque part.

— Est-ce que vous savez ce que c'est ?

La jeune femme s'était détournée de Connla. Les bras serrés, elle s'approcha de la chemine en regrettant de ne pas avoir allumé de feu. Il faisait frais.

— Je ne comprends pas ce que vous voulez dire.

Et Connla de retourner prendre la statuette tandis qu'Imogen faisait volte-face, ne pensant qu'à la lui ôter des mains. On aurait dit qu'il la soupesait.

— C'est indien. Mais cela, vous l'aviez sûrement deviné. Sioux, shoshone ou cheyenne peut-être. J'en ai déjà vu de semblables. Connla tendit le doigt vers la plume cassée. À mon avis, il y en avait deux à l'origine ; ce sont des plumes d'aigle : l'Oiseau de l'Orage – *Waki-nyan Tanka* –, l'incarnation de l'Esprit. La statuette représente un danseur des esprits. On l'a sculptée en souvenir ce qui aurait pu advenir.

Le regard d'Imogen naviguait entre les yeux de Connla et ses mains.

— De quoi ?

— D'un avènement qui n'eut pas lieu, bien doulou-reux à commémorer. (Bouche entrouverte, le zoologue s'interrompit avant de reprendre :) Fin 1880, un Indien paiute, Wovoka, eut une vision du messie annonçant la résurrection des morts. Dès les premières pousses d'herbe du printemps, elle entraînerait la victoire sur les oppresseurs, le retour des bisons et des anciennes tradi-tions sacrées. Aussi les Peaux Rouges de tribus diffé-rentes – autrement dit des milliers de guerriers – se rendirent-ils au lac Walker pour entendre le message de Wanekia : « Celui qui donne la vie ». Lors de ce concile, Wovoka leur apprit les pas d'une danse des Esprits cen-sée marquer le commencement d'une nouvelle ère qu'on lui avait montrés dans sa vision. Ce fut une insurrection pacifique. La vision prescrivait de cesser de labourer, de ne plus travailler, de danser jour et nuit jusqu'à ce la nation soit reconstituée. Lors de la danse, les vivants retrouveraient leurs parents morts et cela cimenterait le retour aux modes de vie d'autrefois. À chaque chef, Wovoka remit deux plumes d'aigle ainsi que de la peinture rouge, sacrée, pour le visage. En outre, pas loin du coin où j'habite, un chaman sioux, Élan Noir, confectionnait des chemises sacrées peintes d'une certaine manière, destinées à rendre invulnérables ceux qui les portaient. (Connla se tut le temps de reposer la statuette.) Tout s'est terminé par un désastre.

— Lequel ?

Remarquant le regard troublé d'Imogen, Connla, la langue nouée, incapable de prononcer les mots qui lui brûlaient les lèvres, détourna les yeux.

— En 1890, les Sioux dansaient sous la conduite d'Élan Noir. Les autorités s'impatientaient du refus persistant de travailler des Indiens, qui continuaient de danser malgré l'exécution d'un des leurs : Taureau Assis. La peur se répandit chez les Blancs, sidérés par ce phénomène incompréhensible. En fin de compte, l'insurrection fut jugulée par l'horrible massacre de trois cent quarante femmes et enfants à *Wounded Knee* au Dakota du Sud perpétré par les vestiges du régiment du général Custer, qui sonna symboliquement le glas de la résistance sioux même si les danses se poursuivirent dans d'autres réserves.

Imogen fut soudain saisie du sentiment qu'un inconnu s'était introduit chez elle et qu'il empiétait sur son espace. Cela ne lui était pas arrivé depuis des lustres.

— Je suis désolé, je vous fais perdre votre temps, fit observer Connla.

— C'est que je dois sécher mes cheveux, répliqua Imogen avec un demi-sourire.

— Bien sûr, je file. Du reste, je n'aurais jamais dû débarquer à cette heure tardive. C'était très impoli de ma part.

— Je vous en prie. On aurait dû vous avertir que je ne vends pas mes originaux, précisa la jeune femme avec une certaine lassitude.

Connla décrocha son manteau, redressant le col entre ses doigts.

— Merci pour tout. Oh, à propos, on m'avait prévenu pour vos tableaux, lâcha-t-il en souriant avant de sortir dans la nuit.

Connla resta un moment immobile dans la camionnette pour recouvrer ses esprits. Quel imbroglio ! Il détestait mentir. Cela dit, il ne voyait pas d'autre moyen de se protéger. Il n'en revenait pas d'avoir revu Imogen Munro – la petite fille du Wyoming dont le frère s'était noyé dans un bras de la Salmon – au bout de trente ans. Le visage de la jeune femme aux cheveux lustrés, au teint clair, au regard pénétrant, occupait ses pensées. Elle avait un nez fin, très droit, qui dominait des lèvres pleines et rouges. Connla avait encore l'odeur de ses sels de bain dans les narines tandis qu'il se la représentait nue – ce qu'elle était à l'évidence – sous son peignoir. Écarquillant les yeux dans le rétroviseur, il finit par démarrer.

Adossée à la porte d'entrée, Imogen entendit le moteur tourner. Au bout d'un certain temps au demeurant. On aurait dit que Connla restait assis sous la pluie, pris au piège de pensées qu'elle avait l'impression de deviner, tout en se demandant pourquoi alors que c'était la première fois qu'elle le rencontrait. Aucun homme du coin ne lui faisait un tel effet. La jeune femme se posa mille questions, tentant d'analyser les sensations réveillées par cet homme aux yeux verts, aux cheveux flamboyants. Elle revoyait sa façon de se mouvoir en balançant légèrement les bras, les mouvements de ses mâchoires quand il parlait, ses yeux plissés lorsqu'il observait Redynvre. Puis, elle se secoua : il n'était pas question de bêtifier de la sorte. Retournant dans le salon, Imogen s'arrêta devant la statuette aux plumes d'aigle dont le mystère était enfin élucidé après toutes ces années. Debout devant la vitre balayée par la pluie, la jeune femme se laissa envahir par les souvenirs.

Une cigarette se consumant entre ses doigts, Connla conduisit lentement pour rentrer à l'hôtel. Une myriade de pensées et d'émotions s'entrechoquaient en lui, à la manière des vagues qui déferlaient sous le pont. La pluie tambourinait sur le pare-brise où les essuie-glaces battaient avec frénésie. Il s'attarda dans sa voiture. Dehors, le vent hurlait et Connla frissonna, les yeux rivés sur le manteau de la nuit. Au bout de tant d'années, à quoi rimait de faire un petit tour chez Imogen, puis de disparaître ? Connla n'avait pas de réponse à cette question. Il était transi jusqu'aux os. Prenant son courage à deux mains, il finit par sortir et par se précipiter dans le bar.

Il y avait le pêcheur McKewan – manifestement un pilier du troquet –, ainsi que l'homme hirsute croisé au pré d'Imogen. Connla, qui leur adressa un signe de tête, sentit le regard froid d'un troisième larron coiffé d'une casquette à la Sherlock Holmes fixé sur lui. Il s'installa sur un tabouret libre et se commanda une Guinness.

— Quel temps affreux ! commenta le barman.

— Ça, c'est le moins qu'on puisse dire.

Connla le regarda verser le liquide brun dans une chope.

— Alors, vous l'avez trouvée ?

Connla se rendit compte que le corpulent Andy McKewan lui frôlait l'épaule. Comme il lui jetait un coup d'œil, il s'aperçut que les deux autres l'observaient et eut le sentiment d'être l'agneau du sacrifice. Il ne manquait plus que le pentagramme sur le mur.

— Oui, merci.

— Y en a de belles ?

L'esprit ailleurs, Connla plissa les yeux.

— Pardon ?

— Eh bien, les peintures, est-ce qu'il y en a qui sont belles ?

— Des tas. Mais, je ne crois pas qu'elle en vendra.

— Je vous avez prévenu.

C'était l'homme hirsute qui l'interpellait du fond de la salle. Appuyé sur ses avant-bras, McKewan pivota vers lui.

— Et qu'en sais-tu, monsieur Patterson ?

Patterson eut l'air déconfit sans qu'on sache si c'était parce qu'il avait osé s'immiscer ou parce que McKewan l'avait rabroué. Quant à Connla, il avala une gorgée de bière tout en les observant.

— Je travaille avec Imogen, Andy. Ses tableaux, je les connais.

Éclatant d'un rire tonitruant et rauque, McKewan quêta l'approbation de sa bande.

— C'est loin d'être le cas, mais t'en rêves.

Patterson piqua un fard. Connla attrapa le regard de l'homme d'âge mûr de l'autre côté du bar, dont les lèvres esquissaient un semblant de sourire.

À ce moment-là, le zoologue s'aperçut de l'absence de toute femme dans le bar. Il sortit une autre cigarette de son paquet. Décidément, il n'était pas dans son assiette ; il ne fumait à cette cadence que lorsqu'il avait les nerfs en pelote. Aussitôt il eut droit à la flamme du Zippo de McKewan qu'il l'abrita de la main.

— Alors, quels sont vos projets, monsieur Brady ? demanda McKewan. Puisque la petite Imogen refuse de vous vendre un tableau, vous allez rentrer en Amérique ?

Les mains sur ses genoux, Connla se tassa sur le tabouret.

— J'imagine.

— Directement ? s'interposa une fois de plus Patterson, manifestement anxieux de le voir débarrasser le plancher.

— Non, j'ai d'autres choses à faire dans le coin d'abord, répondit Connla en lui lançant un coup d'œil.

— Vous restez par ici, c'est ça ?

C'était la première intervention de l'homme mûr qui sirotait son whisky.

— Pour un ou deux jours peut-être. Je crois que je vais aller à Skye.

— D'après ce que vous m'avez dit, vous y êtes déjà allé, fit Patterson.

Connla commençait à s'amuser. On aurait dit une bande de lions se disputant la seule femelle de la saison.

— Ma foi, j'ai envie d'y retourner, précisa-t-il.

McKewan se frotta les mains – elles étaient énormes.

— On pourrait vous emmener pêcher pour vous montrer le vrai temps écossais.

— Oh, m'est avis que j'ai déjà ma petite idée là-dessus, répondit Connla en indiquant d'un signe de tête le rideau de pluie qui balayait la fenêtre.

S'esclaffant, McKewan lui tapa dans le dos et faillit le faire tomber du tabouret.

— Sers-lui un verre, Billy. Et bien tassé.

Le barmen fit tourner un verre entre ses doigts avant de l'approcher des bouteilles alignées au-dessus du bar.

Connla le regarda verser une mesure de whisky pur malt, tandis que McKewan grattait le comptoir d'un ongle en deuil.

— Ne t'arrête pas là, dit-il au barman qui le resservit avant de demander à Connla :

— De la glace, de l'eau ?

— Non merci, sec.

— Bravo.

Le zoologue eut droit à une nouvelle bourrade. Puis, sous les yeux ébahis du petit groupe, il vida son verre d'un trait.

— En Écosse, monsieur Brady, le whisky ça se sirote, déclara McKewan.

— Eh bien aux États-Unis, monsieur McKewan, on le boit cul sec, répliqua Connla du tac au tac en levant le coude.

17

Imogen se réveilla tard. Ce n'était pas son habitude en vacances alors qu'elle fourmillait de projets. En outre, loin d'être reposée, elle avait les membres lourds de fatigue. Il ne pleuvait plus, le soleil brillait sur toute la surface du loch. La jeune femme resta allongée, prêtant l'oreille aux trilles des oiseaux qui s'égosillaient dans les arbres des collines. La nuit dernière, elle avait rêvé de son frère immergé dans l'eau. À présent, le souvenir de sa tête ballottée comme si des jambes invisibles remuaient frénétiquement pour le maintenir à flot lui revenait en mémoire. Nul doute qu'elle avait pleuré, car la peau lui tirait au-dessous des yeux. Imogen se redressa péniblement puis, assise au bord du lit, terrassée par une vague de désespoir, il lui vint soudain l'envie de téléphoner à sa mère. Comme elle hésitait, la sonnerie de son appareil retentit. Attrapant une robe de chambre, elle descendit répondre à la cuisine.

— Allô ?

— Bonjour, Imogen. C'est moi.

Repoussant ses cheveux, Imogen s'assit sur un tabouret.

— Oh, salut Jean.

— Tu viens de te lever ?

Les traits tirés, Imogen bâilla.

— Oui, quelle heure est-il ?

— Plus de dix heures.

— Oh là là, je devais être crevée.

— Alors, il est venu ? lui souffla Jean à l'oreille.

— Qui ça ? Ah oui, l'Américain. Il est passé effective-ment. (La soirée de la veille lui revint à l'esprit ainsi que le visage de cet homme, sa voix et la façon dont il avait scruté ses tableaux.) Écoute, Jean, je n'ai pas les idées claires ce matin, je suis incapable de parler au télé-phone.

— Prépare du thé, j'arrive.

Bien qu'elle ne soit pas sûre d'avoir envie de compa-gnie, la jeune femme mit la bouilloire en marche. Après quoi, elle alla sortir les poules. Jean ne perdit pas de temps, sa voiture apparut dans l'allée au moment où Imogen retournait à la cuisine remplie de la vapeur qui s'échappait de la bouilloire. Distraitement, la jeune femme mit des sachets dans les tasses et posa le tout sur la table. Les joues rouges, les yeux brillants de curio-sité, Jean entra sans frapper. Mais Imogen n'avait aucun entrain tant le visage d'Ewan la hantait.

L'état de son amie n'échappa pas à Jean, qui claqua la langue.

— Allez, assieds-toi, ma belle. Laisse-moi faire.

Elle servit le thé avant de faire des tartines grillées, de les beurrer et de les disposer sur une assiette.

— Tu n'as pas les yeux en face des trous, hein ?

Imogen lui serra la main, s'efforçant de refouler les larmes qui lui montaient aux yeux. Émue, Jean, s'as-seyant à côté d'elle, la prit dans ses bras à la manière d'une grande sœur qu'Imogen n'avait pas.

— Hé, murmura Jean. Qu'est-ce qui t'arrive ? Ce n'est pas possible que ce type se soit si mal conduit.

Imogen essuya les quelques larmes ayant coulé sur ses joues, se redressa et poussa un profond soupir. Jean lui passa sa tasse de thé, qu'elle avait remuée.

— Je suis désolée, ça doit être hormonal. Je ne sais vraiment pas ce que j'ai ce matin.

— Ne t'en fais pas, la rassura Jean en riant. Nous ne sommes pas obligées de parler.

— À d'autres ! sourit Imogen. Tu meurs d'envie de savoir ce qui s'est passé. Un homme chez moi, c'est tellement rare. (Son humeur sombre se dissipait.) Il n'y a pas de meilleur antidote que l'humour, ainsi que le répétait sa tante.

— Allez, accouche, reprit Jean avec un sourire en coin. À quoi il ressemble ? C'est un petit gros qui porte un cartable assorti à sa bedaine ?

— Eh bien, pas du tout. (Imogen regarda par la fenêtre.) Il est grand, mince et d'une beauté particulière.

— Qu'est-ce que tu entends par là ?

— Ma foi, il a des traits accusés – le nez, le menton – et des cheveux assez extraordinaires. C'est beaucoup plus qu'un joli garçon.

— De quelle couleur sont ses yeux ?

— Verts.

— Et ses cheveux ?

— Auburn, je crois. Très foncés, comme brûlés.

— Dis-moi, nous parlons de James Lawton, l'homme qu'on a inventé ou quoi ? fit Jean avec une moue.

— Mon Dieu, non ! s'exclama Imogen. C'est un client, Jean.

— Voyons ma chérie, tu ne vends pas tes tableaux. Ce n'est pas nouveau, du reste.

Imogen s'approcha de la fenêtre et appuya ses paumes sur le rebord. Jean, qui l'avait suivie, lui entoura les épaules du bras.

— Il te manque vraiment des cases aujourd'hui, n'est-ce pas ?

Imogen se laissa aller contre son amie. Le désir de lui confier son rêve ainsi que son anticipation de la mort de son frère autrefois s'empara d'elle. Il est vrai que sa grand-tante avait un don de double vue mais Imogen n'en avait fait l'expérience que ce jour-là, en Idaho. Des années après, ayant entendu parler de sa tante comme d'une sorcière, elle avait découvert la signification de ce don équivoque dans un livre sur la mythologie celte. Ainsi, la vision de quelqu'un dans l'eau jusqu'au cou annonçait sa noyade imminente. Imogen se rappela le frisson qui, à l'époque, telle une araignée affolée, lui avait parcouru la colonne vertébrale à la bibliothèque. Durant des semaines, l'idée que son frère était toujours vivant lors de sa vision dans la forêt l'avait accablée. À présent, le bras autour de la taille de Jean, la jeune femme s'accrocha à son amie. Au vrai, elle brûlait d'envie de parler à sa mère, mais cette dernière ne la comprendrait pas ou, dans le cas contraire, elle s'interdirait de revivre ce moment avec sa fille.

Connla se réveilla avec la gueule de bois. Lui, si sobre à l'ordinaire, avait trop bu de whisky – ce qu'il supportait mal. Très mal en point, il avait des élancements aux tempes qui le forcèrent à se rallonger. Il repoussa d'un coup de pied les couvertures qui lui donnaient l'impression de l'enfoncer dans le lit tout en augmentant sa sensation de vertige. Et il revit le regard d'Imogen qui, comme autrefois, semblait sonder les êtres.

La tête lui tourna quand il se redressa. Il s'obligea néanmoins à aller jusqu'à la salle de bains, où il s'aspergea le visage. Puis il resta sous la douche, inerte, tandis que l'eau le délivrait de son mal de crâne. Une fois habillé, une tasse de café dans le ventre, il se sentit nettement mieux, même si Imogen continuait de l'obséder. La tempête de la veille s'était apaisée ; une brise légère soufflait du lac lorsqu'il sortit. Pour passer le temps, il s'avança vers le château tout en contemplant les reflets du soleil dans l'eau et la beauté des côtes verdoyantes de Skye. Assis sur les rochers, il observa le ballet des chalutiers qui entraient et sortaient de la pêcherie de saumon.

Au départ de Jean, Imogen rassembla ses esprits. C'était bien joli tout ça, mais il lui fallait étriller le cheval. Aussi après avoir enfilé une vieille salopette et un T-shirt fit-elle démarrer la Land-Rover. Sa tête s'éclaircit tandis qu'elle contournait le lac Gael. Elle s'engagea sur la grande route et traversa le pont menant au village. Il y avait beaucoup de circulation. Comme elle ralentissait avant de bifurquer pour attaquer la côte de Keppoch, Imogen aperçut l'Américain assis sur la plage. Vêtu d'un blouson, il lui tournait le dos tandis que le vent jouait avec ses cheveux qui flottaient sur ses épaules. Imogen quitta la route. Le moteur au ralenti, elle l'observa un bref instant. Un coup de Klaxon la fit sursauter, et Mac-Gregor la dépassa en cabotant dans sa Land-Rover. Lorsque Imogen tourna de nouveau les yeux vers la plage, l'Américain la regardait.

La main sur le levier de changement de vitesse, le pied appuyé sur la pédale d'embrayage, la jeune femme ne bougea pas. Il enjamba les rochers, puis, planté au bord de la route, attendit de pouvoir traverser. Imogen s'apprêtait à lui faire un signe de la main avant de repartir mais une étrange sensation de faiblesse l'en empêcha. Elle eut l'impression que le regard de l'Américain dévorait l'espace, vrillait la vitre et la carrosserie. Il s'arrêta près de la voiture, dont elle ouvrit la portière.

— Bonjour, lança-t-il.
— Bonjour.
— Quel beau temps n'est-ce pas après hier !
— Oui.

Un petit silence gêné tomba. Il esquissa un sourire qu'elle lui rendit. Les yeux dans les yeux l'espace d'une seconde, ils s'empressèrent de les détourner.

— J'ai été ravi de faire votre connaissance, finit-il par proférer en regardant de l'autre côté du capot.

— Moi de même.

Connla tendit la main. Sans réagir, Imogen la fixa tandis qu'elle se passait la langue sur les lèvres avant de braquer le regard sur le château.

— Je vais m'occuper de mon cheval. Si vous n'avez rien de mieux à faire...

— Non, répondit-il sur-le-champ. (Beaucoup trop vite, mais tant pis.) Je n'ai absolument aucun projet.

— Venez alors. (D'un geste, Imogen balaya les canettes de Coca, les papiers et les paquets de cigarettes vides du siège.) C'est un peu le foutoir, excusez-moi.

— Aucune importance.

Il claqua la portière et s'installa sur le siège en vinyle. Le moteur s'emballa alors qu'ils montaient la côte pour se rendre au pré. En chemin, ils croisèrent un break Volvo où Connla reconnut l'homme hirsute de la veille. Imogen, qui croisa le regard de Patterson interloqué, lui fit signe en souriant.

Une fois à destination, Connla marcha à côté d'Imogen dans le chemin boueux menant à l'écurie. La jeune femme appela son cheval en train de courser les moutons en haut du pré. Il tourna la tête et trotta vers eux.

— C'est un poney des Highlands, dit Imogen, remarquant l'intérêt de son compagnon. Élevé pour la montagne, il a le pied aussi sûr qu'une chèvre.

— Il est beau. Comment s'appelle-t-il ?

— Keira. Un nom gaélique qui signifie « à poils sombres ».

— C'est joli.

Ils se regardèrent, immobiles, avant que Keira ne se mette entre eux et ne donne des coups de tête à sa maîtresse, qui lui massa la nuque tout en lui fourrageant la crinière de ses doigts gourds. De son côté, Connla lui caressait les flancs. Imogen sourit en le voyant faire.

— Vous avez passé du temps avec des chevaux ?

— Pas mal. Je sais un peu monter. Et vous allez jusqu'où à cheval ?

— Oh, aussi loin que possible. Il m'est arrivé de rester une semaine dans la montagne.

Connla fourra la main dans la crinière du poney qui flairait les poches d'Imogen.

— Il cherche des carottes, expliqua la jeune femme. Il n'est content de me voir qu'à cause de ça. D'habitude, je lui en apporte mais je n'avais pas toute ma tête ce matin.

Après l'avoir aidée à enlever le fumier de l'écurie à la pelle, Connla prit une brouette et fit le tour du pré – très abrupt par endroits – pour ramasser le reste. Il renversa le tout à côté du van, sous les yeux d'Imogen ravie d'avoir de la compagnie. Une fois sa tâche terminée, il s'essuya les mains sur l'herbe humide.

— Vous êtes prête ?

— Oui, ça suffit pour aujourd'hui.

— Qu'allez-vous faire maintenant ?

— Ma foi, rentrer peindre à la maison.

— Vous peignez tous les jours ?

— J'essaie. Mais je ne travaille pour personne.

— Uniquement pour vous ?

— Oui. Je crois que c'est le seul moyen d'arriver à quelque chose en peinture.

Au bout d'un instant de silence, Connla sourit.

— Vous pouvez me ramener ?

— Naturellement.

Imogen le déposa devant l'hôtel.

— Merci, dit-il. C'était très sympa.

— Effectivement.

Assise derrière son volant tandis qu'il était à moitié sorti de la camionnette, Imogen sentait l'odeur des cheveux de Connla et de sa sueur après l'effort. Ses narines se dilatèrent.

— Bon, articula-t-il.

— Très bien.

Au bout du compte, il se lança.

— Puis-je vous inviter à dîner ce soir ?

— Volontiers, ça me ferait très plaisir.

Le visage de Connla s'illumina.

— À quelle heure est-ce que je passe vous prendre ?

— C'est inutile de faire ce trajet vu qu'il faudra revenir sur nos pas.

— Peut-être, répondit-il lentement. Il n'empêche que j'aimerais venir vous chercher.

— Dans ce cas, disons vers sept heures et demie, sourit-elle.

Il ferma la portière, agita la main tandis qu'elle s'éloignait puis rentra dans l'hôtel.

Une fois dans sa chambre, Connla contempla longuement les eaux de Lochalsh par la fenêtre. Imogen le bouleversait d'une manière d'autant plus indéfinissable que son mensonge brouillait tout. Furieux contre lui-même, il alla prendre une autre douche puis, une serviette nouée à la taille, arpenta la pièce. Tant que la jeune femme ignorerait son identité, il ne ferait que jouer avec ses émotions. Car il ne lui était pas indifférent et c'était réciproque. Enfant, elle avait déjà un béguin pour lui ; peut-être que lui aussi au fond. Mais la mort d'Ewan avait tout changé. C'était injuste, inepte de débarquer ainsi et de lui mentir à son sujet. Alors pourquoi ? Peur ? Lâcheté ? Décidément, il n'était pas à la hauteur de sa volonté d'affronter la vérité.

S'asseyant sur le lit, Connla alluma la télé. C'était le journal de midi et l'on montrait un mouton en sang, gisant aux pieds d'un paysan. Il augmenta le son pour écoutait l'interview de l'homme. « Ouais, je l'ai vu. Pas de doute. Il est temps qu'on fasse quelque chose parce qu'il y a des fauves qui rôdent dans le coin.

Connla remarqua les fourgonnettes bleues de la SPA écossaise, puis il y eut un gros plan sur l'inspecteur de police en uniforme en train d'examiner la carcasse. Son pouls s'accéléra.

Il se précipita au rez-de-chaussée pour téléphoner à Harry Cullen. Avec sa suffisance habituelle, ce dernier ne parut pas étonné de son coup de fil.

— Alors, vous avez regardé la télé ?

— Oui, à l'instant. Où est-ce que ça s'est passé ?

— À Corgarff. Pas loin du château. Je m'apprête à aller voir si je repère des empreintes. Le carnage est très récent, mon chien pourra peut-être flairer quelque chose.

Connla pensa à Imogen avant de poursuivre.

— Je suis au village de Lochalsh.

— C'est bien.

— Il faut que j'y reste ce soir.

— Ah bon.

L'insinuation exaspéra Connla.

— Écoutez, je ne pourrai pas arriver avant demain matin.

— Pas de problème, c'est vous le patron, monsieur McAdam. Si on trouve quelque chose, les conditions restent les mêmes, je présume.

Se rappelant le piteux état de son compte en banque, Connla laissa échapper un imperceptible soupir.

— Oui, j'imagine.

— Parfait. À demain alors.

— Hé, une minute ! Où se retrouve-t-on ?

— À l'hôtel Tomintoul, c'est le meilleur endroit, d'autant qu'on devra sans doute y dormir deux ou trois nuits.

Et une dépense de plus, se dit Connla. Heureusement que Holly lui avait dégoté ces cours !

*
* *

Imogen se mit à peindre – la tête ailleurs au demeurant –, ce qui ne lui arrivait jamais. Au bout d'une heure, incapable de se concentrer, elle descendit au lac où elle se dora au soleil assise sur une couverture, consciente de faire passer le temps jusqu'à l'heure de se préparer.

Évidemment elle avait téléphoné à Jean pour lui annoncer le rendez-vous. Non, elle ne savait pas où ils allaient, mais sûrement quelque part dans le coin. D'ailleurs, elle y tenait.

— C'est parce qu'on en a parlé, lui avait déclaré Jean.

— Comment ça ?

— Mais si, rappelle-toi le prétendu toubib d'Édimbourg, James Lawton. On a vanté ses mérites et voilà qu'un bel Américain débarque.

— Je ne suis pas persuadée qu'il soit si beau que ça.

— En tout cas, il a quelque chose. À propos, maintenant que tu m'as mise au courant, ne t'étonne pas si je passe prendre un pot ce soir.

— Jean !

— Ah non, ne proteste pas. En amour comme à la guerre tous les coups sont permis. Ce ne serait pas juste qu'il disparaisse sans que j'aie posé les yeux sur lui. En plus, j'ai envie de voir la réaction des gens du cru – tout comme toi. C'est un événement qui va faire jaser des années durant.

Au vrai, Imogen n'y voyait pas d'objections. Aucune. Jean était une bonne amie. La jeune femme se demanda si elle ne cherchait qu'à se venger des gens du village en faisant ça. Peut-être. Elle en doutait cependant. En tout cas, bien qu'elle n'y vît pas clair dans cet imbroglio, elle attendait l'Américain avec impatience, ravie qu'il se tape un trajet de dix kilomètres pour venir la chercher. Cela ne lui était pas arrivé depuis des lustres.

18

Connla partit à sept heures moins le quart. Il portait à peu près la même tenue qu'à l'ordinaire, n'était sa chemise propre et ses chaussures astiquées. Douché, les cheveux lavés, il avait un trac de collégien.

À sept heures quinze, Imogen, prête, fumait nerveusement une cigarette à la cuisine. Vêtue d'une robe de coton toute simple, elle n'avait qu'un slip en dessous. Ses souliers à petits talons mettaient ses jambes en valeur et ses cheveux, soigneusement brossés, étaient ramenés sur l'épaule, en natte. Elle attendait. Après avoir bu une tasse de café, elle écrasa son mégot pour rallumer immédiatement une autre cigarette. Entendant un vrombissement de moteur suivi d'un crissement de roues sur le deuxième pont, la jeune femme imagina Connla en train de se frayer un chemin parmi les moutons et les vaches en liberté. Bien que le soleil s'éclipsât à l'ouest, il y avait toujours de la luminosité et il faisait doux. Sans attendre qu'il sorte de la camionnette, Imogen, le sac en bandoulière, s'avança dans le jardin.

Par le pare-brise, Connla la regarda approcher. Sa robe, qui lui moulait la poitrine, lui frôlait les genoux. Il remarqua le cuir noir de ses chaussures, le côté indien de sa tresse. Coupant le moteur, il bondit à sa rencontre.

Ils se retrouvèrent à deux pas l'un de l'autre. Ils ne se touchèrent pas. Ils esquissèrent un sourire. Ils s'effleurèrent des yeux. Connla lui ouvrit la portière sans la quitter du regard. Imogen s'assit en ramenant sa jupe sous elle. Le tissu remonta. La gorge nouée, Connla remonta derrière le volant, fit demi-tour et retourna sur la route.

— Où avez-vous envie de dîner ? Je crains que ce ne soit à vous de décider, car je viens d'arriver dans la région.

— Vous savez quoi ? Je serais ravie d'aller tout simplement à l'hôtel.

— C'est parfait pour moi. Au bar ou dans la salle à manger ?

— Au bar, on étouffe dans la salle à manger.

— Comme vous voudrez, je suis à vos ordres.

Imogen fut déçue que le bar soit encore désert. Ah non, que ce ne soit pas le seul soir où personne ne montre le bout de son nez ! Enfin, il était encore tôt et il suffisait d'un quidam – homme ou femme – pour que la nouvelle se répande comme une traînée de poudre. Ils s'installèrent à une table près de la fenêtre. Lorsque Connla alla lui chercher un verre, Imogen l'observa d'un œil tout en surveillant la porte de l'autre. À l'évidence, Jean viendrait. Elle était trop curieuse pour ne pas céder à la tentation de fouiner.

Connla revint s'asseoir en face de la jeune femme, qui remarqua le cercle de cuivre autour de son poignet.

— Vous le portez en permanence ?

— Eh oui, répondit-il. Non que j'en aie besoin, mais je suis dehors par tous les temps et je crains que l'humidité ne s'attaque à mes os. C'est peut-être de la superstition.

Souriante, Imogen but une gorgée de gin, fouillant son sac à la recherche d'une cigarette.

— D'habitude, je ne fume pas autant, s'excusa-t-elle. Aujourd'hui, c'est spécial...

— Vous êtes nerveuse. Moi aussi. (Après lui avoir

allumé sa cigarette, il se cala sur sa chaise.) Vous vivez ici depuis combien de temps ?

— Sept ans environ.

— Et avant ?

— À Édimbourg.

— Je n'ai pas dépassé les limites de la ville en venant ici l'autre jour.

— Dommage, c'est une ville magnifique. Vous devriez y faire un tour avant de repartir aux États-Unis. (Imogen s'interrompit.) À propos, quand rentrez-vous ?

— Je n'ai pas encore décidé, répliqua Connla.

— Bientôt ?

— Ce serait préférable. J'ai deux semaines de cours qui m'attendent en septembre, même si je n'ai aucune envie d'en tenir compte.

— Vous êtes comme moi à ce qu'il semble. (Elle dessina un cercle sur le bord de son verre.) Je ne vis que pour les vacances d'été.

Connla posa les coudes sur la table.

— Vous les passez à cheval avec votre boîte de peinture, hein ?

— C'est à peu près ça, sourit Imogen.

Puis, sans crier gare, le souvenir de son rêve la transperça, comme si elle avait les nerfs à vif. Connla remarqua qu'elle baissait les paupières.

— Tout va bien ?

— Très bien. J'ai simplement fait un cauchemar la nuit dernière qui ne me lâche pas. Ça arrive parfois.

— Oh oui ! opina Connla.

Il alla leur chercher la deuxième tournée, car Imogen avait fini son verre. Lorsqu'il s'assit de nouveau, elle lui raconta avoir vécu aux États-Unis.

Se renversant sur son siège, Connla se dit que sa comédie de lâche provoquait des cauchemars, rouvrait d'anciennes plaies. À l'évidence, il s'était trop attardé près du rebord de la fenêtre. Il fallait tout lui avouer. C'était indispensable. Et pas plus tard que maintenant.

Sauf qu'il en était incapable, car sa propre blessure sai-
gnait aussi. Il n'avait d'autre choix – du moins pour l'instant – que de s'enferrer dans son mensonge. Connla se
passa la langue sur ses lèvres, sèches soudain.

— Dans quel coin vous viviez aux États-Unis?
demanda-t-il à Imogen.

— À Jackson City, au Wyoming.

— Je connais.

— Ah oui? (Elle écarquilla les yeux où il aperçut
son reflet).

— Enfin, j'en ai entendu parler. C'est au nord de
l'État, n'est-ce pas?

— Exactement. De l'autre côté de la frontière avec
l'Idaho.

Perdue dans ses souvenirs, Imogen fixait la nappe.
Connla comprit qu'elle revoyait la petite ville, le collège,
sa vieille maison sur River Street à une rue de la sienne.

— J'avais un an quand on s'y est installés, ajouta-
t-elle.

— Comment ça se fait? (Il s'en voulut d'avoir posé
la question.)

— Mon père travaillait pour une entreprise chargée
de la construction du barrage.

Comme il restait sans expression, Imogen précisa :

— Son entreprise participait au projet. Enfin, on y a
habité pendant sept ans – jusqu'à la fin du contrat. Après
quoi, il a fallu rentrer en Écosse.

— Alors, vous étiez encore un bout de chou à votre
départ.

— Oui, l'Amérique c'était chez moi, je ne connaissais rien à l'Écosse. D'ailleurs, à notre arrivée, j'avais un
accent pire que le vôtre.

Connla éclata de rire.

— Ça, je sais comment parlent les ploucs du
Wyoming.

Après qu'on leur eut servi le dîner, Jean arriva,
McKewan sur ses talons. Parcourue d'un petit frisson

d'excitation, Imogen s'apprêta à s'amuser. Elle présenta John Brady à son amie, qui passa un moment avec eux, puis retourna boire au bar. Lorsque Connla fit un signe de tête à son copain de beuverie de la veille, c'est tout juste si ce dernier lui répondit. Il ne manquait que Patterson pour qu'Imogen soit au comble de la félicité. Ni lui ni MacGregor ne se montrèrent toutefois. Elle les oublia. Son verre terminé, Jean partit. Quant à McKewan et ses potes, ils ne tardèrent pas à changer de crémerie.

Comme ils se retrouvaient en tête à tête, Imogen se mit à lui raconter sa vie. L'épreuve du retour en Écosse tant pour elle que pour ses parents. Si ces derniers avaient eu du mal à s'adapter après avoir vécu différemment pendant si longtemps, elle, c'était le système scolaire différent qui lui avait donné du fil à retordre, sans compter son accent que les élèves tournaient en ridicule avec la cruauté propre aux enfants. Après quoi, le lycée, les études supérieures, et elle s'était révélée très douée en dessin un art dans lequel elle s'était lancée à corps perdu. Il est vrai qu'elle avait bénéficié des encouragements de ses professeurs, qui l'avaient conseillée d'une manière avisée sans étouffer sa créativité. Aux beaux-arts, on lui avait même reconnu l'étoffe d'une professionnelle – quel que soit le sens de ce mot.

— Faire carrière. Gagner sa vie avec sa peinture... fit observer Connla.

— Probablement, acquiesça la jeune femme en terminant son verre. J'aurais pu aller plus loin, mais la nature est très importante pour moi. En outre, la vie d'artiste ne me tentait pas car de nos jours cela implique de choquer d'une certaine manière.

— Et ça ne vous disait rien ?

— Non, la frime me va mal au teint. Bon, toujours est-il que j'ai commencé à enseigner, puis ma tante est morte en me laissant la maison de Gaelloch. Alors, j'ai démissionné de mon poste à Édimbourg et j'ai posé ma candidature à l'école de Balmacara.

— Ça vous intéresse ?

— Beaucoup. J'adore les enfants. Je ne fais la classe qu'aux plus petits – ceux qui ne sont pas encore conditionnés. En plus, j'adore la région. La côte Ouest réunit plein de choses : plages de sable blanc, Atlantique et montagnes bien sûr.

— Sans oublier les cerfs.

— Évidemment, admit-elle avec un sourire. Vous êtes très perspicace.

— Ah oui ? fit Connla, le menton entre ses mains. Vous trouvez ?

— Vous en avez l'air en tout cas. On dirait que vous saisissez ce que j'essaie d'exprimer dans mes tableaux. (Imogen hésita, persuadée du côté bébête de ce qu'elle avait envie d'ajouter.) C'est bizarre, mais j'ai l'impression que vous ne m'êtes pas inconnu.

Connla se carra sur son siège.

— J'ai peut-être un double quelque part, à moins que vous ne m'ayez connu dans une vie antérieure.

— C'est possible. (Elle leva les sourcils.) Vous croyez en la métempsycose ?

— Je l'ignore. Personne ne revient de l'au-delà. Nous ne pouvons nous appuyer que sur les théories sociologiques, les hypothèses religieuses ou les témoignages et les expériences d'autrui.

Connla posa le bras sur le dossier de sa chaise. Il aurait voulu que la soirée s'éternise mais la culpabilité et le sentiment de son imposture ne le lâchaient plus.

— Vous partez demain, n'est-ce pas ? lui demanda-t-elle.

Il acquiesça.

— Pour de bon ?

Connla la dévisagea longuement.

— Je ne sais pas, je dois terminer un boulot.

— Et ensuite ?

— Oh, je crois que ce sera le retour aux États-Unis. Il faut tout de même penser à mes cours.

Après un coup d'œil à la pendule, Imogen remarqua que le barman prenait les dernières commandes.

— Je ferais mieux de rentrer.

— Bien.

Pendant le trajet, ils n'ouvrirent pas la bouche. Le loch une fois contourné, ils franchirent les deux ponts et finirent par s'engager sur le chemin gravillonné ou le bétail n'errait plus. Connla entra dans l'allée. Il s'arrêta, le moteur allumé. Aucun d'eux n'esquissa un mouvement tandis qu'ils se fuyaient des yeux. Pour des motifs obscurs, Connla faillit couper le moteur malgré son incapacité à lui révéler son identité alors que cela lui brûlait les lèvres.

— Merci pour la merveilleuse soirée, finit-il par lâcher.

— Mais non. (Imogen posa la main sur son bras.) Merci à vous. Cela m'a fait très plaisir de discuter avec vous.

Sensible à la chaleur de sa main sur sa peau, Connla la regarda dans les yeux.

— J'en suis ravi. Moi aussi.

Avec un sourire, elle fit un signe de tête, parcourant du regard l'eau calme du loch avant d'ouvrir la portière.

— La nuit est belle, une balade, ça vous tente ?

— Pourquoi pas.

Côte à côte, ils traversèrent la pelouse et descendirent vers la plage, sans se toucher. Ils se frôlaient. Vénus brillait de tous ces feux parmi le semis d'étoiles piquetant le ciel dégagé cependant que la lune caressait la surface de l'eau d'une ombre pâle. Connla tendit le doigt vers le firmament.

— Regardez, Vénus se trouve juste au-dessous de la lune. Ça porte chance.

— À moi seulement ?

— Eh bien, peut-être à moi aussi. Mais à vous sûrement puisque c'est votre maison.

Brûlant d'envie de la prendre dans ses bras, Connla

la regarda se pencher pour prendre un galet qu'elle envoya ricocher sur l'eau. Quand elle se retourna vers lui, un infime souffle de vent dansait dans ses cheveux. Il s'approcha et, posant une main légère sur son épaule, l'embrassa.

Bras dessus, bras dessous, ils retournèrent à la camionnette.

— Je crois qu'il faut vraiment que je parte, articula-t-il alors.

— Vous allez loin demain ?

— De l'autre côté de Grantown-on-Spey.

— Ce n'est pas tout près.

Comme ils restaient debout près de la camionnette, Connla l'enlaça par la taille, au-dessus des hanches. Sous la robe de coton, sa chair était tiède.

— Eh bien, bonne nuit, John.

— Bonne nuit, Imogen.

Les yeux dans les yeux, aucun d'eux ne sut quoi ajouter.

— En tout cas, même si c'est un adieu, proféra soudain Imogen. J'ai été très heureuse de vous rencontrer.

Il sourit avant de lui poser un léger baiser sur les lèvres.

— Ce n'est pas un adieu, car je ressens la même chose. (Puis, il lui montra de nouveau le ciel.) À en croire un vieux chaman cherokee, si l'on veut faire de beaux rêves, il faut invoquer grand-mère la Lune.

19

Connla roulait vers l'est en admirant l'aube qui se levait. Une main sur le volant, il était à moitié vautré sur son siège. La fraîcheur de l'air qui s'engouffrait pas sa fenêtre ouverte lui coupait un peu le souffle. Les montagnes se dressaient des deux côtés de la route. Il ferait peut-être chaud. On ne pouvait toutefois rien prédire dans ce pays où, d'un instant à l'autre, des nuages déboulaient de la mer et remplaçaient un beau soleil. Connla éprouvait une étrange sensation d'engourdissement, comme si certaines de ses émotions étaient ravivées et d'autres anesthésiées. Le visage d'Imogen avait hanté ses rêves des deux derniers jours – ses traits, son ovale, la profondeur de son regard. Il n'arrivait toujours pas à comprendre la raison de son mensonge. Au vrai, fugacement, elle avait donné l'impression de le reconnaître comme cela arrive parfois avec des personnes avec qui l'on se sent des affinités. Et elle l'avait sans doute attribué à ça. Conduisant lentement, il s'interrogeait. Était-ce du voyeurisme macabre de sa part ou un effort pathétique pour exorciser le passé ? Quelles que soient ses raisons, c'était injuste envers Imogen qui s'efforçait de construire sa vie en oubliant le passé. Et voilà qu'il était en train de tout gâcher.

Cullen l'attendait à l'hôtel de Tomintoul. En se garant derrière la VW cabossée, Connla aperçut le pitbull baveux sur le hayon arrière. Il sortit, s'étira et entra dans l'hôtel. Perché sur un tabouret au bar, Cullen leva les yeux. La fumée de sa cigarette ceignait sa tête d'un halo gris. Il avait une grande chope de bière devant lui.

— Ah, vous voilà ! (Chien d'Arrêt consulta sa montre.) À l'heure qu'il est, les traces vont être froides.

La remarque irrita Connla déjà d'humeur sombre.

— Mais non, grommela-t-il.

S'asseyant sur un tabouret, il se commanda un café. Cullen gloussa.

— Il fait frisquet ce matin. Ma parole, vous sortez de quel lit pour vous être levé du pied gauche comme ça ?

Feignant de l'ignorer, Connla vida deux sachets de sucre dans son café. Il coula un regard oblique vers Chien d'Arrêt. Pas rasé, édenté, il portait sa parka crasseuse, qui empestait la graisse de pistolet, et les jambes de son pantalon étaient entrées, comme de coutume, dans ses bottes.

— Alors, qu'est-ce que vous avez trouvé ? se résolut à lui demander Connla.

Cullen reprit son sérieux.

— Une piste, ça c'est sûr.

— Vous voulez dire une empreinte de patte.

— Non, une piste. Finissez votre café, et je vous la montrerai.

Comme la dernière fois, ils optèrent pour la Land-Rover, que Cullen voulut conduire. Fatigué par sa nuit agitée et ses quatre heures de route, Connla n'y voyait pas d'objection. Il s'installa sur le siège du passager et Cullen prit le volant. Le chien dressait comme une barrière silencieuse entre eux.

— Où va-t-on ? s'enquit Connla.

— Dans une ferme proche du château.

— Celle qu'on a montrée à la télé ?

— Ouais. Elle appartient à John McIntyre, un copain à moi.

— Quel est l'homme qui n'est pas votre pote ! lança Connla en secouant la tête.

Chien d'Arrêt eut un sourire sardonique qui montra les brèches entre ses dents.

— Oh, pas grand-monde, monsieur McAdam. (Regardant droit devant lui, il ajouta :) Il ne fait pas bon m'avoir comme ennemi.

Connla se redressa du coup et, après un coup d'œil au molosse, se pelotonna contre la portière.

— Vous avez un sac de couchage ? lui demanda Cullen. Si on retrouve la piste, on devra peut-être rester.

— J'en ai toujours un avec moi.

— Vous étiez scout, hein ?

— Quelque chose dans ce goût-là.

Ils s'engagèrent sur une route qui suivait le cours de la Conglass jusqu'à ce qu'ils arrivent au nord de la rivière Lecht. Connla regardait par la fenêtre. À droite comme à gauche, on voyait des versants tachetés de vert et de brun tandis que fougères récentes et bruyères s'étiraient dans des flaques noirâtres, taries. La ferme se trouvait au nord du château de Corgarff. Au bout d'un kilomètre d'une piste semée de nids-de-poule, les pierres grises de ses bâtiments se profilèrent entre deux sommets arrondis. La cigarette fichée au coin des lèvres de Cullen tressauta lorsqu'il déclara :

— Ce n'est pas la première fois que McIntyre a des ennuis.

Le pitbull dressa les oreilles lorsqu'ils entrèrent dans la cour de la ferme. La bave qui ruisselait de ses babines s'écrasa sur le vinyle sous les yeux de Connla dégoûté.

— Va coucher ! grogna Cullen.

Le chien gémit, lança un coup d'œil à son maître

avant de se recroqueviller sur la banquette arrière. Connla ouvrit la portière. Il y avait à présent beaucoup de nuages et le vent, vif à cette altitude, s'engouffrait dans les vêtements. Connla ferma son blouson tout en se tournant vers Cullen.

— Est-ce qu'il a gardé la carcasse ?

— Ouais. Il allait la brûler mais je l'ai convaincu d'attendre que vous l'ayez vue.

— Merci, dit Connla en cherchant le fermier des yeux.

— Il ne chôme pas, monsieur McAdam. Ces temps-ci, une ferme ça rapporte pas des masses. Il est dans les collines avec ses moutons.

Cullen ouvrit le chemin qui menait à la grange. À peine entré, Connla sentit l'odeur de décomposition. Il faisait très sombre dans cet endroit tapissé d'énormes toiles d'araignées. Des débris de machines jonchaient le sol en béton et il y avait des brèches dans le foin mal entassé du fenil. Cullen se pencha sur une bâche étendue en face d'une balle de paille.

— Je lui ai promis qu'on la brûlerait après.

La brebis avait une longue entaille à la gorge, ourlée de bouts de peau tendue. Une chair noire et sanguinolente pendait dans les plis de sa toison décolorée. On ne voyait aucune autre blessure. Connla écarta toutefois la laine où il trouva les incisions auxquelles il s'attendait. Une fois évaluées la profondeur des griffes ainsi que leur position, le zoologue rompit le silence.

— À mon avis, c'est une femelle. Elle a attaqué la brebis, qui a réussi à lui échapper et a dû courir sur quelques mètres avant de crever.

— Vous arrivez à déterminer le sexe d'un léopard aux coups de griffes, fit Cullen, l'air septique.

— Absolument. En tout cas pour les lions de montagne, auxquels les léopards ressemblent beaucoup, Chien d'Arrêt. À mon avis, cette poupée pesait dans les quarante-cinq kilos.

— La brebis avait deux agneaux, reprit Cullen. Vous croyez qu'elle les attaqués après que la mère lui a filé dans les pattes.

— Je ne sais pas. Les agneaux ont-ils disparu ?

Connla acquiesça d'un signe de tête.

— Alors, c'est peut-être ce qui s'est passé.

— Ma foi, on le découvrira quand on l'attrapera, dit Cullen qui se releva en faisant craquer ses genoux.

— Et ces traces de piste dont vous m'avez parlé ?

Cullen plia son index.

Ils traversèrent la cour alors que les premières gouttes de pluie commençaient à crépiter. Connla releva son col, rabattit le bord de son chapeau tout en emboîtant le pas à Cullen. Ils contournèrent le bâtiment et franchirent une grille à cinq barreaux. À l'évidence, des moutons étaient passés par le champ, désert à présent, car l'herbe rase autour de la barrière était jonchée de crottes.

— C'est ici que la brebis a été attaquée, signala Cullen. McIntyre avait descendu les moutons pour examiner leurs sabots et les nettoyer.

— À l'aube, hier matin ?

— Exactement. C'est au moment de partir qu'il a vu la panthère s'enfuir sur la colline. (Cullen tendit le bras.) Les traces sont là-bas.

— Vous les avez suivies ?

— Pas plus loin que la ligne des arbres. (Cullen désigna un bouquet de mélèzes à tronc blanc et branches lourdes qui s'élançaient à flanc de coteau.)

Ils gravirent la pente de la colline. L'herbe se raréfiait, laissant place à de la boue aux endroits piétinés par des centaines de sabots fendus. À mesure qu'ils se rapprochaient des arbres néanmoins, le sol devint plus égal. Puis, à cinquante mètres des mélèzes, Cullen s'arrêta, le doigt tendu vers la terre. Connla la remarqua immédiatement. Pas très profonde, sans traces de griffes – c'était effectivement une empreinte de fauve. Un frisson d'excitation le parcourut tandis qu'il fléchissait le genou. Il n'en avait jamais vu d'aussi bien dessinée. D'ailleurs, il y en avait plusieurs, bien espacées. Et Connla d'imaginer la silhouette sombre de la panthère noire se détachant sur le versant avant de s'enfoncer dans les arbres. Les yeux fixés sur Cullen, il se releva.

— Vous voulez bien m'attendre ici, j'ai de quoi prendre des moules dans ma camionnette.

— Allez-y. (Cullen se roula une cigarette.) Même si les traces ont refroidi à l'heure qu'il est, on ferait aussi bien de les suivre.

— Vous pouvez pister dans les bois ?

— Bien sûr, s'il y a quelque chose à pister.

L'espace d'un instant, les deux hommes se mesurèrent du regard.

— Bon, je vais chercher mon matériel, conclut Connla.

Après avoir disposé appareils, trépied pliant, crosse d'épaule et déclencheur à distance sur le flanc de la colline, il prit un moule de la première empreinte, se félicitant silencieusement de sa compétence. Les vingt ans passés à étudier les cougouars portaient leurs fruits. À l'évidence, il s'agissait d'une femelle léopard, tachetée avec une fourrure noire aux rosettes encore visibles. Il n'était pas inhabituel qu'une mère tachetée donne le jour à un petit noir et à un autre tacheté, voire à deux noirs.

Connla vérifia la consistance du sol, assez dur, recouvert d'une pellicule de boue provoquée par une averse. Après examen, l'empreinte lui parut bien celle d'une bête d'un peu moins de cinquante kilos. Une fois qu'il eut terminé, il se redressa, ôta son chapeau pour s'éponger le front, attendant que le moule se solidifie avant de le glisser dans un sac en plastique transparent qu'il étiqueta. Puis, il nota l'endroit précis de la découverte sur sa carte. Adossé à un mélèze, Cullen l'observait, la crosse de son fusil de chasse posé par terre, entre ses jambes.

— Vous avez un fusil dans votre barda ? demanda-t-il.

— Nous n'en avons pas besoin, Chien d'Arrêt. Si nous trouvons le léopard – ce dont je doute – une arme sera superflue.

Avec ce sourire qui révélait le mauvais état de ses gencives, Cullen assena.

— Mieux vaut prendre ses précaution que d'avoir des regrets, n'est-ce pas, monsieur McAdam ?

Connla chargea son sac sur ses épaules tout en lançant un regard aux empreintes qui menaient directement aux arbres clairsemés. Le chien de Cullen flairait partout. Connla, qui ne croyait pas l'animal bon traqueur, se disait néanmoins qu'au cas où ils trouveraient le fauve, le pitbull serait capable de le forcer à se réfugier dans un arbre – le temps d'en prendre une photo. Ceci étant, il comptait se fier à son instinct et à son expérience : c'est seul qu'il avait traqué une flopée de cougouars au Dakota du Sud.

Après avoir suivi les traces jusqu'aux arbres, le zoologue s'arrêta. Le fermier avait dû effaroucher le léopard, lequel tenait sans doute un agneau – né au printemps dernier, donc bien dodu – entre les dents. Au demeurant, un léopard portait facilement, en cas de besoin, trois fois son poids dans un arbre. Connla chercha le chemin à couvert, le plus naturel à emprunter dans le sous-bois, plus dense à présent. À mesure qu'ils s'enfonçaient, les empreintes se faisaient plus rapprochées : le léopard avait sûrement ralenti. Connla les suivit scrupuleusement bien que le sol fût nettement plus sec. Une fois arrivé au bout, Cullen à côté de lui, il fit halte. Le versant de la colline dévalait dans une vallée et n'offrait plus que de la bruyère comme abri. Connla se tourna vers Cullen, dont le chien n'arrivait manifestement à rien.

— Le terrain continue comme ça ?

Un demi-sourire aux lèvres, Cullen balaya l'air du bras.

— Tout à fait, monsieur McAdam. Des montagnes, des vallées entrecoupées de temps à autre par un petit loch ou un ruisseau. Là-bas, ce sont les Grampians. En continuant à l'ouest on tombe sur les Cairngorms. (Puis, lançant un regard derrière lui, il retroussa les lèvres.) Moi, si j'étais c'te bête, j'grimperais plus haut.

Et, en même temps, ils tournèrent les yeux vers l'ouest, où les collines s'élevaient abruptement jusqu'à une crête rocheuse. Connla approuva d'un signe de tête. Ils s'y dirigèrent. À mi-chemin dans la vallée, le zoologue s'accroupit. Des taches sombres mouchetaient l'herbe clairsemée, aplatie vers l'arrière.

— Du sang de mouton, lança Connla, très excité.

Cullen changea son fusil d'épaule pour appuyer la truffe de son chien dessus. Cette fois, le pitbull courut vers les rochers, où il s'immobilisa, avant de rebrousser chemin.

— C'est un limier qu'on devrait avoir, maugréa Cullen.

Mais le chien releva soudain la tête, les regarda puis fila comme une flèche. Échangeant un coup d'œil, les deux hommes s'élancèrent à ses trousses.

La crête rocheuse courait le long de la colline aux versants de plus en plus escarpés. Le chien, qui avait décidément flairé quelque chose, les emmena à l'endroit où la pente raidissait. Et là, un point foncé sur une pierre grise attira l'attention de Connla, qui se pencha pour le gratter. Après quoi, il montra à Cullen ses ongles. Il avait ramassé une minuscule touffe de poils noirs et rêches.

— Il faudrait un microscope, mais je mettrais ma main au feu que c'est notre fauve.

Connla scruta la vallée dont la gamme de bruns et de gris se détachait sous le plafond de nuages bas, à la recherche du moindre recoin, de la moindre tache sombre. Puis, tirant une pochette en plastique de son sac, il y glissa la touffe de poils avant de vérifier où ils se trouvaient sur la carte.

— Vous êtes fin prêt pour ça, hein ? fit observer Cullen.

— Chien d'Arrêt. (Mû par un soudain élan de sympathie pour l'homme, Connla posa la main sur son épaule.) Si je trouve un léopard ici, peut-être que je ne serai pas obligé de donner des cours.

Ils poursuivirent leur ascension, se frayant un chemin à travers ajoncs, fougères et bruyère. Au bout de quelques centaines de mètres, ils firent halte. Cullen sortit un petit réchaud à gaz pour préparer du café. Connla ne partait jamais sans des rations de nourriture déshydratée, aussi ne manqueraient-ils de rien pour le dîner. Ceci étant, Cullen lui recommanda de les oublier, il préférait abattre un ou deux lapins.

Bien que le chien eût apparemment perdu l'odeur, Connla n'était pas mécontent de leur progression. Le paysage était d'une beauté à couper le souffle malgré le temps maussade, car la pluie menaçait. Du coup, Connla se demanda quel effet cela ferait de partager une tente avec Cullen. Ils parcoururent environ deux kilomètres avant de tomber sur de nouvelles empreintes, plus petites, alignées. Cullen rigola sous cape de l'air perplexe avec lequel Connla les examinait.

— C'est un renard, monsieur McAdam. Si les traces forment une ligne c'est parce qu'il met ses pattes arrière dans les empreintes de celles de devant. On dirait qu'il saute, pas vrai ?

— Je connais mieux les coyotes que les renards. Alors je m'incline devant la science d'un homme du pays. Cette règle a fait ses preuves, répondit le zoologue.

Cullen abaissa le canon de son fusil.

— Il chassait un lapin, regardez.

Connla obtempéra. Effectivement, il y avait d'autres traces – identiques pour les pattes de devant – plates et plus longues pour les pattes arrière.

— En fait, il s'agit d'un lièvre, rectifia Cullen.

— Pour sûr, il s'est affolé, fit observer Connla en

désignant des petits trous succédant à de plus gros, à l'endroit où le lièvre était parti d'un bond. (Il leva les yeux vers le ciel, plus sombre que jamais.) À quelle heure est-ce que la nuit tombe ?

— Oh, pas avant une éternité. (Cullen se passa une main calleuse sur le menton.) Bon, on se bouge ?

Ils montèrent plus haut. Le chien ne leur servait plus à rien ; Connla se fiait à son instinct, à son expérience en matière de cougouars – valable pour les léopards –, et à la connaissance du terrain de Cullen. Il n'était pas sûr, loin de là, qu'ils verraient quoi que ce soit, d'autant qu'il se pouvait fort bien qu'ils aient déjà croisé le fauve une demi-douzaine de fois. En outre, pour peu qu'il soit sous vent, le chien ne flairerait rien.

Au bout du compte, ils décidèrent de camper. Connla monta la tente alors qu'il se mettait à pleuvoir. Fidèle à sa parole, Cullen descendit deux lapins, qu'il écorcha et fit griller sur un petit feu. Le pitbull, lui, eut droit aux tripes.

— Vous savez y faire dans la nature, Chien d'Arrêt, reconnut Connla en mâchant une cuisse décharnée.

— Il y a intérêt. J'ai passé la moitié de ma vie ici.

Cullen sortit une flasque à gros bouchon d'argent dont il avala une bonne goulée avant de la passer à Connla qui en prit une gorgée – un peu gauchement.

— Buvez un coup, vieux. Allez-y.

Cullen lui tapa dans le dos de sa main aux ongles jaunis, puis il se mit à démonter son fusil. Après une nouvelle lampée de l'âpre whisky, Connla reboucha la flasque et regarda Cullen s'occuper de son arme. À l'évidence, il y tenait comme à la prunelle de ses yeux. Il avait vu beaucoup d'hommes dans les mêmes circonstances pour qui il n'y avait bien plus précieux que leur arme. Du reste, Connla avait été chasseur jadis, mais ayant remplacé, à l'âge de vingt ans, son fusil par un appareil photo, il n'avait rien abattu depuis sauf avec un pistolet à flèches.

À la lueur des flammes, le visage de Cullen prenait un aspect étrange, avec son crâne chauve, luisant, ses yeux noirs et vifs cernés d'ombres et son éternelle cigarette roulée entre les dents. Appuyé sur ses coudes, Connla contemplait le ciel lumineux où se découpaient les montagnes – pas très hautes certes, mais innombrables. Un terrain à cougouars idéal que cette région ! Voilà des fauves qui, disséminés autrefois dans tout le continent américain, étaient désormais confinés dans les États de l'Ouest. Pourtant, ils survivaient partout. Des Rocheuses à quarante degrés au-dessous de zéro aux déserts de l'Arizona et du Nouveau-Mexique. Ils s'adaptaient aux nouveaux environnements. Leur taille changeait en fonction de leurs conditions d'existence tandis que leur couleur allait du fauve au bleu-gris en passant par une gamme variée de rouges et de bruns. À la différence des léopards, ils avaient des pattes arrière beaucoup plus longues que celles de devant – l'idéal pour le terrain montagneux. En revanche, comme les léopards, ils lézardaient au soleil entre leurs chasses, léchant leur toison – une habitude hygiénique qui procurait un surcroît de vitamine D.

La pluie tombait moins dru sur la tente en Nylon. Connla sortit une cigarette de son paquet avant de le lancer à Cullen qui louchait dessus. Puis, oubliant son compagnon et le chien allongé sous le double toit de la tente, il songea à sa cabane nichée dans les collines de Keystone, à Washington, aux cours qui l'attendaient. L'instant d'après, le village de Lochalsh, le hameau de Gaelloch, Imogen occupèrent ses pensées. Durant toute la journée, concentré sur sa traque d'une bête insaisissable, il s'était laissé griser par les rares trouvailles, qui devenaient soudain moins importantes. Et ce n'était plus seulement parce que ça lui permettait d'éviter l'université qu'il était content de devoir prolonger son séjour en Écosse.

Connla secoua la tête pour s'éclaircir les idées, sans

réussir à dissiper l'image d'Imogen – la douceur de son regard sombre, l'éclat celte de son teint, l'incroyable cascade de ses cheveux noirs.

— À quoi pensez-vous, monsieur McAdam ?

Connla jeta un coup d'œil de l'autre côté des flammes. Cullen avait fini de remonter son fusil, posé sur ses genoux.

— Oh, je réfléchissais.

Allumant une cigarette, Connla souffla la fumée sur les braises et désigna l'arme.

— Vous avez l'air d'un brigand des Highlands avec ce truc sur vos genoux.

— Sauf qu'à l'époque, c'étaient des mousquets, monsieur McAdam rétorqua Cullen, les yeux plissés. Et il n'y en avait pas suffisamment. Après la bataille de Culloden, cette région a été nettoyée comme je vous l'ai déjà dit. Ces salauds d'Anglais encore et toujours. Vous avez vu l'histoire de la Prima Nocta dans le film *Brave-heart* ?

— Vous parlez du droit de cuissage de l'occupant anglais sur les nouvelles mariées écossaises lors de leur nuit de noces ?

— Ouais, tout est vrai vous savez, ça se pratiquait.

— À part ça, c'est un genre d'histoire que je connais bien. (Connla se redressa.) Aux États-Unis, les Indiens d'Amérique ont subi le même sort. On les a déplacés et obligés à s'installer ailleurs. On les a privés de leur langue, de leurs traditions, de tout un art de vivre.

— Ah bon.

— J'habite tout près de Pine Ridge, Chien d'Arrêt. C'est la réserve des Sioux Oglala, le coin le plus misérable des États-Unis à l'heure actuelle alors qu'il y a cent cinquante ans, c'était la plus puissante tribu de l'Ouest.

— C'est la vie, monsieur McAdam. La vie, la politique, la religion.

— Tout juste.

Connla s'interrompit. Oreilles dressées, le chien s'était relevé.

— Quelquefois, je pense... reprit Cullen.

Le doigt sur la bouche, Connla lui enjoignit de se taire. L'air était immobile. Il ne pleuvait plus et le vent bruissait à peine. Connla crut capter un bruit qu'il n'avait entendu qu'une fois auparavant, à la frange du désert de Kalahari. Persuadé être le jouet d'une illusion, il n'en prêta pas moins l'oreille. Et, l'entendant de nouveau, il frissonna. Cullen le scrutait :

— Qu'est-ce que c'est ?

— Chhhut.

Le vent se leva, puis retomba. Le pitbull, lui, restait dans la même position, ne flairant rien bien que le bruit ne lui eût pas échappé. Le silence était absolu. Croyant s'être trompé, Connla se releva à moitié. C'est à ce moment là qu'il l'entendit une troisième fois – à l'évidence ce n'était pas le fruit de son imagination mais une sorte de toux, enfin plutôt de grognement de cochon dans son auge.

— Vous aviez raison, Chien d'Arrêt, souffla Connla.

— À quel propos ?

— Du fait qu'ils se reproduisent. Vous avez entendu le grognement ? C'est une femelle léopard qui appelle ses petits.

20

Connla se réveilla avant Cullen, le cri de la femelle léopard dans la tête. Il avait rêvé qu'elle était venue le voir et qu'il la reconnaissait comme une amie de longue date. Tachetée, pas noire, elle l'appelait comme si c'était ses petits qu'elle rameutait, mais lorsqu'il avait voulu se précipiter sur le versant de la colline, ses pieds avaient glissé. Pendant un long moment, elle l'avait regardé en agitant sa queue à bout blanc d'un côté et de l'autre, puis un chien avait aboyé et elle avait reculé, les oreilles couchées.

Appuyé sur un coude, Connla fixa le pitbull avant de s'extraire de son sac de couchage. Il sortit de la tente en rampant. L'herbe, élastique, était trempée de rosée. Il installa le réchaud puis descendit au ruisseau. Une eau colorée de jaune giclait sur les pierres couvertes de lichen et projetait des galets orange et brun dans la tourbe. Connla se pencha pour remplir la gourde, savourant la chaleur du soleil levant sur son crâne. Puis, il s'interrompit, les yeux écarquillés.

Il venait d'apercevoir des empreintes toutes fraîches, à une quinzaine de mètres sur la rive boueuse. Il s'accroupit pour mesurer les implications de sa découverte. Car, outre les empreintes de la femelle léopard, il y en avait deux séries de plus petites. Nul doute décidément, les fauves se reproduisaient. La veille au soir, il en avait eu la preuve sonore, à présent il en avait une visuelle. Tout en se relevant, lentement, Connla réalisa que le mâle devait rôder quelque part. À l'ordinaire, les territoires des mâles et des femelles se chevauchaient et ici, vu leur petit nombre, ils devaient être vastes. Le plus grand domaine de cougouar qu'il ait relevé s'étendait sur environs trois cent cinquante kilomètres carrés dans la région de la Powder River au Wyoming. C'était celui d'un mâle. Il avait entendu dire par ailleurs qu'il en existait d'immenses en Idaho. Toujours est-il que, dans ce coin, le fauve avait pu délimiter par ses griffures et ses déjections une très vaste étendue.

Lorsque Connla retourna à la tente, Cullen se frottait les yeux. Il posa l'eau sur le réchaud, qu'il alluma.

— Vous voulez bien faire le café, Chien d'Arrêt. Il y a des empreintes dont je voudrais faire les moules.

Connla traversa le ruisseau sur des pierres de gué, veillant à rester à distance des empreintes afin de ne pas les effacer s'il trébuchait. Il disposa son matériel, mélangea du plâtre et mit les moules. Cullen se décida à descendre la pente et, franchissant le ruisseau, tendit une tasse de café au zoologue en le prévenant :

— C'est bouillant, attention de ne pas vous brûler les lèvres.

Connla posa sa tasse, il n'en avait pas fini avec les moules.

— J'ai trouvé des empreintes de petits léopards ici.

Les yeux mi-clos, Cullen lampa bruyamment son café.

— Ça pourrait être des chats sauvages.

— Vous parlez de ceux qui ont une queue à bout rond.

— Tout juste.

— Il n'y a pas la moindre chance.

— Et pourquoi ?

Sourire aux lèvres, Connla lui montra une grosse empreinte juste au bord de l'eau.

— Voilà où se tenait la maman.

Cullen le regarda étiqueter et emballer les moules puis prendre des photos sous tous les angles. Après avoir relevé l'endroit sur sa carte, photographié les points de repère adéquats sous tous les angles, Connla replia le trépied.

— S'ils se reproduisent, il doit y avoir un mâle, dit alors Cullen.

— Ouais.

— Il y en a des traces.

— Ce n'est pas possible, son secteur peut être énorme. Et il ne s'approche de la femelle qu'à la saison des amours.

— À votre avis, il a quelle taille ?

— Le papa ? À l'évidence, il est bien plus gros que la femelle. Je ne sais pas, il se peut qu'il pèse dans les soixante-dix kilos – plus peut-être, le gibier abonde.

— Et combien ça pèse un très gros ?

— Léopard ? Oh sans doute quatre-vingt-cinq kilos. Ils sont moins volumineux que les cougouars. J'ai vu des mâles pumas qui pesaient jusqu'à cent dix kilos. (Connla ramassa son café.) Les petiots ne sont pas encore bien grands, regardez la taille de leurs empreintes.

— Et alors ?

— Ma foi, il doit y avoir une tanière quelque part. Dites-moi, Chien d'Arrêt, où cacheriez-vous vos bébés si vous étiez une maman léopard ? demanda Connla avec un sourire.

Imogen peignait une huile de Redynvre tout en pensant aux pygargues à queue blanche. Elle se tenait dans son atelier, où la lumière entrait à flots non seulement par l'immense Velux au-dessus de sa tête, mais par les fenêtres orientée au sud vers les collines, au nord vers le loch. La veille, il avait plu avant qu'elle ne fasse son esquisse. En revanche, une fois arrivée près de l'endroit où paissaient les cerfs, le temps était redevenu calme. La jeune femme avait noté tous ces éléments sur son carnet de croquis posé sur une table, à côté d'elle.

Dans son atelier, Imogen travaillait toujours debout – a fortiori sur une toile aussi grande que celle-ci. Bien qu'elle ait décidé de commencer par le ciel – bleu pastel avec une nuance de gris, presque granuleuse –, où des nuages aux bords effilochés au premier plan s'amenuise-raient dans le lointain, elle s'était retrouvée en train de peindre une masse de rochers, à coups de lignes épaisses, tracées brutalement avec son couteau à palette. La jeune femme n'en revenait pas. Ce n'était pas son style. À l'ordinaire, elle abordait une toile par de gros blocs de couleurs, remettant à plus tard formes, lignes et détails. La moitié de son plaisir venait des idées que ce procédé faisait germer.

En tout cas, cette fois, elle s'y prenait autrement. Au pied du rocher, représenté avec une grande précision, elle avait introduit un personnage debout. Et c'est lui qu'elle examinait à présent, en proie à une étrange impression. On aurait dit que la main d'un autre avait tenu le pinceau et qu'elle voyait le résultat avec des yeux qui n'étaient pas les siens. Malgré le soleil qui inondait la pièce, la jeune femme se sentit glacée. Sans trop savoir pourquoi, elle pensa à Hugues de Montalembert, le peintre français devenu aveugle en 1982, à la suite d'une agression de deux voyous dans son appartement de New York où ils lui avaient balancé du décapant dans les yeux.

N'en pouvant plus, Imogen alla errer sur les berges du loch. De lointains cris de mouettes lui parvenaient confusément. Les bras derrière son dos, la jeune femme s'immobilisa. La brise moulait le coton de sa robe le long de sa jambe, faisant ressortir ses muscles. Pourquoi peindre un tel sujet maintenant ? Elle demeura long-

temps en face de l'eau ceinte de montagnes où se blottis-
saient quelques maisons. Le vent se leva. Les nuages
jouèrent à cache-cache avec le soleil, tandis qu'ombre et
lumière se disputaient le jour. Les yeux dans le vague,
Imogen pensa aux jours précédents, aux souvenirs
qu'avait réveillés un homme qu'elle venait de rencontrer.

Le visage de John Brady s'imposa à elle – ses yeux,
la courbe de ses sourcils, ses cheveux qu'on aurait dit
embrasés par le soleil. Elle avait son odeur dans les
narines comme s'il s'était trouvé à côté d'elle.

De retour dans sa maison, Imogen bricola, arrangea
les jetés des canapés, puis décida d'épousseter. Une fois
les meubles et le manteau de la cheminée nettoyés, elle
alla prendre la statuette sur le rebord de la grande
fenêtre. Un danseur des esprits. Voilà ce qu'elle avait
l'impression d'être en ce moment. Émotions et souvenirs
valsaient en elle comme une macabre danse des esprits.
Shoshone, avait précisé John Brady. Ou sioux. Un avis
qu'elle ne partageait pas. Vu la situation, à l'est de la
Salmon, il s'agissait plutôt des Nez Percés, la tribu du
père Joseph, qui avait failli atteindre le Canada avant
d'être, finalement, refoulée. Imogen passa un doigt sur
la plume d'aigle en revoyant le mâle des pygargues à
queue blanche – ses ailes en arrière, le reflet de ses
serres ouvertes dans l'eau. Elle remit avec précaution la
figurine en place.

Revenue dans son atelier, la jeune femme choisit un
pinceau et examina sa toile pour identifier le personnage
qu'elle avait intégré au rocher. Comme elle s'apprêtait à
barbouiller la tache noire, une idée soudaine interrompit
son geste. La jeune femme reposa son pinceau.

Connla et Cullen se dirigèrent vers la chaîne de Cai-
plich, au nord-ouest. Ils passèrent à gué la rivière Avon
d'où s'élevaient des pics de huit cents mètres, aux som-

mets encore enneigés. Cullen ouvrait la marche. Connla, qui lui emboîtait le pas, trouvait tout à coup que son sac pesait des briques. Cullen, son chien haletant sous la chaleur du soleil sur les talons, savait où il allait. Ils longèrent des crêtes, traversèrent des cuvettes boisées avant de retrouver un versant dénudé. Se fiant au soleil ainsi qu'à sa connaissance innée du terrain, Cullen n'utilisait ni boussole ni carte. Comme ils franchissaient une autre colline en suivant une piste de cerfs, bien tassée, Cullen s'immobilisa. Perdu dans ses pensées, Connla faillit lui rentrer dedans.

Cullen parcourait du regard une vallée qui s'étirait sur des kilomètres – énorme faille dans le terrain. On eût dit que deux géants venaient de s'y livrer une bataille à coups de blocs de pierre, vu la taille des rochers, dont certains atteignaient presque le mètre. Cullen montra du doigt l'un des plus gros, au pied de la colline.

— Voici le rocher du Refuge, il forme un *hawf* naturel.

— Qu'est-ce qu'un *hawf* ?

— Une maison. Un abri. Il y a une grotte sous le rocher. Il y a très longtemps, on a posé une porte et on y laisse en permanence du bois, des bougies. J'y ai passé plus d'une nuit de tempête.

Il s'assit sur une pierre plate en se roulant une cigarette tandis que Connla, debout, se protégeait les yeux du soleil.

— Dans le coin, les grottes et les cavernes sont innombrables, reprit Cullen. Moi, à la place d'une panthère je m'y terrerais avec mes loupiots.

Connla prit place à côté de lui. Outre les rochers, des fougères tapissaient la vallée où se dressaient des bouquets d'arbres qui formaient un sous-bois. Ils se trouvaient à une dizaine de kilomètres de leur campement de la veille – distance qu'une panthère parcourt sans mal – fût-ce encombrée de petits. Et si ces derniers étaient encore une proie facile pour les aigles, celle-ci devait y veiller, ne se déplaçant qu'à l'aube et au crépuscule, moment où les cerfs et autre gibier se nourrissent. À présent, ils devaient se dorer au soleil dans un arbre ou être tapis dans les fougères.

Cullen sortit le réchaud et fit bouillir de l'eau pour le thé. Il s'arrêtait environ toutes les heures à cet effet, comme s'il accomplissait un rituel muet. Connla n'en avait cure, d'autant qu'ils n'étaient tombés sur aucune trace ce matin et qu'il voulait réfléchir. Des cougouars, il en avait repéré sans piste et pas seulement au Dakota du Sud mais en Arizona, au Canada ainsi que dans les forêts de séquoias à la frontière de la Californie et de l'Oregon. Cougouars et léopards sont apparentés. Le cougouar est plus grand parce qu'il a évolué dans l'hémisphère occidental, tandis que l'hémisphère oriental est le domaine du léopard. Ce fauve que l'on trouve partout – d'Afrique aux jungles d'Asie du Sud-Est – s'adapte aux climats et environnements les plus contrastés. Ceux qui rôdaient en Angleterre avaient vécu en captivité, en outre, vu l'absence de prédateur, ils devraient être plus faciles à trouver une fois sortis des jupons de leur mère.

Au bout de la vallée, des mouvements retinrent l'attention de Connla, qui aperçut un groupe de chevreuils, accompagnés de leur progéniture dont la femelle léopard ne ferait qu'une bouchée. Du reste, en cas de nécessité, elle n'aurait aucun mal à s'attaquer à un cerf. L'hiver dernier, Connla avait vu Mellencamp traîner un élan de deux cent cinquante kilos sur une piste boueuse – de quoi flanquer une trouille bleue au promeneur zélé souhaitant sonder la glace du lac Sylvan ce jour-là.

Le fusil sur les genoux, Cullen coupa le bout de sa cigarette. Son visage avait beau avoir l'air sculpté dans la pierre, Connla avait l'impression de voir fonctionner les rouages de son cerveau.

— Cerfs, lapins, hermines, martres, belettes, fit Cullen, les lèvres tordues. Pourquoi s'en prendre aux agneaux, monsieur McAdam ?

Connla réagit par une grimace.

— Elle marque son territoire de façon visible en remuant la terre, les feuilles et en l'imprégnant de son odeur. Ainsi, une fois grands, les petits en connaîtront suffisamment les limites pour les franchir. Peut-être la ferme de McIntyre est-elle un repère, Chien d'Arrêt, et un repas facile d'accès lorsqu'elle est dans le coin.

— Quel âge ont les petits ?

— Deux ou trois mois, à mon avis.

— Est-ce qu'à titre d'exercice, ils pourraient avoir tué les agneaux ?

— C'est possible, mais j'en doute. (Connla termina sa tasse de thé avant d'ajouter :) Enfin, il se peut que la mère ait chopé les agneaux pour qu'ils se fassent la main. Quand le sevrage est presque terminé, ça leur arrive de montrer à leurs petits comment ouvrir une carcasse et en déchiqueter la chair.

Ils se remirent en route sur le versant raide de la colline, en suivant une piste tracée par le cerf. Les légères empreintes, ourlées de terre, faisaient penser à de minuscules pas dans la neige. Au moment où ils atteignaient un plateau au sol bourbeux, Connla tomba par hasard sur des empreintes toutes fraîches à l'abri d'un grand rocher où se trouvait une mare d'eau fétide. Le soleil n'y parvenait pas, aussi l'herbe ne s'étendait-elle pas jusque-là. On distinguait nettement les traces des deux pattes avant de la mère dans la boue, autour de l'eau grise où elle s'était penchée pour boire. Connla sentit ses cheveux se dresser sur la tête.

— Elles sont toutes fraîches, déclara-t-il.

Cullen appuya la truffe de son chien dessus.

— Allez, mon vieux. Flaire.

— Il vaudrait mieux le garder près de vous, Chien d'arrêt, lui recommanda Connla. Si on tombe sur les petits, il est assez gros pour les massacrer.

Cullen lui lança un regard torve.

— Vous voulez les trouver ou pas ?

— Bien sûr que oui, mais pas morts.

Les deux hommes se mesurèrent longuement du regard. Puis, appuyé sur son fusil, Cullen grommela.

— Le clebs, c'est mon affaire, monsieur McAdam, faites-moi confiance.

— Bien entendu. Mais à votre avis, que ferait-il s'il les trouvait ?

— Il m'obéirait au doigt et à l'œil, comme toujours.

Cullen n'avait pas terminé sa phrase que le chien fila comme une flèche en jappant. Connla le suivit des yeux puis fixa Cullen, qui prit son fusil dans sa main gauche. Ils s'élancèrent à sa poursuite. La piste des cerfs grimpait à flanc de coteau à présent, s'éloignant de la vallée en traçant une courbe. Le pitbull, qui y galopait, disparut au moment où les deux hommes arrivaient à un tournant. Connla courait plié en deux sous le poids de son sac. Cullen, lui, ne portait rien, et se déplaçait très vite pour un homme de son âge. Le zoologue, qui se retrouva à la traîne, dut ralentir davantage pour prendre appui sur le versant car la colline s'incurvait, devenant escarpée – un à-pic presque – au bout du sentier. Un aboiement retentit devant lui. Fléchissant les genoux, Connla força l'allure.

Le chemin réapparut, bordé à gauche d'un terrain schisteux, à droite d'une côte abrupte. Connla baissa la tête pour passer sous une saillie rocheuse et quand il la releva, il vit Cullen planté au milieu du chemin, les yeux tournés vers le pied de la colline. Suivant son regard, le zoologue aperçut l'arrière-train du chien coincé entre deux roches avant d'entrevoir un éclair jaune et d'entendre des cris aigus de chats de gouttière en train de se bagarrer. Le vent ne soufflait pas, aussi la vallée faisait-elle caisse de résonance. Connla attrapa ses jumelles. Il y eut un nouvel éclair. Puis un petit léopard tacheté, acculé par le pitbull contre un rocher, apparut au premier plan. Le zoologue apostropha Cullen.

— Rappelez votre chien, Cullen. Immédiatement !

Pétrifié, Connla, photos et appareil oubliés, ne pensait plus qu'au petit léopard que le chien allait mettre en pièces.

Il y eut alors un éclat noir, suivi d'un feulement tandis que le pitbull basculait tête la première. L'espace d'une seconde, Connla distingua un entremêlement de pattes, puis le chien qui se relevait en hurlant. Bien que dressé à l'attaque, il n'avait aucune chance. La panthère lui donna un violent coup de griffes et lui déchira le flanc. L'instant d'après, elle serrait dans sa gueule la gorge du chien inerte, qui ballottait comme une poupée.

— Salope !

Cullen regarda le pied de la colline. Plaqué au sol par la panthère, son chien agonisait. Il avait épaulé son fusil. L'œil dans le viseur, il appuyait déjà sur la gâchette.

— Non !

Connla se précipita. D'un geste brutal, il releva le canon. L'écho du coup qui partit se répercuta sur les rochers cependant que la panthère, laissant tomber le pitbull, entraînait ses petits à couvert.

La culasse avait heurté le nez de Cullen. Ses doigts se couvrirent de sang quand il le toucha. Après avoir longuement fixé Connla, il lâcha.

— Ça, vous allez le regretter.

— Pour l'amour du ciel, vieux. Qu'est-ce qui vous a pris ?

Cullen se tapota le nez avec le bout de son pouce.

— Je vous avais prévenu de le tenir en laisse. La mère a protégé sa progéniture, Chien d'Arrêt. Qu'espériez-vous ?

Cullen cracha un glaviot sanguinolent.

— M'occuper de mon chien, répondit-il calmement. Et sûrement pas qu'un cinglé d'Amerloque s'interpose.

Comme il glissait une cartouche dans la culasse, Connla baissa les yeux sur le fusil.

— Vous comptez me descendre maintenant ? (Le zoologue lui tourna le dos.) Fichez-moi la paix, Cullen. Et allez au diable tant que vous y êtes !

21

Ils retournèrent à la ferme de Corgarff. Cullen ouvrait la marche. Le dos raide, muet, il portait le corps brisé du pitbull dans ses bras. Connla, qui avait minutieusement examiné le terrain, n'avait pas trouvé trace de la panthère ni de ses petits dans les broussailles déchiquetées et rougies. L'attaque avait eu la férocité qu'on pouvait attendre d'une mère protégeant sa progéniture. Le sang avait violemment giclé sur les rochers. Cullen avait enveloppé le cadavre dans une chemise militaire sortie de son sac. Quant à la suggestion de Connla d'enterrer le chien sur place, elle n'avait rencontré qu'une fin de non-recevoir abrupte. À présent, il avançaient d'un pas vif en s'éclairant avec la torche de Cullen.

À la ferme, Cullen insista pour mettre le chien dans la Land-Rover. Et c'est dans un silence pesant qu'ils firent le trajet jusqu'à Tomintoul. À peine arrivé, Connla, éreinté par les efforts de la journée, prit une chambre, se doucha et se coucha sur-le-champ. Cullen, lui, après avoir fourré le corps de son chien à l'arrière de sa camionnette, s'installa au bar et but avec le patron. À une heure avancée de la nuit, ce dernier, au bout d'un énième bâillement, déclara forfait.

— Bon, Harry, je vais pioncer. N'oublie pas de fermer la porte à clé avant de t'en aller.

Cullen fit glisser son verre sur le bar pour se servir une dernière rasade de whisky.

Le patron parti, Chien d'Arrêt s'attarda – fumant, picolant, ruminant sa déconfiture. Depuis onze ans, il suivait attentivement les manifestations des fauves. Depuis onze ans, il s'échinait à en découvrir un afin d'être l'homme qui l'attraperait ou l'abattrait et apporterait ainsi la preuve incontestable qu'ils rôdaient dans le pays. Depuis onze ans, il se complaisait à imaginer les articles de journaux, le livre qu'on ne manquerait pas d'écrire sur sa vie, les émissions de télé et de radio qu'on lui consacrerait ! Et toutes ces années de travail assidu, passées à dénicher les sites, à vérifier empreintes et carcasses sur les lieux de carnage, étaient fichues par terre à cause de cet échalas d'Américain débarqué avec ses grandes idées, ses maudits appareils photo et ses vingt ans d'expérience avec les pumas ! Par-dessus le marché, la mort de son chien sonnait le glas de ses chances de tirer sur une panthère, tandis que les cent livres de McAdam étaient dérisoires au regard de la valeur de mille livres du pitbull qu'il venait de perdre, sans compter qu'avec la législation actuelle il n'était pas prêt de le remplacer.

Cullen termina son whisky. Puis, grimpant sur le bar, leva son verre vers les bouteilles alignées et s'en resservit un double qu'il vida d'un trait. Comme il remettait ça, un début d'idée germa dans sa caboche. Abandonnant son verre sur le comptoir, il sortit en veillant à ce que la porte ne se referme pas derrière lui. Un peu titubant, il prit ses clés de voiture dans sa poche. Clignant des yeux sous le clair de lune, il défit les courroies du sac en toile qu'il avait balancé sur le siège avant de sa VW lorsqu'il y avait transféré le chien de la Land-Rover de McAdam et se mit à y fouiller. Après avoir palpé ses vêtements, le bidon froid du réchaud, il sentit

– enfin – un bout de toile cirée. Sourire aux lèvres, il le tira du sac. La portière de la voiture une fois fermée, il la tint entre ses deux mains avant de l'enlever ; on aurait dit qu'il pelait une banane. À la lueur du lampadaire de la rue, le métal bleu étincela. Croyant entendre un bruit, Cullen sursauta : un policier habitait de l'autre côté de la place.

Immobile, il tendit l'oreille. Il s'était trompé, il n'y avait personne. Alors, d'un œil de connaisseur bien qu'embrumé d'alcool, il regarda le revolver. C'était un souvenir des abattoirs dont il se servait si son fusil s'enrayait ; il l'avait fait immatriculer à l'époque où, compte tenu de la réaction excessive du gouvernement après le massacre de seize enfants par un forcené à Dunblane, il avait fallu rendre tous les pistolets. Personne ne savait qu'il possédait ce Magnum calibre 357 – genre d'arme qu'on voit dans les films américains. Tout en le soupesant, Cullen réfléchit aux choix qui s'offraient à lui.

Connla dormit d'un sommeil agité. Il rêva d'abord d'Imogen, qui le dévisageait de ses yeux sombres, d'un air interrogateur. Puis d'une femelle léopard, noire cette fois, et sans petits autour d'elle. Il sentait son haleine chaude et entendait le cri rauque qu'elle retenait dans sa gorge. Elle avait les babines retroussées, des moustaches tombantes et la gueule plissée d'un mâle flairant une femelle en chasse. Puis une silhouette humaine floue apparut dans son rêve. Elle ne tarda pas à s'estomper et il ne resta que la femelle léopard devenue, tout à coup, la copie conforme de Mellencamp, ayant le regard de cette dernière lorsqu'elle déboulait dans sa bicoque à l'aube. Petit à petit, elle disparut. En revanche, les petits tas de feuilles qu'elle avait amassés et couverts de déjections pour marquer son territoire charriaient son odeur tandis que la menace d'un mâle nomade planait sur ses petits. Mais elle n'en avait pas. Et si pourtant. D'une couleur fauve, tachetés, ils avaient le dos strié d'une ligne noire comme les lionceaux d'Afrique. Le mâle allait les tuer pour que Mellencamp soit de nouveau prête à s'accoupler. Elle n'avait nulle part où les cacher. Le mâle avait des jambes ; un canon de fusil lui tenait lieu de bouche.

Avant l'aube, Connla se réveilla avec l'idée fixe de retourner à Lochalsh.

Sans hésiter, il enfila son jean, déroula les manches de sa chemise et laça ses chaussures. Ayant réglé la note de sa chambre la veille, il sortit en refermant doucement la porte. Le jour commençait à poindre et des traînées de grisaille lacéraient l'horizon. Connla vit d'abord la camionnette de Cullen, puis ce dernier en train de ronfler, vautré derrière le volant, le visage appuyé sur la fenêtre. À côté de lui, il y avait son sac et le fusil, dans son étui à présent, était posé sur ses genoux. Le zoologue examina les traits grossiers de cet homme vieillissant : il avait le front couvert de crasse, une barbe de deux jours au moins. Décidément, depuis le premier jour, ce type ne lui plaisait pas.

Connla fit démarrer la Land-Rover et contourna lentement la place. Il fallait prendre la direction du sud-ouest pour aller à Gaelloch. Cela dit, il ignorait ce qu'il y ferait. Évidemment, une partie de son passé l'y attendait. Il y avait des paroles à prononcer, des choses à régler, mais son faux nom de Brady lui laissait encore moins de chance de saisir cette occasion. Et Connla de se rappeler Imogen de l'autre côté de la table au bar. Chacun de ses traits s'était gravé dans sa mémoire. La jeune femme n'avait gardé que ses yeux de petite fille – plus grands et plus sombres peut-être, mais toujours de la même forme. Il avait de surcroît l'impression de sentir encore son parfum, comme si elle avait envahi son âme en quelque sorte et détenait un part de lui, qu'il devait récupérer. Bien qu'il n'eût aucune idée sur la manière de l'aborder, il lui fallait la revoir.

À cheval, Imogen longeait Tana Coire. Atholl Mc-Kenzie et ses ouvriers se profilaient dans les parages. Pliés en deux, ils taillaient les rondins de pin pour en fabriquer une table. C'était facile d'imaginer les pêcheurs de l'année prochaine avec leur attirail – cuissardes, parapluies, boîtes d'appâts, filets et barbecues – ainsi que les boissons que disposerait McKenzie. La jeune femme ferma les yeux. La morsure du vent lui tira des larmes. Voilà qu'une fois de plus l'image du pygargue à queue blanche planant au-dessus du loch lui traversait l'esprit. Ses serres se reflétaient dans l'eau noire tandis que ses ailes rabattues formaient six doigts magnifiques pour repousser le vent.

Imogen leva les yeux : McKenzie l'observait, ses ouvriers aussi. Impuissante, elle les évita du regard et fixa les arêtes rocheuses. Ils l'avaient battue sans qu'elle se doute qu'il y avait compétition. On avait tué ou effrayé les aigles, détruit leur nid avant qu'elle n'ait débarqué à la ferme de McKenzie avec Johnson. Et ils n'ignoraient pas qu'elle en avait conscience. De toute façon, il n'y avait plus moyen d'agir. L'un des hommes agita la main tandis qu'un sifflement admiratif déchirait le silence, affolant Keira qui se cabra à moitié en hennissant. Imogen lui fit faire un brusque demi-tour et fila, au galop.

Elle rentra par la vallée de Leum Moir. Depuis le début de la matinée, il tombait une de ces pluies fines d'été qui lustre l'herbe et la rend grasse à souhait pour les cerfs, lesquels s'en gavent en prévision de l'épuisement que provoqueront leurs futurs accouplements. À cette époque de l'année, les gros mâles montaient presque sur les sommets tapissés d'épaisse bruyère humide qui effleuraient les nuages. Imogen conduisait son cheval d'une main, laissant l'autre pendre sur le côté à la manière des cow-boys. Le contact du pommeau contre son pelvis n'avait rien de déplaisant. Il faut admettre que sa selle était plus rembourrée, plus compacte et mieux adaptée à son corps que les anglaises. Imogen avait investi dans celle-ci, conçue pour les bouviers d'Australie et de Nouvelle-Zélande parce qu'elle montait souvent et loin. La jeune femme avait d'ailleurs dû la renvoyer deux fois au magasin des rives du lac Wakatipu où elle l'avait commandée, avant qu'elle ne soit bien adaptée au dos de Keira.

Imogen se mit à grimper. Les pattes du poney s'enfonçaient moins profondément dans l'herbe cependant que la vallée cédait la place à des flancs de coteaux. Couleur de sable, le sentier serpentait en lacets de plus en plus rapprochés à travers broussailles et fougères. Lorsque Imogen sortit de l'abri d'un bosquet d'arbres, le vent la happa de plein fouet. Il pleuvait plus fort, mais elle rabattit le grand bord de son chapeau sur son nez. Enveloppée dans son long ciré, elle n'avait pas froid, d'autant que les flancs de Keira entre ses jambes étaient couverts de sueur. Imogen se dirigea vers le sud, traversa la rivière Leum et coupa entre les montagnes. C'était moins abrupt à présent, plus facile pour le poney qui, au reste, n'en avait cure. Il aimait être monté. En outre, les chevaux de sa race sont habitués à traîner bois, tourbe et autres charges sur des terrains infiniment plus accidentés que celui-ci.

Un aigle glatit au-dessus d'Imogen qui leva les yeux. Le bord de son chapeau les protégea de la lumière très blanche du ciel pommelé de nuages gris et crème. Scrutant l'horizon à la recherche de l'oiseau, elle finit par le surprendre en train de prendre son essor, loin au nord, tandis qu'un autre, plus petit le rejoignait. Prenant ses jumelles, Imogen chercha des marques sur le couple. Son cœur battit la chamade, car ils avaient le corps lisse et marron foncé, non pas rouille comme les aigles dorés. Tel un couple d'amants, ils s'élancèrent, les coups de vent s'infiltrant dans les interstices de leurs ailes. À la vue des plumes mouchetées de blanc de leur queue, Imogen sentit son pouls s'emballer.

Ils se rapprochèrent, progressivement, en décrivant des cercles de plus en plus bas. On eût dit qu'ayant aperçu la jeune femme, ils tenaient à signaler une communauté d'appartenance. Ils étaient si proches à présent qu'elle distingua les taches plus claires de leur poitrine. Imogen les contempla. Ils s'élevèrent une dernière fois avant de tourner dans le vent et de filer vers la mer. Et elle songea aux héros Gwrhyr et Eidoel de la légende d'Olwen, partis en quête de Mabon, fils de Modron.

Ainsi, ils arrivèrent sur les lieux de la demeure du Hibou de Cwm Cawlwyd et ils l'interrogèrent au sujet de Mabon.

« Si je le savais, je vous le dirais, répondit le Hibou. La première fois que je suis arrivé ici, cette grande vallée qui s'étire sous vos yeux était couverte de forêts. Mais la race humaine est apparue, et elle a arraché les arbres par les racines. Alors une deuxième forêt a poussé, puis une troisième. Pendant tout ce temps, je n'ai pas bougé d'ici, or je ne connais pas ce Mabon dont tu parles. » Et hérissant ses ailes, le Hibou ajouta : « Cependant, je vous guiderai, nobles envoyés du roi Arthur, vers la demeure de la plus vieille créature du monde qui connaît tout. Je vous guiderai vers l'Aigle de Gwern Abwy.

Imogen rentra sous un ciel clair où brillait un soleil qui réchauffait les plaques des affleurements rocheux. La chaleur se répandit aussi dans les os de la jeune femme convaincue que l'image du couple resterait à jamais gravée dans son esprit. Une fois dans le pré, elle dessella son cheval avant d'enlever le fumier de l'écurie. Keira se laissa étriller – flancs, crinière, queue – sans broncher. Ensuite, Imogen le libéra et s'abîma dans la contemplation de l'île de Skye, offrant son visage au soleil. Quand elle rentra chez elle, la jeune femme trouva l'Américain garé dans son allée.

Connla était déjà là depuis une heure. Il était venu directement, sans même songer à avaler un morceau ni à se chercher un toit pour la nuit. Ne voyant pas la Land-Rover, il avait fait demi-tour pour aller au pré. N'y trouvant également pas âme qui vive, il s'était décidé – après un long temps d'hésitation – à s'asseoir près de la grille à cinq barreaux. Mais après l'œil noir lancé par le type hirsute qui l'avait croisé, il était retourné l'attendre chez elle.

Le zoologue était venu sur un coup de tête sans prendre le temps d'élucider ses motifs. Coutumier du fait, il n'avait jamais eu à regretter d'avoir agi ainsi toute sa vie. Dans ce cas néanmoins, les doutes l'assaillaient. Il alluma une cigarette. À deux heures de l'après-midi, ça ne lui arrivait pas à l'ordinaire – à moins qu'il n'ait la tête à l'envers. Connla fixait le loch quand il entendit le vrombissement de la vieille camionnette consommant trop d'essence. Il la vit franchir le premier pont, disparaître dans les arbres, puis réapparaître sur le promontoire à l'arrière des maisons blanchies à la chaux. Crispé, il ne bougea pas. Il ne savait vraiment pas comment l'aborder. Mais la Land-Rover s'immobilisa. Et la jeune femme en sortit. Malgré ses gros godillots, sa salopette crasseuse, elle était d'une féminité qui lui coupa le souffle. Connla ouvrit sa portière et descendit de son véhicule. Souriante, Imogen le regarda.

— Bonjour, lança-t-elle.
— Salut.

Imogen sortit son barda de l'arrière de la camionnette. Ouvrant le chemin, elle s'avança vers la maison. L'espace d'une seconde, Connla resta immobile, attendant qu'elle le prie d'entrer, mais elle se contenta de lui jeter un regard par-dessus son épaule avec un nouveau sourire. Du coup, il la suivit dans la cuisine, où elle posa son sac avant d'aller mettre la bouilloire en marche.

— Que préférez-vous : une tasse de thé ou une bière ? lui demanda-t-elle.

— Du thé serait parfait, merci.

— Asseyez-vous.

Connla recula une chaise en bois de pin. Il enleva son blouson qu'il mit sur le dossier. Le soleil inondait la cuisine où dansaient des particules de soleil. Il y régnait une douce chaleur.

Imogen s'affairait devant l'évier. Connla remarqua la douceur de la peau de ses bras qui apparaissaient sous ses manches relevées. Elle se lava les mains. Puis, secouant ses cheveux – rideau noir lui masquant le visage –, la jeune femme se retourna et les rejeta sur le côté. Après quoi, elle s'essuya les mains tout en dévisageant Connla qui ne la lâchait pas des yeux, un soupçon de trac au ventre. Il ne s'agissait ni de peur ni d'appréhension mais de cette nervosité légère qu'on éprouve lorsqu'un être qu'on aime est concentré sur soi. Ses mains séchées, Imogen se détourna de lui. Plus que consciente du regard de Connla, elle sortit les tasses du vaisselier. Puis elle y mit les sachets de thé, versa l'eau bouillante, prit le lait et le sucre et disposa le tout sur la table.

La gorge nouée, Connla continuait de l'observer. Avec un petit sourire aux commissures des lèvres, elle leva le lait. D'un mouvement de tête, il acquiesça.

— Du sucre ?

Il fit de nouveau signe que oui. Des petites pattes d'oie commençaient à se dessiner au coin des yeux de la jeune femme ainsi que les rides du rire autour de sa bouche. Après avoir repoussé ses cheveux qui lui retombaient sur le visage, elle lui lança un coup d'œil.

— Qu'est-ce qui vous amène ?

— Vous.

Décontenancée, Imogen interrompit son geste. Ce

fut avec des yeux fuyants qu'elle finit par la poser devant lui.

— Pourquoi ?

— Je l'ignore. Ce matin, je me suis réveillé avant l'aube, avec cette idée en tête.

Toujours sans le regarder, elle avala une gorgée de thé.

— Où étiez-vous ce matin ?

— À Tomintoul.

— C'était réussi ce voyage ?

— Oui et non.

Imogen le fixa alors d'un regard calme et pénétrant. Il avait le front creusé de rides dont un fin réseau entourait ses yeux qu'on aurait dits de cristal vert et ses cheveux lui effleuraient les épaules. Des veines saillantes s'entrecroisaient sur ses mains – l'ongle de l'index de la droite était cassé. Enfin, les poils de ses avant-bras s'échappaient de la manche de sa chemise.

— En fait, je pistais une panthère qui a tué un mouton à Cock Bridge.

— Vraiment ? fit-elle, abasourdie.

Il opina du chef.

— Et vous l'avez trouvée ?

— Oui.

— C'est une plaisanterie !

— Pas du tout. Une femelle noire avec ses petits.

— Alors, vous êtes sérieux.

— Tout ce qu'il y a de sérieux. D'ailleurs, je voulais en prendre une photo pour prouver qu'il y a des fauves en liberté en Angleterre.

— Vous l'avez fait ?

Connla fit un signe de dénégation puis se mit à lui raconter son entretien avec la SPA écossaise, sa rencontre avec Cullen ainsi que leurs pérégrinations. Les pointes de cheveux d'Imogen qui se penchait en avant effleuraient la table ; Connla dut lutter pour ne pas céder à l'envie de les caresser, d'y enfouir son visage, de s'imprégner de leur odeur.

— Qu'est-ce qui s'est passé ?

— On a trouvé la panthère. Enfin, le pitbull de Cullen plutôt.

En trois mots, Connla résuma les faits pour Imogen qui le scrutait ; la main qu'elle avait posée sur la table tremblait légèrement – ce récit faisait écho à sa récente expérience. Connla se redressa sur son siège en se tiraillant une mèche.

— Oh, je suis navré. Je ne sais pas ce qui me prend de vous raconter tout ça.

— Mais je vous en prie, le rassura-t-elle avec un sourire, l'encourageant à poursuivre.

— Bref, comme il m'a fallu empêcher Cullen de tuer la panthère, je n'ai pas pu la photographier, soupira-t-il avant d'ajouter : Mais j'y pense, j'ai les moules des empreintes de pattes dans ma camionnette. Vous avez envie de les voir ?

— Volontiers.

Il se leva. Imogen le regarda s'éloigner à longues et souples enjambées, les cheveux flottant au vent. Ses épaules minces, ondulantes, n'étaient pas trop larges. Imogen ne perdit pas une miette de son dos où un pan de sa chemise godait et le reluqua tandis qu'il ouvrait la portière, se penchait pour attraper le paquet, se redressait. Une bretelle de sa salopette tomba lorsqu'elle s'appuya au montant de la porte et croisa les bras. Connla, qui se retournait, le surprit avant qu'elle ne la remette en place. L'intensité du regard d'Imogen qu'il avait senti posé sur lui quand il traversait le jardin le ravissait. De quoi lui réchauffer le cœur, lui donner l'impression d'être désiré et, surtout, compris. On eût dit qu'elle avait deviné son identité même si elle n'en avait pas encore pris conscience.

La jeune femme refit du thé pendant qu'il dénouait les cordons du vieux sac en toile. Au moment où il y plongea la main, son visage se figea.

— Qu'est-ce qu'il y a ? demanda Imogen en effleurant le bras du zoologue.

Comme il levait la pochette en plastique, la jeune femme s'aperçut qu'elle était bourrée de débris de plâtre. Connla se laissa lourdement tomber sur une chaise. On ne reconnaissait rien sur les moules, réduits en miettes.

— C'est le voyage à votre avis ? s'enquit-elle.

Secouant la tête, Connla inspecta le sac à la lumière ; Imogen se joignit à lui. Au même moment, ils distinguèrent les contours d'une trace de chaussure.

— Un coup de Cullen, déclara-t-il, le front plissé. Mais comment s'est-il débrouillé alors que je les ai gardées dans ma chambre toute la nuit.

— Où étiez-vous ?

— Dans un petit hôtel. Je n'ai même pas pensé à fermer ma porte à clé. Heureusement que mes appareils étaient ailleurs.

Connla les rangeait dans deux boîtes en aluminium. Il lui vint alors à l'esprit qu'il avait les photos des empreintes de pattes. Il consulta sa montre : il était presque quatre heures de l'après-midi.

— Imogen, savez-vous où je peux faire rapidement développer un film ?

— À Lochalsh. Je vous y emmène si vous voulez, répondit-elle, une lueur gentille au fond des yeux.

Ils s'y rendirent dans la Land-Rover de Connla.

— Vous pourriez retrouver la femelle léopard ? demanda-t-elle.

— C'est possible, mais ce sera très difficile. D'autant qu'après ce qui arrivé au chien, celle-ci sera encore plus insaisissable, soupira-t-il. Si je me planquais dans les parages du rocher du Refuge une semaine ou deux, j'arriverais sans doute à l'entrevoir. Le problème c'est que je ne dispose pas de ce temps.

La mort dans l'âme, Imogen demanda.

— Vous devez rentrer aux États-Unis ?

— Ouais, je crois bien, fit-il en lui coulant un regard de côté.

Connla conduisait la main gauche sur le levier de vitesse. Après l'avoir fixée, Imogen – comme inconsciemment – la recouvrit de la sienne. Il retint son souffle.

— C'était beaucoup plus important d'empêcher que le petit ne soit tué que de prendre une photo, fit observer la jeune femme. Vous savez qu'ils sont là-bas puisque vous les avez vus de vos yeux. Et mon petit doigt me dit que vous êtes capable de les retrouver.

— Je l'espère. (Il fronça les sourcils.) Sauf que les deux semestres dont je vous ai parlé approchent à grands pas.

Consternée d'une manière inexplicable, Imogen regarda le loch par la fenêtre.

— Il faut vraiment que vous rentriez ?

Connla enlaça ses doigts aux siens.

— Si vous saviez comme je le regrette !

Le rouleau de pellicules une fois déposé chez le photographe, ils allèrent dans une cafétéria qui dominait le lac, envahie par des touristes d'un car venant de Bournemouth. Assis en face l'un de l'autre, ils burent un café léger. Le crachin ne tarda pas à être remplacé par une pluie diluvienne qui finit par boucher la vue sur la mer et sur l'île de Skye. L'envie d'avouer la vérité à Imogen tenaillait Connla – plus le temps passait, plus ce serait difficile. Quant à la jeune femme, elle entreprit de lui raconter l'histoire des pygargues.

— Je les croyais morts, empoisonnés comme le faucon pèlerin. Or, il n'en est rien, conclut-elle avec un demi-sourire. En plus, même si ça a l'air idiot, j'ai eu l'impression qu'ils me cherchaient quand je les ai vus ce matin.

Le regard de Connla s'attarda sur les yeux éclairés de tendresse de la jeune femme.

— Pas du tout, dans la mesure où ils étaient si loin de la mer.

— Voyons, c'est une coïncidence ! protesta-t-elle en éclatant de rire.

— Pourquoi ça ? L'autre soir vous m'avez bien dit que Redynvre semblait toujours anticiper votre arrivée.

Haussant les épaules, Imogen but une gorgée de café.

— L'important c'est que McKenzie ne les ait pas tués. Peut-être vont-ils se reconstruire une aire sur des falaises au-dessus de la mer. Comme ça, il n'arrivera pas à y accéder.

Ils changèrent de sujet, passant à l'Écosse. Et Imogen ne put s'empêcher de lui confier qu'elle n'en pouvait plus des potins débilitants du village, des assiduités d'hommes tels que McKewan et Patterson.

— C'est vrai qu'ils vous courent après, ça crève les yeux. D'ailleurs, pourquoi ne vous êtes-vous jamais mariée ?

— J'ai failli, avec un jeune homme rencontré à l'université. Mais cela aurait été une erreur.

— Comment était-il ?

— Oh, je n'en sais trop rien au fond. Beau, j'imagine. Sérieux dans son travail, très conscient de sa valeur. Il était plongé dans l'informatique – à l'époque, ce n'était pas courant. À l'évidence, il a dû faire fortune depuis, épousé une jeune Londonienne et avoir les deux enfants de rigueur. Comme il se doit, vous voyez ce que je veux dire...

— Ne m'en parlez pas, fit Connla avec un profond soupir. La vie comme il faut. Je n'ai jamais pu y arriver.

— Moi non plus, pouffa Imogen. Peter était sans doute quelqu'un de bien, pas pour moi au demeurant. Quand on est jeune, on s'imagine que l'âme sœur se trouve facilement, mais cela ne se passe pas comme ça. Je suis contente de m'en être rendu compte à temps.

— À cause de quoi ?

Imogen fronça le nez.

— Ce n'est pas très clair. Peut-être à cause du golf du samedi matin, ou des soirées interminables qu'il passait devant son ordinateur, ou du système bancaire dont il ne cessait de me rebattre les oreilles.

— Et vous, vous étiez plongée dans votre peinture ?

— Ou dans la sculpture. En tout cas, j'essayais de créer. Ne vous méprenez pas, je ne critique pas ce qu'il faisait, sauf que c'était si différent ! Au fond, ça me paraissait sans âme.

Connla posa ses coudes sur la table.

— Je comprends parfaitement. Alors que la plupart de mes contemporains ne s'occupaient que du droit des entreprises ou de Wall Street, moi je n'étais concerné que par la merde des lions de montagne.

— Comment en êtes-vous arrivé là ? Au sens figuré s'entend.

— Je l'ignore. Il me semble que leur indépendance me fascinait. Ce sont presque les seuls à avoir résisté au rêve américain, Imogen. Un jour, j'en ai trouvé un blessé sur la route et j'ai réussi à le sauver. C'est une femelle qui s'appelle Mellencamp. La voici.

Et Connla d'extraire une photo de cougouar de son portefeuille. Imogen la regarda. On ne voyait que sa tête avec ses yeux jaunes, ses babines blanches et ses oreilles noires à pointes blanches.

— C'est un superbe animal !

— N'est-ce pas. Elle se prend pour la reine de la montagne.

— Elle est apprivoisée ?

— Absolument pas. Mellencamp est sauvage, mais elle me rend visite de temps à autre. Comme je ne ferme pas ma porte à clé à Keystone, il m'est souvent arrivé d'être réveillé par des coups de langue rugueuse. Elle estime m'honorer de sa présence, mais, si l'envie l'en prenait, elle me tuerait sans scrupules.

— La plupart des gens portent la photo de leur femme, d'une petite amie ou de leurs enfants sur eux, fit alors observer Imogen. Vous êtes le premier homme que je rencontre qui en a une d'un lion de montagne.

Connla la lorgna.

— À votre avis, il faudrait que je consulte un psy ?

Les yeux dans les yeux, ils s'esclaffèrent. Puis Connla lui demanda à quel âge elle avait rompu ses fiançailles.

— Vingt-trois ans.

— Vous me surprenez. À l'ordinaire, on ne songe pas à chercher l'âme sœur à cet âge-là, on se soucie plutôt de fonder un foyer et d'avoir des gosses. C'est une idée qui germe plutôt à la maturité me semble-t-il.

— Au bout de longues années d'introspection, c'est ça ?

— Je crois. Mais enfin qu'est-ce que j'en sais, hein ? Moi, le mec qui balade une photo de cougouar dans son portefeuille.

Sensibles soudain au brouhaha des personnes âgées autour d'eux ainsi qu'à la pluie qui tambourinait sur les fenêtres, ils se turent. Connla jeta un coup d'œil à sa montre.

— Les photos vont être bientôt prêtes.

Sur ces mots, il plongea ses yeux dans ceux de la jeune femme, où il capta le reflet de son visage pour la deuxième fois de sa vie. L'espace d'un instant, il se retrouva en Idaho, assis sur un rondin la tête entre les genoux, avec la petite Imogen au teint mat, à la sombre tignasse emmêlée, une vieille couverture jaune jetée sur l'épaule, à côté de lui.

— Vous avez réservé un chambre dans un hôtel ?

— Pas encore. (Un silence gêné tomba.) Je m'en occuperai sur le chemin du retour.

Ils allèrent chercher les photos qui s'avérèrent excellentes. Toutefois, Cullen n'en authentifierait pas les données géographiques, et les paysages qu'avait pris Connla pouvaient être situés n'importe où. Qui plus est, vu le nombre de photos de moules trafiquées, on aurait beau jeu de crier à l'imposture. Au diable ce salaud qui avait piétiné les moules ! Comme si elle avait perçu sa déconvenue, Imogen lui demanda.

— Il n'y a rien à faire ?

Avec lassitude, Connla haussa les épaules.

— Je présume qu'il n'existe pas encore de loi interdisant ce genre de forfait.

Ils rentrèrent en silence. Le sentiment d'échec accablait Connla, d'autant qu'il s'était mis dans une situation compliquée. Il en était presque à regretter d'être entré dans la boutique de Dunkeld. Toutefois, reprenant conscience de la présence d'Imogen, il lui jeta un regard en coin et ses regrets s'envolèrent face au naturel de la jeune femme. Comme ils s'approchaient du château, il admira la couleur du loch – un vert très sombre –, l'étagement des collines déchiquetées de Skye et les méandres du chenal qui la séparait du continent.

— Où êtes-vous ? s'enquit la jeune femme avec douceur.

— Oh, je ne sais pas. Ici, j'imagine, sourit Connla.

L'hôtel se profila de l'autre côté de la courbe du pont, aussi ralentit-il.

— Voulez-vous que je vous dépose où est-ce que je vais réserver ma chambre d'abord ?

— Ça m'est égal. (Imogen s'interrompit un instant avant de demander :) Il vous reste combien de temps ?

— Quelques jours.

Ils n'étaient plus très loin du virage pour Gaelloch. Après une légère hésitation, Imogen se lança.

— J'ai l'intention de faire une autre balade dans les collines avec Keira, ça vous tente de m'accompagner ?

— Et comment !

Imogen ouvrit une bouteille de vin avant de se mettre à préparer le dîner. Resté debout, Connla l'observait. Elle s'était fait un chignon – longue natte de cheveux enroulée comme un serpent au sommet de son crâne. Il n'avait pas la moindre idée du menu et ne posa pas de question, content de la regarder évoluer dans la cuisine. La jeune femme, qui se déplaçait avec grâce, sans timidité, donnait l'impression d'être à l'aise dans son corps.

— Qu'est-ce que vous peignez en ce moment ?

Imogen lui lançant un regard perçant, il crut avoir commis un impair.

— Redynvre. (Elle se mordilla les lèvres.) Du moins, je crois.

— Ça m'a l'air intéressant. Je peux voir ?

Une lueur d'affolement dans les yeux, Imogen le fixa. Du coup, Connla leva la main.

— Oh, je vous en prie. Aucune importance. Je comprends très bien le dilemme de l'artiste et d'un travail en cours. C'est la même chose pour moi, si ce n'est que je me sers de pellicules.

La jeune femme n'avait jamais laissé personne regarder une œuvre inachevée. D'ailleurs, la seule pièce qu'elle fermait à clé lorsqu'elle hébergeait des gens, c'était son atelier.

— Réellement, je ne suis pas froissé, insista Connla avec un sourire rassurant.

— Mais non, cela m'est égal. Vous pouvez le voir si le cœur vous en dit.

Imogen l'emmena dans le vestibule. Sans qu'elle s'en explique la raison, elle désirait montrer à ce quasi-inconnu ce tableau qui, pourtant, la troublait davantage que ce qu'elle avait peint jusqu'alors. La jeune femme n'alluma pas les lampes de l'atelier encore éclairé par les dernières lueurs du couchant. Posée sur son plus grand chevalet, la toile, recouverte de mousseline, se trouvait à l'endroit où elle l'avait laissée, sa palette pas nettoyée à côté. Quant à ses pinceaux, ils trempaient dans un bocal d'essence de térébenthine qu'elle aurait dû vider depuis longtemps.

Aussitôt, Connla remarqua le contraste saisissant que cette pièce, dépouillée, formait avec le reste de la maison. Les murs étaient nus. Les trois fenêtres, dont un immense Velux qui perçait le toit, n'avaient pas de rideaux. Unique concession au confort : un lecteur de CD avec deux baffles reliés par des fils entortillés. Dans la pile de disques par terre, il repéra Otis Redding, Van Morrison, Mozart et *Madame Butterfly* de Puccini.

Assaillie par le doute, la jeune femme se tenait près du chevalet. Tout compte fait, avait-elle raison ? Jamais âme qui vive n'avait pénétré dans son atelier, pas plus, d'ailleurs, que du vivant de sa tante qui l'avait conçu – hormis Imogen petite fille bien sûr. Connla s'aperçut qu'elle baissait les yeux pour éviter son regard.

— Vous n'y êtes pas forcée, vous savez. Je le comprendrais vraiment très bien.

— Non, j'en ai envie.

Car ce n'était pas tant d'exposer une toile inachevée qui troublait Imogen mais le motif de ce désir. Quand elle plia soigneusement la mousseline, Connla découvrit les contours d'une montagne, l'ébauche d'un ciel ainsi qu'un amas de rochers noirs et gris. Imogen l'épia. Le visage impénétrable, les bras croisés comme un Indien, il n'exprima rien.

Connla scruta le tableau. L'importance qu'y attachait Imogen relevait du mystère pour lui. Au reste, pourquoi l'avait-elle laisser entrer dans cette pièce – un sanctuaire à l'évidence ? C'est alors qu'il remarqua la silhouette d'enfant incrustée dans le rocher. Un frisson le parcourut tandis qu'il se demandait si ce n'était pas une charade, si, sachant tout, elle n'avait pas cherché à le piéger pour lui mettre le nez dans son mensonge.

Bien que son visage fût resté de marbre, Imogen devina que Connla avait distingué la forme dans le rocher, même s'il n'en avait pas capté l'origine. Elle chercha néanmoins à s'assurer qu'elle n'était pas le jouet de son imagination.

— C'est loin d'être fini. Le cerf sera au premier plan, articula-t-elle.

Peine perdue, Connla jeta un coup d'œil au carnet de croquis ouvert par terre. On y voyait l'esquisse d'un cerf, la montagne, le ciel, puis une liste de couleurs et de nuances, autant de notes indéchiffrables sauf pour la jeune femme. Les yeux de nouveau tournés vers la toile, il la remercia de la lui avoir montrée.

Après le dîner, ils s'installèrent dans les canapés du salon devant la cheminée sans feu. Le soleil avait disparu, le vin aussi. Connla consulta sa montre.

— À quelle heure voulez-vous partir demain matin ?

— Tôt. Il faut que je mette Keira dans le van, et il y a une bonne heure de route jusqu'au loch Loynes.

— Cela vous ennuie qu'on prenne deux voitures ? Il est possible que je parte directement pour Londres de là-bas.

— Très bien, acquiesça-t-elle, le regard perdu dans la nuit envahissant la fenêtre sans rideau.

Connla s'assit au bord du canapé.

— Il vaut mieux que j'y aille.

— Pourquoi ne pas rester ici ?

Il la dévisagea.

— Ce n'est pas la peine de vous rendre à l'hôtel maintenant, d'autant qu'à onze heures du soir, il n'y aura sans doute plus de chambre.

Connla enfonça les doigts dans le canapé.

— Bien, j'ai un sac de couchage dans la camionnette.

— Parfait.

— Bon. (Il s'étira en bâillant.) Oh là là, je suis vanné !

— C'est normal, vous avez eu une longue journée.

— Sûrement.

— Je suis vraiment navrée pour les moules, ajouta Imogen en se levant.

— Ne vous en faites pas pour ça. J'ai tout de même pu les voir. Il y a des fauves qui se reproduisent dans ce pays. Pour peu que cela continue, votre gouvernement va devoir adopter une politique différente en matière d'environnement. Ce ne serait pas du luxe, à mon avis. Je vais chercher mes affaires, merci pour la bonne soirée, Imogen, conclut-il avec un sourire.

— Merci d'être revenu.

Sans céder au désir qui le tenaillait d'embrasser la jeune femme, Connla sortit. À son retour, elle n'avait pas bougé, mais le moment, lui, s'était enfui.

— Avez-vous envie de prendre un bain ? lui demanda-t-elle. Je n'ai malheureusement pas de douche.

— Demain matin, si vous n'y voyez pas d'inconvénient, je suis vraiment crevé.

— Dans ce cas, moi aussi. Sourire aux lèvres, elle jeta un coup d'œil au canapé. Vous croyez que vous serez confortable là-dessus ?

— Bien sûr. J'ai dormi sur toutes sortes de divans. Vous devriez voir ma bicoque de Keystone, on dirait un lit à baldaquin comparé à mon pieu.

— J'aimerais bien la visiter, votre bicoque.

— Eh bien... (Connla tendit la main et enroula une mèche d'Imogen derrière son oreille.) Un jour peut-être.

Lorsque la main chaude de Connla l'effleura, la jeune femme, les yeux fermés, y posa sa joue – contact fugace. Elle étouffa un bâillement.

— À mon tour d'avoir sommeil.

— À propos, ajouta Connla. Vous n'avez qu'un cheval, non ?

— C'est vrai. J'ai pensé qu'on marcherait et qu'on chargerait nos affaires sur le dos de Keira.

— Ça me va très bien.

Imogen s'avança vers la porte. Malgré son désir fou de l'embrasser, Connla sentit qu'une gêne les séparait. S'immobilisant, elle lança un regard en arrière et lui souhaita bonne nuit.

— Vous de même.

Connla alluma une cigarette dans l'obscurité. C'était le seul point lumineux, car la bougie posée sur la cheminée avait fondu. Il l'écouta bouger à l'étage. D'abord, brièvement, dans la salle de bains ; ensuite, dans sa chambre, qu'il n'avait pas vue mais qu'il visualisait d'après les bruits de pas au-dessus de lui. Et il l'imagina en train d'ôter sa salopette. Voilà qu'elle apparaissait en slip, révélant ses jambes bronzées. À présent, il la voyait s'asseoir, enlever ses chaussettes, puis sa chemise par la tête.

Assise nue devant la glace, Imogen passait la brosse dans ses cheveux collés de sueur. La tête penchée d'un côté, elle tira sur les racines tandis que les muscles de son cou saillaient comme des cordes. Obsédée par la présence de Connla au salon, elle observa ses mamelons dressés. Certes, la jeune femme n'avait pas entendu un son depuis qu'elle était montée, mais elle avait la certitude qu'il ne dormait pas. Sans doute n'avait-il pas bougé. Pourquoi ce geste de lui montrer son tableau ? Elle n'avait toujours pas de réponse. À l'évidence, la silhouette enfantine du rocher – semblable à une peinture rupestre d'une époque révolue où l'homme n'était qu'au seuil de son évolution – ne lui avait pas échappé. Or, il n'avait pas bronché. Peut-être avait-il trouvé la toile détestable ? À moins qu'il n'ait rien vu. À moins qu'il n'ait pas eu envie de l'interroger parce que le mystère s'éclaircirait lorsqu'elle aurait terminé son tableau. Seulement, il ne serait plus là pour le découvrir. Dans quelques jours, il retournerait aux États-Unis, et quelque chose lui soufflait qu'elle ne le reverrait pas.

Imogen posa sa brosse. Les deux mains à plat sur sa coiffeuse, elle fixa ses yeux sombres dans le miroir. Ils étaient, ma foi, empreints de mélancolie. Et d'abord que faisait-elle à l'étage alors qu'il se trouvait au rez-de-chaussée ? Pourquoi ne pas simplement lui demander de monter ? Pourquoi ne pas descendre ? Le souffle court, elle sentit un petit élancement à sa tempe. En ce moment précis, elle n'avait de plus grand désir au monde que d'aller le rejoindre, sans savoir comment le réaliser au demeurant. Toujours déshabillée, elle continua de se regarder puis, se levant, elle alla se camper devant la glace en pied, restant dans un clair-obscur car il n'y avait qu'une lampe de chevet d'allumée. Elle se mit de profil. L'un de ses seins disparaissait sous ses cheveux qui projetaient une ombre sur ses cuisses. Elle se voyait avec des yeux qui n'étaient pas les siens ; des yeux verts ; les yeux de ces félins qu'il aimait tant. L'envie puissante d'enfiler une chemise de nuit et de se faufiler en bas s'empara de nouveau d'Imogen. Dans quelques jours, tout redeviendrait comme avant. Ce serait la rentrée des classes et Patterson aurait tout le loisir de la poursuivre de ses assiduités sans l'éloignement des vacances. La vie reprendrait son cours, la solitude se réinstallerait. À l'instant où elle attrapait une chemise de nuit, la jeune femme entendit grincer le canapé du salon. Interrompant son geste, elle se mit au lit.

Étendu en caleçon sur le sofa, Connla avait laissé son sac de couchage déroulé par terre. Le parquet craqua dans la chambre. L'espace d'une seconde, il crut qu'une porte allait s'ouvrir et que des bruits de pas résonneraient dans l'escalier tandis que la rambarde gémirait sous sa main. Mais rien ne troubla le silence. Il se retourna sur le côté. Et son imposture se rappela à lui, réveillant un sentiment de culpabilité qui l'étrangla comme un énorme quignon de pain qu'il aurait eu en travers de la gorge.

22

Une voiture de police déboula sur la place de Tomintoul et se gara derrière la vieille camionnette VW.

— Regarde, c'est à Harry Cullen, dit Soames, l'un des flics, à son collègue qui conduisait. Qu'est-ce qu'il fabrique ici ?

— Qui est-ce ? s'enquit Gray.

Plus jeune que Soames, ce dernier avait les cheveux carrément rasés autour des oreilles.

— Un braconnier, entre autres. La plupart des gens le surnomment Chien d'Arrêt parce qu'il a toujours un pitbull avec lui ainsi qu'un espèce de faucon. (Soames ouvrit la portière.) Nos routes se sont croisées une ou deux fois.

Entrant dans le bar, ils tombèrent sur Cullen qui, le teint terreux, était juché sur un tabouret. Soames joua l'étonnement :

— Tiens, tiens, Chien D'Arrêt, quelle surprise !

— Surprise, tu parles ! maugréa Cullen.

— Le patron est là ?

— J'en sais rien. (Cullen tendit le pouce au-dessus de son épaule.) Allez voir là-bas.

Avant de pousser la porte de la cuisine, Soames, l'air réprobateur, lança à son collègue :

— Il n'y a rien de pire que de se saouler la gueule au whisky.

Il ne tarda pas à réapparaître accompagné par le patron qui s'essuyait les mains.

— Aucune homme ne fait le ménage chez moi, monsieur Soames.

Le menton appuyé sur la main, Cullen épiait leur conversation dans le miroir suspendu derrière le bar. Soames se gratta la tête.

— Il n'empêche qu'un mec nous a appelés.

— Qu'a-t-il dit exactement ?

— Qu'il avait trouvé un pistolet sous le lit de la chambre dont il venait de faire le ménage.

— Un pistolet ? répéta le patron, les yeux comme des soucoupes.

— Parfaitement, intervint Gray. Nous prenons ça très au sérieux, monsieur Buchanan. De nos jours, le port d'arme est interdit – ça va chercher dans les dix ans de prison.

Buchanan se passa la main sur son visage rougeaud aux traits épais. Il avait gardé le tablier de boucher qu'il mettait pour préparer le petit déjeuner de ses clients.

— Dans quelle chambre ?

— La numéro 3.

Tout en marmottant entre ses dents, Buchanan alla chercher le registre derrière le comptoir. Malgré le nombre restreint de chambres – neuf –, il ne se souvenait pas de leur attribution. En cette saison, les gens ne venaient que pour une nuit.

— Elle est vide. Le client qui l'occupait est parti aux aurores.

Soames huma l'odeur de lard qui s'échappait de la cuisine.

— Comment, sans petit déjeuner ? Je croyais que tes œufs au bacon faisaient partie des attractions du coin.

— Peut-être, mais c'est un Américain. J'imagine qu'il n'en avait pas entendu parler.

— On aimerait jeter un coup d'œil à la piaule s'il te plaît, fit Gray qui, la main tendue, réclama la clé.

Ils montèrent tandis que Cullen patientait. Des bruits de pas lui parvinrent aux oreilles ainsi que des bribes de conversation. La chambre 3 se trouvait juste au-dessus du bar. Il y eut d'autres piétinements, puis une exclamation étouffée qui lui arracha un sourire. Comme par enchantement, sa gueule de bois se volatilisa.

Les trois homme redescendirent. Soames tenait un revolver par le canon où il avait enfoncé un stylo bille. Cullen savait qu'il était chargé de six cartouches.

— C'est grave, disait Soames. Tu sais où on pourrait le trouver.

— Il n'a laissé aucune adresse, répliqua le patron.

— Même pas en Amérique ?

— Non. C'est vrai, j'aurais dû lui demander, mais il m'a réglé en liquide. En plus, Chien d'Arrêt l'accompagnait.

— Pas possible ! s'exclama Soames en lançant un regard de l'autre côté du bar. Dès qu'il y a un coup fourré, on est sûr de trouver Chien d'Arrêt. Explique-moi pourquoi ?

Cullen se trémoussa sur son tabouret et toisa le policier.

— Vot' bourgeoise se mêle de vos affaires, monsieur Soames ? Moi pas en tout cas.

Soames s'approcha de lui.

— Qu'est-ce que tu fichais avec cet Amerloque ?

— Je chassais le léopard si vous tenez à le savoir.

— Quoi ?

— Les fauves si vous préférez. L'autre jour, il y a eu un mouton massacré à Corgarff. Même vous, vous avez dû le voir à la télé. C'est un léopard qui a fait le coup. Un noir.

— Tu veux dire le Fauve d'Elgin ? le coupa Gray.

Cullen lui lança un regard méprisant.

— Non, je parle de la bête de n'importe où. Elgin n'est pas loin d'ici.

— Ces fauves n'existent pas, intervint Soames. Ce sont des fariboles pour touristes.

— Ah vraiment ! Ma foi, dites ça à McIntyre là-bas à Bridge, sans compter ma pomme, monsieur Soames ! Celui-là, je l'ai vu de mes propres yeux. D'ailleurs, allez donc regarder dans ma camionnette ; vous y trouverez mon chien égorgé.

Cullen lança ses clés au policier qui s'était tu.

— C'était une panthère. C'est à dire un léopard noir pour les analphabètes. Je l'ai vu tuer mon chien. Allez donc jeter un coup d'œil, insista Cullen. À propos, l'Américain est zoologue. Il s'appelle McAdam, et c'est la SPA qui lui a donné mes coordonnées.

— Ainsi, il cherchait des fauves ?

— Ouais. Et il avait besoin d'un guide qui connaisse le pays.

— Il avait une arme ?

Cullen retint son souffle.

— Je n'en ai aucune idée. Moi, en tout cas, j'en ai une.

— Celle-ci ? Soames lui montra le revolver.

— Non, mon fusil. J'ai un permis, monsieur Soames. Vous devriez le savoir vu le nombre de fois où vous m'avez demandé de vous le montrer.

— Je croyais que tu habitais le Perthshire.

— Qu'est-ce que ça a à voir avec le reste ?

— L'Américain t'a payé, n'est-ce pas ?

— Ouais.

— Combien ?

— C'est pas vos oignons.

— Mais si, tout l'est depuis Dunblane, Chien d'Arrêt. Est-ce que l'Américain portait ça sur lui ? demanda Soames en levant le revolver.

— Comment j'le saurais ?

— Est-ce que tu l'as vu sur lui ?

— Il ne portait pas de holster si c'est ce que vous voulez dire.

— Ne fais pas l'imbécile, Chien d'Arrêt, tu me comprends très bien.

Cullen haussa les épaules.

— Je n'en ai pas vu sur lui, mais c'est un Yankee et nous chassions le léopard. Moi, je ne jouerais pas à ce petit jeu sans mon fusil.

Sur ces mots, Cullen se retourna vers les bouteilles alignées au-dessus du bar tandis que Soames examinait le revolver.

— Il a un matricule au moins ?

— Sûrement. C'est interdit d'avoir des armes, comme vous venez de le dire.

Soames s'assit sur un tabouret le temps que Gray appelle le Service de recherches à la radio.

— C'est quoi son prénom ?

— Je ne sais pas, lâcha Cullen. Connor, Conroy ou quelque chose comme ça.

— As-tu une idée de l'endroit où on pourrait le trouver ? insista Soames, les yeux fixés sur Cullen.

— Aucune.

— C'est bon, mais ne t'évanouis pas dans la nature. On aura peut-être besoin de te poser d'autres questions.

— Voyons, où donc ai-je déjà entendu ça ?

Cullen les regarda se diriger vers la porte avant de les interpeller.

— Ça y est, je me rappelle. Avant de débarquer ici, il séjournait à Lochalsh, lança-t-il en se touchant le front.

Connla donna un coup de main à Imogen pour attraper Keira. Ensuite, la jeune femme alla chercher le bât à l'écurie. Du coup, il passa la bride au-dessus de la tête du cheval, qu'il calma en lui massant doucement l'encolure avant de l'emmener au van où il le fit entrer, l'appâtant avec une carotte. Après quoi, Connla et Imogen se mirent à deux pour arrimer la barre de remorquage dans le joint de la Land-Rover. L'état des phares une fois vérifié, elle sauta derrière le volant pour sortir lentement la remorque du champ. Il ne restait qu'à verrouiller la grille, puis Connla grimpa dans sa camionnette et suivit la jeune femme, qui se dirigea vers l'est. Dieu qu'il aurait aimé l'avoir assise près de lui et pouvoir poser sa main sur sa cuisse avec le naturel d'un amant !

Pour l'heure, il devait se contenter de rouler derrière elle. Étant passé dans la salle de bains après elle au petit matin, il avait, allongé dans la baignoire, humé avec délice le parfum des savons de la jeune femme tout en regardant ricocher les rayons de soleil. Au vrai, Connla adorait les salles de bains, du moins celles où l'on sentait une présence féminine. Trois énormes caoutchoucs en pot trônaient dans celle, spacieuse, d'Imogen, ainsi qu'un casier plein de vêtements repassés poussé contre le mur, tandis que des serviettes chaudes s'empilaient sur le radiateur. Il y avait d'autres plantes sur les rebords de la fenêtre et certains de ses petits tableaux décoraient les murs.

Arrivés dans la vallée, ils longèrent le loch Duich, grand et plan. Les montagnes se profilaient à l'horizon. Ils passèrent au-dessous des collines dites les sœurs de Kintail qui dominaient le lac au sud avant de s'engager dans le défilé encaissé de Glen Shiel. Au bout d'une heure, Imogen quitta la route ; ils ne tardèrent pas à se garer à l'abri de contreforts où l'eau venait se briser. Vu la faiblesse du vent, le ciel, clair, promettait un chaud soleil. Connla sauta de son véhicule pour aider Imogen à ouvrir le hayon arrière du van. Le froissement des vêtements de la jeune femme, son chemisier qui bâillait, révélant la naissance de ses seins, firent tourner la tête du zoologue, fasciné en outre pas ses cheveux lâchés, qui lui couvrirent la moitié du visage lorsqu'elle se pencha. Connla entra dans le van. Une fois la longe détachée, il fit reculer Keira, qui renifla en secouant sa crinière. Dès qu'il fut sorti, le poney hennit en direction du loch comme s'il y voyait les fantômes d'ancêtres noyés. Imogen l'apaisa avant de fixer le bât sur son dos. N'ayant pas l'habitude de porter des fardeaux, Keira l'observa avec intérêt.

Ils chargèrent la tente, les sacs de couchage et le matériel d'escalade de Connla sur le bât. Montrant la corde qu'il avait gardée avec lui, Imogen lui demanda :

— Vous avez l'intention de faire de l'alpinisme ?

— On ne sait jamais. Ça m'arrive aux États-Unis, surtout quand je poursuis des cougouars.

— Ils grimpent si haut que ça ?

— Bien sûr. Ce sont de bien meilleurs alpinistes que nous.

Ils se mirent en route. Connla remarqua qu'il lui faudrait regonfler un pneu de sa camionnette à leur retour. Imogen ne portait rien, alors qu'il était chargé de ses appareils photo équipés, respectivement, d'objectif de 300 et 180 mm. Il n'avait pas oublié de mettre son chapeau à larges bords et ne trouva pas désagréable que la jeune femme lui trouve une ressemblance avec Indiana Jones.

— Harrison Ford est bel homme, non ?

— Au dire de beaucoup, plaisanta-t-elle.

Le cheval les suivait, les rênes attachées au bât. S'il s'arrêtait pour brouter, Imogen se bornait à le siffler et il les rejoignait au trot. Connla marchait le soleil dans le dos. Le vent qui soufflait à travers les cols des montagnes lui rafraîchissait le visage. En l'absence de véritable chemin, Imogen s'éloignait du loch en se faufilant parmi crevasses et ravines. À mesure que la pente devenait plus escarpée, les couleurs changeaient tous les trente mètres tandis que l'air embaumait la bruyère à peine poussée. Apercevant une harde de cerfs sur la crête, Connla s'étonna :

— Je ne savais pas les cerfs si nombreux en Écosse.

— Il y en a trop. L'environnement ne peut les nourrir. Il faudrait réintroduire les loups.

— Vous croyez qu'on va le faire ?

— Avec les préjugés des fermiers ? Quand les poules auront des dents.

— À en croire la directrice d'une réserve au Minnesota que je connais, les gens ne sont pas contre. Là-bas, du moins.

— Je n'ai pas parlé des gens mais des paysans.

— Peut-être aurez-vous une bonne surprise. Au Montana, où la même chose est arrivée, les propriétaires des ranches ont fini par se laisser convaincre.

— Ma foi, ça me paraît peu probable, fit Imogen avec un coup d'œil un peu méprisant. À votre avis, ils laisseront les loups revenir si vous réussissez à prouver qu'il y a des fauves dans le coin ?

— Au temps pour moi, admit Connla, les yeux de nouveau sur la crête. Le cerf de vos toiles, il vit où ?

— Oh, partout. Par rapport à l'endroit où on se trouve, surtout au nord.

— Redynvre. Le cerf de Redynvre. Vous connaissez la mythologie celte ?

Une brin d'herbe entre les dents, la jeune femme continuait de marcher.

— Un peu. Suffisamment pour raconter des histoires aux enfants.

— C'est ce que vous faites à l'école ?

— Tous les après-midi. (Le cou rentré dans les épaules, elle ajouta avec un sourire :) C'est la dernière leçon, juste avant qu'ils ne rentrent chez eux – ils adorent ça.

— Je n'en doute pas. Ça doit les changer des phonographes à jetons.

Ils parcoururent quelques mètres, puis Connla lui demanda :

— Vous avez envie d'avoir des enfants ?

La main en visière pour se protéger les yeux du soleil, elle lui lança un regard en coin.

— Il m'arrive d'y songer. Cela dit, il faudrait d'abord que je leur trouve un père.

Connla éclata de rire.

— Sérieusement, j'y pense, reprit-elle. (Ils se reposaient sous un affleurement rocheux.) Mais cette aspiration est un peu comblée par ma fonction d'institutrice.

— En plus, vous rendez les élèves à leurs parents le soir...

— Ça aussi.

La jeune femme évalua le chemin parcouru entre les montagnes qui s'étiraient à perte de vue. Ils avaient grimpé peut-être cinq cents mètres et le vent s'était un peu levé.

— C'est plutôt isolé ici, fit observer Connla. Un type qui n'est pas habitué à ces lieux doit se paumer facilement.

— C'est fréquent. Il y a des gens qui se perdent été comme hiver. Les montagnes sont bien plus dangereuses qu'elles n'en ont l'air. La plupart du temps, il s'agit non d'alpinistes mais de promeneurs peu avertis.

— Vous avez des équipes de secours, non ?

— Naturellement. Des bénévoles surtout, soutenus par la RAF tout de même.

Connla balaya le paysage accidenté d'un œil habitué au relief des Rocheuses.

— Je suis sûr que ce doit être désolé en hiver.

Devinant apparemment ses pensées, Imogen sourit.

— Et comment ! Même si ce n'est pas aussi sévère que dans les Rocheuses.

— Vous connaissez les Rocheuses, Imogen ?

— Un peu. Bien sûr, j'étais petite mais j'ai vécu au Wyoming.

Le regard de Connla se perdit au loin.

— C'est vrai. Vous vous en souvenez ?

— Par bribes. (Les nuages qui cachèrent tout à coup le soleil noyèrent d'ombre le visage de la jeune femme.) Mon frère y est décédé.

Connla eut le sentiment qu'on lui transperçait la poitrine et qu'un étau lui comprimait les poumons. Il dut ouvrit la bouche pour exhaler. Imogen, elle, fixait le schiste argileux et ardoisier de la pente, à ses pieds. Le cheval renifla. Jetant un coup d'œil autour de lui, Connla aperçut un lièvre des montagnes couleur fauve qui, accroupi sur ses pattes arrière, se nettoyait les moustaches. Imogen suivit son regard.

— En hiver, leur pelage devient blanc. S'ils consentaient à rester tranquilles assez longtemps, j'en peindrais bien un.

— Comment votre frère est-il mort ? s'enquit Connla d'une voix douce.

Bien que son hypocrisie fût insupportable, il était obligé de poser la question. Sans répondre sur-le-champ, Imogen s'écarta des roches plates, et, immobile, baissa les yeux sur le sentier.

— Il s'est noyé dans la rivière Salmon. (Avec un regard presque sévère, elle lui demanda :) Vous la connaissez ?

— Oui. J'y ai pêché.

— Nous aussi, avec des amis de mes parents. La truite arc-en-ciel.

Connla suivit des yeux le lièvre qui s'éloignait en bondissant.

— Il y a des gens qui viennent de Saint Louis en avion pour les truites arc-en-ciel du bras est de la Salmon – le plus poissonneux de la région.

Ils se turent. Imogen se remit à avancer en sifflant. Keira leva la tête et lui emboîta le pas.

Comme ils montaient la côte, le soleil faisait de même dans le ciel. Connla observait le cheval, dont le pied, malgré son bât, était beaucoup plus sûr que le leur. Il en prit des photos, ainsi que d'Imogen qui marchait, tête basse, la chevelure flottant au vent.

À mi-chemin de la pente, la jeune femme s'arrêta et, sortant un élastique de sa poche, ramena ses cheveux

en arrière. Connla la contempla. Puis, à son insu aurait-
on dit, il lui entoura la joue de sa main. Les yeux clos,
Imogen tourna son visage vers lui. Il posa un baiser sur
ses lèvres. Elle ne bougea pas, les cheveux toujours dans
ses mains. Elle les lâcha. Il la serra contre lui, sensible à
la douceur de ses seins sur son torse. Elle se suspendit
à lui tout en laissant glisser une main sur son dos jusqu'à
la ceinture de son jean. Ils s'embrassèrent. Quand ils se
séparèrent, elle plongea ses yeux dans ceux de Connla.
Ni l'un ni l'autre n'ouvrirent la bouche, cependant qu'autour d'eux le chant silencieux des montagnes n'était
troublé que par Keira en train de paître.

La main dans la main, ils reprirent leur ascension
sans un mot. Il y avait la terre, les rochers, les traces de
cerfs sous leurs pieds, le cheval derrière eux et la clarté
du ciel au-dessus de leur tête. Le soir, ils s'arrêtèrent
pour camper près d'un ruisseau impétueux qui coulait
entre des touffes plates de bruyère avant de s'évaser en
un bassin aussi grand qu'une pièce d'eau artificielle. Le
doigt sur les lèvres, Imogen toucha le bras de Connla :
le museau en l'air, deux loutres humaient l'air. L'instant
d'après, elles avaient disparu sous l'eau.

Ils installèrent leur camp plus en amont. Connla
ramassa des branches pour le feu qu'il alluma sous les
yeux d'Imogen en y mettant juste assez de petit bois pour
qu'il s'enflamme sans faire de fumée. Non seulement ils
avaient apporté des provisions, mais aussi du vin. Ce fut
Connla qui prépara le repas pendant qu'Imogen, le carnet
de croquis coincé sur la hanche, dessinait au fusain le
soleil en train de s'éclipser derrière les montagnes.

Lorsqu'elle vint s'asseoir, la jeune femme remit un
peu de bois dans le feu.

— Comment s'appelle ce sommet ? lui demanda
Connla, montrant un éperon déchiqueté qui s'élançait,
au nord, entre les versants de deux collines.

— Le Devil's Rigg ou la « Crête du Diable ». Beaucoup de promeneurs s'y perdent. C'est qu'il est traître,

plein de crevasses et de ravins, dont certains ne se voient que d'avion.

— Pourquoi ai-je l'impression de le reconnaître ?

— Il y a un tableau qui le représente dans ma cuisine.

— Ah oui, avec une chèvre perchée au bord du précipice. J'étais sûr de l'avoir vu quelque part. Vous peignez très bien puisque je l'ai reconnu.

Il leur servit du vin. Après avoir goûté son ragoût, Imogen cligna des yeux sans pour autant renâcler à l'avaler. Éclatant de rire, Connla se contenta de grignoter sa part avant de jeter les restes aux loutres. Puis il s'allongea sur le dos pour contempler le ciel qui s'assombrissait.

— Il va se teinter de gris, lui affirma Imogen.

Elle alla s'agenouilla près de lui. Et, un bras posé sur son torse, elle regarda aussi le firmament. Ses cheveux cascadèrent sur le visage de Connla qui, les yeux fermés, s'imprégna de leur odeur. Il sentit ses lèvres effleurer les siennes. Quand elle se fit plus insistante, il découvrit sa langue, ses dents, l'odeur douceâtre de son haleine qui sentait le vin.

La jeune femme se redressa, ôtant son haut – une deuxième peau eût-on dit –, tandis que la lune se levait et que le vent expirait en un murmure. Un bras derrière la tête, Connla la regarda sans bouger. Lorsqu'elle fut nue, ses formes floues se détachèrent au clair de la lune comme une silhouette sur une photo sépia. Il ne distinguait que les contours de ses seins cachés par ses cheveux dont les pointes flottaient sur ses cuisses et ses genoux noyés d'ombre. Elle s'agenouilla de nouveau ; il sentit la douceur de sa chair contre lui.

Ils restèrent un long moment, nus, sur les sacs de couchage déroulés dans la bruyère. La tête sur la poitrine de Connla, Imogen traçait du bout des doigts des motifs sur sa peau, sans exprimer les émotions qui se bousculaient en elle. Quant à Connla, partagé entre la félicité et le désespoir de lui avoir menti, il était sûr d'être amoureux de cette femme. Oubliés la panthère, les photos, sa vie, sa carrière – seuls comptaient ce lieu, les étoiles et la chaleur de ce corps contre le sien.

— Regarde, lui murmura-t-elle.

Connla leva les yeux. Des lumières surgissaient au nord, des nuages à peine éclairés dessinaient des formes au faîte du monde.

Imogen s'appuyait sur lui. Femme comblée, elle écoutait les bruits si familiers de la nuit, consciente en même temps du moindre souffle qui soulevait la poitrine sous elle. Entendant le battement régulier de cette vie, la jeune femme brûlait du désir de plonger le regard dans les vasques des yeux de Connla et d'y saisir son image. Elle espérait s'y voir toujours. Cet homme, elle le connaissait parfaitement. Sans savoir comment. Il s'agissait peut-être d'une intuition venue d'une vie antérieure. Après tout, personne n'avait dissipé le mystère de l'au-delà. Elle serait volontiers morte ici et maintenant. Elle aurait accepté de s'endormir pour toujours dans la chaleur de cet homme. À force d'analyser ce qui se présentait, elle s'était crue incapable d'éprouver de telles émotions. Ainsi, depuis la découverte des travers – à son sens du moins – de celui qu'elle avait failli épouser, elle ne cessait de prendre ses distances même si elle regardait les choses en face.

Ils se réveillèrent à l'aube. Imogen alla se baigner – nue – dans le ruisseau. Comme elle se tenait debout, le soleil dans le dos, Connla distingua le fin duvet blond de sa peau. Après quoi, ils se remirent en marche. Au cours de l'après-midi, ils refirent l'amour ; la sueur de leur corps sécha vite en cette parfaite journée d'été. Puis Connla prit des photos d'Imogen qui, telle Dame Godiva[1], chevauchait Keira dans le plus simple appareil. Au

---

1. Godiva : noble dame du Xe siècle, censée avoir traversé la ville de Coventry à cheval, dans le plus simple appareil, pour convaincre son époux de baisser les impôts. (*N.d.T.*).

crépuscule, elle fit asseoir son amant sur un rocher, jambe tendue, bras croisés sur la poitrine, les cheveux flottant au vent, et le peignit – nu – un genre auquel elle ne s'était pas attaquée depuis des années. Enfin, ils passèrent une nouvelle nuit à la belle étoile. Ils parlèrent tard. Imogen posa des questions auxquelles, s'en voulant de plus en plus, Connla répondit par des mensonges.

Le lendemain matin, ils passèrent un long moment dans les bras l'un de l'autre – jusqu'à ce qu'Imogen rompe le charme. Il lui fallait rentrer. Connla proposa de l'accompagner au village afin qu'ils aient encore une nuit ensemble avant son départ pour Londres. Il pouvait retarder son vol, son billet n'ayant pas de date de retour fixée. Alors qu'ils remballaient la tente et les ustensiles de cuisine, il se résolut à tout lui avouer ce soir. Il lui dirait la vérité et lui expliquerait la raison de son mensonge initial. Du coup, il se sentit un peu mieux. Car il avait la ferme intention de ne pas gâcher ce qui était en train de naître entre eux.

À peine avait-ils chargé leurs affaires sur le cheval que deux points noirs dans le ciel attirèrent l'attention de Connla, qui releva le bord de son chapeau.

— Il s'agit d'aigles dorés, non de pygargues à queue blanche, précisa Imogen. C'est un couple qui niche dans le coin depuis des lustres.

Connla observa les oiseaux, qui se laissèrent porter par le vent avant de prendre leur essor vers le sommet du Devil's Rigg et de disparaître dans les plis de la pierre sombre. Puis, faisant volte-face, il lança à Imogen :

— Il faut que je prenne des photos.

— Je sais.

La jeune femme lui caressa le visage en souriant et lui tendit le sac où il gardait ses chaussures ainsi que ses affaires de montagne.

— Sois prudent, recommanda-t-elle. Je t'attendrai à la maison ce soir.

Au cours de leur balade, ils avaient fait un demi-cercle, aussi les camionnettes se trouvaient-elles à une ou deux heures de leur campement. Connla regarda Imogen se mettre en route vers le loch, traînant Keira derrière elle. *À la maison.* Elle avait dit : *Je t'attendrai à la maison ce soir.*

23

Imogen ramena Keira aux voitures. Ensuite, elle le fit rentrer dans le van dont elle referma le hayon arrière en se demandant où Connla pouvait être en ce moment, s'il était en train de grimper, s'il avait pris ses photos. La chaleur se répandit lentement dans ses muscles noués tandis qu'elle se glissait derrière le volant et cherchait les clés dans sa poche. Le moteur démarra du premier coup. Elle sourit. Comment le faire rester ? C'était impossible. Il devait retourner aux États-Unis, elle le savait bien. Prends ça pour ce que c'est, s'admonesta-t-elle, un bel intermède, une parenthèse merveilleuse à chérir, non à regretter une fois qu'elle s'est refermée.

Il y avait de la circulation sur la route qui longeait le loch Duich, presque des bouchons – à croire que le monde entier avait décidé de traverser le pont de l'île de Skye ce jour-là. Imogen se félicita que sa grand-tante ait eu la bonne idée de construire sa maison à l'écart. Après avoir péniblement monté la côte, elle lâcha Keira dans le pré, puis, reculant, décrocha le van. La jeune femme avait hâte de rentrer chez elle, de fermer sa porte et d'ouvrir son carnet de croquis pour voir ses esquisses. Connla ne rentrerait pas d'ici un bon bout de temps, et elle voulait y travailler afin de lui montrer à quoi il ressemblait en tant que modèle lors de son retour à la maison. *À la maison.* Voilà un mot à bannir. Pour lui, c'était une bicoque perdue dans les montagnes du Dakota.

Une fois la grille refermée, elle repartit, passant devant chez Patterson sans y lancer un coup d'œil. De même qu'elle s'étonna à peine de la voiture de police arrêtée devant le bar McLaran avant de franchir le pont et de tourner vers Gaelloch. Comme toujours, Morrisey était dans son bateau, on aurait dit qu'il passait sa vie à traverser le lac. Peut-être était-ce le seul moyen à sa portée pour échapper à sa femme. Une fois le deuxième pont traversé, Imogen fit attention aux moutons et aux vaches qui passaient leur temps à obstruer la voie. C'est alors qu'elle repéra le véhicule de police garé dans son allée.

Tandis qu'elle y roulait lentement, elle vit deux policiers sortir de leur voiture. Son sang ne fit qu'un tour. En cas de mort de quelqu'un, ils débarquaient toujours à deux. Le plus âgé s'approcha d'elle. La casquette vissée sur sa tête, il avait un visage sillonné de rides, tanné comme du vieux cuir. Il émit un toussotement très prosaïque.

— Imogen Munro ?
— Oui.
— On souhaiterait vous parler, s'il vous plaît. (Il indiqua les clés qu'elle tenait à la main.) Pouvons-nous entrer ?
— C'est mon père ?

Les sourcils froncés, le policier jeta un coup d'œil à son collègue.

— Nous serions mieux à l'intérieur.

Il s'agissait donc de son père. Pétrifiée, elle mit la clé dans la serrure et les conduisit à la cuisine.

— Dites-moi ce qui s'est passé, insista Imogen.

Le policier enleva sa casquette. Hormis une mèche plaquée sur son crâne, il était chauve.

— Ne vous inquiétez pas, mademoiselle Munro, ce n'est ni votre père ni votre mère. En fait, on voudrait savoir si vous connaissez un Américain qui s'appelle John Brady.

— Oui, répondit Imogen, le front plissé.

— Savez-vous où il se trouve ?

— Absolument, je l'ai laissé ce matin dans les montagnes, à l'est du loch Loyne. Pourquoi ?

Le policier désigna une des chaises à dossier haut de la table. Imogen acquiesça. À peine assis, il sortit une revue *BBC Wildlife* de sa poche.

— Nous avons tout lieu de croire qu'il ne s'appelle pas John Brady, déclara-t-il en détachant les syllabes. Même s'il s'est enregistré sous ce nom à l'hôtel du château.

Le soulagement et la crainte se succédèrent en Imogen, qui avait du mal à comprendre. Les deux policiers lui annonçaient que l'homme qu'elle aimait n'était pas celui qu'il prétendait être. C'était tellement irréel qu'elle chercha presque une caméra cachée. Posant la revue sur la table, le policier la feuilleta jusqu'à une page où il y avait une photo de tigre et, à côté, une, plus petite, de l'Américain.

— On n'a pu mettre la main que sur cette photo. La SPA nous en avait parlé.

Au lieu de l'écouter, Imogen fixait le nom qui figurait dans la légende : Connla McAdam.

— Est-ce que c'est lui ?

Imogen n'ouvrit pas la bouche.

— Mademoiselle Munro.

La jeune femme leva des yeux vides.

— Quoi ?

— Je vous ai demandé si c'était lui.

Après un autre regard à la photo, elle répondit d'une voix douce :

— Oui, c'est lui.

Le policier toussota tout en jetant un coup d'œil à son collègue.

— Comme vous l'avez sûrement remarqué, il ne s'appelle pas Brady. Nous ne savons vraiment pas pourquoi il vous a affirmé le contraire. Est-ce que vous l'aviez jamais vu auparavant ?

— Avant quand ? (Glacée, Imogen était comme anesthésiée.)

— Avant qu'il ne vienne acheter un tableau.

Connla McAdam. Son impression de le connaître n'avait vraiment rien de surprenant !

— Non, mentit-elle sans savoir pourquoi.

— Pourriez-vous nous préciser l'endroit où il se trouve.

— Non, pas exactement. Pourquoi le recherchez-vous ? s'enquit Imogen, luttant pour éviter que sa voix ne se brise.

Le policier se carra sur son siège.

— Eh bien, ça nous intéresse de comprendre pourquoi il a changé de nom. Apparemment, il est en Écosse depuis un certain temps et il ne l'a fait nulle part ailleurs – on a vérifié dans deux autres hôtels, à Tomintoul et à Dunkeld.

Imogen sentait le rouge lui monter aux joues et sa poitrine se comprimer. Connla McAdam... En Écosse ! Seul le tremblement de ses mains la trahissait, car elle restait figée sur sa chaise. Son regard se perdit dans le vague, au-delà des hommes dont les silhouettes se brouillèrent et devinrent toutes bleues. Se mordant la lèvre, la jeune femme se concentra sur une tache de la vitre et les fleurs de cerisier blanches qui se balançaient derrière la fenêtre.

— Je suis navré. (On aurait dit que la voix du policier venait de loin.) Vous êtes manifestement sous le choc.

Imogen cligna des yeux avant de les fixer de nouveau.

— Qu'est-ce que vous lui voulez ? Ce n'est pas illégal de changer de nom.

— On voudrait savoir si le revolver qu'on a trouvé dans sa chambre lui appartient.

— Un revolver ?

— Oui. C'est grave, voyez-vous. Le port d'arme est illégal.

— Naturellement. Depuis Dunblane.

Du coup, il lui lança le regard bienveillant qu'un père aurait eu pour sa petite fille naïve.

— Il vous a manifestement menti.

— C'est évident. (Sur ces mots, Imogen se leva brusquement.) Puis-je faire quelque chose d'autre pour vous ?

Après un instant de réflexion, le policier se mit debout.

— Ma foi, non. Pas pour le moment, en tout cas. On va aller jeter un œil à l'endroit que vous avez indiqué. À l'ouest du loch Loyne, c'est ça ?

— Oui. (S'interrompant, elle reprit son souffle.) À propos, quand vous l'aurez retrouvé, dites-lui de ne pas remettre les pieds ici.

Une expression de bonté sur le visage, le policier effleura la jeune femme du regard.

— Je suis vraiment désolé.

Les paupières fermées, elle eut un geste de la main.

— Ne vous dérangez pas, on va retrouver notre chemin.

Ils la laissèrent affaissée sur une chaise, l'oreille tendue vers le tic-tac de la pendule fixée au mur. Seigneur, Connla McAdam, le petit garçon du Wyoming ! Celui qui était resté assis sur un rondin, les yeux rivés sur le sable lorsque le shérif était venu chercher son frère. La sonnerie du téléphone retentit. La jeune femme attendit un certain temps avant de décrocher.

— Allô ?

— Imogen. (C'était la voix de Patterson.)

— Oui, Colin.

— Je me suis fait beaucoup de souci pour vous. La

police est venue au village. L'homme que vous voyez n'est pas celui qu'il prétend être.

— Je suis au courant, merci, Colin.

— Tout va bien ?

— Mais oui, merci.

Imogen raccrocha en appuyant sur le combiné jusqu'à en avoir le poignet tout blanc. Après quoi, elle se dirigea, les bras serrés sur la poitrine, au salon. Elle avait la sensation qu'on lui raclait le ventre avec un couteau à palette tant le vide la creusait. Comme son regard s'arrêtait sur la statuette d'Indien posée sur le rebord de la fenêtre, les mensonges de Connla, les sornettes qu'il lui avait racontées défilèrent. *Si vous voulez faire de beaux rêves, priez grand-mère la Lune.* Au souvenir de sa stupidité, elle trembla de tous ses membres. Soudain, une idée lui traversa l'esprit et elle se précipita dans l'escalier, puis grimpa la petite échelle conduisant au grenier. C'était une pièce chaude, sèche, éclairée par une seule ampoule, au sol et aux étagères bourrés de toiles et d'aquarelles encadrées. Imogen avait beau ne rien classer, elle différenciait très bien ses œuvres de celles de sa tante. Aussi se rendit-elle directement vers celle qu'elle cherchait : une aquarelle peinte deux ans auparavant, représentant une vue du loch et des flancs de coteau de sa fenêtre. Comme de juste, il y avait la statuette sur le rebord de la fenêtre. L'épisode de Dunkeld n'avait rien de mystérieux : Connla avait reconnu sur la carte de vœux le danseur des esprits. Ce n'était pas la première fois qu'il le voyait, tant s'en faut. C'est tout ce qu'elle avait besoin de savoir. Les souvenirs affluèrent.

Le comté de Custer. L'air préoccupé, le shérif franchissait la porte de son bureau de Challis. Le soleil avait disparu. Des rafales d'un vent qui soufflait des montagnes balayaient les deux rues désertes de la ville. Une main sur l'épaule de Connla, le regard impassible, le shérif avait demandé d'un signe de tête à son adjoint de relever l'abattant du comptoir. On avait déjà expédié le cadavre d'Ewan pour une autopsie à l'hôpital de Salmon. Sa mère pleurait tandis que son père, muet, raclait le linoléum de la pointe de son soulier. D'une voix étouffée, le shérif parlait à Connla qui, assis, les coudes sur la table, les poings enfoncés dans les joues, ne regardait personne. L'instant d'après, il était tombé sur les genoux de sa mère incapable de le serrer contre elle.

L'air perplexe, le shérif avait haussé les sourcils. Un bloc de papier et un stylo devant lui, il avait regardé de gauche à droite, puis lancé un coup d'œil aux parents d'Imogen avant de faire signe à la petite fille.

Une fois sur la chaise en face de lui, elle avait senti son odeur de transpiration, remarqué les auréoles humides de sa chemise sous les aisselles et la barbe de son menton qui s'était comme assombrie durant la journée. Avec ses yeux striés de petites lignes rouges, ses cheveux raplatis sur son crâne par son chapeau, il avait l'air recru de fatigue.

— Comment l'as-tu retrouvé, mon poussin ? Comment as-tu su où le chercher ?

Terrifiée, elle s'était creusé la cervelle mais avait été incapable de lui fournir une réponse.

Imogen n'en avait pas plus à présent. De retour au rez-de-chaussée, elle alla prendre la statuette, les yeux pleins de larmes. À quel jeu cruel jouait Connla ? La statuette était froide au toucher. Cette impression apparemment partagée de le connaître n'avait, une fois de plus, rien de surprenant. Mensonges que tout cela ! Même ces moments passés ensemble, cette sensation de proximité jamais éprouvée depuis son premier amour d'adolescente. Il avait triché. Il lui avait volé ses émotions à n'importe quel prix. Des larmes – de colère – ruissselèrent sur les joues d'Imogen, à qui le souvenir de l'aquarelle peinte le matin même donnait le sentiment de s'être prostituée, d'avoir bradé la partie d'elle-même qui lui restait. Les aigles. Avec amertume, elle estima que Connla lui avait, à sa manière, dit adieu. Nul doute qu'il devait déjà avoir fait la moitié du trajet pour Londres.

Imogen erra dans la maison, dans l'atelier, le jardin, au bord du loch. Volatilisées, la solitude et la sérénité qu'elle cultivait depuis tant d'années ! C'était la première fois de sa vie qu'elle se sentait trompée à ce point. Le visage du shérif lui traversa de nouveau l'esprit, puis sa gorge se serra tandis que l'image d'Ewan dans l'eau jusqu'au cou s'imposait à elle.

Comment l'as-tu retrouvé, mon poussin ? Dis-le-moi. Est-ce que tu savais où il était ?

Pas du tout. Imogen était incapable d'expliquer au shérif comment elle avait retrouvé son frère car elle n'en savait rien. Son regard ainsi que ceux de ses adjoints étaient restés gravés dans sa mémoire. D'autant qu'à cette époque-là, à Hicksville, les femmes – assistantes sociales ou flics – n'existaient pas dans un commissariat. Bien sûr, il ne l'avait pas crue. De même qu'il n'avait pas cru Connla. De même que ses parents, à leur manière, ne l'avaient jamais crue. Et voilà qu'elle était de nouveau confrontée à l'horreur.

La grande toile prenait toute la place dans l'atelier. On n'y voyait ni cerf, ni montagne, ni ciel, rien qu'un rocher sombre où était gravée l'image de son frère tel qu'il était avant qu'elle ne découvre son essence, son passage, ses empreintes, son odeur – enfin ce qui l'avait mise sur la piste de la falaise où, saisie de terreur, il lui avait fallu s'allonger à plat ventre pour regarder. Et le pire ne lui serait révélé qu'après : Ewan vivait encore lorsqu'elle l'avait vu plongé dans l'eau jusqu'au cou.

Avec des grimaces de douleur, Connla mettait ses souliers de montagne trop petits pour lui. Les bouts qui lui comprimaient les orteils lui assureraient un maximum de prise. Son baudrier et ses étriers posés sur le sol offraient leur métal terne au soleil. Debout, au pied du Devil's Rigg, il leva la tête. Il s'imaginait l'aire proche du sommet, peut-être de ce côté, à moins que ce ne soit autour du premier éperon. Il appuya la main sur le granite. Du solide peu susceptible de s'effriter ou de s'effondrer comme le calcaire. C'était une pierre lisse et froide à toucher mais les premiers cent mètres avaient l'air facile – rien de plus qu'une montée raide où il faudrait de temps à autre s'aider des mains.

Après, les choses se corsaient sans être insurmontables pour autant. Il estima qu'avec de la vigilance il négocierait à-pics et surplombs. C'est sur la foi de l'endroit où il avait aperçu les aigles qu'il préparait son ascension. Certes, il n'avait aucune certitude : le rouille et le marron se fondaient au noir et au gris, sans compter qu'à cette altitude les oiseaux se perdaient dans les falaises. Cela dit, il n'avait aucune photo de panthères et, d'une manière ou d'une autre, il lui fallait regagner la fortune qu'il avait dépensée. S'il prenait une pellicule d'un couple d'aigles écossais, il connaissait au moins une revue américaine susceptible de la lui acheter. Dommage bien sûr qu'il ne s'agisse pas des pygargues à queue blanche d'Imogen.

Connla repensa à la jeune femme. À l'évidence, c'était de l'amour qu'il éprouvait pour elle. Pourquoi être tombé amoureux de la petite fille du Wyoming qu'il protégeait des sarcasmes de son frère autrefois et qui avait un béguin pour lui ? Comment était-ce possible au bout de trente ans, alors que ces quelques jours passés ensemble étaient souillés par son tissu de mensonges ? Il n'empêche qu'il en était sûr et n'aspirait qu'à rester en Écosse auprès de la jeune femme, le seul trait d'union qui lui restât avec son enfance perdue le jour de la mort d'Ewan.

Il y eut du mouvement au-dessus de Connla, puis,

302   *La griffe de la panthère*

de trois coups d'ailes, le mâle s'envola. Plus grand, plus foncé que la femelle, il se laissa porter par le vent tel un surfeur à la crête des vagues et s'éloigna de la paroi rocheuse. Chassant aussitôt passé et avenir de son esprit, Connla mit son appareil autour de son cou avant de commencer à gravir la montagne.

Au bout de trente mètres, l'ascension se fit très raide. Aussi décida-t-il de faire une traversée à partir d'un pilier épais se détachant du versant jusqu'au prochain ravin d'où la montée paraissait moins ardue. Il fixa un mousqueton dans une fissure et plongea les mains dans le sac de poudre de craie qui pendait à sa ceinture. Accroché ainsi, il baissa les yeux. La pente avait beau ne pas être vraiment abrupte, il dévisserait sur cinquante mètres d'éboulis s'il tombait. Quoi qu'il en soit, il fit la traverse sans encombre et, soulagé, s'arrêta pour reprendre son souffle. On ne voyait même pas un point indiquant l'aigle mâle à l'horizon. Il avait pris le large depuis longtemps, en revanche sa compagne se trouvait quelque part, là haut.

Connla continua son escalade sans quitter des yeux le mur rocheux qui se fragmentait en segments couverts d'une herbe éparse évoquant des touffes de cheveux sur un crâne déplumé. Tout en grimpant, il se rendit compte de l'aspect de traîneau ou de chariot sans roue de la crête. *Devil's Rigg.* C'est alors qu'il aperçut un mouvement sur sa droite, à quelque cinq cents mètres, sur le rebord d'une falaise très escarpée. Et, dans l'objectif de son appareil, il distingua nettement la femelle. Le vent hérissait ses plumes tandis que d'un œil brillant et féroce, elle guettait martres ou mulots. Se balançant d'une patte sur l'autre, elle était prête à déchiqueter de son bec crochu tout ce qui menaçait sa progéniture. Réfléchissant, Connla évalua sa position et la sienne. De l'endroit où il se trouvait, il pouvait la photographier, mais sous l'angle idéal – il y aurait trop de rochers en arrière-plan. Pour peu qu'il arrive à en prendre de plus près, à la dérobée, les clichés seraient bien meilleurs. Il ne fallait pas hésiter. Zut, après tout, il avait bien réussi avec un tigre de Sibérie !

Le vent s'était levé au demeurant. Non seulement il avait froid à la nuque mais, lorsqu'il racla la pierre de son genou en se retournant, le tissu de son pantalon lui parut trop mince. Nul doute qu'il fallait monter beaucoup plus haut, peut-être jusqu'au sommet, puis descendre en rappel et l'approcher sur sa gauche. La montagne se morcelait. D'en bas, il avait vu comment les rochers s'élançaient puis retombaient pour former des ravines herbeuses ou des dolines plus ou moins larges. Les mots d'Imogen lui revinrent en mémoire : *des tas de ravins et de crevasses.*

Avec un pouls accéléré, il gravit la section d'après. Cet éperon serait plus difficile que le dernier, car il n'avait d'autre soutien que ses crampons, ses étriers, la craie et la force de ses doigts. Serrant les dents, il grimpa, se balança au-dessus des affleurements, contourna un surplomb en se contentant de l'enveloppe pierreuse pas plus épaisse que trois doigts. En nage, les muscles douloureux, il n'en réussit pas moins à se hisser de plus en plus haut. Enfin, il accéda à un plateau incliné couvert d'herbe, et il respira mieux. Les aigles étaient toujours au-dessus de lui, loin, sur sa droite. Moins raide, la pente où il se trouvait s'étirait sur environ mille mètres. Jonchée de pierres, d'affleurements rocheux surgissant de l'herbe, elle était sillonnée de crevasses, de ravins abrupts – plus ou moins petits. Décidément, la montagne portait bien son nom.

Vérifiant sa position une fois de plus, il ne changea pas d'avis. C'est en descendant par le promontoire le plus imposant qu'il prendrait la meilleure photo, avec le ciel en arrière-plan. Cette idée en tête, il aborda la côte, frottant ses crampons dans l'herbe trempée de rosée. La plus grande partie de ce plateau orienté au nord devait être tout le temps à l'ombre. Connla parcourut une cer-

taine distance, montant par moments, marchant à plat à
d'autres. Il aurait fallu laisser en bas son matériel d'escalade qui cliquetait à sa ceinture, mais cela le réconfor-
tait, sans compter qu'il avait besoin de la corde de
rappel. Voilà que s'annonçait une nouvelle escalade sur
une paroi lisse et glissante. À l'évidence, c'était risqué.
Il commença à douter de son entreprise, d'autant qu'à
voir les chèvres qui broutaient au loin, il y avait sûrement un autre moyen d'accès. Après un instant de
réflexion, Connla avança face à la montagne. Soudain, le
sol s'effondra devant lui : un profond ravin rempli de
touffes d'herbes et de cailloux apparut – impossible à
traverser. Aussi dut-il le contourner. Ce fut long, pénible,
alors qu'il ne voulait qu'escalader cette dernière paroi,
puis couper en diagonale jusqu'à l'endroit où il comptait
trouver l'aire.

Parvenu au bout de ses peines, le zoologue arriva
devant un à-pic. Après avoir plongé les mains dans son
sac de poudre de craie, il se frotta les paumes, respira
un bon coup avant de s'y attaquer. Il avait peut-être
gravi une trentaine de mètres lorsque la pointe d'un
crampon céda. Perdant l'équilibre, Connla lâcha sa
prise, tomba dans l'herbe et glissa. Il eut beau essayer
de s'accrocher, il dégringola, la panique au ventre, ne
voyant rien de propre à arrêter sa chute dans le ravin.
En l'espace d'une seconde, il dévissa, un cri étouffé au
fond de la gorge.

Imogen fut réveillée par des coups frappés à sa
porte. La nuit était tombée. Vu la raideur de son cou,
elle s'était sûrement assoupie la tête tordue sur l'accou-
doir du canapé. Ses premières pensées furent pour
Connla. Cependant la tendresse et la chaleur dont elles
étaient empreintes se dissipèrent au souvenir de ses
mensonges, de ses tricheries, tandis qu'un sentiment de
vide l'envahissait. Au bord des larmes, la jeune femme

resta assise sans bouger tout en s'exhortant. « Allez, ressaisis-toi. Tu as vécu trente-sept ans seule, tu peux continuer trente-sept ans de plus. » Le pouvait-elle ? La jeune femme en doutait. Les yeux larmoyants, elle alla ouvrir la porte.

C'était de nouveau les deux policiers. Après les avoir fait entrer, Imogen s'assit à la table de la cuisine. Le plus âgé lui annonça :

— On a retrouvé la Land-Rover Discovery louée par McAdam au loch Loyne, à l'endroit que vous nous aviez indiqué. Elle a un pneu à plat, et il n'y a pas trace de notre homme.

Voilà qui était bizarre. S'il avait projeté de filer, il l'aurait fait évidemment en voiture – il savait changer une roue. Imogen regarda la pendule du mur : il était déjà dix heures du soir.

— On a laissé un homme en faction au cas où il reviendrait, poursuivit le policier. À quelle heure l'avez-vous quitté ?

— Tôt ce matin.

— Ma foi, il a peut-être pris la tangente par un autre chemin, soupira le plus jeune policier.

— En laissant la Land-Rover au vu et au su de tout le monde ? C'est plausible à votre avis ?

Sur ces mots, Imogen alla prendre une bouteille de vin déjà débouchée dont elle se versa un verre. Puis, elle chercha un paquet de cigarettes entamé dans le buffet. Derrière elle, les policiers s'apprêtaient à partir.

— On va poster un homme devant chez vous, la prévinrent-ils.

— Ne vous inquiétez pas, il n'a rien à voir avec moi, répliqua la jeune femme sans se retourner.

Dès leur départ, Imogen se rassit, vida son verre, s'en versa un autre et alluma une cigarette. Le téléphone sonna. Avec un soupir, elle le fixa en secouant la tête. Il ne s'arrêta pas. Aussi de guerre lasse, finit-elle par répondre. Heureusement, c'était Jean.

— Comment vas-tu ? La police est passée chez toi ?

— Deux fois.

— Il s'appelle Connla McAdam, pas du tout John Brady.

— Je suis au courant.

— Je suis désolée, Imogen.

— Pas autant que moi. Oh Jean, si tu savais comme je me sens idiote !

— Je m'en doute. Mais arrête, tu ne pouvais tout de même pas deviner qu'il racontait des bobards.

— Comment se fait-il que la police ait entendu parler de moi ?

— Je ne suis pas certaine, mais je crois qu'un journaliste est venu à l'hôtel. Il semble que ce soit Andy McKewan qui ait craché le morceau.

— Ce bon vieux Andy ! s'exclama Imogen, prête à fondre en larmes. Ma foi Jean, j'ai bien envie de déménager.

— Oh, ne me fais pas ce coup-là ! protesta Jean en essayant de plaisanter. Je n'aurais plus personne à qui parler. Remarque, ta réaction est normale, mais tu vas surmonter ça.

Imogen hésitait à révéler à son amie qu'elle avait connu Connla aux États-Unis, du temps de son enfance. Puis, décidant que ce n'était pas le moment – surtout au téléphone –, elle se contenta d'ajouter :

— La police à retrouvé sa voiture au loch Loyne.

— C'est là que vous êtes allés tous les deux.

— Oui.

Jean garda le silence avant de demander.

— Est-ce que vous... enfin, tu sais ?

— Oui, Jean. Nous l'avons fait.

— Oh, je suis vraiment désolée, Imogen. Tu as envie que je vienne ?

— Non merci, c'est gentil à toi. Pour l'instant, je vais vider une bouteille de vin en grillant un paquet de cigarettes, puis aller me coucher.

Transi, Connla ne voyait rien. Il n'était toutefois pas sûr d'être mort. Si c'était le cas, l'obscurité n'augurait rien de bon. On était censé apercevoir de la lumière, non ? Et des tunnels. En outre – à ce qu'il paraît – on n'avait vraiment pas envie de retourner à son point de départ. Pour l'heure, sans lumière, ni chaleur, ni sentiment de consolation, la situation n'avait rien de plaisant. Une douleur fulgurante lui cisailla la jambe et, une fraction de seconde, il se crut en enfer. Après quoi, il sentit l'air glacé de la nuit tandis que, sa vue s'éclaircissant, il discernait l'éclat de la lune au-dessus de lui. À l'évidence, loin d'avoir passé l'arme à gauche, il se trouvait quelque part dans la nature – d'où cette sensation de froid. C'est alors que le souvenir de sa chute lui revint à l'esprit. En fait, il gisait en pleine montagne, en Écosse, au cœur de la nuit, gelé jusqu'aux os et incapable de bouger. La gorge nouée d'angoisse, il siffla entre ses dents pour se calmer. Crevasses et ravins. *Le Devil's Rigg est plein de crevasses et de ravins*, se répéta-t-il. Après quoi, oscillant entre pertes de connaissance et reprises de conscience, il fut en proie à des rêves bizarres tandis qu'images et voix du passé l'envahissaient. Ainsi, revoyant le visage arrogant d'Even venant d'accomplir le tour du circuit pour la ligue des minimes de base-ball, il refit connaissance avec sa jalousie face à l'attention que l'entraîneur, les joueurs, bref, que tout le monde accordait à son soi-disant copain.

Les images se dissipèrent, il entendait un aigle glatir au loin – il s'était donc réveillé. Il faisait plus clair, les nuages s'écartèrent, laissant surgir une lune pâlissante. L'aube s'annonçait. Pour la première fois, Connla fut assez lucide pour distinguer son environnement. Il était étendu dans le ravin. C'est vrai, il avait dérapé sur le rocher. Une erreur stupide due à un manque de concentration, à l'impatience d'arriver au but susceptible de doter son voyage d'autres éléments que de mensonges fabriqués de toutes pièces. Connla leva un peu sa tête.

C'était douloureux mais possible. Des élancements lui transpercèrent la poitrine et les épaules, mais il arrivait au moins à bouger les bras. Regardant son torse, il découvrit qu'il avait le pantalon déchiré, les jambes en sang – la gauche était tordue et la droite ne valait guère mieux –, avant de se rendre compte qu'il se trouvait sur une éminence couverte d'herbe d'à peine trente mètres carrés, entourée d'un précipice. On aurait dit un éperon rocheux surgi du sol.

Que faire ? Rester allongé et espérer ? Attendre qu'on se mette à le chercher ? Imogen. Inquiète qu'il lui ait fait faux bond la veille au soir, Imogen n'allait sûrement pas tarder. La jeune femme se dessina dans son esprit avec autant de netteté que si elle était en train de le regarder. Les yeux clos, Connla l'attira à lui, la serra dans ses bras, faillit même lever les mains vers son visage – inexistant. L'instant d'après, il rêva de la petite fille. Il était assis avec le shérif du comté de Custer, et elle le fixait de ses yeux d'onyx, ovales, grands comme des soucoupes.

Un nouveau bruit le réveilla. Des grognements mêlés à un souffle haletant. Le zoologue referma les paupières en souriant. Il venait de voir la belle gueule de Mellencamp avec ses oreilles dressées, son museau doux et puissant, ses yeux jaunes. « Hé, ma belle, murmura-t-il. Tu les as eus, tes loupiots ? T'es en retard, l'été est presque terminé. »

Connla ouvrit les yeux : perchée sur un surplomb, une panthère noire le regardait. Il tressaillit. Pendant un instant, il crut rêver, puis un vent vif lui caressa la peau et la pierre lui gela le dos. C'était bien un fauve qui se tenait à dix mètres de lui. Il distingua ses moustaches ainsi que les rosettes de sa fourrure. À en juger par la forme et la taille de sa tête, il fut même capable d'en déduire qu'il s'agissait d'une femelle. Comme la panthère bâillait, montrant ses grandes canines et sa langue rose, il sentit son haleine. Ensuite, assise, elle se lécha les babines d'un air affamé tout en cherchant un moyen de descendre de son promontoire.

— Tu vas me bouffer, c'est ça ?

De toutes ses forces, Connla essaya de se redresser. Il coinça son coude sous la pierre sur laquelle reposait son dos. Mais la tête lui tourna et ses douleurs aux jambes devenaient insupportables. La panthère se releva. Puis, lui décochant un regard, elle feula, les oreilles couchées à présent, le museau froncé au-dessus de ses dents. « Nom de Dieu ! » marmotta Connla qui se recoucha, haletant, épuisé par son effort, transi de froid. Les yeux fermés, il reprit son souffle ; lorsqu'il les rouvrit, la panthère avait disparu.

24

Incapable de se débarrasser du sentiment d'avoir été trahie, de l'humiliation, du vide intolérable creusé par cette nouvelle perte, Imogen tournait en rond chez elle. Avec ce chambardement, elle se retrouvait en proie à une extrême confusion. C'était surtout la trahison et son cortège de mensonges, de duperies qu'elle ne parvenait pas à accepter. Pourquoi avait-il agi de la sorte ? Pourquoi s'être donné tant de mal sinon par intention délibérée de la blesser ? Rien n'avait de sens.

Entendant un véhicule crisser sur le gravier de l'allée, elle se rua vers la fenêtre, pleine d'espoir. Hélas, ce n'était qu'une Peugeot bleue ! La mort dans l'âme, la jeune femme vit l'homme qui en sortit effleurer du regard la maison puis le loch, avant de jeter un coup d'œil dégoûté aux poules qui gloussaient à ses pieds. Vêtu d'un complet sombre, il avait sa cravate dénouée et l'air d'avoir chaud. Manifestement gêné, il s'avança gauchement vers la porte de la cuisine. Imogen attendit pendant qu'il frappait. À l'évidence, il s'agissait d'un inspecteur de police chargé de lui annoncer qu'on avait trouvé Connla McAdam et qu'on le gardait au poste sous inculpation de port d'armes à feu. Lissant ses cheveux en arrière, la jeune femme ouvrit la porte.

— Mademoiselle Munro ?

— Oui.

Imogen faillit le prier d'entrer. Néanmoins quelque chose dans sa physionomie l'en empêcha.

— Je me présente : Graham du *Scottish Daily Post.*

— Que voulez-vous ? demanda-t-elle, les bras croisés sur sa poitrine.

— Vous parler de cet Américain que la police recherche. Je crois comprendre que vous avez une liaison avec lui.

— Fichez-moi le camp.

Comme Imogen s'apprêtait à refermer la porte, il en attrapa le battant et la tint fermement ouverte.

— Je voudrais simplement vous poser quelques questions. Est-ce que vous saviez qu'il avait un revolver ?

— Enlevez vos mains sinon je vais claquer la porte dessus.

C'est à ce moment là qu'Imogen aperçut l'autre homme, que le reflet éblouissant du soleil sur le pare-brise avait dérobé à sa vue. Aussitôt, le flash d'un appareil aveugla la jeune femme. Après avoir fermé la porte à toute volée, elle s'y adossa.

Graham frappa de nouveau.

— La possession d'une arme à feu est un délit grave, mademoiselle Munro. Avez-vous des commentaires à ce propos ?

— Déguerpissez immédiatement ou j'appelle la police !

— Pourquoi ne pas nous donner votre version de l'histoire ? C'est très mauvais les spéculations. On est prêt à vous payer. Il me suffit de téléphoner à mon rédacteur en chef.

— Allez vous faire pendre ! Non, plutôt vous jeter dans le loch ! hurla-t-elle, à travers la porte fermée.

Après quoi, Imogen gagna le salon en trébuchant. Et effondrée sur le canapé, elle éclata en sanglots. La jeune femme pleura longtemps, dans l'espoir que ses larmes atténueraient sa souffrance. En vain. L'impression de l'anéantissement d'un rêve se mêlait au sentiment d'avoir été trahie. Elle se leva pour se rendre dans son atelier où, palette à la main, elle scruta sa dernière toile d'un regard vide. L'instant d'après, elle reposait ses pinceaux et attrapait son manteau accroché à la porte de service.

Lorsque la jeune femme traversa le pont dans sa Land-Rover, les deux journalistes postés dans une aire de croisement la photographièrent. Que Connla et ses mensonges aillent au diable ! Les deux hommes la suivirent jusqu'à Lochalsh. Alors, elle s'arrêta pour les menacer une fois de plus d'appeler la police s'ils ne la laissaient pas tranquille. Après avoir pris une autre photo d'elle, ils allèrent se garer dans le parking de l'hôtel tandis que, gravissant la côte, elle se dirigeait vers le pré. Dieu merci, elle put nettoyer l'écurie sans que personne ne la dérange. Après avoir ramassé les ordures à la pelle, elle les entassa dans une brouette qu'elle poussa brutalement dans le chemin jusqu'au tas de fumier qui s'élevait près de la grille. Keira, du haut de son coin préféré au sommet de la colline, la regarda soulever des monceaux de paille et de sciure.

Son dernier chargement déposé sur le fumier, Imogen s'arrêta pour souffler un peu. Dans le van, il y avait des sacs en plastique de vingt-cinq kilos de litière, fermés par thermocollage. La jeune femme en sortit un qu'elle balança dans la brouette. Comme elle s'essuyait les yeux du revers de sa main gantée, l'image de Connla arc-bouté à une falaise lui traversa l'esprit. Ce fut très fugace. Les yeux tournés vers Skye, Imogen frissonna. Elle n'avait pas éprouvé cette sensation de froid depuis trente ans.

La jeune femme rentra chez elle très troublée. Outre son désespoir, un étau de peur glacé, inamovible, lui comprimait la poitrine. Une fois la porte fermée, Imogen alluma la télévision pour le journal de la mi-journée. Elle regarda les nouvelles internationales, pensant qu'il lui faudrait attendre l'émission régionale. Mais, à sa grande surprise, la disparition de Connla fut évoquée dans le cadre des nouvelles nationales. Recroquevillée sur le bord de son siège, elle fixa l'écran, les mains jointes. On insistait sur le fait que la police souhaitait l'interroger sans délai. Après avoir montré des clichés de la Land-Rover Discovery qu'on avait remorquée, on passa des photos aériennes du secteur qui rappelèrent à la jeune femme leurs moments d'intimité. Appuyées par un héli-coptère RAF, des équipes de secours avaient ratissé la région. En vain. Du coup, on en déduisait qu'ayant eu vent que la police le recherchait, le zoologue s'était éva-noui dans la nature. Imogen ne partageait pas du tout cet avis. Mais qu'entreprendre ? Pour l'heure, on n'aban-donnait pas les recherches. Connla avait sûrement fait une chute. Nul doute qu'on mettrait la main sur lui et qu'il répondrait à toutes les questions. Ensuite, il retour-nerait chez lui et retrouverait ses lions de montagne adorés.

Cela dit, Imogen souhaitait aussi l'interroger sur ses mensonges. Pourquoi ne pas lui avoir révélé son identité d'emblée ? À moins, bien entendu, qu'il n'ait quelque chose à cacher. Était-ce le cas ? Cela faisait trente ans qu'Imogen se le demandait.

Il l'avait manipulée, maltraitée. Non seulement, la jeune femme avait le sentiment que son enfance avait été piétinée, mais qu'on avait exhumé des secrets enfouis, les ramenant au grand jour pour les trier et les profaner. Sa vie était exposée dans les journaux. Elle imaginait sans peine les cancans au bar de McLaran et à l'hôtel, ainsi que les discussions des parents des enfants à qui elle faisait la classe – une fois les petits au lit. Comment allaient-ils expliquer à leur progéniture qu'on parle de leur institutrice dans les journaux ? Imogen fré-mit en songeant au jour de la rentrée scolaire. Ce serait l'occasion rêvée pour McKewan, tandis que Patterson ne manquerait pas de chercher à en profiter. Quant à Mac-Gregor, il serait simplement déçu.

Connla entendit l'hélicoptère voler au-dessus de sa tête. L'absence de changement de régime du moteur lui indiqua qu'on ne l'avait pas vu. Et pour la première fois, il envisagea la possibilité de mourir dans ces montagnes. On ne retrouverait jamais son corps. Il finirait sans doute par dégringoler de son perchoir, par être dévoré par des renards ou autres rôdeurs avant d'être bouffé par les asticots. Il tenta de le prendre à la blague en concoctant son épitaphe. *Ci-gît Connla McAdam, photographe jouissant d'une petite renommée, retrouvé dans un ravin d'Écosse dévoré par la panthère qu'il pourchassait.* Imogen n'en existait pas moins. C'était son amour. Elle savait où il avait eu l'intention d'aller. Alors, pourquoi n'arrivait-elle pas ?

La deuxième nuit, il fit un froid glacial. Connla sentit la fièvre le gagner, peut-être à cause de l'infection qu'il avait à la jambe. Dans le meilleur des cas, on le retrouverait mais il perdrait sa jambe. Oh mon Dieu ! Il avait la gorge sèche et rien à boire. Combien de temps vivait un homme privé d'eau ? Tout de même, en tant que zoologue, il aurait dû le savoir. Sauf que pour l'heure, il n'avait conscience que de son incapacité à bouger et de sa sensation d'avoir les os soudés au rocher. Au cours de la nuit, il eut l'impression d'entendre de nouveau la panthère, mais il pouvait s'agir de Mellencamp dans un rêve.

Des lambeaux gris striaient le ciel annonçant l'aube. À moins que ce ne soit une hallucination de plus provoquée par sa vue brouillée. Connla se demanda alors combien de personnes avaient trouvé la mort sur cette Crête du Diable, baptisée sans doute ainsi parce qu'on ne les comptait plus. *Ravins, crevasses ; crevasses, ravins,* ressassait-il en cherchant les raisons de sa présence ici dans sa mémoire. Il ne se rappela les aigles qu'au bout d'un certain temps. Au dire d'un Indien de la réserve de Pine Ridge : *Dans les lieux ou planent les aigles, on ne peut que crier d'effroi.* Voilà ce dont il aurait dû se souvenir avant de grimper.

Il faisait tout à fait jour à présent, et il pleuvait. Les gouttes d'eau crépitaient sur son blouson qui, s'il ne se trompait pas, n'était pas imperméable. De toute façon, il ne tarderait pas à s'en apercevoir. Connla s'ausculta. Avait-il toujours froid, ou, devenu partie intégrante du rocher, ne sentait-il plus rien ? Depuis combien de temps se trouvait-il ici ? Pourquoi l'hélicoptère ne revenait-il pas ? Pourquoi personne ne se pointait ? C'est vrai qu'il portait une tenue vert et gris, neutre à tout le moins – comme il se doit pour prendre des photos dans la nature –, sans compter qu'il avait le visage et les mains couverts de boue.

Personne ne le verrait jamais ! Mais où donc était sa couverture de survie orange ? Dans son sac à dos. Et où était son sac à dos ? Au prix d'un gros effort, Connla réussit presque à s'asseoir. Aussi incroyable que cela paraisse, la douleur de sa poitrine semblait avoir diminué, à moins qu'il ne s'y soit habitué. Il n'arrivait pas à repérer son sac. En principe, il aurait dû être couché dessus, or ce n'était pas le cas. Les courroies s'étaient sûrement cassées, mais il n'avait pas le courage de se pencher pour regarder dans le précipice. Connla se rallongea, et, les yeux fermés, prêta attention à la pluie qui tombait sur son visage parcheminé. L'espace d'un instant, il pensa que ce n'était pas un si mauvais moment pour passer de vie à trépas.

Imogen téléphona à Jean.

— Salut, c'est moi. Sais-tu si les policiers ont arrêté les recherches ?

— Je crois que oui. D'après eux, ton mec a appris qu'on était à ses trousses et s'est fait la malle.

— Ils se trompent. Pourquoi aurait-il abandonné sa Land-Rover ? Parce qu'une roue était à plat ? Et alors ? Il l'aurait changée sans problème. Non, Jean, je suis certaine qu'il est toujours là-haut.

— S'il y était, la police l'aurait retrouvé. Or malgré l'hélicoptère et tout le bataclan, ce n'est pas le cas. De toute façon, tu ne devrais pas te faire de bile. As-tu vu les journaux ce matin ?

Imogen frissonna.

— Non. Et je n'en ai aucune envie. Surtout, ne me raconte rien.

— D'accord. (Jean hésita.) Écoute, mes hommes attentent leur petit déjeuner, il faut que j'y aille. J'essaierai de venir plus tard.

— Ce soir ?

— Oui, si je peux. Évidemment, tu vas t'inquiéter mais calme-toi. Il va s'en sortir, non qu'il le mérite après ce qu'il t'a fait. Reste tranquille jusqu'à ce que les choses se tassent.

— Tu crois que c'est ce qui va se passer ?

— Bien entendu. Avec le temps, tout finit toujours par se tasser.

Imogen raccrocha. À en croire Jean, ce n'était pas son problème. Pourtant, ça l'était bel et bien. Elle devait s'en mêler. La jeune femme repensa à la vision qu'elle avait eue dans le pré de son cheval. En dépit des trente années écoulées, la sensation qu'elle lui avait laissée n'était que trop familière. La dernière fois qu'elle l'avait éprouvée, Imogen avait retrouvé son frère mort.

McKewan et sa bande se trouvaient au bar de McLaran avec d'autres pêcheurs de Kyle, lorsque Imogen y entra ce soir-là. À sa vue, tous se turent. C'est le bouquet de venir chercher McKewan ! pensait la jeune femme.

L'homme qui avait donné son nom et son adresse à la police, aux journalistes aussi peut-être. Elle s'amusa de son air penaud au demeurant. Il avait divulgué des choses qu'il aurait mieux fait de garder pour lui et, vu la couleur cramoisie de son cou, on aurait dit que cela le tourmentait.

— Andy.

Le pêcheur lui tournait le dos. Imogen vit qu'il raidissait ses épaules baraquées. Poussant son demi avec soupir, il fit volte-face.

— Oui, Imogen.

— Je viens d'apprendre à la télé qu'on a officiellement abandonné les recherches.

Il faisait sombre dehors. Pour peu que Connla soit perdu, ce serait sa troisième nuit dans la nature.

— Et alors ? lança McKewan, le menton en avant.

— Moi, je le crois toujours là-bas.

Les lèvres légèrement tordues, il la lorgna.

— Et alors ? En quoi ça vous concerne après la façon dont il s'est comporté avec vous ?

— Ça me regarde, Andy, voilà tout.

— Dans ce cas, vous êtes une gourde, ma belle. Une vraie gourde. Il y a plein de types chouettes au village.

— Il ne s'agit pas de ça. (Le regard perdu derrière Andy, la jeune femme leva les mains puis les laissa retomber.) C'est beaucoup plus compliqué. (Quelle explication donner à ces mecs bourrés de préjugés ?) Même si la police s'imagine qu'il a filé, moi, je suis sûre du contraire.

— Comment ça ?

— Je l'ignore. J'en ai la certitude, voilà tout. Je vais aller le chercher demain matin, Andy. Et je voudrais que l'équipe de secours de la région m'accompagne.

Bouche bée, McKewan la dévisagea un moment avant de se dérider. Jouant avec la cigarette pas allumée qu'il venait de rouler, il parcourut sa bande du regard. C'était lui, l'équipe de secours de la région. En dépit de ses autres défauts, il se défendait en montagne et avait ramené plus d'un promeneur blessé des montagnes. Avec un profond soupir, il demanda à Imogen.

— Avez-vous une idée de l'endroit où il se trouve ?
— Oui, au Devil's Rigg.

25

Imogen partit dans le Toyota à quatre roues motrices de McKewan, équipé d'un treuil à l'avant pour remorquer le homardier de son frère. Le pêcheur fumait en conduisant, le coude sur le rebord de la fenêtre protégé de la pluie par le rabat. De temps en temps, la radio à ondes courtes posée sur ses genoux crépitait.

— Pourquoi est-ce que c'est si important ?

Imogen prit un certain temps avant de répondre.

— Andy, c'est un homme perdu dans la montagne.

— Peut-être. Mais on a fouillé partout en vain. Si la RAF n'a pas réussi à le repérer, je ne vois pas quelle chance il nous reste. En plus, vous n'êtes pas sûre qu'il soit là-haut.

La jeune femme lança un regard par le pare-brise strié de pluie.

— Mais si, Andy. Et je crois qu'il est vivant.

Le souffle lui manqua cependant au moment où elle l'affirma, tandis que l'image de Connla arc-bouté à la falaise se brouillait dans sa tête.

Ils approchaient du loch Loyne. La jeune femme repensa à leurs moments d'intimité – si naturels. Décidément, cette histoire de revolver ne tenait pas debout, pas plus que les mensonges d'ailleurs. Le souvenir du petit garçon lui revint en mémoire ; bien sûr, la ressemblance ne faisait aucun doute.

— Andy, je le connaissais autrefois. Voilà pourquoi cela compte à mes yeux.

— Qui ça, McAdam ?

— Oui. Ça remonte à trente ans. Enfant, j'ai vécu un certain temps aux États-Unis. C'est vrai que je ne l'ai pas reconnu à son arrivée ici. (Imogen avait beau se faire violence, elle avait le sentiment de devoir la vérité à McKewan.) Nous habitions la même ville ; c'était un ami de mon frère.

— J'ignorais que vous en aviez un.

— Je n'en ai pas. Il est mort depuis des années.

Il y eut de nouveau de la friture à la radio, avant qu'une voix ne se fasse entendre. C'était Smitty, membre de l'équipe de McKewan. Ce dernier répondit, puis informa Imogen :

— Smitty se trouve à Peel Point.

— Dites-lui de nous y attendre. C'est là qu'on avait garé la Land-Rover.

— De toute façon, il est impossible d'aller beaucoup plus loin en voiture.

La jeune femme acquiesça d'un signe de tête.

— Il n'y a pas moyen d'obtenir que l'hélicoptère survole la région ?

— Oh non. Nos recherches sont inutiles du point de vue des autorités. McAdam s'est taillé depuis un moment, Imogen. Vous devriez vous faire une raison.

— Non, assena-t-elle d'un ton tranchant. Écoutez, je vous remercie d'être venu et je suis très sensible à ce que vous faites pour moi. Vraiment.

Six hommes les rejoignirent. Smitty resta à l'arrière en faction. Les appels radio fonctionneraient sur la distance qu'ils allaient parcourir, et, pour peu qu'ils découvrent quelque chose, ils pourraient ainsi appeler les secours nécessaires. McKewan ouvrait la voie. Chaussé de gros godillots de montagne surmontés de guêtres en caoutchouc, il avançait à grandes enjambées. Son sac sur le dos, Imogen marchait à côté de lui, les yeux rivés sur l'horizon vers lequel elle se frayait un chemin sans compas ni carte – vu sa connaissance du coin.

Au bout d'une heure, ils formaient une longue ligne reliée par contact radio. Imogen précédait McKewan à présent. Ils longeaient une gorge qui creusait un sillon sous le Maol Chinn-dearg, tandis qu'au sud on voyait se profiler le Gleouraich, d'une altitude de neuf cents mètres. Imogen suivait le sentier qu'elle avait emprunté avec Connla, dont le souvenir ne la quittait pas. Tant son visage que ses yeux, son teint ou ses cheveux. Comme elle revoyait la forme de sa bouche, elle repensa aux bobards qui en étaient sortis. Est-ce que tout était mensonge ? Son identité, sûrement. Le passé, sûrement. Mais leurs moments d'intimité – la façon si tendre dont ils avaient fait l'amour puis étaient restés étendus sous le ciel étoilé, le regard ardent qu'il avait posé sur elle lorsqu'elle se baignait ? La jeune femme chassa ses pensées. Il y avait trop de questions sans réponse.

Plus ils s'enfonçaient, plus la certitude d'Imogen que Connla se trouvait là, quelque part, se renforçait. Elle sentait son passage – leur passage – parmi les rochers et les arbustes. Il n'était pas revenu par ce chemin, car elle l'aurait perçu. À peine se le fut-elle formulé qu'elle prit conscience de son arrogance. Pourtant, ce n'en était pas. D'évidence, s'il était rentré seul, elle l'aurait deviné.

L'aube d'une nouvelle journée se leva. Connla ne se rappelait pas si c'était la quatrième, la cinquième ou la troisième. Il pleuvait de nouveau, à seaux cette fois. Allongé sur le dos, la bouche ouverte, il humecta sa langue gonflée. Ses cheveux trempés étaient plaqués sur le rocher, et ses habits lui collaient au corps. Il faisait plus froid, glacial même. N'eût-on pas été au cœur de l'été, il aurait déjà rendu son dernier soupir. Au reste, il y avait de bonnes chances pour qu'il meure bientôt. Personne ne s'était manifesté. L'hélico l'avait survolé des milliers de fois sans le repérer. C'est en vain qu'il avait agité la main et fait tout son possible pour attirer l'attention. La montagne dissimulait en partie le ravin où il gisait, aussi le pilote aurait-il dû descendre très bas pour l'apercevoir, risquant d'être secoué par les basses pressions ou d'approcher ses rotors trop près de la paroi rocheuse. Quant à la panthère – pour peu qu'il en ait effectivement vu une –, elle n'avait pas réapparu.

Connla observa des corbeaux qui décrivaient des cercles. Voilà les vautours aux aguets, pensa le zoologue. L'instant d'après, il avait retrouvé un peu de lucidité. Bien sûr, ces charognards n'existaient pas en Écosse. Il n'en restait pas moins que ces gros corbeaux noirs attendaient son trépas. Il sombra de nouveau dans un état entre sommeil et veille. Malgré son détachement, il comprit qu'il s'agissait d'hypothermie provoquée par la perte de sang, la commotion, et son immobilisation sur cette pierre dont le froid s'insinuait jusqu'à la moelle de ses os. Il en mourrait avant que la soif n'ait raison de lui.

McKewan faillit rentrer dans Imogen qui s'était brusquement arrêtée. Ils étaient parvenus au dernier campement, celui où elle avait replié la tente avec Connla, celui où ils avaient échangé un dernier baiser avant de se séparer. On eût dit que les pensées, les souvenirs d'autrefois qui défilaient dans la tête de la jeune femme s'y délitaient, telles des mottes de terre obstruant un tuyau. Alors qu'il lui fallait être lucide, nourrir de l'espoir et, si possible, laisser le désir guider ses pas. McKewan effleura la jeune femme du regard avant de fixer le lugubre Devil's Rigg qui se dressait derrière elle, en partie enseveli sous la neige.

— Il pleut à verse là-haut, fit-il observer. Si on doit y grimper, ça ne va pas être du gâteau.

Imogen ne l'écoutait pas. Immobile, elle contemplait la vallée noyée de brume où tombaient des trombes d'eau. Elle ne sentait rien. Au point de se demander si sa vision n'était pas le fruit de son imagination. Après tout, il se pouvait que la découverte d'Ewan n'ait été qu'un coup de chance, une coïncidence, et que ceci n'ait rien à voir. Au fond, il était possible que Connla ne fût que ce menteur que tout le monde le croyait être.

— Imogen ?

La jeune femme leva les yeux sur le visage sérieux que McKewan penchait vers elle.

— Voici le Devil's Rigg. Où est-il allé à votre avis ?

— Nous avons aperçu un couple d'aigles, répliqua-t-elle en lui montrant les nuages. Moi, je les ai seulement aperçus. Je ne sais pas d'où ils venaient mais j'ai pensé qu'ils nidifiaient sans doute quelque part sur la crête. Connla les a observés plus longtemps que moi, alors il a peut-être vu où ils allaient.

— D'ici. J'en doute. (McKewan jeta un nouveau regard sur la montagne derrière lui.) La crête est interminable. Au bout d'une journée de marche, on en verrait encore pas le bout. Sans compter les milliers de ravins où il peut être tombé.

En fait, McKewan monologuait. Soudain, la radio crépita et il parla à Smitty qui vérifiait que tout était en ordre. Personne n'avait encore rien vu.

McKewan secoua son sac à dos entre ses omoplates avant de s'adresser aux sauveteurs.

— À l'équipe de secours. On se dirige vers la face nord du Devil's Rigg. Déployez-vous et concentrez vos recherches sur cette zone. Que personne ne monte sans me prévenir et surtout ne prenez aucun risque. Gardez le contact par radio.

Comme pour insister sur ce dernier point, il roula le pouce sur le bouton du volume de son poste d'où s'échappèrent des parasites.

Et tous les sept commencèrent la marche d'approche vers la montagne. Imogen avançait à côté de McKewan dont elle entendait la respiration rauque – on aurait dit qu'il avait le nez bouché en permanence. Regardant droit devant elle, la jeune femme s'efforçait de percer l'édredon de nuages à l'affût d'une forme familière. À présent, le sol, marécageux, collait à leurs semelles. Imogen regretta de ne pas porter de guêtres tant son pantalon était mouillé et couvert de boue. McKewan se déplaçait d'un pas vif, aussi arrivèrent-ils aux premiers contreforts assez rapidement. Des pierres noires et brillantes étaient disséminées parmi les fougères telles les plaques chauves d'une douzaine de crânes. De temps à autre, McKewan lançait un regard de côté à Imogen, comme s'il guettait une indication, ce qu'elle était bien incapable de lui fournir. L'esprit vide, la jeune femme commençait à croire que tout ceci ne menait à rien. Trente ans, c'est un sacré bout de temps, et les souvenirs sont trompeurs.

Ils marchèrent trois heures sur un sentier au pied des montagnes, tout en cherchant la plus voie la facile vers le sommet. Imogen hésitait à monter car ils pouvaient se trouver à des centaines de mètres du bon endroit. Or, chaque seconde était précieuse. McKewan fit halte.

— Vous suivez une piste, Imogen ?

— Je ne sais pas, Andy, répliqua-t-elle avec un soupir. Peut-être.

Il se gratta la tête.

— Pour sûr, vous êtes quelqu'un de bizarre. (Il montra les rochers.) Pourquoi ne pas grimper tout simplement ? Lui, il l'a certainement fait s'il cherchait les aigles.

Imogen marqua un temps d'arrêt. Les montagnes s'élevaient autour d'eux tandis que l'herbe trempée sous leurs pieds était glissante. Les nuages entouraient les arêtes du Devil's Rigg comme des bandes enveloppant une plaie. Depuis leur départ du dernier campement, elle errait, en proie à un doute qui la rongeait jusqu'à la moelle des os. Taraudée par un désespoir croissant, elle observa les blocs de granite à leur droite. Il devait être possible de les escalader en s'équilibrant de ses mains car ils ne se dressaient pas à la verticale. Sous le regard scrutateur de McKewan qui l'accablait, la jeune femme alla se planter au pied de la falaise grise mouchetée de noir, les muscles des mollets soudain tendus. Striée de fissures alignées telles les strates d'un front de taille, la paroi rocheuses la dominait. Comme elle s'y appuyait, elle fut envahie par une sensation troublante. Jetant un coup d'œil par-dessus son épaule à McKewan, elle lança :

— Je crois que c'est par-là.

McKewan emboîta le pas à la jeune femme. À la manière d'une araignée, elle progressait entre les énormes blocs de pierre parmi lesquelles fougères, plaques argileuses et herbe étaient dispersées. La poigne soudain moins ferme, Imogen ralentit, mais elle n'en continua pas moins à gagner de la hauteur. Sans regarder ses pieds ni McKewan, elle se plaqua contre le rocher. Connla était passé par là. Bien qu'irrationnelle, la certitude s'ancrait dans Imogen. Une fois de plus elle se retrouva en Idaho et ses peurs d'enfant remontèrent à la surface.

Au bout d'une cinquantaine de mètres, les choses se corsèrent. Imogen s'arrêta devant un mur pratiquement à pic. La première véritable escalade de leur équipée s'annonçait périlleuse sur cette pierre ruisselante de pluie. McKewan rejoignit la jeune femme, de nouveau en proie au doute. Une seconde après, elle désigna un épais pilier qui s'écartait de la montagne.

— Est-ce que c'est possible de passer par là ?

McKewan enleva son sac à dos.

— C'est une transversale ; je l'ai déjà prise. Bon Dieu, j'aurais dû y laisser une corde !

Imogen le dévisagea comme pour se rassurer.

— Ça vaut la peine de la prendre ?

— Ouais. (McKewan montra l'à-pic au-dessus de leurs têtes.) Une fois le pilier contourné, c'est beaucoup plus facile.

Posant son sac à dos à ses pieds, McKewan se mit à dérouler la corde fixée au-dessus.

— L'escalade, vous savez en faire ?

— Je l'ignore. À part Taina Coire où j'ai grimpé tant bien que mal, je n'ai rien tenté d'autre. Ma foi, Andy, on ne va pas tarder à le découvrir.

— Donnez-moi une minute.

Il avertit les autres de leur intention.

— On va prendre la transversale. Ce n'est pas trop dur, mais ça risque d'être traître avec ce temps. Attention pour la marche d'approche.

Puis il coupa le contact tout en se préparant à assurer la jeune femme.

McKewan prit la tête. Imogen laissa filer la corde, tandis qu'il contournait le pilier et raclait le rocher de ses lourdes chaussures à la recherche de prises. Il disparut. Quelques minutes après, elle sentit deux saccades à la corde, et la voix du pêcheur résonna dans la radio. La jeune femme ramassa les écouteurs.

— Bon, Imogen. Ce n'est qu'à une cinquantaine de mètres après la saillie. Laissez le point d'assurance en place et mettez un mousqueton. Ah, ne touchez pas à ce que j'ai fixé sur le rocher – au cas où on rentrerait par là.

Suivant ses instructions, Imogen se retrouva sur la paroi, où elle se plaqua, ne se fiant pas à ses mains sur cette surface glissante. Comme elle cherchait des prises et que ses pieds tâtonnaient, elle sut que Connla avait emprunté cette voie. Intuition. Impression. Odeur. Elle n'avait pas de nom pour cette conviction fulgurante – aussi terrifiante qu'exaltante.

Dès qu'il l'aperçut, McKewan eut un grand sourire. Il tenait la corde serrée. C'était rassurant de l'avoir autour de la taille et de savoir qu'il la retiendrait si elle dégringolait.

— Bravo, ma belle, la félicita-t-il. Vous êtes faites pour ça.

Imogen se détacha en levant les yeux. McKewan avait dit vrai : il fallait encore grimper, mais c'était nettement plus facile. Il ouvrit de nouveau la marche, choisissant les endroits les plus sûrs. Au bout d'une heure, ils arrivèrent dans un amphithéâtre jonché de pierres dont la pente raide menait vers un autre mur de granite extrêmement abrupt.

— Mon Dieu ! s'exclama-t-elle.

McKewan suivit son regard.

— Ah ! ce n'est pas de la montagne à vache, Imogen. Surtout quand il fait aussi humide et que tout est glissant. Au vrai, ça ne me dit rien qui vaille de vous y emmener.

Imogen considéra la largeur et la longueur du plateau.

— Ce n'est pas la peine de s'inquiéter avant qu'on y soit.

Puis elle se tut. McKewan, lui, vérifia la position des autres membres de l'équipe tout en la fixant d'un air désapprobateur, une lippe sceptique lui tordant la bouche. Après quoi, il sortit sa boîte à tabac de la poche de sa veste. Quant à Imogen, elle s'assit sur une pierre, les mains entre ses genoux serrés, sans cesser de scruter la montagne. Rien ne s'annonçait. L'air était immobile, les nuages défilaient dans le ciel, le terrain s'étirait devant eux. Questions et doute recommencèrent à la tourmenter.

McKewan posa sur elle un regard empreint d'un léger mépris. En dépit de ses efforts pour le cacher, c'était évident que l'entreprise lui paraissait ridicule. Il n'avait pas tort ! Elle en avait aussi conscience. On eût dit que la montagne entière se moquait d'elle. Imogen en fut réduite à se demander pour la énième fois ce qu'elle était venue faire là. Au fond, qu'est-ce que Connla représentait d'autre pour elle qu'un menteur doublé d'un tricheur ? Soudain, la jeune femme comprit qu'elle ne faisait pas ça pour lui mais pour elle.

— Eh bien ? (McKewan interrompit le cours de ses pensées.) On y va ou pas ? Enfin, moi, je ne vois pas l'ombre d'une aire ici.

Imogen eut un geste d'impuissance.

— Vous avez sans doute raison, Andy. Quel espoir nous reste-t-il si l'hélicoptère ne l'a pas retrouvé ?

— J'vous l'fais pas dire, approuva McKewan.

Les sourcils froncés, il tira sur sa cigarette et s'enleva des brins de tabac coincés entre ses dents. Il rappela les autres à la radio : deux d'entre eux venaient d'aborder la traverse. Du coup, il déclara à Imogen :

— On va attendre qu'ils nous rattrapent. Après, on se mettra en ligne pour ratisser le plateau au peigne fin ; on avisera si ça donne rien.

Le front plissé, Imogen acquiesça. Se levant, elle examina l'herbe et la bruyère du sol qui s'effondrait sous ses souliers. Ensuite, elle balaya du regard les pierres et les éboulis disséminés partout ainsi que les éclats de roche tombés de la falaise. Lentement, elle se mit en marche, laissant McKewan fumer sa cigarette roulée et parler à la radio. Vraiment perdue à présent, la jeune femme monta la pente avec l'impression que la terre s'étirait en bâillant pour la tourner en dérision. Un énorme ravin s'ouvrit devant elle. La jeune femme s'arrêta puis, rebroussant chemin, s'engagea dans une autre direction. Elle tentait, désespérément, de repousser un sentiment d'inutilité. Elle parcourut cinquante mètres. Bien sûr, McKewan l'observait. L'instant d'après, elle s'assit de nouveau sur une pierre dure et froide. Comme un passage de son livre sur les pierres précieuses en tant que champs d'énergie électrique lui revenait en mémoire, elle tenta de se souvenir s'il s'agissait d'un fait scientifique ou d'élucubrations. En Idaho, autrefois, elle avait deviné que l'équipe de secours se trompait. Comment ? Connla ne s'en était-il pas douté lui aussi ? À son attitude ce jour-là, elle en avait déduit qu'il en savait bien plus qu'il ne l'admettait. Du coup, elle n'avait cessé de le dévisager. Dans la clairière. Dans le bureau du shérif. Et les quelques jours qu'elle avait passés à l'école avant que ses parents ne la ramènent en Écosse.

Tout à coup, elle perçut sa présence. Les sens en éveil, les narines dilatées comme pour capter l'odeur de son passage, la jeune femme se mit debout. Elle redressa la tête et, les yeux plissés, s'approcha d'un éboulis, en proie à une étrange certitude. Jetant un regard à McKewan, elle lui fit signe. Il se précipita vers elle.

Imogen le conduisit à travers le tapis de fougères marron, autour du ravin, en direction du mur rocheux. Haletante, elle pressait le pas. Arrivée au pied de la paroi abrupte, elle fit halte. Rien. Puis elle eut l'impression d'apercevoir une sorte d'éraflure infime, très floue, qui s'estompa presque aussitôt. Décidément, cela n'avait pas de sens. Fixant la falaise, la jeune femme bougea un peu sur la droite et fit un pas en arrière sous les yeux de McKewan qui se demandait apparemment s'il ne fallait pas la faire interner.

Immobile, Imogen tourna la tête pour inspecter de nouveau la paroi. Vide de toute sensation à présent, elle s'affola tandis que le doute reprenait possession d'elle et qu'elle s'interrogeait sur sa santé mentale.

— S'il est monté là, on va devoir grimper, intervint McKewan. Vous devez vous assurer, et je prends la tête de la cordée. C'est sacrément glissant, alors faites attention de bien attacher la corde au rocher. Il faudra me tenir si je dévisse.

Imogen hocha la tête, recula et prit deux mousquetons dans son baudrier. Sans comprendre ce vide qui succédait à une certitude, la jeune femme s'approcha du ravin en trébuchant pour chercher un rocher où arrimer la corde.

C'est alors qu'elle le vit. Il gisait sur une plaque de pierre qu'un surplomb dissimulait presque complètement. Les yeux clos, il était livide et ne bougeait pas. *Et Ewan se trouvait dans la rivière, le corps fouetté par les vagues battant la branche de peuplier qui le coinçait.* Sans un mot, Imogen le regarda, le souffle coupé. Connla avait fait une chute. Il était mort. Elle le savait ; un frisson glacé la balaya avec la force d'une nausée.

Derrière la jeune femme, McKewan s'occupait toujours de sa corde. Il y eut un mouvement dans les fougères, tandis qu'un bruit – entre sifflement et grognement – arracha Imogen à la contemplation de Connla. À l'extrémité du ravin, à peine à quinze mètres de la jeune femme, une forme noire se cabrait dans l'herbe, tendant une large tête plate aux oreilles couchées et montrant de longs crocs jaunes. McKewan, qui la vit également, se figea.

Le regard d'Imogen passa de la panthère à la plaque de pierre. Les yeux ouverts, Connla la fixait. La panthère noire feula de nouveau et s'élança en bondissant dans l'amphithéâtre, se fondant dans les rochers noirs dont elle semblait faire partie intégrante. Connla cligna de l'œil. Il souleva un peu la tête, puis la laissa retomber en refermant les paupières.

McKewan parlait déjà à la radio.

— Smitty, ici Andy. On l'a retrouvé. Appelle la RAF, on a besoin d'un hélico.

26

On transporta Connla au service des urgences de l'hôpital de Fort William. Assise sur le versant de la montagne, Imogen avait vu arriver l'hélicoptère de la RAF, lequel avait descendu à l'aide d'un treuil un brancard – à une certaine altitude pour éviter que les basses pressions ne le catapultent contre le rocher. À demi-conscient, Connla marmonnait et grognait, aussi immobile qu'une momie. La façon dont McKewan organisa le sauvetage remplit la jeune femme d'admiration. C'était peut-être un goujat dans les troquets, mais en montagne, il connaissait son affaire. Le cœur étreint d'un sentiment de solitude, pleine d'amertume, elle regarda l'hélicoptère hisser Connla, puis disparaître. McKewan roula une cigarette, la lui tendit et ouvrit son Zippo dans l'atmosphère soudain calme. Imogen lui sourit.

— Bon, on rentre ? demanda McKewan.

Déshydraté, à moitié mort de faim, souffrant d'hypothermie, Connla resta deux jours dans le coma. Quand il reprit connaissance, il crut, de nouveau, avoir rendu l'âme. Au demeurant, l'idée n'était pas trop déplaisante cette fois en raison de la chaleur et de la lumière. Enfin, il se rendit compte qu'il se trouvait dans un hôpital et referma les yeux. Le visage d'Imogen s'imposa d'abord à lui, puis il se rappela : la montagne, la panthère dont les grognements l'avaient sorti de l'évanouissement, Imogen en haut du ravin.

Le docteur passa dans sa chambre et lui annonça qu'il avait deux fractures à la jambe gauche, une entorse ainsi que de vilaines ecchymoses au genou droit. Il avait de la chance de s'en tirer sans s'être esquinté les ligaments. Cela dit, on lui avait plâtré la jambe gauche. Le docteur regarda Connla à travers ses demi-lunes à monture carrée.

— Vous avez eu de la chance que cette équipe de volontaires soit arrivée à temps, sinon nous n'aurions pas cette conversation.

— Comment ça des volontaires ?

— Eh oui, de Gaelloch.

Au bout d'un instant, Connla fit observer :

— C'est sûrement Imogen qui l'a organisée. Est-ce qu'elle est ici ?

— Qui ?

— Imogen Munro. Elle se trouvait sur la montagne.

— Non. Il n'y a personne. Enfin, à part la police.

— La police ?

— Oui. Deux hommes attendent dans le couloir ; ils veulent vous parler.

— Pourquoi ? À quel sujet ?

Le docteur s'approcha de la porte de la chambre à un lit.

— Ça, je leur laisse le soin de vous l'expliquer.

Deux policiers en uniforme entrèrent, le visage grave, empreint de sévérité.

— Comment vous sentez-vous ? s'enquit le plus âgé.

— J'ai connu des jours meilleurs, fit Connla qui tenta de se redresser en tirant sur la corde au-dessus de sa tête.

— Je suis l'agent Soames, monsieur McAdam, et

voici l'agent Gray. Nous souhaiterions savoir pourquoi vous aviez un revolver dans votre chambre à Tomintoul.

Connla les fixa d'un regard éberlué.

— Pardon ?

— Un Magnum, calibre 357. C'est une arme dangereuse. Ça fait un moment qu'on vous cherche, mais vous étiez perdu dans vos montagnes. (Le policier prit un chaise et s'assit près du lit.) Voyez-vous, le port de pistolet est illégal en Angleterre depuis qu'un fou furieux a massacré seize gamins à Dunblane en 1996. Ce nom ne vous dit rien, j'imagine.

— Bien sûr que si ! Tout le monde a entendu parler de Dunblane.

— Après le massacre, on a interdit le port de pistolets, monsieur McAdam. C'est un délit très grave d'en avoir un en votre possession.

— Bien sûr, mais je ne vois pas auquel vous faites allusion.

Les deux agents échangèrent un regard.

— Vraiment, reprit Connla. Je n'y comprends rien. Que s'est-il passé ?

Du coup, les deux hommes lui firent un compte-rendu détaillé de l'épisode de Tomintoul et du revolver découvert dans sa chambre juste après son départ.

— Cullen, susurra aussitôt Connla.

— Qui ?

— Harry Cullen, dit Chien d'Arrêt. Je voudrais vous poser une question : Est-ce qu'il y avait mes empreintes sur l'arme ?

— Aucune idée, on ne les pas encore prises.

— Eh bien, faites-le. Connla tendit la main. Ah, encore une question : si je me trimballais en Écosse avec un calibre 357, pourquoi l'aurais-je laissé dans ma chambre ?

Les policiers ne bronchèrent pas.

— Cullen était mon guide, poursuivit Connla. Je suis zoologue et j'essayais de pister une panthère. D'ailleurs, j'ai trouvé une femelle ainsi qu'un petit que son pitbull a attaqué. C'est pour ça que la mère a tué le clebs – rien que de très naturel, non ? Mais j'ai empêché Cullen de la descendre et ça l'a rendu plus furieux que je ne l'imaginais. (Son regard alla de l'un à l'autre.) Est-ce que ça se tient pour vous ?

— Cullen était au bar à notre arrivée.

— Vous voyez.

— Vous prétendez qu'il a monté le coup ?

— Ce n'est pas impossible. Écoutez. (Connla se redressa davantage sur ses oreillers.) On a piétiné mon sac à dos, Imogen Munro en témoignera. J'y gardais les moules des empreintes de la panthère ainsi que ceux de son petit. Le sac était dans ma chambre à l'hôtel de Tomintoul où quelqu'un est entré pour les écraser. Je ne m'en suis rendu compte que le lendemain. En tout cas, je vous garantis que ma porte n'était pas fermée à clé, et j'étais tellement crevé que je n'ai rien entendu. Demandez à Imogen, elle vous confirmera tout ça.

— À votre place, je n'y compterai pas, fit observer Gray, tout en faisant une moue dubitative.

— Pourquoi ?

— Parce que son nom s'étale dans tous les journaux du pays depuis une semaine et demie. (Gray se pencha vers Connla.) Pourquoi vous êtes vous inscrit en tant que John Brady à l'hôtel de loch Duich ?

Connla le dévisagea longuement.

— Vous comprenez pourquoi cette arme nous chagrine, professeur McAdam. Ajoutez à cela un faux nom, on a de quoi s'interroger, non ?

La mort dans l'âme, Connla regarda au-delà du policier.

— On en a parlé dans les journaux ?

— Bien entendu. À la télé aussi. Vous faites la une, professeur McAdam. D'ailleurs, nous nous sommes entretenus avec votre ancienne femme au téléphone.

— Avec Holly ?

Soames fit signe que oui.

— Elle sait que je vais bien ?

— L'équipe de secours est passée à la télé.

Les yeux clos, Connla réfléchit un long moment.

— Est-ce que c'est illégal de donner un autre nom dans un hôtel ? s'insurgea-t-il. Tout le monde le fait, à commencer par les hommes d'affaires accompagnés de leur secrétaire, et j'en passe. J'ai réglé ma note, non ? Je n'ai rien volé.

— En tant que tel, ça ne l'est pas. Mais il y a l'arme, figurez-vous.

— J'ai pris un nom d'emprunt parce que je ne voulais pas qu'Imogen connaisse mon identité, soupira Connla. Enfin, pas sur-le-champ. Voyez-vous, je la connaissais quand j'étais petit au Wyoming, et nous devons parler ensemble de certains éléments du passé. (Son regard naviga d'un policier à l'autre.) Je ne peux rien ajouter d'autre jusqu'à ce que je lui ai parlé. Écoutez, je comprends pour le revolver mais il ne m'appartient pas. Croyez-moi. À mon avis, Chien d'Arrêt est entré dans ma chambre la nuit pendant mon sommeil. S'il a piétiné mes moules, il est capable d'avoir caché le revolver. Avec son travail aux abattoirs, c'est facile comme bonjour pour lui de se procurer des armes. Du reste, son fusil de chasse n'est pas un jouet d'enfant, je vous assure. Sans compter qu'il avait toutes les raisons de m'en vouloir, non seulement pour la mort de son chien, mais parce que je lui ai fait rater l'occasion de gagner du pognon. Vous vous rendez compte de ce qu'aurait valu son histoire s'il avait tué cette panthère ! (Connla s'interrompit puis ajouta :) Prenez mes empreintes et faites ce que vous avez à faire. Ah, une dernière question : d'après vous, qui est le plus susceptible de trimballer illégalement une arme à feu – Harry Cullen ou moi ?

Au départ des policiers, Connla se renversa sur les oreillers. Et voilà, Imogen savait tout. Son projet avait échoué ; c'était inéluctable. (À quoi t'attendais-tu après ces bobards que tu lui as racontés), se dit-il. Au moins la police finirait par le croire, là-dessus il ne se faisait pas trop de bile. On ne trouverait pas ses empreintes sur le pistolet. De toute façon, c'était un coup monté de Cullen, il n'y avait plus qu'à espérer que la police en trouve la preuve. En revanche, la question d'Imogen était autrement épineuse. Nul doute qu'elle se trouvait dans la montagne, il l'avait vue – ce n'était pas une hallucination. Connla prit sa décision. À peine eut-il pressé le bouton de sonnette qu'une infirmière en uniforme bleu pastel entra.

— Puis-je avoir un téléphone ? lui demanda-t-il.

Il n'avait pas de monnaie, aussi sortit-il une carte de crédit de son portefeuille rangé dans la table de chevet. Il composa le numéro d'Imogen. Pas de réponse. Posant l'appareil, Connla se rallongea pour réfléchir avant de rappeler l'infirmière, qu'il interrogea sur la durée de son hospitalisation.

— Je l'ignore, répondit-elle. Il faut vous renseigner auprès du médecin.

Sans attendre la venue du docteur, Connla retéléphona à Imogen. Sans plus de succès. Au bout du troisième essai infructueux, il se recoucha, les yeux aux plafond, les poings serrés de frustration.

Les médecins le gardèrent à l'hôpital jusqu'au début du mois de septembre. La police revint le voir et l'informa que, n'ayant pas trouvé ses empreintes sur le pistolet, on arrêtait l'enquête en ce qui le concernait. De ce côté-là, il était soulagé. En revanche, il n'avait cessé d'appeler sans succès Imogen. Laquelle, en outre, n'était pas passé et ne lui avait pas téléphoné. Confiné dans la solitude de sa chambre, il avait failli devenir fou.

Le deux septembre, Connla, appuyé sur des béquilles, franchit malaisément les portes de l'hôpital. Après quoi, il prit un taxi jusqu'à Fort William puis un bus jusqu'à Lochalsh. Il avait une barbe comme du temps de sa vie d'étudiant, tandis que ses cheveux, trop longs, n'arrêtaient pas de lui tomber sur les yeux sans qu'il puisse les repousser vu les béquilles qui mobilisaient ses mains. Le car le déposa au château. À présent, il fallait trouver un moyen de se rendre chez Imogen. En fin de compte, Connla entra en boitillant à l'hôtel où Billy, le barman irlandais, l'accueillit avec un sourire.

— Professeur McAdam, si je ne me trompe.

— Bonjour, Billy. Écoute, je suis désolé pour cette idiotie de John Brady, mais il y avait une bonne raison. C'est une très longue histoire.

Billy lui servait déjà un demi.

— Ce sera pour une autre fois peut-être.

— Absolument. Quand tu auras une année à perdre.

Connla but sa bière en guettant les clients. C'était la fin de la saison toutefois, aucun ne se profila.

— Billy, finit-il par demander de guerre lasse. Est-ce que tu as une voiture ?

— Ouais, une vieille guimbarde.

— Tu pourrais me rendre un service ?

Ainsi, à la fermeture du bar, Billy le conduisit au loch Gael. Hélas, la voiture d'Imogen n'était pas là ! Après avoir poussé quelques jurons silencieux, Connla réussit à persuader Billy de le mener au pré de Keira. Et là, à défaut de cheval, ils virent la Land-Rover. Connla insista pour que Billy le laisse.

— Comment allez-vous rentrer ? s'enquit ce dernier.

— T'inquiète pas, vieux, je me débrouillerai.

Sourcils froncés, Billy lança un regard dans le rétroviseur.

— Vous voulez un petit conseil, professeur McAdam ?

— Pas vraiment. Mais, je sais que tu ne vas pas te priver de me le donner.

— À votre place, je rentrerais chez moi. Retournez aux États-Unis et oubliez tout ce qui est arrivé.

— Ne crois pas que ce soit l'envie qui m'en manque, Billy, fit Connla en lui coulant un regard en coin. Seulement ce n'est pas aussi simple, il me reste des choses à régler.

Billy se pencha sur lui pour ouvrir la portière du passager.

— Dans ce cas, bonne chance. M'est avis que vous allez en avoir besoin.

Connla monta en clopinant à l'écurie. Ouverte, chaude, la pièce était toute sèche. Le reflet du soleil éblouissant qui brillait sur le loch dérobait à la vue la moitié de l'île de Skye. Il alla vers la fenêtre. Ses béquilles une fois posées contre les pierres plates du mur, il se jucha sur le rebord, armé de toute la patience du monde.

Sur le dos de Keira, Imogen traversa la rivière Leum. Comme elle passait devant le rocher du Prophète, Redynvre brama dans sa direction. Tirant sur les rênes, elle se retourna sur sa selle. Les bois au velours effrangé du grand cerf gris campé sur le versant de la colline se découpaient sur l'horizon. Il était seul, s'étant débarrassé de la harde des mâles comme s'il avait besoin de temps pour se préparer au rut. Cela étant, il vieillissait et sa suprématie n'allait pas tarder à faire long feu. Il tendit le cou, piaffa comme un cheval avant de bramer de nouveau. Toujours à cheval, Imogen ne le quittait pas des yeux. Il resta ainsi un long moment, puis disparut derrière la crête. Un autre brame, long, rauque, retentit comme un écho au vide de l'âme d'Imogen.

Le crépuscule tombait lorsque la jeune femme arriva en haut du pré de Keira. Le soleil, bas à l'ouest, projetait sur les deux lochs des ombres qui s'épaississaient à l'endroit où les collines se fondaient à l'horizon. Imogen s'arrêta le temps de s'interroger sur on ne sait quoi, puis, le cœur lourd, serra les genoux. Keira se fraya un passage dans la brèche de la barrière qu'Imogen, après avoir mis pied à terre, referma. Puis elle suivit son poney vers l'écurie. La patte levée, il attendit patiemment qu'elle le descelle.

— Tu es une brave bête.

Tout en enfouissant la main dans la crinière emmêlée de Keira, la jeune femme lança un coup d'œil à l'intérieur de l'écurie noyée d'ombre où elle découvrit Connla McAdam adossé au mur, profondément endormi.

Longuement, Imogen scruta ce visage blême et barbu, dont les rides autour des yeux se dessinaient nettement. Comme elle laissait échapper un petit soupir, il se réveilla. Lorsqu'il la regarda, une expression de souffrance lui crispa le visage.

Le sang battait dans les oreilles de la jeune femme, qui resta clouée sur place, une main sur la sangle, l'autre sur le pommeau de la selle.

— Bonjour, lança-t-il.

Elle se borna à ne pas le quitter des yeux.

Connla s'efforça de se relever. Il récupéra une béquille qui avait glissé dans la sciure, s'appuya dessus et se mit debout. Le dos tourné, Imogen détacha la sangle et la posa sur la selle. Connla l'observait sans mot dire. Silencieuse elle aussi, la jeune femme continua de s'occuper de Keira à qui elle enleva selle, bride et rênes qu'elle alla suspendre aux crochets fixés au mur. Connla sortit pour la laisser attacher la mangeoire, et resta dans le crépuscule, tandis que les montagnes de Skye se détachaient derrière lui.

— Je suis désolé, finit-il par articuler. Vraiment, je regrette de tout mon cœur.

Ayant terminé, Imogen s'essuya les mains sur ses cuisses et se passa les cheveux derrière les oreilles. Puis, elle ferma la porte de l'écurie. Raide, glaciale, elle lui tournait toujours le dos.

— Imogen.

La jeune femme fit encore mine de l'ignorer.

— Imogen, je t'en prie.

— Quoi ? fulmina-t-elle en se tournant vers lui. Imogen quoi ? Je suis désolé d'être entré dans ta vie au bout de trente ans. Je suis désolé d'avoir menti comme un arracheur de dents.

Prenant appui sur sa béquille, Connla ne bougea pas. Il avait tout d'un enfant désarmé. La jeune femme passa devant lui, et, immobile, admira le soleil qui se noyait dans la mer telle une boule de feu. Connla eut beau ouvrir la bouche, aucun mot ne franchit ses lèvres. Il inspira puis exhala un profond soupir tout en la regardant contempler le loch, le cou rentré dans les épaules.

— Tu as envie d'entendre quelque chose de marrant ? dit-elle sans lever les yeux sur lui. Plutôt de grotesque frisant le tragique. Eh bien, je t'aimais, Connla. Du moins, l'ai-je cru. Je suis tombée amoureuse de toi lorsque tu jouais à être John Brady comme un imbécile.

Connla s'humecta les lèvres. Ce fut toutefois d'une voix rauque et cassée qu'il parla.

— Laisse-moi t'expliquer, je t'en prie.

La jeune femme lui lança un regard dur.

— Qu'y a-t-il a expliquer ? Le motif pour lequel tu m'as raconté le bobard du siècle et m'as fait passer pour une idiote.

— S'il te plaît, Imogen !

Expirant par le nez, elle le dévisagea d'un œil glacial.

— Ça vaut la peine de t'écouter ?

— Il me semble.

— Dans ce cas, si tu te débrouilles pour te traîner jusqu'à chez moi, je t'écouterais.

Puis, l'air furieux, elle se précipita dans le chemin en l'abandonnant. La gorge sèche, Connla attendit un peu avant de l'appeler.

— Tu as tous les droits d'être en colère, Imogen. Toutes les raisons de la terre. Mais je n'arriverai jamais chez toi si tu ne m'emmènes pas.

Plantée près de la Land-Rover, la jeune femme contempla le crépuscule qui s'épaississait. Après un long moment d'hésitation, elle ouvrit brutalement la portière du passager.

Le silence régna durant tout le trajet. À l'étroit dans la cabine de la camionnette, Connla tendait sa jambe raide devant lui. Devant la maison, elle ne lui proposa pas de l'aider ; il dut s'extirper de son siège tant bien que mal. Quand il parvint à poser le pied par terre, Imogen était déjà dans la cuisine. Du coup, il jeta un coup d'œil sur la piste grossière et faillit lui fausser compagnie. Au même moment, elle ouvrit la porte – il y avait dans ses yeux une ombre qu'il n'avait pas vue depuis trente ans.

Assise dans le salon, Imogen fumait une cigarette. Quant à Connla, il se tenait près de la fenêtre, appuyé sur ses béquilles. Il ne tarda pas à prendre la statuette.

— C'est dans la boutique de Dunkeld que j'en ai vu la peinture. Évidemment je n'ai pas reconnu le paysage, mais elle, si. Tu l'as ramassée sur la falaise, n'est-ce pas ?

— On l'avait jetée dans le taillis. (La jeune femme fixa le plancher.) Je l'ai rapportée à la maison. Et je l'ai gardée. À chaque fois que je la regarde, elle me rappelle le jour de la mort de mon frère. D'abord, je n'étais pas sûre que soit une bonne idée de la mettre en évidence, mais tu sais quoi ? en un sens, ce fut une consolation qui m'a aidée à surmonter la tragédie. Elle s'interrompit pour tirer une grosse bouffée de sa cigarette. À l'ordinaire, ce genre de souvenirs vous hantent à jamais, mais, au fil du temps, j'ai eu l'impression de faire mon deuil. Puis tu as débarqué sans crier gare, faisant tout remonter à la surface. Maintenant, Connla, je veux apprendre ce qui s'est vraiment passé ce jour-là. Pas de mensonges, tu m'entends ? Tu vas me dire la vérité, sinon fiche le camp, assena-t-elle, plongeant ses yeux dans ceux de Connla. Tu savais, n'est-ce pas ? À l'époque, tu te doutais de ce qui était arrivé, pourtant tu n'as pas montré le bon chemin à l'équipe de secours.

Connla s'assit pesamment sur l'autre canapé, en tressaillant car sa jambe l'élança.

— Ce n'est pas moi qui les ai envoyés dans la mauvaise direction, ils l'ont prise d'eux-mêmes. Je ne les en ai pas empêchés, voilà tout.

Connla ouvrit les yeux alors que les premières lueurs de l'aube filtraient à travers la toile de la tente. Ewan n'avait pas encore bougé. Et Imogen, allongée à côté de lui, se pelotonnait dans la chaleur de son sac de couchage, le pouce dans la bouche, sa couverture sous le nez. Comme il la regardait, sourire aux lèvres, Ewan se mit à remuer de l'autre côté de lui.

— Il fait déjà jour ?

Le doigt sur les lèvres, Connla désigna Imogen.

— Ne la réveille pas.

— T'inquiète pas, j'en ai pas l'intention. Je n'ai aucune envie qu'elle s'accroche à nos basques.

Dès qu'Ewan eut attrapé son jean et son blouson, ils sortirent de la tente en rampant.

Comme toujours, Ewan ouvrait la marche, descendant à grands pas le sentier qui serpentait entre des pins dont les cimes effleuraient le ciel. Comme toujours, Connla suivait. Avec Ewan, on n'avait pas le choix. Il faisait tout en premier, menait tout, commandait tout. Connla en avait pris l'habitude. Ils atteignirent la clairière au-delà de laquelle leurs pères leur avaient interdit d'aller.

— T'as encore envie de pêcher ou tu préfères chercher des trucs indiens ?

— On n'a pas de cannes à pêche.

— On peut s'en passer, on n'a qu'à se fabriquer des harpons et pêcher à la manière des Indiens d'autrefois. T'as vu ça au cinéma, Connla. C'est pas sorcier.

— Tu veux dire tailler des branches de pin ?

— Ouais.

— Comme tu veux, je m'en fiche.

Les lèvres réduites à un fil, Ewan hocha la tête.

— Allons voir ce qu'on trouve au bord de l'eau. S'il n'y a pas de bouts de bois, on creusera pour dénicher des têtes de flèche, il y en a toujours près des rivières.

Connla regarda Ewan se remettre en route – épaules en arrière, menton en avant, il défiait le monde. Ewan Munro, l'enfant chéri de Jackson City. À voir l'air fanfaron avec lequel il marchait d'un pas rythmé, Connla se demanda pourquoi personne ne partageait son avis sur Ewan. À moins que sa jalousie ne l'aveuglât.

Ils s'enfoncèrent de plus en plus dans la forêt, bien au-delà du point de non-retour. La montagne mordait le sentier d'une façon qui fascinait Connla. Une grande falaise sablonneuse, striée de rouge, de brun, d'orange, interrompait parfois les rangs serrés d'arbres à troncs épais, et le soleil en profitait pour s'infiltrer. Ewan tourna la tête vers Connla.

— T'imagines à quoi ressemblait ce coin quand les Nez Percés y chassaient ?

— À mon avis, c'était des Shoshone, Ewan, pas des Nez Percés.

S'arrêtant pile, Ewan regarda en arrière.

— Ah tu crois ? Ben, moi, j'te garantis que c'étaient des Nez Percés.

— Non, les Nez Percés se trouvaient au nord d'ici, je l'ai vu sur une carte.

— C'est pas vrai. Ou alors c'est que ta carte se goure. Les Nez Percés étaient juste ici, ragea Ewan, l'index tendu vers le sol.

— Comment tu le sais alors que t'es même pas américain ?

— Je le suis autant que toi.

— Oh que non ! T'es même pas né ici.

— Qu'est-ce qu'on en a à foutre de son pays de naissance. Au base-ball, je cogne dans la balle plus fort que toi ; au foot, je lance mieux le ballon que toi ; enfin, je coure plus vite que toi, alors... la ramena Ewan. D'abord, qui ouvre toujours le chemin, hein ? (Ewan se rapprocha d'un pas.) Et qui attrape le plus de poissons, hein ? Allez Connla, combien de truites arc-en-ciel t'arrives à pêcher ? Putain, le Pot-de-Colle en attrape plus que toi ! Il poussa Connla, enfonçant un doigt dans sa poitrine. Celui-ci recula, sans s'avouer totalement vaincu toutefois.

— N'empêche, t'es pas né ici ; t'es pas américain.

Ewan, qui avait toujours réponse à tout, fut ulcéré qu'il lui tienne tête – pour faiblement que ce soit. Il l'avait en travers de la gorge parce qu'au fond de lui il savait que Connla avait raison. Écarlate, comme à chaque fois qu'il voyait rouge, le frère d'Imogen serra les poings.

— Je devrais te flanquer une rossée.

Connla recula d'un autre pas, n'ayant aucune envie de se bagarrer. Là aussi, Ewan gagnait toujours.

Face à la peur affichée sur le visage de Connla, Ewan éclata de rire puis, tournant les talons, repartit à vive allure. Connla lui emboîta le pas. Comme le grondement de la rivière Salmon se faisait de plus en plus fort, Ewan déclara :

— Ça me plairait de faire du canoë sur cette rivière un de ces jours.

— Tu te noierais.

— Tu parles, bien sûr que non !

Haussant les épaules, Connla continua de marcher.

Environ une heure après leur départ, le sentier devint plus raide. Une falaise escarpée, très déchiquetée se dressait sur leur gauche tandis que la forêt descendait abruptement sur leur droite. Ils traversèrent une sorte de tunnel, puis le terrain s'évasa en s'aplanissant, et le massif de Sawtooth, coiffé d'une calotte de neige, séparé d'eux par un précipice, se profila à l'horizon. Des gerbes d'eau giclaient de la rivière.

— Putain ! s'exclama Ewan en se ruant vers le bord de la falaise. Hé, Connla, viens voir !

Sur ses gardes, ce dernier hésitait. L'interdiction de son père d'aller seul au-delà de la clairière lui revint en mémoire, ainsi que le ton avec lequel il l'avait formulée et son expression. Il avait trop souvent goûté de sa ceinture pour avoir envie de s'y frotter de nouveau. Aussi appela-t-il son copain.

— Hé, Ewan, il faudrait rentrer, on n'aurait pas dû aller si loin.

— Qu'est-ce qu'on en a à foutre ! Qui le saura ? fit Ewan avec un sourire narquois. On n'aura qu'à leur dire qu'on n'a pas dépassé la première clairière.

Connla céda. Il s'approcha. Pas trop près, suffisamment néanmoins pour voir la rivière déferler sur les rochers avec des tourbillons d'écume blanche et arracher des mottes de terre de la rive.

— Pour sûr, elle coule vite.

Sans prévenir, Ewan l'attrapa par derrière.

— J't'ai sauvé la vie !

Puis Ewan s'éloigna en rigolant. Connla, choqué, mit un moment à se ressaisir. Haut d'une dizaine de mètres, le précipice tombait dans un maelström où la noyade était assurée.

Jetant un regard en arrière, il aperçut Ewan debout, les poings sur les hanches. Sur une saillie à mi-hauteur de la falaise, un nid de buse à queue rousse s'accrochait au sein d'un enchevêtrement de brindilles et de branches de saule.

— Regarde, c'est un nid d'aigle, lui montra Ewan.

— Non, de buse à queue rousse, rectifia Connla en s'avançant vers lui. Les aigles ne font pas leur nid aussi haut.

— Bien sûr que si ! D'abord, qu'est-ce que t'en sais ?

— J'en ai déjà vu.

Ewan avait enlevé son blouson et s'enduisait les paumes de terre. La tête levée, il évaluait l'escalade à accomplir.

— Qu'est-ce que tu fabriques ?

— J'te parie qu'il y a des œufs là-haut.

— Fiche-leur la paix.

— Occupe-toi de tes oignons, rétorqua Ewan en le repoussant brutalement.

Connla tomba, s'égratignant au coude et au bras. Lorsqu'il se releva, il s'aperçut que sa chemise était déchirée.

— Merde, regarde ce qu't'as fais ! Ma mère va m'étriper !

Mais Ewan était déjà en train de grimper : les mains accrochées, il cherchait des prises pour ses pieds. Plein de jalousie pour son adresse, Connla s'assit au pied de la paroi. Regardant son copain transpirer, il mourait d'envie que le nid soit abandonné ou vide. Ce serait bien fait pour lui. Le sang suintait de son coude, dont il se remit à inspecter la peau irritée et l'écorchure. Puis quelque chose retint son attention. Cela semblait faire partie d'un rocher tout en étant distinct. Il rampa pour l'observer de près. On aurait dit qu'un bout de bois saillait de la falaise à un endroit où elle s'effritait.

Sans tenir compte d'Ewan, il gratta la terre et les pierres qui l'entouraient et découvrit une sorte de petite sculpture d'à peine trois centimètres. Au comble de l'excitation, Connla continua de creuser, voulant la sortir avant qu'Ewan ne la remarque et ne bondisse pour en revendiquer la possession.

— Bon sang, Connla. (La voix d'Ewan résonna au-dessus de lui.) Y a pas d'œufs. C'est sûrement un vieux nid. Hé, qu'est-ce que tu fiches ?

Sans répondre, Connla continua, frénétiquement, à déterrer sa trouvaille, accélérant le plus possible car il entendait son copain descendre. Au moment précis où il exhumait une statuette en bois, Ewan atterrit près de lui. Haletant, il s'approcha de l'épaule de Connla, qui s'écarta.

— Qu'est-ce t'as trouvé ?

— J'en sais encore rien.

— Fais-moi voir.

Ewan chercha à la lui prendre.

Plus rapide cependant, Connla roula en arrière et se releva en un même mouvement. Ils étaient à trois pas l'un de l'autre. Connla regarda sa trouvaille : une belle statuette d'Indien en chemise et culotte longue qui dansait, la tête renversée en arrière, les bras levés, tenant dans une main deux plumes pointées vers le ciel. Certes, il ignorait ce que cela représentait, si ce n'est que c'était indien et qu'il l'avait trouvé.

— Fais voir, répéta Ewan, tout près de lui à présent.

Connla recula de nouveau, tendant le bras pour le garder à distance.

— D'accord, mais ne la touche pas. C'est ancien, fragile sans doute. Ewan, c'est moi qui l'ai trouvée. T'as pigé ?

— Ouais, ouais. Allez, montre.

Comme Ewan se rapprochait, Connla s'éloigna une fois de plus. Le connaissant, il n'avait aucune confiance en lui. Sans s'en rendre compte, obnubilé par l'idée qu'on allait lui ravir son trésor, il se rapprocha de la rivière tandis qu'Ewan répétait pour la énième fois :

— Allez, fais-voir.

Puis, d'un geste vif, Ewan essaya de la saisir, mais Connla recula davantage. Les deux petits garçons mordirent la poussière sans que Connla ne lâche l'objet du litige.

— Écoute, laisse-moi simplement la regarder !

Connla se releva. Un bras derrière le dos, il tenta de repousser Ewan de l'autre.

— Regarde-la si tu veux, mais j'te préviens, Ewan, tu me la piqueras pas.

Ewan chercha à s'en emparer de nouveau. Connla, qui s'y attendait, s'écarta brusquement. Du coup, Ewan trébucha et tomba à quatre pattes. Après un instant d'immobilité, il flanqua un grand coup derrière les jambes de Connla. Ils roulèrent par terre, se bagarrant comme des beaux diables, oubliant où ils se trouvaient. La statuette toujours à la main, Connla entendit un craquement et poussa un juron. Il se remit debout. Ewan, qui l'imita, fonça aussitôt sur lui. Connla le repoussa – de toutes ses forces cette fois. Ewan chancela, puis esquissa un pas pour retrouver l'équilibre. La rivière se trouvait derrière lui. En nage, haletant, les gamins se fusillaient du regard. Lorsque Connla s'aperçut que la tige d'une des plumes était cassée, il brailla.

— Regarde ce que t'as fait ! Tu l'as bousillée !

L'air mauvais, Ewan pivota. Comme il s'élançait vers Connla, le sol s'effondra sous lui. Et il dégringola.

Connla vit ses yeux rouler dans leurs orbites et entendit un cri bref, perçant. Puis plus rien. Ni éclaboussements ni hurlements. Rien que le fracas de la rivière. Cloué sur place, incapable d'y croire, il ne songeait qu'à l'injonction de son père. *N'allez pas plus loin que la clairière. Tu m'entends, fiston ? La clairière.* Le petit garçon fixa la statuette en bois, qui lui rendit son regard. Essayant de reprendre son souffle, il aperçut le blouson qu'Ewan avait jeté par terre. Alors, laissant tomber le petit Indien, il attrapa le blouson et se précipita dans le chemin.

On aurait dit que Connla s'adressait à la cheminée quand il conclut d'une voix lointaine :

— J'ai dû abandonner le blouson dans la clairière, je ne me souviens plus. En tout cas, je suis rentré au campement. La suite, tu connais. J'avais dix ans, Imogen, j'étais obnubilé par les recommandations de mon paternel.

— Alors tu as menti à tout le monde !

Il tendit les bras, paumes ouvertes.

— C'est vrai. J'ignore pourquoi. Sans doute, par peur des conséquences.

— C'est incroyable ! Au nom du ciel, pourquoi avoir

laissé se fourvoyer le shérif et l'équipe de secours ? Pourquoi n'avoir pas dit qu'Ewan était tombé dans la rivière ?

Connla n'ouvrit pas la bouche.

— Tu n'avais pas envie qu'on le trouve ?

Connla ne répondit toujours pas. Bras ballants, il fixait le tortillon de cire – vestiges d'une bougie posée sur le manteau de la cheminée.

Gardant le silence, Imogen se leva pour aller regarder le loch par la fenêtre.

— Tu l'as poussé, n'est-ce pas ?

— Bien sûr que non, voyons ! s'exclama Connla, les yeux rivés sur le dos de la jeune femme.

— Dans ce cas pourquoi avoir menti ?

— Imogen, je ne l'ai pas poussé. On s'est bagarrés. Il est tombé. Voilà ce qui s'est passé.

Elle fit volte-face.

— Tu en es sûr ?

— Absolument. Je le sais. J'y étais.

Imogen laissa échapper un rire de gorge – forcé.

— Évidemment. C'est là toute l'histoire. Va te faire voir, Connla. Tu fais irruption dans ma vie au bout de trente ans, t'inventes un faux nom, et tu voudrais que je te croie ! Alors que tu les as expédiés dans la mauvaise direction. Comment le pourrais-je ? fulmina-t-elle.

— Parce que je ne mens pas. (Il la fixa dans les yeux.) Parce que je te dis la vérité.

— Sauf que tu ne l'as pas fait à l'époque. Tu as prétendu ignorer ce qui s'était passé, or c'était le contraire. Et pendant ce temps là, mon frère se noyait.

Connla n'ajouta rien. Il n'y avait rien à dire. Elle avait raison. Impuissant, il resta figé sur le canapé avant d'articuler :

— Je regrette.

Secouant la tête, Imogen ricana.

— Tu regrettes. Grand Dieu, tu es pitoyable !

La jeune femme prit une autre cigarette dans le

paquet, puis se retourna vers la fenêtre, où elle resta à fumer tandis que le vent du loch cognait contre la vitre.

Connla finit par se redresser, les mains croisées.

— Je ne sais pourquoi je les ai laissés aller du mauvais côté, Imogen. Sincèrement. Je crois m'être dit qu'Ewan ne courait pas de danger, qu'il faisait l'imbécile. Je n'étais qu'un gosse. Je ne pouvais l'imaginer mort ni même blessé. J'avais une trouille bleue. On s'était bagarrés, et il était tombé de la falaise. Personne ne croirait à l'accident. On penserait que je l'avais fais exprès, par jalousie. Exactement comme toi en ce moment. (Il leva les yeux vers elle.) Je ne comprends pas ce qui m'est passé par la tête. Du reste, j'y pense tous les jours depuis trente ans. Vraiment, j'étais terrifié, terrorisé.

Envahie par le souvenir du fracas de la Salmon, celui des yeux vitreux d'Ewan sous l'eau, Imogen s'absorbait dans la contemplation des vagues qui plissaient la surface du lac.

Lorsqu'elle lui fit face, ils se fixèrent longuement – le poids d'un silence de trente ans suspendu entre eux. Avec effort, Connla se mit debout.

— Je suis désolé. Vraiment, je le suis. Moi aussi, je croyais tout cela mort et enterré avant d'entrer dans cette boutique où je suis tombé sur une peinture du danseur des esprits que j'avais trouvé en Idaho. (Il s'approcha du rebord de la fenêtre.) Quel choc ! J'ai eu l'impression qu'on ouvrait ma tombe.

Imogen posa ses yeux remplis de l'ombre familière sur lui. Ce fut d'une voix coupante qu'elle assena :

— Dans ce cas pourquoi m'avoir raconté des bobards au lieu d'être franc. Tout de même, tu as pris la peine de joindre mon éditeur pour me retrouver. Dans quel but ? Reprendre contact avec moi pour voir combien j'avais changé, à moins que ce ne soit par désir de te foutre de ma gueule ?

— Absolument pas ! (Connla leva les mains, les paumes tournées vers l'extérieur.) Bien sûr que non, Imogen, je...

— Quoi ? Tu as menti par incapacité d'affronter la vérité, c'est ça, non ? Tu as choisi la solution de facilité sans te soucier de ce que je ressentirais. Au fond, tu avais peut-être simplement envie de me baiser après toutes ces années.

— Comment peux-tu dire une horreur pareille ? Tu sais très bien que ce n'est pas ce qui s'est passé, protesta-t-il violemment.

— Ah oui ? (Elle s'avança vers lui.)

— Certainement, dans le fond de ton cœur. J'allais tout t'avouer. Après le premier choc provoqué par la vue de la statuette, je me suis dis que l'occasion se présentait de tirer enfin les choses au clair. Mais de te revoir m'a ôté tous mes moyens. Sans doute parce que le regard que tu avais ce jour-là, en Idaho, m'est revenu en mémoire. Seigneur, Imogen ! Tu avais beau n'être qu'une gamine, tu me sondais et tu savais. J'ignore comment.

Le souvenir gravé en lettres de feu dans son esprit, Imogen se figea.

— Tu aurais dû me dire la vérité. Aux autres aussi, au moment où c'était vital. C'est ça l'important. Il n'y a pas d'excuse. Et je me fiche de l'âge que tu avais, comme de ta peur. Il s'agissait de la vie d'un petit garçon – celle de mon frère. Et il est mort.

Les mâchoires contractées, Connla sentit les larmes bourgeonner derrière ses paupières.

— Écoute, je regrette. Je suis désolé pour tout : ce que j'ai fait ce jour-là, et ce que je t'ai fait. Bien entendu, j'aurais dû le dire à l'époque, ainsi qu'à toi dès l'instant où je t'ai vue.

— Arrête de répéter que tu es désolé. (Elle serra les poings.) Les regrets ne changent rien. Connla, est-ce que ça ne t'est jamais venu à l'esprit que si tu avais dit la vérité, Ewan serait peut-être encore vivant ?

L'air perdu, Connla répliqua d'une petite voix.

— Bien sûr. Tous les jours. (Il se rassit, tendant sa jambe raide.) La seule explication, c'est ma peur. J'ai tout occulté. Imogen, je me suis affolé. Tu comprends, je n'étais qu'un gosse. On fait quelquefois des conneries quand on est petit. (Puis, le visage durci, les maxillaires saillants, Connla ajouta :) Tu peux me reprocher tout ce que tu veux – c'est de ma faute –, tu as entièrement raison, mais je n'aurais rien pu faire d'autre. Je ne l'ai toujours pas accepté alors que l'accident date de trente ans. Voilà comment j'ai réagi à la chute d'Ewan. En plus, si on remontait le temps, je suis persuadé que la même chose se reproduirait.

Imogen reprit place sur le canapé en face de lui.

— Il est possible que tu aies souhaité sa mort, Connla. Y as-tu jamais réfléchi ? Il ne t'avait choisi comme copain que pour te persécuter, te tyranniser. Pour moi, c'était évident alors que je n'avais que huit ans. Je ne me faisais pas d'illusion sur mon frère : c'était un petit salaud. En revanche, je n'arrivais pas à comprendre pourquoi tu étais son ami...

— Parce que c'était Ewan Munro, répondit Connla avec un soupir. À l'école, tous les gamins voulaient être son ami. En outre, je n'étais dans cette classe qu'à cause de la date de mon anniversaire. Tu parles, j'étais le plus jeune de la classe et le copain de l'élève le plus populaire de toute l'école – le roi n'était pas mon cousin ! (Il fixa l'âtre vide.) Il est possible que tu voies juste et que j'aie voulu sa mort. Si je me suis souvent posé la question, je n'ai pas la réponse. D'ailleurs, à force d'y penser, j'ai les idées complètement embrouillées, conclut-il, les yeux sur la jeune femme.

Imogen soutint son regard pendant un long moment avant de lui demander :

— Dis-moi la vérité. Est-ce que tu l'as poussé ?

— Je t'ai déjà dit la vérité. Ewan est tombé. Il a essayé de me piquer la statuette et il a dégringolé. D'ailleurs pourquoi l'aurais-je fait ? Il allait quitter les États-Unis. Toi aussi. Vous étiez sur le point de retourner en Écosse. Pour quelle raison l'aurais-je poussé d'une falaise ?

Après cet échange, ils gardèrent le silence. Et, allumant une autre cigarette, Imogen s'approcha de la cheminée.

— Il y a quelque chose qu'il faut que tu saches. Ce matin-là, je me suis réveillée après votre départ et je vous ai suivis. Je ne me suis pas beaucoup enfoncée dans les bois parce que, toute seule, j'avais peur. Au bout de cinquante mètres...

La gorge serrée, Imogen fut incapable de continuer. Elle n'avait jamais confié ça à personne.

— Quoi ? insista Connla avec douceur.

Tirant une longue bouffée de sa cigarette, la jeune femme l'exhala ensuite longuement.

— Vous n'étiez plus dans les bois. Je me suis mise à observer un écureuil et alors... alors, j'ai vu Ewan dans l'eau jusqu'au cou.

Rassemblant ses esprits, Imogen se tut un bref instant.

— Est-ce que tu saisis ce que cela signifie, Connla ? En as-tu la moindre idée ? Non, naturellement, comment le pourrais-tu ? Moi, je ne l'ai compris qu'après de longues recherches, Dieu sait combien d'années plus tard. Un filet de salive sur les lèvres, la jeune femme marqua un temps d'arrêt. Nous avons parlé de mythologie, tu te rappelles ? Ma foi, il y a des tonnes de bouquins sur le sujet – la celte notamment. J'en ai emprunté un à la bibliothèque où j'ai trouvé la description exacte de ce qui m'était arrivé. On appelle ça le don de double vue celte. Lorsqu'on voit une personne dans l'eau jusqu'au cou, cela annonce qu'elle est sur le point de se noyer. Au moment de la vision, elle est toujours en vie – mais sa noyade est inéluctable.

La langue épaisse au point qu'elle lui collait au palais, Connla la dévisagea.

— Voilà, Connla. Au moment de ma vision, Ewan vivait encore.

Pétrifié, Connla, balayé par une vague de prise de

conscience, se rendait compte qu'Imogen avait vécu pendant trente ans avec les conséquences de ses actes. Avec l'impression d'être broyée à l'intérieur, il avait à la fois envie de décamper et celle de rester. Il aurait voulu étreindre Imogen telle qu'elle était – debout devant la fenêtre, les bras serrés sur sa poitrine.

C'est alors que l'idée germa dans son esprit.

— Et moi, Imogen, comment m'as-tu retrouvé ? L'hélicoptère a dû me survoler une douzaine de fois sans me repérer. Comment as-tu su où j'étais ?

La jeune femme mit du temps à lui répondre. Quand elle s'y décida, ce fut sans tourner la tête vers lui.

— Comme pour Ewan, je t'ai senti dans les rochers.

Là, elle fit volte-face.

— Lorsque la police m'a prévenue de ton imposture, j'ai commencé par te haïr – et pas qu'un peu, je te prie de me croire ! Tu t'étais joué de moi, tu avais trahi ma confiance, profité de ma vulnérabilité. Aussi, n'ayant qu'une idée, celle de tout oublier, de t'extirper de ma cervelle, suis-je allée récurer l'écurie. Or, au moment où je changeais la litière, une image de toi plaqué contre la falaise m'a traversé l'esprit. (Les épaules agitées de tremblements, Imogen s'interrompit.) À cet instant précis, j'ai compris que tu étais encore là-haut – vivant – mais sur le point de faire une chute. Tu réalises, Connla, tout recommençait. En plus, j'ai eu la certitude que tu mourrais si tu tombais.

Les coins des yeux plissés, il scruta le visage de la jeune femme.

— Et tu es partie à ma recherche – malgré tout le reste ?

— J'y étais obligée. Que faire d'autre ? Les autorités avaient renoncé. Imagine à quel point c'était affreux de te chercher avec Andy McKewan qui riait sous cape de mes efforts, en étant persuadée que je ne retrouverais que ton cadavre.

— Mais tu l'as fait quand même. (Connla haussa un sourcil.) Pourquoi ?

— Crois-moi, je me suis posé la même question.

— N'empêche que je n'étais pas mort. Bien que je sois tombé, tu m'as trouvé à temps. (Connla s'avança vers la jeune femme dont la féminité – son parfum, la masse de sa chevelure qui tombait sur ses épaules – le bouleversait.) Est-ce que cela ne facilite pas les choses ? Enfin, par rapport au passé. Il n'y a pas eu répétition. En dépit de ta haine à mon égard, tu as dû le craindre.

— Ma foi, je serai peut-être capable de te le dire dans trente ans, répondit la jeune femme avec une moue.

Assise sur une chaise au dossier haut de la cuisine, Imogen buvait un verre de vin à petites gorgées, les yeux perdus dans le vide. Appuyé à la table, Connla, dont le cœur battait la chamade, croisait les bras. Depuis dix minutes, aucun d'eux n'ouvrait la bouche. Et l'espoir redressait la tête, tandis qu'il priait pour que les choses s'arrangent, que d'une manière ou d'une autre elle lui pardonne. Il n'arrivait pas à détacher le regard de son visage, de ses cheveux, de l'empreinte de ses lèvres sur le verre. Quelles que soient les circonstances, il l'avait retrouvée et l'idée de la perdre lui était insupportable.

Il fit soudain très froid dans la pièce cependant que le vent battait les murs de la maison. Connla avait la bouche sèche.

— Moi aussi je t'ai aimée, Imogen.

— Quoi ?

— Tu sais, ce que tu as évoqué dans l'écurie. Eh bien, tu n'es pas la seule, moi aussi je suis tombé amoureux de toi.

— C'est faux. Tu as simplement essayé d'apaiser ton sentiment de culpabilité.

Il secoua la tête en signe de dénégation.

— Oh que si, Connla ! (Elle posa son verre de vin.) C'est exactement ça.

— Alors, tu crois que ce qui s'est passé entre nous là-haut dans la montagne n'était que simulacre ?

La jeune femme lui décocha un regard glacial.

— Je l'ignore. Peut-être que tu t'es envoyé en l'air tout bonnement.

— Bien sûr que non, Imogen. Tu le sais très bien.

— Connla, j'ai la tête vide et je ne suis pas sûre d'avoir envie de réfléchir. Cette histoire a trente ans. Peut-être que je veux de nouveau l'oublier pour retrouver ma vie. S'arrêtant, elle fixa le sol entre ses pieds. Il vaudrait mieux que tu t'en ailles.

— Imogen...

Elle leva la main.

— Non, je t'en prie, Connla. Laisse-moi tranquille. (La jeune femme se mit debout.) On a épuisé le sujet ; il n'y a rien à ajouter. (Elle lui montra le buffet.) Voici le téléphone. Si tu appelles l'hôtel, on t'enverra un taxi.

27

Imogen ne le regarda pas partir. Réfugiée dans sa chambre, elle prêta l'oreille au bruit sourd de ses béquilles tandis qu'il boitillait vers le taxi jusqu'à ce que le silence fût complet – celui de sa vie après la tempête. Plus aucun son ne le troubla, pas plus le vent que le clapotis du lac sur la rive. Le silence de la tombe de son frère enveloppa la maison. La jeune femme resta ainsi longtemps, lui sembla-t-il, avant de descendre et d'ouvrir la porte de son atelier. Toujours sur le chevalet, la toile inachevée était dominée par le rocher où s'ébauchait la silhouette de son frère. Le passé se confondit au présent, à l'avenir, puis reprit sa place dans l'écoulement du temps. Les yeux fermés, elle se mordit la lèvre.

Dehors, le vent s'était levé, et les vagues du lac se brisaient comme autant d'éclats de silex. Imogen repoussa ses cheveux qui volaient derrière l'oreille – un geste qu'avait eu Connla – tout en plongeant le regard dans l'obscurité. Au loin, elle aperçut les phares du taxi qui se frayait un chemin vers la grande route.

Allongée dans son bain, Imogen avait l'impression d'osciller entre conscience et inconscience comme si quelqu'un réfléchissait à sa place pour lui éviter le choc trop direct de ses pensées. C'était consommé, fini, terminé. Elle n'avait même pas dit au revoir, le laissant sortir de son pas traînant et fermer la porte derrière lui. Dans peu de temps, il serait rentré à son hôtel. Demain, il prendrait le bus, puis l'avion qui le ramènerait aux États-Unis. Se redressant pour s'inspecter dans la glace, la jeune femme fut frappée de son regard égaré.

Au bar, l'inévitable McKewan et sa bande prenaient beaucoup de place. Billy, lui, nettoyait les verres. Dès que Connla entra en clopinant sur ses béquilles, la conversation mourut. Comme il restait debout, regrettant sa venue, McKewan lui assena avec aigreur :

— Alors, vous êtes sur pied ?

— Oui. À propos, merci de m'avoir sauvé la vie.

— Pour sûr, c'est ce qu'on a fait.

Lui tournant ensuite le dos, McKewan vida ce qui restait de son demi avant de faire signe à ses sbires. Ils traversèrent la rue pour aller chez McLaran.

Connla lança un coup d'œil à Billy.

— Ça sera un demi pour vous ? lui demanda ce dernier.

— Non merci, Billy. Je vais me coucher.

Après avoir monté l'escalier avec difficulté, Connla s'assit sur son lit sans allumer. La pièce était néanmoins éclairée par la lueur d'un lampadaire derrière lequel le village de Lochalsh s'étirait en lacets jusqu'à la mer. La rumeur des vagues se brisant sur les galets de ce qu'on considérait comme une plage parvenait à Connla. Il les avait entendues lécher les montants du pont lorsqu'il l'avait franchi – pour la dernière fois –, dans un taxi dont le chauffeur, connaissant à l'évidence son identité, ne lui avait pas adressé une seule parole pendant les dix kilomètres du trajet. Billy rangea les verres au rez-de-chaussée. Le silence tomba lorsque, ayant fermé le bar, il se rendit dans sa maisonnette.

Prévoyant une insomnie, Connla prit appui sur une

béquille pour se lever et, appuyé sur le rebord de la fenêtre, il alluma une cigarette. La fumée qui ternit la vitre lui boucha la vue, le ramenant à lui-même. Il s'était conduit comme un imbécile – pire que ça, comme un lâche. En plus, il n'était pas le seul à en faire les frais, Imogen aussi. Elle avait raison. Nul doute qu'elle s'en sortait très bien jusqu'à ce qu'il débarque pour gâcher sa vie. Il pensa aux États-Unis, à sa cabane des Black Hills. Irait-il s'y cacher pour lécher ses plaies comme un cougouar blessé et reprendre des forces ? Mais avec l'approche de l'automne, les deux semestres de cours à Washington se précisaient, bien qu'il ne fût plus certain d'être capable de les assurer après ces derniers événements. En fin de compte, éreinté, il écrasa sa cigarette, se déshabilla et se coucha.

Connla partit par le bus du matin, qui l'emmènerait à Perth où il en prendrait un autre jusqu'à Édimbourg. Ensuite, c'est en train qu'il gagnerait Londres et l'aéroport. Lorsque le chauffeur s'arrêta pour une pause-café, après Spean Bridge, Connla, assis sur l'accotement de la route de montagne silencieuse, contempla les nuages qui s'amoncelaient à l'horizon. L'été tirait à sa fin. Bientôt le monde se parerait d'or et de brun avant que les sommets ne se couvrent de neige. Le car resta longtemps à l'arrêt tandis que le plafond de nuages se faisait de plus en plus bas. Il pleuvait quand le chauffeur repartit en direction de Dalwhinnie.

Installée dans sa Land-Rover, Imogen avait regardé le car tourner devant le château d'Eilean Donan. Levée dès potron-minet, comme possédée par un démon, elle s'était rendue au pré de son cheval qui, après l'avoir observée un instant, s'était remis à pourchasser les moutons en haut du champ. Imogen avait travaillé d'arrache-pied. Puis, en nage, les cheveux collés de sueur, elle avait réalisé qu'elle pleurait. En rentrant chez elle, la jeune femme avait croisé le bus sur le pont, avant le virage pour Gaelloch. Elle avait ralenti et bifurqué. Ensuite, dans la foulée, elle avait fait une boucle pour retourner sur la grande route. Imogen n'avait pas vu Connla monter dans le bus, mais elle avait suivi le véhicule jusqu'au coin de la rue. Ensuite, garée dans le parking d'Eilean Donan, le moteur coupé, elle l'avait regardé disparaître derrière les collines.

Personne ne vint accueillir Connla à l'aéroport de Dulles. De toute façon, vu sa quasi-infirmité, il n'y aurait pu y avoir que Holly. Or, il ne l'avait pas prévenue. Appuyé sur ses cannes, il resta un moment indécis avant d'aller s'asseoir pour prendre un café. Par la fenêtre de l'aérogare, il remarqua la chaleur qui ramollissait le trottoir tout en repensant a son innommable gâchis. Certes, il allait suffisamment bien pour donner ses cours mais l'idée le révulsait. Sachant qu'il ne faisait que repousser l'échéance, le zoologue termina son café et alla prendre le train express pour Falls Church. Puis, il s'engouffra dans le métro à destination de Foggy Bottom. Sortant par l'escalier mécanique, il clopina jusqu'au Holliday Inn où il séjournait toujours quand il se trouvait à Washington. Il n'avait aucune envie de croupir dans un taxi par la chaleur moite et estivale qui enveloppait encore la ville.

Une fois devant l'hôtel, Connla s'arrêta et laissa tomber son sac en regardant l'entrée vitrée. Un groom qui l'aperçut lui proposa de lui porter ses bagages.

— Porte-les à l'intérieur, s'il te plaît. J'arrive dans une minute, dit Connla en glissant un dollar dans la main du garçon.

Puis, prenant une cigarette dans sa poche, il fuma, appuyé sur une canne. Comme le groom, de nouveau à son poste, l'observait, Connla écrasa son mégot et entra en boitillant. Aussitôt, la réceptionniste leva la tête avec un sourire.

— Vous voulez une chambre à un lit ou à deux, pro-fesseur McAdam ?

— Je suis tout seul, répondit-il en soupirant.

La jeune fille pianota sur son clavier.

— C'est d'accord. Je vous ai mis dans la chambre numéro trente au troisième étage. Il ne me reste plus qu'à prendre l'empreinte de votre carte de crédit.

Tandis qu'il fouillait dans son portefeuille, Connla jeta un œil à la pendule fixée au mur derrière la jeune fille. Le manque le creusait comme une sorte de faim ; il hésita. La réceptionniste tendit la main pour prendre sa carte.

— Professeur McAdam ?

— Écoutez, je suis désolé. Pourriez-vous annuler ma chambre et m'appeler un taxi.

Le soir même, Paha Ska, le peintre de peau de bison de Keystone, déposa Connla devant sa cabane des Black Hills. Il était très tard. Le zoologue prit ses sacs dans le coffre de la camionnette. Quelle chance que le vieil Indien soit allé chercher sa femme – de retour d'une visite à sa sœur en Arizona – à l'aéroport de Rapid City ! En effet, la bicoque de Connla se trouvait sur le chemin qu'il empruntait pour rentrer à sa boutique.

— Ça va aller, mon frère ? s'enquit le vieil homme.

— Très bien. Merci, vieux. (Connla lui serra la main.)

— La prochaine fois que tu passes devant le maga-sin, viens prendre un café.

— Je n'y manquerai pas. Merci.

Connla monta péniblement les trois marches. Les rideaux étaient tirés. Il flottait une odeur de renfermé et de vieux cuir dans la cabane plongée dans l'obscurité. Sans se donner la peine d'ouvrir les fenêtres, il s'écroula sur son lit et dormit d'une traite jusqu'au lendemain matin.

À son réveil, il retrouva ce manque qui lui coupait l'appétit, cette sensation de vide qui ne le quittait pas depuis qu'il avait quitté la maison d'Imogen. On eût dit qu'avec son parfum, son corps, ses cheveux, elle occupait un espace entre ses yeux – il en éprouvait presque une douleur physique –, et que c'était définitif. Étendu en silence, il n'osa pas s'abîmer dans les regrets. Des âmes sœurs. Le souvenir de leur discussion dans le café de Kyle où la pluie balayait la vitre lui revint en mémoire. En un seul et même instant, ils s'était trouvés puis perdus.

À contrecœur, Connla s'obligea à se lever pour prendre une douche. Laissant sa jambe gauche, toujours plâtrée, pendre en dehors de la baignoire, il se lava. Après quoi, il rasa sa barbe avec un rasoir humide. Une fois qu'il eut terminé, il fit le tour de son immense pièce en traînant la patte, tira les rideaux, ouvrit fenêtres, porte d'entrée et de service pour faire un courant d'air dans la maison. Un coup d'œil à son courrier lui apprit qu'il ne s'agissait que de factures. Il les empila sans les ouvrir, l'attention attirée par les coupures de journaux d'Angleterre épinglées au mur. Le Fauve d'Eglin le fixait d'un regard lourd.

Son café prêt, Connla s'assit pour découvrir les photos développées en Écosse. Nul doute qu'elles le ramèneraient à ce jour d'intimité avec Imogen aux environs de Lochalsh – avant le désastre. Il aimait cette femme. Il en avait toujours la même certitude. S'il avait été à la hauteur, il ne serait pas ici. La vie en avait déjà fait trop voir à Connla pour qu'il soit du genre à se lamenter sur son sort. À l'ordinaire, il arrivait à faire face, mais cette fois... la souffrance le terrassait.

Connla se leva de la grossière table en bois qui servait à tout et alla refermer le grillage de la porte donnant sur le jardin. La chaleur du soleil à cette altitude lui caressa la peau, lui faisant revivre le moment merveilleux où Imogen l'avait peint assis sur un rocher. Le

souffle court, il la revit nue au clair de lune, puis frissonnante après sa baignade matinale.

Soudain, un mouvement en haut du jardin, parmi
des souches d'arbres retint son attention. C'était Mellencamp qui l'observait. Avec sa fourrure d'été, les poils
blancs de son large museau plat formaient un contraste
saisissant avec la noirceur de ses narines.

— Holà, ma belle !

Connla se traîna en bas du perron, puis se dirigea
vers la lionne des montagnes qui, l'air perplexe, fixait
ces deux jambes supplémentaires. Quand il fut à dix
mètres d'elle, Mellencamp, les oreilles couchées, poussa
un long feulement d'avertissement. Le front plissé,
Connla s'arrêta. À la vue des deux petites boules de fourrure qui jouaient ensemble à côté de leur mère, son
visage s'éclaira d'un sourire. Les contournant très lentement, il se laissa glisser contre un arbre. Une fois par
terre, adossé au tronc, le zoologue prit soin de ne pas
les regarder de face. Les petits avaient une toison fauve
tachetée de points noirs, des pattes beaucoup trop
grandes pour leur corps. Après avoir levé les yeux vers
Connla, ils lancèrent un coup d'œil à leur mère, et, un
bref instant, fourragèrent dans sa poitrine. Puis, vaincus
par la curiosité, ils s'avancèrent vers Connla, qui guetta
la réaction de Mellencamp. Passive, elle dressait néanmoins les oreilles, observant un silence vigilant. Il n'esquissa pas un geste, ne leva même pas la main quand le
premier petit, suivi de près par le deuxième, vint le reni-
fler et lui donner des coups de patte. Le mâle osa même
grimper sur sa jambe dont le plâtre le fit déraper.

Souriant, Connla ne quittait pas Mellencamp des
yeux et ne les touchait toujours pas. Sous les souches
où elle était étendue, elle avait creusé une tanière. Les
prédateurs n'attaquent pas les cougouars, lesquels ne
sont vulnérables que jeunes. À l'évidence, Mellencamp
avait cherché le coin le plus sûr pour ses petits lorsqu'elle allait chasser. Le jardin était idéal. Manifeste-

ment, elle n'avait pas oublié s'y être rétablie. Il n'empêche que Connla ne baissa pas la garde : avec ses soixante-quinze kilos, la lionne l'aurait tué d'un coup de patte.

Mellencamp se leva en bâillant. Les pattes arrière tendues, elle s'étira, la langue entre les dents, puis s'approcha de lui et renifla sa progéniture. Doucement, Connla lui caressa la tête tandis qu'elle lui grattait les cuisses. La femelle le regarda avant de se pencher et, avec un soin extrême, elle prit sa fille dans sa gueule capable de rompre le cou d'un élan. Une fois qu'elle l'eut déposée dans tanière, elle procéda de la même manière avec son fils. Après quoi, Mellencamp revint vers Connla, bâilla, et se frotta contre son épaule. Il leva la main vers ses oreilles tout en murmurant :

— Ça fait plaisir de te voir, ma belle.

Au bout de quelques semaines, la jambe de Connla fut guérie. Il alla faire retirer le plâtre à Rapid City. Dès lors, plus mobile, il grimpa dans les montagnes pour prendre des photos de Mellencamp qui apprenait à ses petits à dévorer du gibier. Une fois, après avoir tué deux jeunes cerfs, elle les cacha dans les broussailles d'où elle les tira au moment venu pour qu'ils s'exercent. Plantant ses incisives dans la peau, elle leur montra comment arracher la chair des os.

À l'école, la rentrée eut lieu. C'est le cœur lourd qu'Imogen y retourna. Hormis les nuits glaciales, la future neige de l'hiver, il lui semblait ne plus rien avoir à espérer. Elle n'en recommença pas moins à faire la classe et à repousser, encore plus durement, les avances de Colin qui prétendait se faire beaucoup de souci à son sujet après ce qu'elle avait vécu durant l'été. Le gardant à distance, la jeune femme se confiait à Jean.

— Tu n'es plus toi-même depuis qu'il est reparti en Amérique, lui déclara Jean un jour qu'elles surveillaient ensemble la cour de récréation à l'heure du déjeuner. Il te manque, hein ?

Imogen observait deux gamins sur le point de se bagarrer.

— Oui, répliqua-t-elle. Beaucoup.

C'était vrai. Il lui arrivait de rêver de lui, de son sourire, de ses cheveux tombant sur ses yeux verts quand il s'animait. Contrairement à son intention – elle avait décidé de le jeter –, la jeune femme avait terminé son tableau de lui, sortant de son lit au beau milieu de la nuit, une ou deux semaines auparavant, pour y travailler. On aurait dit qu'il la regardait de la toile, devinant ses pensées. Le matin, la peinture étant sèche, Imogen s'était surprise en train de lui caresser la joue.

— Est-ce que tu peux le joindre ? demanda Jean.

— Pourquoi diantre en aurais-je envie ?

Jean eut un sourire entendu. Un soir, à la veille de la rentrée scolaire, elles avaient vidé ensemble une bouteille de vin et Imogen lui avait raconté toute l'histoire.

— Ma foi, parce qu'enfant tu avais un béguin pour lui. Parce qu'il t'a bien traitée. Enfin, parce que je crois que tu l'as toujours aimé.

— Il m'a menti, Jean, fit Imogen, l'air sévère.

— Bien sûr. Mais il le paye cher à mon sens.

Imogen lui lança un regard en coin.

— De toute façon, même si je voulais prendre contact avec lui, je ne sais pas où il habite.

Un samedi matin du début du mois d'octobre, Imogen emmena Keira dans les collines qui formaient les Cinq Sœurs de Kintail. Il faisait frais, carrément froid en altitude, mais le ciel était pur. Avec les nuages très haut, c'est tout juste si le vent caressait l'herbe. Comme Imogen avançait entre la première et la deuxième colline, elle entendit un brame de cerf. Émue, la jeune femme reconnut Redynvre. Toute à sa joie, elle en oublia son chagrin. Keira piaffa en hennissant avant que la jeune femme ne le pousse au galop. La cavalière et sa monture se précipitèrent en coupant en diagonale les flancs de coteaux tapissés de bruyère et de fougères et semés d'étincelantes pierres noires. Au sommet de la deuxième pente, la jeune femme raccourcit les rênes. Sous elle, la tête basse, prêt à affronter ceux qui oseraient prétendre à son trône, Redynvre se préparait au rut.

Imogen descendit de selle. Allant s'installer sur un rocher, elle chercha son carnet de croquis. Mais voilà qu'elle hésitait. Au fond, elle n'avait pas à capter sur la toile ce moment qui appartenait à Redynvre. C'était déjà un privilège d'en être le témoin.

Toute la journée, la jeune femme l'observa. Il se vautrait dans la boue, s'urinait sur le ventre afin d'avoir l'odeur forte et âcre propre à attirer les femelles avant de se dresser à flanc de coteau et de pousser de longs brames bien plus puissants que ceux des autres cerfs. Il grattait le sol, fourrageait dans les buissons et dans les branches de ses bois durs, complètement développés, décidé à combattre tout cerf susceptible de chercher à prendre sa place. Aussi, à la fin de l'après-midi, se retrouva-t-il avec un harem de dix biches. L'accouplement commença. D'abord, il donnait de petits coups de tête aux femelles, ensuite, il leur nettoyait les flancs et, quand elles étaient prêtes, il les montait.

Connla suivit Mellencamp jusqu'au changement de saison, à la fin du mois d'octobre. C'était une bonne mère qui éduquait bien ses petits. Elle permit à Connla de les pister à travers bois jusqu'au coin où elle adorait se dorer au soleil, au bord du lac Sylvan où il l'avait vue étendue à de multiples reprises, à l'insu des nageurs. À présent, les feuilles tombaient car l'été était terminé. Et Mellencamp avait ses petits à nourrir.

Connla n'était pas allé préparer ses cours à

Washington, essuyant du coup la fureur de Holly au téléphone. Cette fois, les ponts étaient coupés avec l'université, mais, ne se sentant plus capable d'enseigner, il
envisageait de trouver un boulot de barman à Rapid City
pour l'hiver.

Cela étant, la pensée d'Imogen ne le quittait pas.
Chaque matin, il avait l'espoir que la souffrance serait
moins intolérable. En vain. Au fils des jours, la peur
d'avoir raté le seul bateau qui lui convenait ne faisait en
outre que s'amplifier.

Puis une nuit, il se réveilla après avoir rêvé d'elle.
Ils se trouvaient ensemble dans sa maison au bord du
loch Gael. Il la tenait dans ses bras en lui murmurant des
mots doux. Ils faisaient l'amour à en inonder les draps
de leur sueur. Le lendemain matin, Connla avait mal aux
reins tandis que son cœur était étreint d'une nostalgie
presque physiquement douloureuse. Vu que Mellencamp avait l'éducation de ses enfants bien en main, il
prit une décision. Après avoir fourré quelques vêtements dans un sac, vérifié le solde de ses cartes de crédit, il appela Pacha Ha pour qu'il l'emmène à Rapid City.

Ce vendredi-là, il était trois heures moins le quart
à Gaelloch. Le week-end s'annonçait. Compte tenu des
prévisions météo, Imogen, qui avait projeté de monter
Keira en montagne, se retrouvait avec la perspective
d'un long ennui devant elle. Distraite la journée durant,
la jeune femme cherchait à présent une histoire à raconter aux enfants. Ce ne fut qu'au moment où, pleins d'attente, les petits s'installèrent en tailleur par terre qu'elle
se décida. Assise tout près d'elle comme à l'ordinaire,
Connie McKercher réclama :

— On peut encore avoir celle d'Olwen, mademoiselle Munro ?

Pensant à quel point elle aimerait avoir ses propres
enfants, Imogen lui sourit :

— Pas aujourd'hui, Connie. Aujourd'hui, ce sera une histoire différente, très particulière, que je ne vous ai pas encore racontée.

La jeune femme regarda les petits visages, l'un après l'autre, cependant que la pluie poussée par le vent soufflant de Lochalsh se mettait à fouetter les fenêtres.

Silencieuse pendant un moment, Imogen rassembla ses idées parmi les images et les souvenirs qui refusaient de se dissiper malgré ses efforts. Puis, les yeux clos, elle commença.

— Il était une fois, il y a très longtemps, un jeune homme, Connla à la Chevelure de Feu, fils unique de Conn, l'Homme aux Cent Batailles. Un jour qu'il se tenait côte à côte avec son père sur la montagne qu'on appelle Usna en train de regarder la mer, il vit venir vers eux une belle jeune fille, tout de blanc vêtue. On eût dit qu'elle volait, que ses pieds ne touchaient pas l'eau.

« Gente damoiselle, d'où viens-tu ? lui demanda-t-il.

— De la plaine des Immortels, Connla à la Chevelure de Feu, répondit-elle calmement. Un lieu où mort et péché n'existent pas, où chaque jour est un jour de paix, chaque heure une heure sans querelles. »

Le père de Connla et son escorte étaient frappés de stupéfaction car, s'ils entendaient une voix toute de douceur, ils ne voyaient personne.

« À qui parles-tu, mon fils ? s'enquit Conn, l'Homme aux Cent Batailles.

— À une belle damoiselle, répondit la jeune fille à la place de Connla. Que ni la vieillesse ni la mort n'approcheront. J'aime votre fils depuis toujours, et je suis venu le chercher pour l'emmener au Pays de la Félicité, Moy Mell, où règne le roi Boadag. »

Et elle se tourna alors vers Connla en lui tendant la main, les yeux irradiés d'un amour qu'il ne lui avait encore jamais été donné de voir et qu'il ne verrait plus jamais.

« Viens avec moi, Connla au teint basané, à la Chevelure de Feu, incandescente comme l'aube. Une nouvelle couronne t'attend, une couronne qui honorera la grâce et la beauté de ton visage. Viens avec moi. Ainsi, ta beauté ne se fanera pas jusqu'au jour du jugement dernier. »

Inquiet pour son fils, Conn fit appeler Coran, son druide.

« Je fais appel à toi, Coran aux multiples sortilèges. Il y a sur ce rivage une jeune fille invisible qui semble avoir d'étranges pouvoirs et voudrait m'arracher mon fils. »

Coran s'approcha et, psalmodiant des incantations, prononça des paroles magiques en direction du lieu d'où s'élevait la voix. Alors, on n'entendit plus rien ; le sort qu'avait jeté le grand druide déroba la jeune fille à la vue de Connla non sans qu'elle ait eu le temps de lui donner une pomme.

À partir de ce jour-là, Connla refusa de boire et de manger quoi que ce soit d'autre que cette pomme étincelante qui se reformait à chaque fois qu'il y croquait. Le désir de revoir la damoiselle au beau visage au teint de lys qu'il était le seul à avoir aperçue le taraudait sans relâche. Un mois s'écoula. Le dernier jour, Connla se trouvait à côté de son père, sur la plaine d'Arcomin cette fois, lorsque la jeune fille lui apparut de nouveau.

« Connla, l'appela-t-elle, d'une voix si douce qu'on eût cru une musique céleste. Même si tu occupes une position éminente parmi les vivants qui te révèrent, tu es un mortel dont les jours sont comptés puisque ta mort est inéluctable. Mais les immortels t'appellent, Connla. Viens. Viens dans le pays de la félicité où l'on te connaît, où l'on t'aime et où l'on espère que tu vivras parmi tes bien-aimés. »

Entendant cette voix, Conn convoqua son druide une deuxième fois. La jeune fille l'avertit :

« Oh, puissant Conn, l'Homme aux Cent Batailles, ton druide possède un pouvoir sans amour qui déclinera à l'avènement de la loi, de même que tous les sorts qui viennent du démon. »

Le roi ne s'était pas fait faute de remarquer que depuis l'apparition de la jeune fille au sommet de la montagne Usna, son fils ne répondait plus quand on lui adressait la parole. D'un air las, Conn, l'Homme aux Cent Batailles, se tourna vers lui.

« Parle, mon fils. Vide ton cœur. Est-ce que tu souhaites courtiser cette jeune fille que tu es le seul à voir ?

— Oh, mon père, répliqua Connla. J'ai le cœur serré parce que j'aime mon peuple par-dessus tout, cependant cette damoiselle exerce sur moi un attrait irrésistible que je ne saurais vous expliquer. »

À ces mots, la jeune fille reprit la parole avec un surcroît de douceur.

« Aucun océan de monde ne peut rivaliser avec la force de ton désir, Connla à la Chevelure de Feu. Viens avec moi aujourd'hui. Viens dans ma barque de cristal qui fend l'onde et nous chercherons ensemble le pays du roi Boadag. Regarde, le soleil décline à l'ouest, mais nous y arriverons avant la tombée de la nuit. C'est un pays qui mérite le voyage – une terre de félicité pour tous ceux qui y cherchent leur chemin et y vivent éternellement. »

Furieuse tout à coup, Imogen s'arrêta. En effet, une ombre se projetait sur le sol à travers le double vitrage de la porte. C'était Patterson, qui avait pris l'habitude de l'interrompre juste avant la fin de ses histoires. Il se dressait dans le couloir tel Uriah Heep[1]. Un bref instant, la magie de l'histoire se dissipa – la jeune femme avait perdu le fil. Les sourcils froncés, elle fixa l'ombre. L'instant d'après, elle se retrouva en train de regarder Connla McAdam dans les yeux. Il n'avait plus ni béquilles ni barbe, et ses cheveux étaient rejetés en arrière. Dans une main, il tenait un petit sac de voyage tandis qu'il appuyait l'autre sur le carreau.

---

1. Uriah Heep : personnage hypocrite et malfaisant d'un roman de Dickens, *David Copperfield*. (*N.d.T.*)

— Mademoiselle Munro ! (Connie McKercher tirait la jeune femme par la manche.) Qu'est-ce qui est arrivé après ?

Ils se dévisageaient à travers la vitre. Imogen en oubliait la petite voix plaintive de Connie dont elle ne sentait pas la main sur son bras. La gorge nouée, elle n'arrivait pas à déglutir. Des éclats de cristal brillaient au fond des yeux de Connla. Il les cligna et un sourire radieux illumina son visage. Imogen, immobile, ne le quittait pas du regard tandis qu'une onde de chaleur l'envahissait. Au bout d'un petit moment, elle reprit la main de Connie.

— La voix de la jeune fille s'éteignit, reprit-elle. Puis, après un ultime regard à son père, Connla à la Chevelure de Feu descendit la rejoindre sur la plage. Le prenant par la main, elle l'emmena au bord de l'eau et, ensemble, ils sautèrent dans la barque de cristal. Connla ne tourna pas la tête, ainsi que le remarquèrent le roi et sa cour, du rivage où ils restèrent, les cheveux au vent, à contempler le couple qui glissait vers le soleil couchant. Connla et sa fée cherchèrent leur chemin sur la mer. On ne les revit plus jamais. Et personne ne connut leur destination.

Remerciements

L'auteur souhaite remercier la Société écossaise pour la prévention de la cruauté envers les animaux ainsi que la Ligue royale de protection des oiseaux.

Photocomposition Nord Compo
59650 Villeneuve-d'Ascq

Impression réalisée sur CAMERON par

BRODARD & TAUPIN

GROUPE CPI

La Flèche
en mai 2001

Imprimé en France
Dépôt légal : mai 2001
N° d'édition : 14741 – N° d'impression : 7649